Marianne Fredriksson

Las hijas de Hanna

Traducción de
Jesús Pardo de Santayana Díez

Círculo de Lectores

Nota de la autora

Los pecados de los padres repercuten en los hijos hasta la tercera y aun la cuarta generación. Esto tuvimos que aprenderlo nosotros, los que íbamos al colegio cuando todavía se estudiaba allí la Biblia. Recuerdo bien que nos parecía terriblemente injusto, primitivo, y hasta ridículo. Y es que nosotros pertenecíamos a la primera generación engendrada por personas «independientes», o sea, capaces de responsabilizarse de su propio destino.

Poco a poco, y al ritmo del creciente conocimiento que se iba teniendo sobre el significado y la importancia de la herencia social y psicológica, las palabras de la Biblia comenzaron a parecernos gravosas, duras. Heredamos patrones de conducta, la conducta misma, y aun maneras de reaccionar, mucho más de lo que nosotros mismos queremos reconocer. No ha sido fácil darse cuenta de esto y asimilarlo, y es que es mucho lo que se «olvidó», lo que desapareció en el subconsciente cuando los abuelos paternos y maternos escaparon de las granjas, las casas y las casonas donde sus familias habían vivido durante generaciones.

Sobre los pecados de las madres la Biblia no dice absolutamente nada, aunque hay que reconocer que tienen más importancia que los de los padres. Las madres transmiten modelos arcaicos a sus hijas, las cuales, a su vez, tienen también hijas, las cuales...

Quizás haya alguna explicación para el hecho de que las mujeres hayan encontrado tantas dificultades en enseñar los dientes y en disfrutar de los derechos que les ofrece la sociedad igualitaria.

Debo dar las gracias a Lisbeth Andréasson, directora de la residencia de ancianos de Bengtsfors, que ha llevado a cabo una amplia investigación histórico-cultural para la parte de este libro que trata de Hanna, aportando también literatura sobre Dalsland, y, en último lugar, pero no por ello menos importante, traduciendo frases del sueco normal al dialecto fronterizo de Dalsland. También quiero dar las gracias a Anders Söderberg, de la editorial Wahlström & Widstrand, por su crítica, su estímulo, y el gran entusiasmo que mostró por mi proyecto. He de agradecer igualmente a mis amigos Siv y Johnny Hansson el que me echasen una mano cada vez que yo me las arreglaba para desconcertar a mi nuevo ordenador. Lo cual, por cierto, me sucedió muchas veces.

Y, finalmente, muchas gracias también a mi marido, por haber tenido la paciencia de soportar todo esto.

Una cosa más. En este libro no hay retazos autobiográficos. Anna, Hanna y Johanna no se parecen en nada a mí, ni a mi madre ni a mi abuela. Son figuras que han salido de mi imaginación y no tienen nada que ver con la llamada realidad. Y esto es precisamente lo que las hace reales. Al menos, por lo que a mí respecta. Y espero que también por lo que respecta a ti, que vas a leerme y empiezas a pensar en quién era tu abuela, y en cómo han cobrado vida tus modelos.

Anna

Introducción

Su mente estaba clara como un día de invierno, un día tan silencioso y sin sombras como cuando acaba de caer la nieve. Penetraban en ella ruidos estridentes, estrépito de cacharros y gritos. Y esto la asustaba. Era como el llanto de la cama contigua, que rasgaba la blancura.

Eran muchos los que lloraban donde estaba ella.

Hacía cuatro años que había perdido la memoria. Y apenas unos años que había perdido las palabras. Y ahora veía y oía, pero sin poner nombres a las cosas ni a las personas, con lo cual éstas y aquéllas perdían sentido.

Acababa de llegar a la tierra blanca donde no existe el tiempo. No sabía dónde estaba su cama o cuántos años tenía. Pero encontró una manera nueva de comportarse y de apelar a la compasión con humildes sonrisas. Como una niña. Y, también como los niños, era muy sensible a los sentimientos, a todo cuanto vibra sin palabras entre las personas.

Se daba perfecta cuenta de que iba a morir. Y esto era en ella una consciencia, no una idea.

Eran sus parientes quienes la sostenían.

Su marido venía a verla a diario. Y, con él, su falta de palabras no le impedía establecer contacto. Su marido tenía más de noventa años, de modo que también él estaba llegando al límite. Pero él no quería, no quería morir, ni pensarlo. Como siempre había sabido ejercer un firme dominio de su propia vida y de la de ella, libraba ahora una dura lucha contra lo inevitable. Le daba masajes en la espalda, le doblaba y estiraba las rodillas, le leía en voz alta el periódico del día. Y ella no tenía nada que oponer. Su relación había sido larga y compleja.

Lo peor, sin embargo, era cuando iba a verla su hija, la que vivía lejos, en otra ciudad. La vieja, que no tenía idea del tiempo y la distancia, se llenaba de desasosiego en vísperas de esa visita. Era como si, al amanecer, al despertar, presintiera la llegada del coche que se comía los kilómetros, y de la mujer que iba al volante y abrigaba una absurda esperanza.

De sobra sabía Anna lo exigente que era: como una niña pequeña. Pero era inútil, pues, en cuanto cedía, por poco que fuese, los pensamientos se disgregaban.

«Una visita más –pensaba–, y a lo mejor obtengo respuesta a alguna de las preguntas que ni siquiera consigo hacer.»

Pero cuando, al cabo de cinco horas, más o menos, al volante, aparcó ante el hospital, ya había aceptado que tampoco esta vez conseguiría que su madre la reconociera.

A pesar de todo, seguiría haciendo preguntas.

«Si las hago es en mi propio interés –pensó–, por lo que a mamá se refiere, da igual que se le hable de cualquier cosa.»

En esto, sin embargo, se equivocaba. Johanna no comprendía las palabras, pero percibía la apremiante insistencia de su hija y era consciente de su propia impotencia. No recordaba que su misión consistía en consolar a aquella criatura que no paraba de hacerle preguntas absurdas. Pero el ansia seguía viva, y también la sensación de culpa por sus insuficiencias.

Lo que ella quería era hundirse en el silencio; cerró los ojos. De nada sirvió, su corazón seguía latiendo y, tras los párpados, todo era roja y dolorosa obscuridad. Comenzó a llorar. Anna trató de consolarla:

–¡Vamos, vamos! –dijo angustiada, secando las mejillas de la vieja.

Pero la desesperación de Johanna era imparable, y Anna acabó asustándose; llamó, pidiendo ayuda. Tardaron en llegar, como de costumbre, pero acabó apareciendo en la puerta la chica rubia de siempre. Sus ojos eran jóvenes, sin hondura. En la superficie azul relucía el desdén, y por un instante Anna pudo leer lo que aquellos ojos le estaban diciendo:

«Toda una señora, angustiada y confusa, junto a una vieja chocha como ésta, ¡por Dios bendito!»

–Vamos, vamos –dijo a la enferma, pero su voz era dura, tan dura como las manos que le acariciaban el pelo. Y, a pesar de todo, consiguió que Johanna se adormeciese tan rápidamente que parecía un milagro.

–No debemos excitar a los pacientes –dijo la chica–. Ahora, Anna, tiene que estar callada un rato. Dentro de diez minutos vendré a cambiarle los pañales y a lavarla.

Anna se escabulló, como un perrillo azarado, por la sala de visitas hacia la terraza, sacó un cigarrillo y se llenó los pulmones de humo.

«Esto me calmará los nervios», se dijo.

Primero la ira:

«¡Pero qué condenada zorra!, ¡dura como el pedernal! Guapa, eso sí, y repulsivamente joven. ¿Será por miedo por lo que mamá la obedece?, ¿habrá aquí una disciplina que amedrenta a esta gente vieja e impotente?»

Y, a continuación, los reproches a sí misma.

Aquella chica, después de todo, no hacía más que su trabajo, un trabajo que, según las leyes más elementales de la naturaleza, era a ella, como hija, a quien correspondía hacer.

Pero ella no podía, le era imposible, aunque tuviese tiempo y espacio.

Y, finalmente, la sorprendente intuición:

«A mamá, de alguna forma, le han conmovido mis preguntas.»

Apagó el cigarrillo en el cuenco de latón mohoso que había en el extremo más lejano de la mesa, como reacia concesión a fumadores empedernidos.

¡Dios, qué cansada estaba!

«Mamá –pensó–, mi pequeña, maravillosa mamá, ¿por qué no te mueres de una vez, aunque no sea más que por compasión?»

Asustada, echó una ojeada al aparcamiento del hospital, donde florecían los arces, y aspiró el olor a miel. Lo aspiró hondo, en fuertes bocanadas, buscando consuelo en la primavera. Pero sus sentidos estaban embotados.

«O sea, soy como una muerta», pensó, dirigiéndose a paso firme hacia la puerta de la enfermera jefe. Y llamó, diciéndose:

«Ojalá sea Märta.»

Märta era la única a quien conocía allí. Se saludaron como viejas amigas, y Anna se sentó en la butaca de las visitas; iba a comenzar con sus preguntas cuando se sintió invadida por la emoción.

–No quería lloriquear –dijo, aunque era lo que hacía en aquel momento.

–Ya sé lo difícil que es –dijo la enfermera, acercándole la caja de los pañuelos de papel.

–Querría saber hasta qué punto comprende –dijo la hija.

Y explicó su esperanza de ser reconocida, y habló de las preguntas que hacía a su madre, añadiendo que se las hacía a pesar de que sabía muy bien que su madre no las entendía.

Märta escuchaba, sin mostrar sorpresa alguna:

–Yo pienso que los viejos comprenden, aunque sea de una manera que nos resulta difícil captar. Como comprenden los recién nacidos. Tú misma has tenido dos hijas, y sabes que lo entienden todo, tanto la inquietud como la alegría, ¿no lo recuerdas?

No, no lo recordaba, únicamente recordaba su propia, desbordante, sensación de ternura e insuficiencia. Pero, así y todo, se daba cuenta de lo que quería decir la enfermera, porque sus nietos le habían enseñado mucho.

Märta le habló luego del estado general de su madre, en términos consoladores: ya se le habían curado las llagas que tenía en la espalda de tanto estar echada, de modo que no podía decirse que sufriese dolores.

–Pero pasa las noches inquieta –explicó–. Se diría que tiene pesadillas, se despierta de pronto y se pone a chillar.

–¿Sueños...?

–Bueno, claro que tiene que soñar, eso les pasa a todos. Lo penoso es que nunca podremos saber lo que sueñan nuestros pacientes.

Anna pensó en el gato que tenía en casa, el bello animal que se despertaba de pronto, bufando y enseñando las garras. Luego se avergonzó de haber tenido siquiera tal recuerdo. Pero Märta no se dio cuenta de su confusión.

–En vista del mal estado de Johanna, hemos pensado que será mejor no darle calmantes. Además, yo diría que esos sueños le son necesarios.

–¿Necesarios...?

Märta fingió no sorprenderse de la voz de su visitante; prosiguió:

–Pensamos ponerla en una habitación para ella sola. Donde ahora está molesta a los demás.

–¿Una habitación individual?, ¿es eso posible?

–Estamos esperando a que saquen a Emil de la número siete –dijo Märta, bajando los párpados.

Sólo cuando arrancó y salió de su plaza de aparcamiento se dio cuenta la hija del verdadero sentido de lo que acababa de decirle Märta sobre Emil, el viejo pastor pentecostalista cuyos salmos llevaba años oyendo. No se había fijado aquel día en que su cuarto estaba silencioso. Durante años le había oído cantar sobre la vida y el valle de la muerte, y sobre el Señor que esperaba con sus temibles sentencias.

El mundo doméstico de Johanna iba a la zaga del reloj. Comenzaba a las tres de la madrugada y terminaba con el alba, a las cinco.

Era un mundo rico en imágenes y lleno de colores, olores y voces. Y también en ruidos. La cascada zumbaba, el viento cantaba en las copas de los arces, el bosque exultaba de gorjeos.

Esta noche sus imágenes tiemblan de tensa alegría. Es verano, es temprano, el sol cae en oblicuo y las sombras son largas.

–La verdad es que pareces tonta –grita la voz que ella conoce tan bien: la voz de su padre.

Tiene el rostro enrojecido y su agitación asusta. Y ella siente miedo. Le abraza las piernas, y él la levanta en vilo, le acaricia el pelo, le dice:

–Vamos, guapa, ni caso.

Su hermano mayor se encuentra en medio del cuarto, y está muy apuesto, con sus botones relucientes y sus botas altas, y también él grita:

–Venga, no te pongas a gritar, que por la mañana ya estarán aquí.

Y entonces se oye otra voz más, la voz firme:

–Pero, venga, niño, razona. ¿Tú crees que Axel y Ole, el de Moss, y el chico de Astrid, el que vive en Fredrikshald, van a venir hasta aquí para hacernos carantoñas?

–Sí, mamá.

–Pues entonces es que estás mal de la cabeza –dice la voz, algo insegura ahora.

Y el padre mira al soldado, y las miradas se encuentran, y el viejo no es capaz de resistir la seriedad que reluce en los ojos del joven.

–Bueno, pues, nada, haremos lo que dices.

Luego cambian las escenas, se hacen móviles, se animan. Los pies se mueven, se levantan bultos.

Ella ve vaciarse bodegas y despensas. Sacan el gran tonel de cerdo salado, el tonel de arenques, el montón de patatas, la jarra de grosellas, la manteca en su mantequera, las duras tortas, y todo ello fuera, por tierra. Abajo, hacia la barca. Sacos llenos de mantas y de ropa, toda la lana que cabe en la cabina va allá. Cuesta abajo, hacia el mar. Y ella ve a sus hermanos remando, pesados golpes de remo hacia el promontorio, más rápidos y alegres a la vuelta.

–¡Las lámparas de petróleo!

Es la madre quien grita ahora, dirigiéndose a la cabina.

Pero el soldado la detiene, también él grita:

–Deja, deja, madre, aquí la luz es inútil.

La niña tiene los ojos muy abiertos, y está muy inquieta. Pero enseguida se le posa en la mano una mariposa color limón.

Vuelve a cambiar la escena. El día es tacaño en luz, y ella está sentada sobre los hombros de su padre, que la lleva, como suele hacer al atardecer, cuesta arriba, hacia los laguitos de montaña, muy misteriosos y encerrados en sí mismos, al contrario que el gran lago, con su luz y su fulgor azul. Justo sobre el molino, el mayor de esos obscuros lagos rompe el silencio y se arrojaría cascada abajo con toda su fuerza si no fuese porque lo contiene el dique.

El padre inspecciona la compuerta, como siempre al anochecer.

–Agua del Norte –dice, y su voz se hace más gruesa–. Recuérdalo bien, Johanna, esta agua que nos da el pan que comemos nos llega de Noruega. El agua –añade– es mucho más lista que la gente, se ríe de las fronteras.

Está furioso. Pero ella no le teme, al menos mientras vaya sobre sus hombros.

Empieza a obscurecer. Y él, hosco y apesadumbrado, va bajando la cuesta, se acerca al molino, palpa la cerradura. La niña le oye murmurar feas palabrotas, luego prosigue vereda abajo, hacia el bote. En la cueva reina el silencio, sus hermanos se han dormido, pero su madre se mueve, inquieta, sobre la dura yacija.

La niña puede dormir en brazos de su padre, todo lo pegada a él que le apetezca. Hace frío.

Y, más tarde, nuevas imágenes. Ella ha crecido, y lo nota en los pies que corren hacia la boca de la gruta, metidos en zuecos, porque ahora las cuestas son resbaladizas.

–¡Padre! –grita–, ¡padre!

Pero su padre no contesta. Es otoño, y anochece muy pronto. Ella mira la luz que se ve en la boca de la gruta, y se siente muy inquieta. De pronto se oyen voces en el interior de la gruta, y aparece Rudolf, el herrero, que a ella le asusta mucho. Y ve que Rudolf y su padre se tambalean.

–Vamos, niña, tú a casa –le grita su padre, y ella echa a correr, llorando, corre que te corre, y cae, pero lo que le duele la herida de la rodilla no es nada al lado de la desolación que llena su pecho.

–¡Padre! –grita–, ¡padre!

Y luego, la enfermera de noche, preocupada:

–Vamos, vamos, Johanna, no ha sido más que un sueño; vamos, duerma ahora, duerma.

Y Johanna obedece, como suele hacer y así consigue dormir unas horas, hasta que las voces del alba se le agitan en el cuerpo surcándole, como hielo, las venas. Tiembla de frío, pero nadie se da cuenta de ello. Las ventanas se abren, y vienen a cambiarle la ropa. Ya no tiembla ni le da vergüenza.

Y se hunde de nuevo en la blanca nada.

Anna pasó la noche inmersa en pensamientos embrollados y, al tiempo, aclaratorios. Comenzaron con la sensación que surgió en ella al preguntarle la enfermera Märta por sus propias hijas: ternura e insuficiencia. Siempre le habían infundido esos sentimientos, y cuando los sentimientos cobraban fuerza en ella, sus fuerzas, infaliblemente, mermaban.

Hasta los tres años no se había hundido en el sueño y soñado. Con su madre. Y con el molino y la cascada que desaguaba en el lago luminoso. Y en su sueño toda aquella agua era silenciosa y reluciente.

Esos sueños la consolaban.

¡Dios santo, y cuántas cosas contaba su madre! Le hablaba de los elfos bailarines del lago a la luz de la luna, y de la bruja que estaba casada con el herrero y sabía entontecer a la gente y al ganado. Cuando Anna se hizo mayor, esas leyendas se le convirtieron en largos relatos sobre la vida y la muerte entre la gente de la mágica comarca fronteriza. Y entonces ella misma se hizo elfo, y pensó críticamente que todo aquello no eran más que mentiras, y que esas tierras extrañas sólo existían en la imaginación de su madre.

Un día, siendo ella ya mayor y con carnet de conducir, llevó a su madre en coche por aquellas tierras, a ver la cascada que caía en el largo lago. Estaba a veinticuatro millas de distancia solamente. Todavía recordaba cuánto se irritó con su padre al calcular la distancia en el mapa. Su padre tenía coche desde hacía muchos años, y bien habría podido llevarlas tan poco trecho a Johanna y a ella, que tanto había oído hablar de la tierra de su infancia. Bueno, habría podido si hubiese querido. Y si hubiese pensado en ello.

Pero cuando llegaron allí ella y su madre, aquel día soleado de hacía treinta años, toda su ira se había desvanecido ya. Y se sintió llena de solemnidad y de sorpresa al ver el paisaje: todo encajaba, helo aquí, el país de las hadas, con su largo lago al fondo, y la cascada, con toda su altura de unos veinte metros, y los laguitos norteños, en lo alto de los montes.

El molino estaba muerto. Allí habían construido una central eléctrica, fuera de uso ahora, cuando todo se hacía con energía atómica. Pero la bella cabina roja seguía allí, y servía de chalet de verano a algún desconocido.

El momento era demasiado grandioso para echarlo a perder con palabras, de modo que ninguna de las dos dijo gran cosa. Mamá se echó a llorar, y pidió excusas por tal debilidad:

–¡Qué tonta soy!

Sólo cuando sacaron del coche el cesto de la merienda y se sentaron con su café y sus canapés sobre una gran piedra lisa junto al lago, Johanna comenzó a hablar de veras, y sus palabras fueron entonces las mismas de cuando era pequeña. Y escogió la historia de la guerra que no tuvo lugar.

–Tenía yo sólo tres años cuando ocurrió la crisis de la Unión, y nosotros nos refugiamos en la gruta. Allá lejos, detrás del promontorio. A lo mejor lo que pasa es que lo recuerdo porque oí hablar de ello tantísimas veces cuando era pequeña. Pero lo cierto es que mis recuerdos de esto son muy claros y firmes. Ragnar vino a casa, y estaba muy elegante, con su uniforme azul de botones relucientes. No hacía más que decirnos que iba a haber guerra. Entre nosotros y los noruegos.

Aún se notaba sorpresa en su voz, la sorpresa de la criatura ante lo incomprensible. Una criatura de tres años que, como toda la gente de comarca fronteriza, tenía parientes al otro lado de los laguitos norteños, donde la hermana de su madre se había casado con un pescadero de Fredrikshald. Los primos habían pasado muchas semanas estivales juntos en la casita del molino, y ella misma había ido con su madre, apenas haría entonces unos meses, de visita a la ciudad de la gran fortaleza. Y recordaba cómo olía el pescadero, y lo que le había dicho al verla mirar los muros de la fortaleza.

–Mira, allí lo mataron, al desgraciado del sueco.

–¿A quién?

–Al rey sueco.

La chica había cogido miedo, pero su tía, más tierna que su madre, la cogió en brazos y la consoló:

–¡Pero si eso fue hace siglos!, ¡y la gente de entonces era muy malintencionada!

Quizás hubiese algo en la voz de su tío que se le había quedado en la mente, porque, después de esa visita a Noruega, ella se lo preguntó a su padre, que se echó a reír y le dijo, más o menos, lo mismo que le había dicho su tía: que todo aquello había pasado hacía muchísimo tiempo, cuando la gente se dejaba gobernar por reyes y militares locos de atar.

–Y, además, aquella vez no fue un noruego quien disparó el tiro, fue un sueco, un héroe desconocido de la historia.

La niña no había entendido estas palabras, pero las recordó. Y mucho después, cuando iba al colegio en Göteborg, pensó que aquel disparo había estado muy bien, que había sido un disparo de lo más justiciero, el disparo que puso fin a la vida del rey Carlos XII.

Esta vez Anna y su madre estuvieron bastante tiempo sentadas sobre la piedra lisa. Luego fueron despacio, dando un paseo en torno a la caleta, por el bosque, hasta el colegio, que aún seguía en pie, pero que resultó ser mucho más pequeño de lo que Johanna recordaba. En medio del bosque había un peñasco, tirado allí por los gigantes, pensaba Anna. Su madre se quedó un largo rato mirando la piedra, sorprendida:

–¡Pero qué pequeña es!

Y Anna, que solía cargar de magia las montañas de su niñez, no rió al oír esto.

Durante todo aquel largo sábado, Anna se las arregló para comportarse como una buena hija. Preparó los platos favoritos de su padre, escuchó, sin aparente impaciencia, sus interminables historias, lo llevó en coche al embarcadero, donde estaba el bote, y aguantó como pudo aquel frío terrible mientras su padre miraba los palletes, comprobaba si estaba bien el motor y echaba migas de pan a los patos de flojel.

–¿Qué te parece si damos una vuelta?

–No, no, por favor, hace demasiado frío. Y, además, tengo que ir en coche a ver a mamá.

Su padre la miró, entre irritado y zumbón. Anna nunca había sido capaz de aparejar una vela o de tirar como es debido de un cable de popa. Y menos mal que todavía..., pero, no, mejor no meneallo.

–Vaya –dijo–, lo único que has hecho en toda tu vida ha sido pasarte las horas muertas entre libros.

Lo que él quería era herirla, y lo había conseguido.

–Pues mira –le contestó–, bien que me ha ido.

–Bah, dinero –dijo él, concentrando toda su sorna en las comisuras de los labios–, el dinero no es lo más importante del mundo, por si no lo sabías.

–Sí, eso es verdad. Pero es importante para ti, que no haces más que quejarte de la pensión que tienes y miras hasta el último céntimo.

Con estas palabras se resquebrajaba su máscara de hija buena, se dijo Anna, maldiciendo su propia susceptibilidad y como encogiéndose ante la discusión, ahora inevitable.

«Esto es lo que más me duele», se dijo.

–Pero es que tú no tienes idea de lo que es pasar hambre y ser pobre de verdad –dijo su padre–, te aseguro que tuve que aprender muy temprano a mirar cada céntimo.

Ella consiguió sonreír, y le dijo:

–Vamos, papá, que te lo he dicho en broma.

Y así pasó la tormenta de verano, y luego ella lo ayudó a bajar a tierra y a entrar en el coche.

Anna pensó para sí que su padre tenía dos caras: irritable la una, sentimental la otra.

«Y cuando una se enfada, es hora de sacar la otra.»

Luego, Anna pensó que estaba siendo injusta, porque lo que había dicho su padre era la pura verdad: ella nunca había pasado hambre.

En el hospital las cosas fueron mejor ese día. Anna hizo como siempre, mimar a la anciana, cogerle la mano, darle de comer cuando le llevaron la comida.

–Vamos, vamos, una cucharadita para papá, una cucharadita para mamá...

Pero se paró en mitad de esta letanía.

«Esto –se dijo, asustada– es humillarla.»

La vieja se adormeció después de comer, y Anna siguió allí, contemplando el rostro sereno. Cuando dormía, su madre era casi igual a su antiguo ser, y Anna, a punto casi de reventar de ternura e impotencia, salió un momento a la terraza a fumar un cigarrillo. Con el cigarrillo en la mano, se puso a pensar en los aspectos difíciles del carácter de su madre, su tendencia a no llamar la atención, a echarse la culpa de todo. Una típica ama de casa, con una hija, y con todo el tiempo del mundo para idolatrarla.

Era estúpido y no servía para nada.

«No hay nada que haga tanto daño como el amor –se dijo–, lo que me pasa a mí es que tengo demasiadas cosas, ésa es la razón de que no sepa orientarme, ni por lo que a mamá se refiere, ni con Rickard. Y nunca, lo que se dice nunca, con las niñas.»

El recuerdo de sus dos hijas le hizo daño. Y sin razón, en el fondo, porque Anna no tenía el menor motivo para inquietarse por ellas. También ellas habían tenido una madre insuficiente; pero lo hecho, hecho está.

Cuando volvió junto a su madre, ésta despertó y se la quedó mirando, tratando de sonreír. Pero sólo duró un instante, y a lo mejor ni siquiera ocurrió. A Anna, sin embargo, le hizo tan feliz como si de pronto se le hubiese aparecido un ángel.

–¡Mamá! –dijo–, ¿quieres que te cuente lo que soñé anoche?, pues soñé con Agua del Norte, ¿te acuerdas?, con todo aquello que tú me contabas.

El instante había pasado hacía ya rato, pero Anna seguía hablando. Hablaba muy despacio y con frases largas. Como se habla con los viejos.

–Me acordé de cuando estuvimos allí por primera vez, tú y yo. Seguro que te acuerdas, fue un bello día de verano, y a mí me sorprendía mucho todo lo que me contabas. Nos sentamos sobre una piedra lisa, ¿te acuerdas?, junto al lago. Y tú hablabas de la cueva en la que habíais tenido que refugiaros, y de que todos estabais convencidos de que habría guerra con Noruega, y del tiempo que tuvisteis que pasar allí, y del frío que hacía, y todos estabais helados. Bueno, todos menos tú, que dormías con la cabeza bajo el brazo de tu padre.

Quizá fuesen pensamientos de esperanza, pero Anna se dijo que en los ojos de la vieja destelló un poco de animación, que su expresión pasó de sorpresa a alegría.

Sonrió.

«A lo mejor es que me hago ilusiones, no es posible, pero veo que sí, que sí es posible, no te me vayas, mamá, no te me vayas.»

Y siguió hablando de la cascada y del bosque, y el rostro se desdibujó de nuevo. Pero, de pronto, Anna añadió:

–Muchas veces me he preguntado qué se sentiría durmiendo en la cueva esa. Con lo húmedo que debía de ser aquello, y ni siquiera teníais fuego, sólo comíais cosas frías.

Ahora sí que no cupo duda: el rostro volvió a animarse, y esta vez era claramente un atisbo de alegría.

Su madre trataba de sonreírle, y evidentemente, era un tremendo esfuerzo: no acababa de salirle, y la sonrisa se quedó en mueca. Pero luego volvió a ocurrir el milagro: los ojos pardos miraron fijamente a Anna, una mirada firme y llena de intención.

Al cabo de un momento ya había vuelto a dormirse. Anna siguió allí mucho rato. Al cabo de media hora se abrió la puerta y apareció en el vano la enfermera de ojos azules, y dijo:

–Hay que mudar a los pacientes.

Anna se levantó, susurró su agradecimiento al oído de su madre. Cuando abandonó la habitación, la vieja, en la cama, comenzó a chillar.

Anna fue dando la vuelta por la orilla, estuvo un rato sentada en el coche, oteando el promontorio donde había aprendido a nadar ella sola. Allí se mezclaban tomillo y mejorana, aciano y hierbabuena, con la recia, áspera hierba de las salinas; entre los acantilados había una atarazana para botes, y las casitas estaban ahora decoradas con azulejos, y ampliadas con tan poco gusto que apenas era posible reconocerlas. Más allá, hacia la parte de los montes, donde se extendían antes los prados de su niñez, cubiertos de fresales, aciano y vacas, se alzaban ahora las hileras de casitas como rascacielos caídos de lado.

Sólo el mar, allá fuera, seguía siendo el mismo. Y las olas, dibujando sus largos perfiles bajo el horizonte gris.

«Tierra perdida, niñez perdida.

»Por aquí fuimos una vez, bordeando la costa, entre la hierba, cogidos de la mano. Con la toalla de baño y la cesta de la merienda, llena de canapés, café para ti y zumo de fruta para mí. Yo empezaba ya a crecer, pensó Anna, sintiendo honda pena. Y también ira.

«¿Por qué se habrá vuelto todo esto tan feo, tan bárbaro?

»En otro tiempo mamá estaba aquí, bella como el paisaje mismo. Y ahora decae. Y yo trato de enseñarme a mí misma a aceptarlo. Y ya es hora, porque también yo envejezco, pronto seré vieja.

»Hay que volver a casa.

Bueno, prisa, lo que se dice prisa, no tenía, porque su padre estaría durmiendo.

Silenciosa como un ladrón fue Anna por la casa, y acabó encontrando lo que buscaba, el álbum de fotos. Pero las imágenes que éste le brindaba no despertaron recuerdos en ella, era más bien como un estado de cuentas figurativo. Sí, justo, así es como éramos.

Abrió cuidadosamente el cajón para volver a poner el viejo álbum en su sitio. Encontró un impedimento, y tardó un poco en darse cuenta de lo que era: bajo el papel floreado con que su madre había forrado hacía años los cajones, había todavía una fotografía, con su cristal y su marco. ¡La abuela!

Anna la sacó de allí, miró con sorpresa la pared donde solía colgar, junto a las fotos de los abuelos, los hijos y los nietos. Sí, justo, iguales. Ésta era la única que faltaba, y en el papel de la pared se notaba el cuadrado limpio donde estaba antes.

«¡Qué cosa más rara!, ¿por qué quitaría mi padre de ahí a la abuela? ¿Sería por antipatía?»

¡Pero, no, no podía ser!

«Bueno, ¿y yo qué sé? ¿Qué se sabe de los padres?, ¿y de los hijos?

»En fin, ¿y qué importancia tiene? ¿Por qué ha de sentirse como una carencia el no recordar y el no haber comprendido? Y, sin embargo, lo siento en mí como un hueco que hay que llenar. Como si yo no hubiese tenido niñez, como si lo ocurrido no hubiese ocurrido.

»Bueno, ellos al menos sabían contar, sobre todo mamá, con su don de dar color y vida a todo.

»¿Cuánto color y cuánta vida?

Ella se daba perfecta cuenta de que su padre añadía siempre pinceladas efectistas y omitía de sus relatos lo que le parecía innecesariamente complicado. Y lo disculpaba, porque así todo resultaba más emocionante y dramático, y más divertido también, y de más efecto.

Anna subió despacio la escalera, hacia su vieja habitación infantil, se echó sobre la cama, sintió el cansancio que la llenaba. Al borde mismo del sueño, de pronto se dio cuenta de haber hecho un descubrimiento importante: a lo mejor lo que le ocurría era que tenía muy pocos recuerdos de infancia, porque lo que ella había vivido no era más que una descripción, un relato en el que no le era posible reconocerse realmente.

¿Sería así como nacía la sensación de extrañeza, de algo ajeno a uno?

Despertó al oír al viejo trastear en la cocina con la cafetera, se levantó, corrió escaleras abajo, llena de escrúpulos.

–Ah, vaya, eres tú –dijo él, riendo–. Pensé que había soñado que estabas aquí de visita.

–¿Se te había olvidado?

–Bueno, los años le hacen a uno olvidadizo.

Ella le quitó la cafetera de las manos y le dijo:

–Anda, tú siéntate en el sofá de la cocina, que yo me encargo del café.

Encontró bolitas de canela en el congelador. Las puso a descongelar en el horno. Vio el agua agitarse en burbujas a través del filtro de papel. Al sentir el aroma del café se le desdibujó en la distancia la voz del viejo, que estaba en medio de una explicación sobre cómo se había topado con una ballena una vez que iba en barca por Skagen. Era una anécdota muy vieja, y ella ya la había oído muchas veces. Y siempre con gusto.

Su padre ya había perdido el don de comunicar intensidad y emoción y de no perder el hilo. Su relato, ahora, serpenteaba, daba vueltas, se perdía:

–A ver, ¿por dónde iba...?

–Pues ya ibas fuera de Varberg.

–Ah, sí, justo –dijo él, agradecido.

Pero lo malo era que el hilo que volvió a coger a partir de Varberg pertenecía a otra historia, una historia que trataba de una chica y un baile en el patio del viejo castillo. Y se interrumpió a la mitad y dijo, algo desconcertado, que no, que era en el castillo de Kungälv donde había bailado en una clara noche de verano. Y, de paso, se había tenido que pegar con el novio de la chica.

Cuando se puso a describir su victoria, mano a mano, contra el novio, su relato se volvió claro y preciso, firme y elevado, brillante. Pero enseguida se vino abajo en una confusión de recuerdos heteróclitos, en los que había peleado y vencido, parado un caballo desbocado, salvado la vida a un joven que se debatía en las aguas de un puerto de Dios sabía dónde.

Anna sacó las bolitas de canela del horno. La desesperación que la invadía llegó a ser insoportable. Era espantoso, tanta descarada jactancia, aquel cerebro en disolución que vomitaba recuerdos inconexos.

¿Y serían recuerdos, después de todo? A lo mejor no eran más que mentiras que habían ido creciendo y complicándose con el paso de los años.

«No quiero envejecer», se dijo. Y al servir el café en las tazas, pensó: «¿Cómo será posible que yo llegue a ser así?», pero añadió, en voz alta:

–El hule está empezando a resquebrajarse, vamos a tener que comprar otro mañana.

Después del café, el viejo fue a ver la televisión, la bendita, repulsiva televisión. Y allí, hundido en el ahondado butacón, se fue quedando dormido, como solía hacer, lo que le permitió a ella preparar la comida, y hasta dar un corto paseo por el robledal, entre los montes y la casa.

Comieron como solían: pura rutina. Había carne picada con cebolla, salsa de crema y arándanos.

–Sólo como así cuando estás tú –dijo el viejo–. Las chicas que vienen aquí no tienen tiempo de hacer platos como éste.

Latía un reproche en estas palabras. Y como ella no parecía captarlo, el viejo insistió:

–Podrías instalarte aquí, escribirías igual de bien que en casa.

–Es que tengo marido e hijas.

–Pues también ellos pueden venir a verme –subrayó el viejo, y ella se dijo que en esto tenía razón.

«Es verdad que podría terminar aquí perfectamente mi informe, en el cuarto viejo. Cierto –pensó, y se echó a reír aviesamente–, pero ¿cómo ser sincera? Imagínate, papá, si fuera yo ahora y te dijese las cosas como son, que en tu casa no tengo lo que se dice ni un minuto de paz, y que, ahora mismo, no sé cómo voy a poder aguantar dos días más contigo sin volverme loca.»

–Yo no te molestaría –añadió él.

Había en estas palabras como un ruego, y a ella estuvieron a punto de saltársele las lágrimas, pero se puso a hablarle de los ordenadores que necesitaría para su trabajo, máquinas que no se pueden llevar así como así de un sitio para otro.

«Sí, eso –siguió pensando–, sinceridad», mientras mentía descaradamente a su padre.

Cuando el viejo se levantó de la mesa y le dio las gracias por la comida, había en su voz un cierto tono helado.

«La verdad es que no me gusta –pensó ella–, le tengo miedo, no lo aguanto, me repele. Y lo peor de todo es que le quiero mucho.»

Se puso a lavar los platos. Llegó un vecino, un hombre que a ella le caía simpático, un tipo verdaderamente amable. Él se alegró de encontrarla allí, le acarició la mejilla y le dijo:

–De sobra sé que no es fácil.

Y ella sintió un miedo incomprensible a mirarle a los ojos, como si pasase en aquel momento una sombra por la cocina.

–Vamos, vete con papá, venga –le dijo–, y así te preparo un *grog*.

Notó, al decir esto, como si su voz vacilase.

Preparó la bandeja con mano temblorosa: la botella de ginebra que ella misma había llevado, un cuenco con cacahuetes.

«¿Presentimientos? ¡No, ni hablar!, lo que me pasa es que estoy cansada y soy una idiota.»

Dijo esto a media voz, y lo repitió varias veces:

«Estoy cansada y soy una idiota. Ese hombre es joven, sano y alegre, el tipo de persona que vive mucho tiempo.»

Y cuando les sirvió las copas, le dijo, como de paso:

–¿Y qué tal te van las cosas, Birger?

Él la miró con sorpresa, y contestó que le iba igual de bien que siempre, a lo que ella asintió, pero en toda la velada no le miró una sola vez a los ojos.

Se acostaron temprano. Hacia las nueve el viejo se sintió súbitamente cansado. Ella lo ayudó a acostarse, con toda la suavidad y docilidad que le fue posible. Después de todo, la dignidad de su padre era vulnerable.

Tal como solía hacer se llevó una taza de té a su cuarto. Su madre se lo había aconsejado insistentemente: una taza de té con miel antes de dormir. Al beber el té dulce, su niñez volvió a cobrar vida en su mente, los recuerdos que su memoria guardaba como en un almacén. El aroma de la miel en el té, la taza decorada con florecillas azules, y, fuera, al otro lado de la ventana, los chillidos de las gaviotas, como cayendo del cielo llenas de descarado gozo de vivir.

Abrió la ventana y siguió con la mirada la chillona bandada, que volaba mar adentro, por las islas de Asper y Köpstad. Al cabo de un minuto oyó a un mirlo cantar entre los robles, donde mayo acababa de germinar.

Esto fue demasiado para ella. Tan intensa melancolía era imposible de resistir. Tomó, sin vacilar, un somnífero.

La luz dorada la despertó temprano. Y quizá no fuese sólo la luz, porque en sus sueños de aquella noche había oído los gorjeos de la huerta, bellos y fuertes como la primavera misma. Estuvo un rato echada, en silencio, tratando de distinguir las mezcladas voces: el júbilo del pinzón; las alegres señales del paro; el temblor, en vuelo bajo, de las golondrinas en picado hacia las tejas...

«Ya llegaron las golondrinas –pensó, sintiendo durante un instante que todo iba como debía–, y están haciendo sus nidos.»

Se deslizó escaleras abajo, a la cocina, sin ruido, como un espíritu, se preparó una taza de café, cogió una bolita de canela y volvió a subir sigilosamente, escaleras arriba, recordando que el sexto escalón crujía mucho, pero, al llegar a él, saltó por encima, evitando así el peligro de despertar al viejo, que roncaba en su alcoba.

Meditó; los gorjeos de las aves la ayudaban a encontrar su propio silencio, y la seguridad de que nada es peligroso, aunque todo sea sufrimiento. Durante un instante llegó incluso a creer que su madre no estaba pasándolo mal, que ya había cruzado el umbral del dolor. Y que la memoria de su padre era tan corta que no recordaría el rencor.

Cogió la foto de su abuela y estuvo largo rato mirándola.

«Hanna Broman. ¿Quién fuiste? Yo te conozco, por raro que parezca, y casi sólo de oídas. Fuiste una leyenda, grandiosa y ambigua. Tremendamente fuerte, solía decir mamá.

»Debería recordarte bien, pues viviste hasta que yo ya era mayor, casada y con hijos. Pero esta foto no coincide con los recuerdos que guardo de ti. Y se comprende, porque la hicieron siendo tú joven, una mujer en lo mejor de la edad. Yo sólo te conocí de vieja, como a una extraña, absurdamente grande y gruesa, envuelta en ropones negros y muy arrugados.

»Aquí estás en lo mejor de tu vida, cuando no te costaba recorrer una milla con un saco de harina de cincuenta kilos a cuestas, desde el molino de la cascada hasta el poblado de la frontera. Y allí cambiabas la harina por café, petróleo, sal, y otras cosas necesarias.

»¿Es posible que sea cierto? Mamá decía que llevabas el saco, tan pesado, a cuestas, pero sólo en primavera y otoño. En el verano lo que hacías era remar, y en el invierno tirabas del trineo sobre el hielo.

»Tú y yo nacimos en mundos distintos. Pero ahora me doy cuenta de que somos muy parecidas: la misma frente, la misma línea del pelo con largo flequillo. Tenemos la misma boca larga, la misma nariz corta. Pero tú no tienes mi barbilla, no, la tuya es fuerte, terca. Y tu mirada es firme, y tus ojos mantienen distancias. Recuerdo que eran pardos.

»¡Nos miramos por primera vez!, ¡y largo rato, por cierto!

»¿Quién fuiste?, ¿por qué no llegamos a conocernos nunca?, ¿por qué te interesaba yo tan poco?

De pronto Anna oye una pregunta. Es la niña, que dice:

–¿Por qué no es una abuela como las de verdad?, ¿una abuela de ésas de sentarse en sus rodillas y contar cuentos?

Y la voz de su madre:

–Es que es vieja y está muy trabajada, Anna. Ya está un poco cansada de tanto niño. Y en su vida nunca ha tenido tiempo para cuentos de hadas.

«¿No había, quizás, una cierta amargura en aquella voz?

»Tengo que fijarme más en estas cosas que recuerdo.

«La abuela venía a veces de visita a última hora de la mañana cuando yo era pequeña y ella todavía podía recorrer sola el largo camino que iba de la parada del autobús a la casa junto al mar donde ellos vivían. Se sentaba en el sofá de la cocina, donde olía a empanadas y a pan de trigo recién cocido, y el hule de la mesa era bonito y las tazas eran preciosas. Siempre llevaba consigo una labor, era como un gato que se sienta a reposar en la esquina del sofá y se pone a ronronear. También ella ronroneaba, de eso me acuerdo yo muy bien, y graznaba, estridente, como un ave zancuda. Bueno, eso cuando no estaba charlando.

»Hasta el charloteo era un descanso, en un curioso idioma, medio noruego, ligero y descuidado, incomprensible a veces.

»Siempre conseguía sorprenderse, y sorprender a los demás, no pensaba antes de hablar, sus palabras volaban en tropel. Y luego nos miraba con aire de sorpresa, se quedaba súbitamente silenciosa, se avergonzaba, o bien se echaba a reír.

»¿Y de qué hablarían?

»De los vecinos de la Casa del Gobernador. Y de los niños que acababan mal. Y de los hombres que bebían y de las mujeres que enfermaban. Pero también de bodas, y de recién nacidos, y de fiestas, y de comida, y de cómo se las arreglaría la gente para que le alcanzase el dinero.

Para la niña todo aquello era como cuando se levanta el tejado de una casa de muñecas y se ve en el interior todo un hormigueo de figuritas. Como un juego. Pero para las dos mujeres era pura realidad, la cosa más seria del mundo. Ambas sentían vivo interés por los niños enfermizos de los Höglund, y por las borracheras de Johansson, el pintor. Y no digamos por la señora Niklasson, con sus extrañas dolencias.

Pura charla, puro cotilleo. Nada malintencionado, pero tampoco, por otra parte, benévolo. Hasta ahora no se le había ocurrido a Anna pensar que esa interminable charla era una verdadera orgía de sentimientos. Las dos mujeres se complacían, literalmente, en las desdichas ajenas, y no hacían más que quejarse, y vivían, por así decirlo, sus anhelos y carencias personales sin llegar nunca a personalizar. Hablar de uno mismo era imposible, vergonzoso.

«La abuela se ruborizaba con mucha facilidad.

»–¿Pero es que tú no lloras nunca, abuela?

»–¡Quia! No es necesario –decía ella, ruborizándose vivamente.

Y también mamá se sentía violenta, y reñía a la niña. Eran muchas las cosas que no se podían preguntar a la abuela, la cual, además, pensaba que los niños demasiado curiosones debían ser puestos en su sitio con toda severidad, y que Johanna no estaba educando debidamente a su mimadísima hija.

–A ti lo que te pasaba –le dijo Anna a la foto– es que eras demasiado práctica.

«A lo mejor me equivoco», pensó, apartando la vista de la foto y mirando al mar por la ventana abierta.

Sus ojos buscaron un largo trecho que pasaba por delante de las casitas, donde vivía la nueva gente anónima, tabiques de madera por medio, y sin apenas conocerse entre sí, ni de nombre siquiera. A lo mejor lo que les pasaba a las dos mujeres era que sentían una triste añoranza de la aldea de la que procedían. Y que trataban de recrear ese vínculo, esa sensación de la aldea perdida desde que vivían en la gran ciudad.

Anna oía a su madre reírse desdeñosamente de tales explicaciones. ¡Qué va!, a ella le encantaba la ciudad, con su luz eléctrica, con su agua corriente, con sus tiendas, que estaban todas en el mismo barrio, y con el derecho que daba a sus habitantes a cerrar la puerta al resto del mundo.

«La abuela venía los domingos a comer, y papá la traía en coche. Llevaba un gran collar de pasta y cuello blanco. En la mesa se estaba calladita hasta que alguien le hacía una pregunta, y se mostraba sumisa con su yerno.»

Anna se acordó de pronto:

«Es un recuerdo clarísimo», se dijo, sorprendida. En torno a la mesa de la comida dominical se oían voces inquisitivas que se cebaban en lo que decía la maestra del pueblo de que Anna era una chica muy dotada.

«¿Dotada?, ¡pero si aún es muy joven!»

La maestra se refería a sus estudios. Y la abuela, oyéndolo, se reía y se sonrojaba, encontraba que no era propio decir cosas así. Dirigió una larga mirada a la niña, diciéndole:

–¡Para lo que te va a servir!, ¡tampoco tú escaparás, por mucho que te envanezcas!

Posiblemente fueran estas palabras las que decidieron el porvenir de Anna, porque eso de «después de todo no es más que una chica» despertaba la ira de su padre, que no quería reconocer lo mucho que le fastidiaba que su único vástago fuese hembra.

–Anna tendrá que decidir por sí misma. Si quiere estudiar, habrá que permitírselo.

«¿Cómo olvidar ese domingo, esa conversación?», pensaba Anna, volviendo a la cama y mirando de nuevo la fotografía.

–Te equivocaste, vieja bruja –dijo–. Estudié, ¡vaya si estudié!, y me examiné y todo, y tuve éxito, y me moví por el mundo, y de una forma que tú ni podrías soñar.

«Y también me envanecí, como solías decir, como solían decir todos. Y, por lo que a ti respecta, tú, vieja bruja, te convertiste en un fósil, en un residuo primitivo, en un resto de un tiempo desaparecido. Te excluí de mi vida, y te convertiste en el recuerdo penoso de un origen del que me avergonzaba.

»Ésa es la razón de que nunca llegase a conocerte, y de que ahora no me queden recuerdos de ti. Pero también es ésa la razón de que tu foto me hable con tanta fuerza. Y es que me dice con completa claridad que también tú, sí, tú, fuiste una chica muy dotada.

»Tus prejuicios eran distintos de los míos, eso es bien cierto. Pero a veces tenías razón, y sobre todo cuando decías que tampoco conseguiría yo escapar a mi suerte por mucho que lo intentase. Incluso a mí me esperaba eso: una vida de mujer.

»Cierto que no tuve que llevar sacos de harina a cuestas, como tú, desde el molino hasta el pueblo, abuela, pero, así y todo, sí que los llevé, no creas, sí que los llevé.

Hanna

(1871-1964)

La madre de Hanna había tenido hijos en dos etapas. Los cuatro primeros murieron de enfermedad durante los años de hambre de la sexta década del siglo XIX. Maja-Lisa tomó personalmente entonces la decisión de dejar de tener hijos; osó pensar que ya estaba bien de prole.

Pero el año 1870 trajo primavera lluviosa, y la tierra, requemada por la sequía, pudo beber a sus anchas, de modo que hubo de nuevo pan para todos en la mesa. No es que hubiese lo que se dice superabundancia, no, pero al llegar el otoño, hubo también nabos y patatas en la despensa que tenían bajo tierra. Y vacas con suficiente pasto para volver a dar leche.

Y entonces, Maja-Lisa volvió a quedar embarazada.

Ella maldijo su sino, pero August, su marido, dijo que, por el contrario, era cosa de dar gracias, porque, después de todo, los años malos no les habían desahuciado de su finquita, y no tenían que ir por los caminos hechos unos harapientos, como muchos pequeños agricultores del valle.

Hanna fue el primer vástago de la nueva época, y luego nació otra chica, y después tres chicos. De la primera época Maja-Lisa había aprendido una cosa: no coger demasiado apego a sus nuevos hijos. Y otra cosa también: tener un santo horror a la suciedad y al aire malsano.

Esto último, sin embargo, lo había aprendido en la iglesia. En los años del hambre tenían en el pueblo un cura joven y de ojos dulces, que hacía todo cuanto podía por vivir según las enseñanzas de Cristo. Compartía su pan con los viejos y dondequiera que fuese llevaba siempre leche para los niños, a pesar de que la comida escaseaba entonces incluso en la casa del cura. De día enterraba a los niños y a los viejos y escribía certificados de buena conducta a todos los que decidían emigrar al oeste: a Noruega y a América; y de noche pedía a Dios por la pobre gente.

Como las oraciones no parecían surtir mucho efecto, el cura las cambiaba cada vez más por los consejos que le enviaba su hermano, que era médico y vivía en Karlstad. Ésta fue la razón de que sus sermones tratasen con creciente frecuencia de peso e higiene. La tisis acechaba en la suciedad, y el raquitismo en la obscuridad, decía él a sus feligreses. Todos los niños debían salir al aire puro. No morían de frío, sino de obscuridad y de suciedad, tronaba el cura. Y había que darles leche.

Su grey se habría reído de estas cosas en tiempos normales, pero ahora, las madres angustiadas lo escuchaban con atención, y Maja-Lisa fue de las que tomaron muy en serio lo de la limpieza.

Le costó muchas discusiones y mucho agobio convencer a su marido de que no había que escupir en las esteras. Pero no cejó, y se mostró inflexible, porque había comprobado que el cura tenía razón. Los hijos que había tenido ahora relucían de vigor y salud.

Por desgracia, el cura de los ojos dulces desapareció, y le sucedió otro que le daba demasiado a la frasca del aguardiente. Con este cambio de cura sucedió como con casi todo en la comarca, que, pasados los años del hambre, fue a peor. El miedo se había convertido en costumbre, la alegría escaseaba y había recelo y envidias para dar y tomar. La distancia entre los vecinos creció también a medida que el bosque reclamaba campos y prados en torno a las casas abandonadas.

El invierno atraía manadas de mendigos a las aldeas, y eran como un vivo recordatorio.

Cuando Hanna cumplió diez años, llegó a Bråten el cura nuevo para celebrar reuniones catequísticas en la parroquia y les dijo que debían dar gracias a Dios por vivir en un lugar tan bonito. Hanna miraba con sorpresa el lago y las altas montañas, sin entender lo que les decía el cura, y menos aún entendía que Dios cuidase tanto de sus hijos. Dios, pensaba ella, sólo se ocupaba de los que lo pasaban mal y habían aprendido a cuidar de cada miga como si fuese un pan entero.

A los doce años, Hanna fue enviada a la Casa Grande que estaba junto a la desembocadura del río, donde iba a hacer de criada. Ya había ido a la escuela lo justo para aprender a calcular y a leer si hacía falta. Y con eso, le dijo su padre, tenía bastante.

En Villa Felicidad, que era como se llamaba la Casa Grande, mandaba Lovisa, una mujer tacaña y famosa por su dureza y arrogancia. La casa pasaba por ser rica en aquella pobre comarca, pero en la llanura se habría quedado en triste minifundio. Lovisa había tenido mala suerte con sus hijos: dos hijas que habían muerto asfixiadas cuando eran bebés, y un hijo que se había encogido y tullido hasta morir de raquitismo. Ahora ya sólo le quedaba un apuesto muchacho acostumbrado a tener de todo. Este chico destacaba mucho de la gente corriente, hasta en su aspecto, pues era moreno y de ojos negros.

Las malas lenguas hablaban de cierta tribu de gitanos que había recorrido la comarca el verano antes de que este chico naciera. Pero la gente sensata prefería recordar que el abuelo paterno de Lovisa era español: un marinero náufrago que había sido salvado de ahogarse en Orust.

En aquella comarca casi todos estaban emparentados. El cabeza de familia de Villa Felicidad se llamaba Joel Eriksson y era hermano de la madre de Hanna. El abuelo paterno vivía todavía en la casona, pero había repartido las tierras circundantes entre sus hijos. Joel, el hijo, recibió Villa Felicidad en propiedad, y Maja-Lisa y su marido hubieron de conformarse con el usufructo vitalicio de Bråten, que era menor y menos próspero.

Como prueba de que todavía quedaba justicia en este mundo, Maja-Lisa se casó con August Nilsson, hombre bueno y trabajador que había crecido en Noruega. Mientras que a Joel, su hermano, le tocó Lovisa, dura y áspera, de la comarca de Bohus.

Lovisa era piadosa. Como muchos de su índole, se complacía en predicar e imponer a los demás la más estricta moral y disciplina cristiana, y podía permitirse el lujo de ser cruel a diario con la mejor conciencia del mundo.

Y ahora le tocaba a Hanna habituarse a esos largos días de trabajo duro y muchas regañinas. Ella, sin embargo, no se quejaba, y nunca se enteró siquiera de que los vecinos la compadecían y decían que Lovisa le pegaba como se pega a un animal. La chica podía, eso sí, comer cuanto quería, y, al menos un día al mes, podía ir a casa de su madre con una cesta de harina. Eso la ponía muy contenta.

En octubre, cuando se hacía obscuro de veras, Hanna tuvo la menstruación por primera vez. Le dolía, y sangró mucho, y se asustó. Pero no se atrevía a ir a hablar de ello con Lovisa. Cogió el pedazo de tela más usado que encontró, lo cortó en tiras y se lo ató entre las piernas para sujetar con ellas el trapo ensangrentado. Lovisa la miró con recelo y gritó:

–¡Pero, chica, si andas como una ternera patituerta!

Hanna no pudo llorar a gusto hasta el sábado siguiente, cuando fue, por fin, a casa. Pero apenas lloró, porque su madre le dijo cariñosamente que con llorar nunca se adelanta nada y la ayudó a ponerse compresas como Dios manda, y una cinta en torno a la cintura para sujetarlas bien. Del costurero de su madre salieron dos imperdibles muy caros; se los puso, sintiéndose afortunada y rica. Y luego Maja-Lisa le dijo:

–Ahora tienes que darte cuenta de que corres peligro; lo primero que tienes que hacer es no acercarte a un hombre más de medio metro.

Un día Hanna se quedó dormida en un hórreo lleno de heno. Tenía su lugar para dormir en la cocina, pero allí nunca había tranquilidad, porque la familia se pasaba la velada discutiendo. Casi siempre era el chico el que armaba el jaleo; su madre no hacía más que mimarle, mientras su padre estaba empeñado en hacerle un hombre. Hanna solía estar tan cansada que se quedaba dormida a pesar de las duras palabras que se cruzaban a gritos sobre su colchón de paja del rincón de las muchachas. Pero aquella noche eran los señores los que estaban discutiendo en su cuarto, y el ruido llegaba a la cocina a través de la puerta cerrada: golpes fuertes, y terribles gritos y chillidos. Hanna se dijo que esa vez Joel iba a matar a su mujer. Pero enseguida oyó gritar a Rickard *El Moreno:* fue un grito terrible y acalorado, como un aullido que llegase de debajo de la tierra.

«Vaya, le han despertado, ¡la verdad…!»

Y entonces se refugió en el establo. La asustaba mucho el chico, pues siempre empezaba a pellizcarla en cuanto su madre miraba a otra parte.

Y ahora se había dormido en el hórreo lleno de heno, como un animal exhausto, y no despertó hasta que sintió a Rickard tirándole de la falda. Trató de gritar, pero él la cogió por el cuello, y ella entonces supo que iba a morir. Esta idea la hizo callar, quedó sumida en el mayor silencio. Él era fuerte y macizo como un animal, y se tiró y se revolcó sobre ella, y cuando la penetró, y ella se le abrió, pudo aún, en medio del terrible dolor que sentía, pedir a Dios que la recibiese en su seno.

Luego se murió, y le sorprendió mucho despertar al cabo de un rato y encontrarse toda ensangrentada y desgarrada. Consiguió moverse: primero las manos, luego los brazos, finalmente las piernas. Al cabo de unos minutos, su mente tomó una decisión, o, cuando menos, forjó un pensamiento: tenía que ir a casa, a refugiarse en su madre.

Fue despacio por el bosque, dejando una sangrienta huella de su paso. El último kilómetro lo recorrió a rastras, a cuatro patas, pero cuando llegó a la puerta y gritó, pidiendo auxilio, su voz fue lo bastante fuerte como para despertar a su madre.

Por primera y última vez en su vida, Hanna vio a su madre llorar. Maja-Lisa la extendió sobre la mesa de la cocina y la lavó y limpió y secó una y otra vez, pero sin conseguir parar la hemorragia.

–¡Dios mío! –dijo Maja-Lisa, y lo repetía constantemente, hasta que recapacitó y envió a su hijo mayor a buscar a Anna, que era la comadrona de la comarca y había ayudado a Maja-Lisa a salir de muchos partos. Anna también sabía parar hemorragias:

–¡Date prisa, mucha prisa! –le dijo Maja-Lisa al chico.

Iba a quitar a la muchacha su ropa desgarrada, pero cambió de idea. En medio de la ira terrible que la invadía, se le ocurrió pensar que Anna no sólo era comadrona: también llevaba de puerta en puerta los peores secretos del pueblo.

Hanna dormía, o estaba inconsciente. Maja-Lisa, mirándola, no acababa de decidir cuál de ambas cosas. La cocina parecía un matadero, y Maja-Lisa pedía a Dios con más fuerza cada vez un poco de clemencia para Hanna, mientras sus hijos, en torno a ella, se tapaban los ojos y las orejas.

Por fin llegó Anna, recia y serena. Traía raíces de plantas cortadas en finas briznas. Las mezcló con cizaña y grasa de tocino y untó la mezcla en el bajo vientre de Hanna con un poco de aceite.

Hanna despertó durante el tratamiento y comenzó a llorar bajo. La comadrona se inclinó sobre ella, y le preguntó:

–¿Quién fue?

–Rickard *El Moreno* –susurró la chica.

–No hace falta que lo jures, hija –dijo Anna, sombría.

Luego dio a beber a la chica un brebaje hecho con ortiga y muérdago hervidos, diciéndole que aquello pararía la hemorragia y le daría un sueño profundo. Y sólo Dios sabía si iba a poder tener hijos. Y, naturalmente, de casarse, ya ni hablar.

Maja-Lisa no parecía entristecida, y eso que no sabía que las dos profecías de Anna iban a quedar sin cumplir. De momento, lo que hizo fue enviar a sus hijos a la cama, preparar café, asear la cocina y descubrir que la escopeta había desaparecido de la pared, donde siempre estaba colgada; y August había desaparecido con ella.

Al ver esto, empezó de nuevo a gritar, y sus hijos acudieron del dormitorio a todo correr, pero Anna, la comadrona, que se había fijado en la mirada de Maja-Lisa y sabía por qué gritaba, se sonrió con sorna:

–¡Bah, los hombres!, ¡vamos, hija, tranquilízate, que aquí no hay nada que hacer!

–¡Es que va a la Casa Grande! –gritó Maja-Lisa.

–Ya verás como no llega la sangre al río.

Y esta profecía sí que le salió bien a Anna, porque, cuando August llegó a Villa Felicidad, el hijo de la casa ya había desaparecido. Los dos hombres se tranquilizaron a fuerza de aguardiente y decidieron que al chico habría que obligarle a casarse con Hanna en cuanto ésta tuviera la edad, y que, hasta entonces, habría que tratarla con el respeto debido a una hija de la casa.

Pero esta decisión acabó en nada. Hanna afirmó que prefería tirarse al río a casarse con Rickard. Maja-Lisa se desesperó. Lovisa mandaba recados secretos a su hijo, rogándole, por lo que más quisiese, que no se acercase por allí hasta que ella le avisara. La vieja Anna habló de denunciar el caso al jefe de la policía de la comarca, y decía:

–De pequeña oí hablar de un hombre a quien condenaron a muerte por haber forzado a una criada.

Pero ni August ni Maja-Lisa estaban dispuestos a causar tal disgusto a sus parientes de Villa Felicidad.

Por el pueblo se hablaba y se murmuraba sin parar. La

gente empezó a evitar a Lovisa y a no aparecer por Villa Felicidad. Hasta que, finalmente, se supo seguro que Hanna estaba embarazada, y a partir de entonces fueron cada vez más los que pensaban que no podía haberse defendido con mucho ahínco, a fin de cuentas. Decían que no era cierto, que la pobre Hanna había sido deshonrada. Como solía hacer, Anna, la vieja comadrona, había hablado más de la cuenta en este asunto.

Cuando Hanna dejó de tener la regla dos meses seguidos, Maja-Lisa se dijo y se repitió cien veces al día que eso tenía que ser porque la chica estaba mal del estómago. Pero un día, Hanna comenzó a vomitar.

Maja-Lisa fue a ver a Anna con su hija, y la comadrona le palpó la tripa, abrió los ojos como platos y dijo que los caminos del Señor eran, ciertamente, inescrutables. Luego se fue al claro del bosque a buscar perejil silvestre, preparó un brebaje, pero comprobó que ya no podía tener efecto en el niño.

–Es que ha pasado ya demasiado tiempo –añadió.

Hanna dio a luz a su bastardo un 5 de julio, cuando apenas tenía trece años. Era un chico fuerte y sano, de ojos negros. El parto fue largo y difícil, porque el niño no quería salir. Y cuando finalmente estuvo fuera, Hanna sintió que le invadía una extraña ternura por su hijo.

A pesar de lo mucho que se parecía a su padre.

Tan desconcertante era este sentimiento que acabó induciéndola a tomar las decisiones que la situación requería. Ella sabía perfectamente que sus padres no podrían alimentar a dos bocas más, de modo que no le quedó otro remedio que volver a Villa Felicidad. El abuelo del niño juró por lo más sagrado que ella allí sería tratada como una hija, y lo cierto es que cumplió su promesa mientras pudo. Se aficionó al niño, que creció rápidamente y era muy risueño. Era un niño bastante extraño, siempre contento, y fuerte como él solo.

Hanna trabajaba igual de duro que antes, y Lovisa no se mostraba más afable con ella, aunque hablaba mucho de caridad desde que había sido convertida por un miembro de la Asociación de Misioneros Cristianos, que iba una vez al mes al pueblo y reunía a sus feligreses en el granero de la casa vecina.

Los tres esperaban a Rickard, pero nadie decía nunca una sola palabra sobre él. Más tarde corrió por el contorno el rumor de que había sido visto en la comarca.

Fue entonces cuando Hanna tomó la decisión de ir al adivino que vivía en el bosque, río arriba, detrás de la Garganta del Diablo. Llevaba mucho tiempo pensando hacerle una visita, pero le daban miedo los malos rumores que corrían por allí sobre el viejo y su esposa, que era una bruja.

Hanna pidió a Joel Eriksson que cuidase del niño mientras ella estaba fuera. Era domingo y alegó que quería ir a la iglesia. El otro asintió, afable. Era buena cosa buscar a Dios donde realmente estaba, dijo, echando una intencionada ojeada a su mujer. Lovisa, por su parte, gritó a Hanna que no se olvidara de ponerse su pañolón si iba a la casa de Dios.

Hasta la iglesia, que estaba a orillas del río, habría cosa de una milla, y luego había que ir por un terreno empinado a lo largo de la cascada. Pero en el agua serena encontró Hanna un buen vado, y luego ya sólo le quedaba una media hora por el bosque hasta la choza de leños, que estaba al final del camino.

Se acordaba de haber estado allí de niña en compañía de su madre, y de haber tenido que jurar no contárselo nunca a nadie. Le latía violentamente el corazón del miedo que sentía, pero los dos viejos la recibieron sin mostrar la menor sorpresa. Enseguida se dieron cuenta de que lo que ella quería era una varita mágica. Hanna se quedó sin habla cuando se lo dijeron, pero asintió, y miró con miedo el rincón de la choza donde, según rumores, los dos adivinos guardaban los miembros cortados de un asesino que había sido ahorcado en la comarca hacía ya muchos años.

Enseguida vio que lo que allí había no era un miembro viril, sino parte del cadáver de un caballo, y no tenía por qué darle miedo. Ya había visto cosas así en los rincones secretos de chozas cuyas amas no tenían hijos.

La vieja puso sus manos sobre Hanna, primero la frente, luego el corazón. Mientras tanto hablaba con su marido en un idioma extraño y violento. Éste asentía, inscribía en el pequeño palo una runa tras otra. En cuanto hubo terminado, pareció contento, y se echó a reír, diciendo que Hanna no debía de tener miedo, porque lo que ella más temía no iba a ocurrir, y su vergüenza desaparecería.

Hanna les pagó con las pobres monedas que había ido ahorrando, se inclinó profundamente y se fue corriendo, con la siniestra varita mágica apretada entre sus pechos; cuando por fin se vio de nuevo en casa, recibió una bofetada por haber estado fuera demasiado tiempo. No se quejó y aguantó, encima, el sermón sobre si no estaría descarriándose de nuevo, porque, le dijo Lovisa, era una putita, y seguramente estaba en celo otra vez, y esto se lo dijo con un extraño brillo en los ojos.

Dos días más tarde llegó Rickard a casa, vistoso como un gallo, con botas altas y uniforme moteado de relucientes botones. Se pavoneaba mucho, riéndose de la sorpresa de sus padres y hablando a la manera fanfarrona de los soldados. Hablaba muy alto, sobre todo cuando se puso a decir que no pensaba ser campesino jamás, porque no le apetecía matarse a trabajar en aquel condenado campo. Y a Hanna la iba a echar de allí con cajas destempladas, porque no tenía la menor intención de casarse con una puta.

Sólo una cosa lo dejó sin habla, y fue cuando el niño, con sus cuatro años, apareció de pronto en el vano de la puerta de la cocina y se rió de él, pero enseguida se repuso, dio media vuelta y desapareció.

Las lágrimas de Lovisa se volvieron estridentes chillidos. Pero su marido miró al niño y luego miró a Hanna. Los dos hicieron grandes esfuerzos por ocultar el alivio que sentían al ver desaparecer a Rickard, y ninguno de los dos dijo una sola palabra de consuelo a Lovisa.

Hanna guardaba su varita mágica bajo la blusa, y desde aquel día se levantaba por las mañanas con la sensación de que algo importante estaba a punto de ocurrirle.

Hacia el solsticio estival apareció por el poblado un hombre que llegaba del norte. La gente que había hablado con él decía que era molinero, y que tenía el proyecto de poner en funcionamiento el viejo molino que había junto al Agua del Norte. Decían los viejos que era un hombre en lo mejor de la edad. Todos estaban de acuerdo en que era taciturno y poco amigo de hablar de sí mismo. Sólo con la vieja Anna hablaba de esas cosas; le había dicho que su mujer y su hija habían muerto en su tierra, y que él decidió irse de allí porque no quería vivir en su molino en completa soledad.

También decía que bebía para ahogar recuerdos.

Empezó a ir por las casas para ver si hacía falta un molino en el pueblo. Por todas partes los campesinos lo recibían y le aseguraban que estarían encantados de ir al molino del Agua del Norte como solían hacer antes, y como habían hecho siempre sus padres y abuelos. El hombre, en vista de esto, acabó comprendiendo que si ponía en marcha el molino no le faltarían parroquianos.

A pesar de todo, seguía vacilando. Aquella gente era más recelosa, y, sobre todo, callada que la que él había conocido hasta entonces. En sus casas se mostraban reservados, y el café que ofrecían parecía agua sucia más que otra cosa, y sabía a centeno quemado.

Él había vivido hasta entonces en un poblado más rico, más sociable y más amigo de charlar. Una de las cosas que le indujeron a irse de su tierra fue la envidia, la envidia que todo lo observaba, todo lo medía, todo lo comparaba. Y aquí, donde la naturaleza era más tacaña y la pobreza más escuálida, esa misma enfermedad, la envidia, se sentía con mayor dureza, y crecía, sobre todo, en los años malos, envenenando todas las relaciones.

El molino iba a necesitar mucho trabajo para volver a funcionar. Las barras horizontales que iban a lo largo de la cascada se habían roto, el embarcadero estaba podrido y la vivienda del molinero se encontraba en un estado lamentable. El desagüe de roble había aguantado, como también la rueda, y la compuerta que estaba situada cascada arriba, junto al lago. También los dos pares de piedras estaban nuevos, y eran de buena piedra de Lugnås, y parecían tener buen corte. El hombre calculó la altura de la cascada en unos treinta codos, lo que prometía fuerza suficiente.

El molino tenía despensa y establo. Y la vivienda estaba bien hecha y pensada: era una señora casa, con el cuarto de estar que daba al lago, un dormitorio pequeño y una cocina grande.

Bueno, pues así estaban las cosas. Él había visto muchos paisajes espléndidos en los bosques de la frontera finlandesa y a lo largo de las orillas del río Klar. Pero ésta era la primera vez que veía belleza natural tan silvestre. Miraba las montañas que se levantaban casi perpendiculares hacia el cielo, veía los nidos de los halcones en las laderas rocosas y el vuelo de las águilas reales sobre los precipicios. Escuchaba el zumbido áspero de la cascada y el suave susurro de los lagos obscuros del lado de Noruega, y se quedaba pensativo contemplando las suaves colinas donde pastaban las ovejas. Se daba perfecta cuenta de lo pobre que era allí el campo y de lo mal cuidado que estaba el bosque, que, en algunos trechos, resultaba intransitable. Como si nadie lo hubiera tocado, pensó, desde los tiempos primigenios.

Fuera ello lo que fuese, era estupendo.

El molinero tenía muy buen oído, y oía los montes y el lago, la cascada y los altos arces que se alzaban en el huerto del molino cuando se ponían a hablar entre sí con secretas, susurrantes voces.

El único vecino cercano era el herrero, que parecía buena persona. Y para el molinero era esencial tener contacto con el herrero.

La cuestión era el dinero. Él había vendido un molino que poseía en su tierra, y éste iba a tener que alquilarlo. Erik Eriksson, el de la casona, era tacaño, como todos los campesinos, pero se había prestado con buena voluntad a sufragar una parte de las reparaciones que iban a hacer falta.

La única persona del pueblo con quien se confió el molinero fue con la vieja Anna, la comadrona. Anna hacía mejor café que los otros, de modo que él visitaba su cocina con más frecuencia que las otras. Y fue Anna quien le dijo algo que llevaba mucho tiempo pensando, pero sin tomarlo en serio.

–Te va a hacer falta una mujer, pero una mujer trabajadora y sufrida. De nada te va a servir arreglarte con la vieja esa del bosque.

Se produjo un largo silencio después de dichas estas palabras. El hombre se dio cuenta súbitamente de lo cansado que estaba. Y de lo viejo que se sentía, demasiado viejo para empezar otra vez.

–La verdad es que ya no tengo la energía que hace falta para esas cosas –acabó diciendo.

–Eres joven –adujo ella.

–Pues cuarenta años cumplidos.

–Para un hombre, lo mejor de la vida.

–Es que tengo mala suerte con las mujeres –replicó él.

Cuando volvió al día siguiente al atardecer, Anna había pensado en esto. Y tuvo la astucia de hablarle, como de pasada, de Hanna, la pobre chica a la que tan mal le habían ido las cosas.

–Fue una verdadera vergüenza –dijo la comadrona–, y fíjate que la pobre chica es nieta de Eriksson, el de la casona.

El molinero mostró interés por la historia, sobre todo lo referente a la terrible violación de que Hanna había sido objeto. Anna se lo notó en la cara, y le comprendió muy bien cuando le oyó decir:

–Sí, la verdad...

Se bebió su aguardiente y parecía un poco inseguro al emprender lentamente el camino de su casa en plena obscuridad. No dijo a nadie lo que pensaba sobre esto, pero Anna se quedó con cierta vergonzante aprensión de que el otro hubiese calado sus intenciones.

Cuando John Broman se vio en la abandonada vivienda del molinero, se dio cuenta por primera vez de lo sucias y mugrientas que estaban las habitaciones y la cocina. Este descubrimiento le hizo pensar, y acabó diciéndose que saltaba a la vista que allí hacía mucha falta un ama de casa. Y al acostarse le acució un apetito que le hizo latir la sangre en las venas y le endureció el pene.

–Dios mío, cuánto tiempo hace..., cuánto tiempo hace que no he tenido entre mis brazos a una mujer...

Pensó en Ingrid, y entonces se le desvaneció el apetito tan rápidamente como acababa de invadirle, y el miembro se le aflojó. Ingrid y él, se dijo, nunca se habían llevado bien, ni en la cama ni en la cocina. ¿Cómo era Ingrid de aspecto? No conseguía evocar su rostro, lo único que recordaba de ella era su machacona insistencia en hablar de dinero, que nunca conseguía que le alcanzase. Ah, bueno, y también de aguardiente, el aguardiente que él se echaba al coleto los sábados.

Los recuerdos que tenía de su mujer, del aspecto físico de su mujer, eran todos muy borrosos, pero a Johanna, en cambio, la recordaba con mucha claridad, como si la tuviera en aquel momento ante sus ojos. Su hija había muerto de tisis apenas cumplidos los ocho años.

Y la echaba de menos.

Cuando despertó a la mañana siguiente, John Broman estaba lleno de pensamientos prácticos. La chica sería ya mayorcita, menos mal. Con eso podía contar. Y que tuviese un hijo estaba bien, porque a él le gustaban los niños, pero no quería tener más. Y tampoco era mala idea que la chica estuviese emparentada con los de la casona.

Al día siguiente, John Broman se dirigió a Villa Felicidad.

Hanna despertó, como siempre, con aquellas extrañas esperanzas que sentía, y juntó las manos en torno de la varita mágica, como para rezar. Luego despertó a su hijo, que estaba a su lado, echado en el jergón de paja, en el rincón de la cocina donde dormían.

–Ragnar, pequeñín –le llamó.

A Hanna le gustaba aquel nombre, y había tenido la firmeza suficiente para imponerlo. Los abuelos habían puesto objeciones: por ejemplo, que en ninguna de las dos familias había habido nadie con ese nombre. Luego, se quedaron en silencio, pensándolo mejor y diciéndose que era preferible, al fin y al cabo, que los hijos ilegítimos no llevasen nombres de familia.

Pero Hanna se acordaba de un chico que iba a la escuela con ella.

Y ahora se decía que había estado acertada, porque su hijo se parecía a aquel condiscípulo suyo, que era alegre y ecuánime. Allí mismo, en el alba incierta, Ragnar, recién despertado, se le mostraba ya risueño.

Hanna limpió la cocina y preparó el desayuno. Joel Eriksson, el amo de la casa, llegó justo cuando las gachas estaban listas. Se sentó, pesadote, a la mesa, y se puso a comer, sin más. Ella estaba detrás de él, junto al horno, con el niño en los brazos, como solía:

–Vamos –le decía–, una cucharada para Ragnar, y otra para mamá.

A Hanna y a Joel Eriksson les gustaba este rato matinal.

Lovisa nunca estaba con ellos, pues antes tenía que musitar muchísimas oraciones.

El forastero llegó unas horas más tarde. La chica lo observó y se dijo que era apuesto, con sus anchos hombros y su barbita cuadrada. Igual que un señor. Los ojos de él se entrecerraron al mirarla, y a Hanna no le gustó lo fija e intensamente que la miraba.

Él, en efecto, la escrutó, y se dijo que tenía muy buen aspecto, y que sus ojos eran vivos. Se dijo que debía de ser una chica muy lista. Y fuerte, pues se veía que había sabido sobrellevar su vergüenza sin menoscabo de su dignidad.

«¡Qué joven es! –se dijo John Broman–, diecisiete años, más o menos los que tendría ahora Johanna si hubiese vivido.»

John Broman se avergonzó de pronto de sus sueños de aquella noche, y también de sus pensamientos prácticos de aquella mañana. Pero se serenó al ver entrar en la cocina al niño, que llegaba a todo correr. Era un niñito de ojos saltones, curiosos e impertérritos. Miró a su madre y se echó a reír. Fue una risa sonora, y tan insólita que chocaba y, al tiempo, era como desafiante en aquel pobre pueblo.

El molinero se agachó, alargó la mano al niño y le dijo:

–Buenos días, hombre. Me llamo John Broman.

–¡Buenos días, buenos días, buenos días! –dijo el niño, cogiéndole la mano entre las suyas.

Ésta era la primera vez que alguien se mostraba considerado y amable con el niño, y los ojos de Hanna relucieron de alegría. Enseguida entró en la cocina Joel Eriksson, pisando fuerte, y dijo:

–Vamos, vete de aquí, y llévate al niño.

Al cabo de un momento llegó también Lovisa, pidiendo a gritos su café, que Hanna se había olvidado de servir. La chica desapareció por la puerta y John Broman se la quedó mirando, y se fijó en que andaba muy derecha al cruzar el patio con el niño de la mano. En ese mismo instante, tomó una decisión:

«Tienen que salir los dos de aquí enseguida: la madre y el hijo.»

Después tomó su café, flojo y sin aroma, y recibió la promesa de que también Villa Felicidad enviaría su trigo a moler a su molino de Agua del Norte.

John Broman emprendió el camino de vuelta, pasando por la choza de Anna, y le dijo, escuetamente:

–Oye, mira, vieja, arréglatelas como puedas, pero yo tengo que hablar con la chica.

No resultó fácil, porque, desde que era como la hija de la casa, Hanna apenas tenía un momento libre. Anna fue a ver a Maja-Lisa, la cual envió a uno de sus hijos con un recado para Hanna: que no dejase de ir a casa el primer día de fiesta para ver a sus padres.

El sábado por la mañana Broman madrugó y aseó bien su casa. No tenía muchos muebles: una mesa y una cama plegable, eso era todo, de modo que en un santiamén quedó hecho. Y la verdad es que estaba limpio, aunque con un aspecto pobretón.

En la cocina había una vieja jarra de barro y Broman la cogió y la enjuagó y salió con ella para coger flores. Ya corría septiembre, pero, así y todo, encontró matas de milenrama blancas y rosadas, cortó una ramilla de la fronda del abedul que sombreaba la entrada de su casa y se encaminó hacia los laguitos del norte, donde había visto grandes arbustos de campánulas blancas y azules. Estaban algo alicaídas, pero les arrancó las hojas y las corolas más ajadas.

Acabó quedando muy contento de su ramillete.

El sábado al mediodía, la vieja Anna fue a buscar a la chica a Bråten, y le dijo a Maja-Lisa que las dos, o sea Hanna y ella, pensaban ir al bosque. Le explicó que necesitaba plantas para sus medicinas, y Maja-Lisa pareció algo sorprendida, pero Hanna, por el contrario, se puso contenta, porque le gustaba mucho andar por el campo.

De modo que Hanna y Anna fueron a la casa del molinero, donde John Broman las esperaba. Anna dijo entonces que tenía que ir a ver si encontraba beleño por el riachuelo del norte y desapareció.

John habló, y ella lo escuchó, quizá sin demasiada atención, pero la intención de John estaba clara a más no poder. Él necesitaba una mujer en su casa, y ella, oyendo esto, apretó en secreto su varita mágica bajo la blusa.

Cuando John mencionó boda, Hanna se quedó como petrificada de sorpresa.

–Pero el niño... –acabó diciendo ella.

John asintió, y dijo que había pensado en eso. Podía traer al niño con ella ya que a él le gustaban los niños. En cuanto ellos dos se pusieran de acuerdo, él se encargaría de los trámites necesarios para responsabilizarse del niño.

Hanna no entendía esto, y John le explicó con mucha paciencia que iría a hablar con el padre de Hanna y con el párroco, para que constase por escrito que él, John Broman, era el tutor legal del niño.

–Tú y yo no nos conocemos –añadió.

Ella, entonces, sonrió por primera vez, y dijo:

–Tenemos tiempo para eso.

–Nuestra vida va a ser dura –replicó él–, mucho trabajo.

–Estoy acostumbrada a trabajar, y no como mucho.

Fue como si Hanna hubiera cogido súbitamente miedo de que John se arrepintiese, y él, dándose cuenta de ello, respondió:

–No te preocupes, tú y tu niño comeréis hasta que no podáis más.

Y entonces Hanna sonrió por segunda vez, recordando lo que había oído de niña: que en la casa del molinero nunca faltaba pan, eso era lo que se decía. Pero sus ojos se fijaron luego en el puente podrido, y recordó cómo había muerto el molinero anterior: el suelo del puente se había roto bajo sus pies, y él desapareció en el agua de la cascada.

Enseguida volvió Anna y habló de lo secreto que tenía que ser aquello: ni una sola palabra a nadie hasta que se hicieran las amonestaciones en la iglesia. Entonces ya estaría listo el documento de la tutoría, y los Eriksson de Villa Felicidad no tendrían posibilidad de ponerse en contacto con Rickard para forzarle a reconocer al niño.

–Tienes que darte prisa en hablar con August –dijo Anna–. Es muy callado.

Hanna volvió a casa por el bosque, llena de una sensación como de mareo: aquello era demasiado para ella. Iba a ser nada menos que señora de su casa, tan grande y elegante como la mismísima Villa Felicidad. El niño sería como hijo de los dos, eso era lo que le había dicho Broman.

«Se acabó la vergüenza y la humillación –pensaba–, ya nadie nos volverá a llamar nunca puta e hijo de puta.»

Esto, reflexionó, era demasiado, porque ella sabía que la felicidad de cada uno estaba medida y acotada, y que al que disfrutase demasiado de ella acababa costándole caro. Pero enseguida recapacitó, y, con un brusco movimiento de cabeza, se dijo que ella, después de todo, ya había pagado bien cara la que le caía ahora en suerte.

–Justicia –dijo, en voz alta–, nunca había creído yo que Dios pudiese ser justo.

Le preocupaba la cuestión de los muebles que faltaban en la casa, y también las alfombras, y las toallas y otras cosas que ella no tenía. No pensó en ningún momento en el hombre con quien iba a compartir en adelante su vida y su lecho.

Cuando volvió a casa de sus padres para recoger al niño, a punto estuvo de traicionar su extraño secreto. Tenía que volver a toda prisa al infierno de Villa Felicidad.

Allí le resultaba más fácil contener su alegría, y cuando hizo el jergón de paja que guardaba de día en el arcón de la cocina y acostó en él al niño y lo veló hasta que se hubo dormido, Hanna gozó anticipadamente de su triunfo. Juró incluso:

–¡Al diablo!, ¡al diablo!, ¡lo que me voy a reír el día en que pueda decirles a la cara a esos cerdos arrogantes lo que pienso de ellos!

Pero enseguida se asustó de lo que había dicho, y pidió ardientemente a Dios que le perdonase tan malos pensamientos.

Antes de dormirse pensó en el ramillete de flores. Nunca había visto ni oído hablar de un hombre que cogiese flores para ponerlas en una jarra. Raro era, desde luego, pero importante. Ya se encargaría ella de que hubiese siempre flores sobre la mesa de John Broman. Por lo menos en verano.

Aquella noche Hanna soñó con pelargonios, con flores en la jarra, como había visto una vez en el alféizar de la ventana de la rectoría.

Unos días más tarde corrió el rumor de que el molinero había vuelto a su tierra norteña y de que lo del molino de Agua del Norte iba a quedar en nada.

«Eso es mentira», pensaba Hanna.

Pero pasó la semana sin ningún recado de John Broman, y ella entonces renunció a sus sueños. Por primera vez en su vida sintió lo que es la desesperación. Era peor que la vergüenza, y Hanna se dio cuenta de que hay esperanzas que hacen vulnerable a la gente. Sería mejor no esperar. O no creer que Dios, después de todo, es justo.

–¡Vamos, venga, a moverse se ha dicho! –le gritó Lovisa–. ¡Estás blanca como un espectro! –gritó–. Pues mira, si te pones mala, ya sabes, a casa de tu madre.

Pero Hanna no se sentía con ánimos de cruzar todo el bosque con el niño.

El otoño llegó temprano, con tormentas que pelaban las copas de los fresnos. El domingo por la mañana se oyó un crujir de hojas por donde Hanna tenía que ir al establo a buscar leche. Y allí estaba esperando August:

–¡Padre! –dijo ella–. ¿Qué haces aquí tan temprano?

Su padre, señalando a la casa, susurró:

–Están durmiendo.

Y le explicó que John Broman ya había ido a verle el lunes y le había hablado de la boda y había dicho a August que fuese a ver a Hanna con el recado. Luego había ido a ver al cura, para que arreglase los papeles de la tutoría del niño.

–En cuanto el cura diga las amonestaciones le pondré mi nombre al papel ese que dice que el tutor es ahora Broman

–dijo August, y lo dijo con la fruición de la venganza en la voz.

De modo que Broman había vuelto a su provincia norteña, Värmland, de donde quería traer muebles y otros utensilios caseros para la casa del molino. Volvería al cabo de pocas semanas, y entonces él y Hanna encargarían las amonestaciones.

–¿Y por qué tardáis tanto en la casa?

–Es que tu madre y yo no hemos tenido lo que se dice una hora de descanso. Ya sabes que en cuanto llega el otoño tenemos que ocuparnos de las patatas.

Hanna asintió: no era razonable, la verdad, culparles a ellos. Siguió sentada, sombría, en el cubo de la leche, y asintió nuevamente cuando su padre se detuvo un momento junto a la puerta del establo y le dijo que se diese prisa con el ordeño. Pero se echó a llorar, las lágrimas le corrían rostro abajo, mezclándose con la leche tibia.

Aquella semana le había enseñado una cosa: nunca más tendría esperanzas.

Camino de casa, a la débil luz del crepúsculo, August se acordó de pronto de que se le había olvidado decir que tanto él como los chicos tendrían ahora trabajo en invierno, porque Broman le había pedido que le ayudase a reparar el molino.

–¿Entiendes de carpintería?

–Y tanto.

August tenía madera. Troncos bien secos, talados antes de los años del hambre, cuando todavía pensaba que iba a poder construirse un establo como es debido.

Como de costumbre Hanna se ocupó de su trabajo. Y, en cuanto terminaron de desayunar, le dijo a Joel Eriksson que tenía que ir a casa a ver a sus padres y se quería llevar a su hijo consigo. Él asintió, hosco, y le dijo que se diera prisa en salir antes de que Lovisa se despertase.

–Y procura estar de vuelta para el ordeño de la tarde –añadió.

El frío cortaba cuando Hanna salió al camino que cruzaba el bosque. Pero ni siquiera notó el viento helado que hacía daño en la piel, porque se sentía llena de cálida gratitud.

Pensó por primera vez en Broman, preguntándose cómo podría mostrarle su agradecimiento. Ella era ordenada y fuerte, y sabía todo lo que se espera de un ama de casa. Nunca había tenido que administrar dinero, pero sabía contar, y el maestro decía que le salían bien las cuentas. Ella se encargaría de todo en la casa, y su marido estaría orgulloso de la casa y de ella.

Pensó en los muebles. ¿Qué clase de muebles habría ido John Broman a buscar a su tierra? Serían bonitos, buenos, mejores incluso que los de Villa Felicidad. Luego recordó que se había prometido a sí misma no tener esperanzas nunca más.

El niño gemía y se agitaba, tenía mucho frío, y Hanna lo levantó en brazos y lo envolvió en el chal de lana cuando el camino empezó a empinarse, justo antes de que terminase el bosque y comenzasen los campos de August. Ya estaban ocupándose allí de las patatas, pero su madre, en cuanto la vio, dejó el trabajo y fue hacia ella.

–De modo que te saliste con la tuya –le espetó.

Pero su voz era más cálida que sus palabras, y cuando Hanna se fijó bien en aquel rostro gastado, lo encontró rebosante de alegría. Y de orgullo. Y ante esto no supo qué decir, lo que no era corriente en ella, después del «buenos días, madre» de rigor.

Prepararon café, se sentaron a la mesa de la cocina y chuparon ansiosamente los terrones de azúcar que se les deshacían en la boca al paladear el caliente brebaje.

Su madre, finalmente, dijo estas terribles palabras:

–Espero que de todo esto resultarán tres o cuatro niños.

Hanna, al oírlas, se enderezó en su asiento, suspiró hondo, pensó que ella, después de todo, era una mujer; John Broman la trataría igual que ya la había tratado Rickard Joelsson. Todas las noches, en la cama del dormitorio de su nueva casa. Él mismo casi se lo había dicho ya; de este modo se lo había dicho:

–Mira, mujer mía, aquí estará nuestra cama.

Recordó que se había sonrojado un poco al oírlo, que incluso había notado algo inquietante en el aire en aquel momento. Pero no lo había entendido, no había pensado en ello. Aunque, lo que es saberlo, sí que lo sabía.

Su madre notó el espanto que producían en ella sus palabras y añadió, tranquilizándola:

–No pongas esa cara de susto, mujer. Las mujeres nos tenemos que someter a esas cosas, pero, al cabo de un tiempo, acabamos acostumbrándonos. Piensa, después de todo, que vas a ser ama de tu propia casa, y que tu hombre parece mejor que la mayoría de ellos.

–¿Por qué me querrá precisamente a mí?

–Eres joven y guapa. Y trabajadora.

Todavía asustada, Hanna miró con sorpresa a su madre. Aquella era la primera vez que la oía decirle algo agradable. El elogio es peligroso, porque es un reto al destino. Pero Maja-Lisa prosiguió:

–Ahora tenemos que ocuparnos de que tengas ropa como es debido, ropa nueva, para diario. En cuanto a la boda..., bueno, para la boda yo había pensado que podríamos arreglar un poco mi vestido de novia.

Parecía insegura. Hanna no dijo nada, y Maja-Lisa, en vista de eso, añadió:

–No sé lo que pensará él, tiene aire así como de señor.

Se quedó mirando, implorante, a su hija, que se dijo:

«Empiezan a respetarme, hasta mi propia madre...»

Esto no fue más que un pensamiento pasajero y apenas duró un instante. Enseguida volvió a apoderarse de ella la aterradora imagen del dormitorio de la casa del molino.

–Madre –dijo–, madre, no voy, no puedo.

–Bah, tonterías –se encogió Maja-Lisa, y ahora sí que se le había acabado el respeto–. ¿Por qué no vas a poder hacer lo que hacen todas las mujeres decentes? Una se acostumbra, de veras, ya te lo he dicho. Y lo peor, créeme, no es la cama, lo peor es el parto.

Hanna recordó el suyo, que no había sido fácil, ni con mucho tan espantoso como su muerte entre el heno a manos de Rickard *El Moreno*.

–Lo que hay que hacer es cerrar los ojos y mostrarse acogedora –dijo su madre, sonrojándose–. Una vez que el cura os dé la bendición, ya no es ninguna vergüenza. Vamos, vamos a probarte mi vestido de boda.

Pero tuvieron que renunciar a la idea, porque el vestido de boda de Maja-Lisa le quedaba demasiado estrecho a Hanna. La cosa saltaba a la vista. Hanna era más alta y robusta que Maja-Lisa de joven.

–No voy a tener más remedio que pasar por la vergüenza de decirle a John Broman lo que pasa.

Maja-Lisa estaba muy compungida:

–No tenemos dinero para una cosa así.

Hanna no la escuchaba, se sentía todavía rígida y fría como el hielo, a pesar del calor que hacía en la cocina. Al atardecer, cuando volvía a Villa Felicidad, pensó por primera vez en escapar de allí, ir con su hijo a la ventura, juntarse con alguna banda de mendigos de las que vagabundeaban de pueblo en pueblo como consecuencia de los años del hambre. Pero luego, mirando a Ragnar, recordó a los niños esqueléticos, desharrapados, que se veían por ahí, se dio cuenta de que no le sería posible hacer una cosa así.

«A lo mejor es verdad eso que dice mi madre de que una se acostumbra a eso. Nada, a cerrar los ojos y mostrarse acogedora.»

Cuando se disponía a dormirse en su rincón de la cocina, Hanna trató de volver a pensar en los bonitos muebles que John Broman había ido a buscar a su tierra de Värmland. Pero le resultaba difícil, de modo que tuvo que renunciar a sus esfuerzos y acabó quedándose dormida.

A la mañana siguiente ya le había pasado lo peor de sus aprensiones. Y cuando se levantó para encender el fogón y llevar el pesado barril al establo, trató de pensar en lo distinto que sería todo en cuanto pudiese encender su propio fogón y salir a ver a sus propias vacas.

Comenzó a ordeñar. Con la frente inclinada sobre el flanco del enorme animal, Hanna tomó una decisión. John Broman no sabría jamás lo asustada que había estado, jamás de los jamases. Ella se las compondría para mostrársele dócil y acogedora, exactamente como su madre le había dicho.

Cuando salió del establo, nevaba. Grandes copos húmedos. Hanna se quedó quieta entre la nieve, diciéndose que todavía estaban a comienzos de octubre. Un largo invierno comenzaba pronto. La muchacha se sintió oprimida por la inminencia de un terror primigenio.

Largo invierno, invierno férreo, de hambre. No cabía duda: su porvenir estaba junto a John Broman.

Hacia la hora de la cena la nevada se había trocado en lluvia, y unos días más tarde volvió a salir el sol. El invierno oscilaba y el otoño ardía, como siempre, en los arces; la temperatura era templada y los viejos, llenos de alivio, hablaban de veranillos de san Martín. La costumbre quería que las mujeres fuesen al bosque en otoño a coger bayas. También Hanna lo hizo, diciéndole con toda franqueza a Lovisa que había prometido a su madre ayudarla en esta tarea. Y, dicho esto, se fue, mientras Lovisa, furiosa, la seguía, aullando insultos.

Se volvió una vez a Lovisa para reírse de ella en su cara.

A finales de octubre llegó John Broman, con gran sorpresa de todo el mundo. Apareció con un caballo y un carro muy cargado. Venía con él un hombre, un primo suyo de Värmland. Enseguida empezaron a correr rumores de que entre los dos habían pintado la vivienda del molinero tanto por fuera como por dentro. Blanca por dentro, roja por fuera. En el poblado ni siquiera la rectoría estaba pintada de rojo, y mucha gente decía que eran unos arrogantes, añadiendo que la arrogancia suele preceder a la caída.

Dos días después, John Broman apareció inesperadamente en la cocina de Villa Felicidad, y dijo a los Eriksson que iban a tener que despedirse de Hanna y del niño. El domingo se dirían las amonestaciones en la iglesia, anunciando su matrimonio con Hanna. Lovisa se quedó tan sorprendida que, por primera vez en toda su vida, no supo qué decir. Pero Joel Eriksson estuvo a la altura de la situación.

–El niño se queda aquí –dijo–, es nuestro nieto.

–No, ese niño es mío –replicó John Broman sin perder la serenidad–. Aquí está el papel.

Hanna se fue de la casona llorando. John, que llevaba al niño en brazos, no pareció notarlo, y, además, a Hanna se le pasó enseguida. Pero Hanna quedó sorprendida, porque nunca había pensado que las lágrimas pudieran ser de alegría.

Fueron directamente a ver al cura, que les recibió sin mostrar la menor sorpresa, les deseó toda clase de felicidad y hasta les estrechó la mano. Cuando salieron de la casa del cura, Hanna dijo:

–Pues no se ha sorprendido.

–Es que ya lo sabía –respondió John–, ¿no ves que tuve que sacar los papeles del niño? ¿Crees que tendrás fuerzas para ir a pie hasta Agua del Norte?

Hanna, al oír esto, se echó a reír. Fueron despacio, casi paseando, por el bosque, como si ambos estuvieran pensando en las muchas cosas que todavía tenían que decirse. Pero les costaba encontrar las palabras. Una y otra vez se aprestó Hanna a hacerle la pregunta:

«¿Por qué me escogiste a mí?, ¿precisamente a mí?»

Pero las palabras no acababan de salirle.

Descansaron a orillas del arroyo sobre el que se cernía el Barranco del Lobo, y bebieron hasta saciar la sed. El monte, que se levantaba perpendicularmente de la tierra hacia el cielo, estaba inmóvil como la eternidad en medio de una profunda sombra azul obscuro. Laderas abajo revoloteaban hojas de abedul, de un dorado cobrizo, y los halcones volaban torrente arriba.

–Esto es maravilloso –dijo Broman, y Hanna rió, como siempre que oía algo que no entendía.

Siguieron allí un rato más y se lavaron el rostro y los brazos; finalmente se apartaron del riachuelo y se sentaron en silencio, el uno enfrente del otro.

Fue él quien rompió el silencio. Y lo que dijo entonces fue un tanteante relato de la vida que había dejado en su tierra, de su mujer, que siempre estaba quejándose del aguardiente.

–Ya verás –añadió–, yo me emborracho todos los sábados.

Hanna no pareció ni sorprendida ni asustada. Lo único que hizo fue decir:

–Como mi padre. Y también como Joel Eriksson.

Broman se echó a reír, y habló de su hija, que había muerto muy pronto, y a la que había querido mucho.

–No es buena cosa poner en un niño tanto cariño como puse yo en mi hija.

–¿Cayó enferma?

–Sí.

Broman no se sentía capaz de hablar de los negros recuerdos que guardaba de su mujer, que era muy tacaña con la comida. Pero Hanna, como si hubiera leído sus pensamientos, le dijo que ella sabía que la enfermedad acababa con los niños, que no comían suficiente, y que lo mejor para no enfermar era lavarse bien, porque el contagio andaba al acecho en la suciedad y el aire malsano.

Él asintió pensando que su mujer era sucia y desagradable. Se sonrojó, y dijo que Hanna debiera darse cuenta de lo difícil que se le hacía empezar de nuevo.

–A veces pienso que no voy a tener bastante energía –añadió.

Hanna se sintió algo herida, pero lo dejó pasar. Respondió:

–Tendremos que ayudarnos el uno al otro.

A esto respondió él que se alegraba de su nueva casa, y de su mujercita, tan joven y tan guapa y apuesta.

Sólo entonces sintió miedo Hanna.

Así y todo, aquel fue uno de los días más felices de su vida. La casa recién pintada era como la del grabado que había en la escuela, y Hanna juntó las manos de felicidad al verla.

El primo de Värmland se había ido con caballo y carro, pero los muebles estaban ya en el establo. Ellos dos podían sacarlos si querían mirarlos bien. Luego los distribuirían por la casa, a su gusto, y los que no les gustasen podían subirlos al desván.

Hanna abría los ojos como platos de lo admirada que estaba.

Broman fue a la cocina y allí encontró los juguetes que había traído para el niño: un caballito de madera con su carro y un montón de bloques de construcción.

–Esto es para ti –le dijo–, de modo que, vamos, ponte a jugar y déjanos en paz a tu madre y a mí, que tenemos que trabajar.

Pero Ragnar, loco de felicidad, fue corriendo a ver a Hanna.

–Mira esto, madre, mira todo lo que tengo.

Y entonces Hanna prorrumpió en lágrimas de alegría por segunda vez en el mismo día, pero luego dijo con firmeza al niño que tenía que quedarse en la cocina. Cuando John y Hanna volvieron a salir a la huerta, John miró en torno de sí con inquietud.

–Aquí hay muchos sitios peligrosos para los niños.

Se fijó en las lágrimas de Hanna, y ésta, entonces, se apresuró a tranquilizarle:

–Nunca lloro cuando llora la gente, sólo cuando estoy contenta.

Y él, oyéndola, le acarició torpemente la mejilla.

Los muebles eran mejores de lo que Hanna habría podido soñar. Algunos estaban encerados y rematados en bronce. Había un sofá con el respaldo de abedul redondeado y tapizado a rayas azules… ¡Dios mío, no podía ser verdad todo aquello!

–Es seda –dijo él acariciando la tela con tanto cuidado como si temiera romperla al contacto de sus dedos.

Pero de pronto pareció sombrío.

–Es muy grande –añadió–, no puede uno ni sentarse ni echarse en él; mejor tirarlo.

–¡No digas tonterías! –gritó Hanna; inmediatamente se tapó la boca con las manos para contener tales palabras–. No, lo que quiero decir es que nunca he visto un mueble tan bonito, ni siquiera en casa del párroco. Podríamos ponerlo en la sala.

Él se echó a reír.

–Ya te he dicho que aquí quien manda eres tú.

Volvió a reír cuando metieron los muebles en el cuarto de estar: un escritorio, estantes, una cómoda y sillas, todas ellas con el mismo redondeamiento en el respaldo que el sofá.

–Ahora ya no queda sitio para mucha gente –dijo él.

Hanna, con gran disgusto por su parte, tuvo que darle la razón; estaba visto que algunos de aquellos bellos muebles tendrían que ir al desván.

Pusieron la cómoda en el dormitorio, y John dijo:

–No he traído cama, pensé que sería mejor hacernos una aquí. Pero las toallas y todas esas cosas están en ese cajón.

Finalmente metieron en la cocina los bancos, la mesa y el sofá cama. Hanna miró todos los trapos que había en el cajón, y vio que eran muchos, y buenos, pero estaban húmedos y tenían manchas de moho. Se llevó un gran disgusto, pero se dijo que lo mejor sería llevarlos a casa de su madre para que se los lavase.

Lo último fue la caja de porcelana. Era tan preciosa que Hanna no pudo contenerse y volvió a echarse a llorar.

John tenía pan y queso en la cocina, de modo que pudieron comer algo antes de volver muy cargados a casa de los padres de Hanna. John llevaba a cuestas el cajón de los trapos. Hanna al niño, en brazos, y éste sus juguetes. Durante la semana siguiente los hermanos de Hanna transportaron la madera seca por el bosque hasta Agua del Norte, mientras Hanna y su madre lavaban y secaban las esteras, las colchas y las toallas. Las mujeres de las casas vecinas corrían como gallinas enloquecidas, entrando y saliendo del lavadero, llenas de curiosidad y envidia. El jueves llegó la vieja Anna y dijo que hacía años que la gente de allí no tenía tanto de que hablar. Había visto a Broman, que se le quejó de la cantidad de mujeres que no hacían más que ir al molino con toda clase de pretextos. Maja-Lisa se reía estrepitosa y desdentadamente, y Hanna pasaba revista en silencio a todos los viejos refranes que servían para exorcizar la mala suerte.

«No te alegres del mal ajeno», se repetía mentalmente.

Pero Anna dijo de pronto:

–Ahora los viejos están empezando a decir que Hanna usó la brujería para conquistar al forastero.

Anna misma y Maja-Lisa rompieron a reír al mismo tiempo, sin darse cuenta de que Hanna había desaparecido del lavadero y estaba sola en la entrada con la mano muy apretada contra la varita mágica que llevaba bajo la ropa. Por su cabeza corrían pensamientos aterradores: ¿Podría ser verdad?, ¿podría ser que aquellos viejos adivinos tuvieran tal poder?

Tenía intención de ir al día siguiente al molino para atender a los preparativos de la fiesta del compromiso. ¿Se atrevería a hablar a Broman de su varita mágica?

El viernes por la tarde cruzó Hanna el bosque camino de Agua del Norte. El sol persistía, terco, a finales de octubre, y el aire era claro como el cristal, y ligero de respirar. Pero Hanna no se alegraba del buen tiempo que hacía. Era la varita lo que la inquietaba. Y también las palabras que le había susurrado su madre al salir ella de casa:

–Quédate allí a pasar la noche.

Luego, su madre se había echado a reír. Hanna no quería creerlo, pero era la pura verdad: la risa de su madre había sido extraña y lasciva.

Pasó junto al Barranco del Lobo, y en ese momento tomó una súbita decisión. Allí mismo se desprendería de su varita mágica. Subió por la empinada pendiente rocosa, envolvió la vara en hojas de roble y la ató bien con una cuerda; luego la tiró por uno de los tremendos boquetes que se abrían en la roca.

–Has cumplido con tu deber –dijo, y añadió, para mayor seguridad–: Al menos por el momento; si vuelves a hacerme falta, ya sé dónde ir a buscarte.

Y siguió andando. Cruzó el riachuelo y llegó a la cuesta. Era bastante empinada, pero una vez pasada, había un camino cómodo hasta el molino. No tardó en oír el estrépito de la cascada.

Tardó algún tiempo en darse cuenta de que también se oía otro ruido, además del de la cascada. El estrépito del agua casi lo cubría, pero se oía, a pesar de todo. ¡Un violín! Hanna se quedó como petrificada de espanto. Y así siguió, inmóvil, un largo rato. Tenía que ser Necka, el espíritu de las aguas, quc trataba de atraer a John Broman al fondo de su reino.

Pensando esto, Hanna consiguió, por fin, darse prisa, y corrió tanto que perdía el aliento, jadeante, hasta llegar al molino, donde vio a Broman sentado junto a la cascada, tocando un violín.

–Ah, ya estás aquí –dijo, sorprendido al ver a la chica que llegaba a todo correr, con las faldas revoloteando en torno a ella. Hanna se detuvo ante él, y lo miró tratando de recobrar el aliento.

–¿Qué es lo que te ha asustado?

–No, nada, que pensé que sería Necka.

John se echó a reír, le rodeó la cintura con el brazo.

–Vamos, muchacha, no pensaba que tú creyeses esas patrañas, tú, que tienes tan buen sentido.

Hanna se sonrojó, pero se dio cuenta de que en las palabras de él no había más que buen humor.

–Toco para las montañas y la cascada –añadió John–, y para los árboles y el lago. También ellos tocan para mí, ¿te das cuenta?, y pienso que tengo el deber de contestarles. Lo que pasa es que no acabo de dar con las notas que me hacen falta.

Se quedó callado un momento, y luego dijo, pensativo:

–Dar con la melodía apropiada es tan difícil como recordar un sueño.

«Está visto que está loco –pensó Hanna–, debe de ser que se ha escapado del manicomio de Värmland, ¡Dios mío de mi vida!, ¿qué va a ser de mí?»

Luego se fijó en la jarrita de aguardiente, inclinada sobre la piedra junto a donde él se había sentado, y comprendió que lo que le pasaba a John era que estaba bebido. A los hombres, cuando se emborrachaban, había que seguirles la corriente; eso le había enseñado su madre. Nunca llevarles la contraria. John se había dado cuenta de que la mirada estaba fija en la jarrita de aguardiente, y se inclinó, la cogió bruscamente y dijo:

–Anda, tómate un trago, así te tranquilizarás.

Llenó media taza y se la tendió, luego cogió la jarrita y se la llevó a la boca.

–Brindemos, Hanna.

Hanna no había probado hasta entonces el aguardiente, y se le metió por mal sitio al primer trago. Pero él la animaba, y tomó un trago más, sintiendo inmediatamente un extraño calor empaparle el cuerpo. Y, al mismo tiempo, con ese mismo calor, una insólita ligereza. Se echó a reír como una tonta. Luego prorrumpió en una carcajada, mirando al cielo, y siguió carcajeándose, sin poder contenerse. Ni tampoco quería contenerse. Por primera vez en su vida, Hanna se sentía libre, sin inquietudes de ninguna clase.

«Es como estar en el cielo –pensó–, donde no hay razones para inquietarse. Justo lo que suele decirnos el cura.»

Miró los gruesos troncos de los árboles y dijo:

–¿Por qué se mueven tanto los árboles?

–Es que están dedicándote una danza conyugal –dijo él, y Hanna pensó que, después de todo, no debía de estar tan loco.

Cuando John la llevó en brazos a la alcoba y la desnudó, Hanna sentía aún su cuerpo lleno de ligereza y nada le parecía peligroso o vergonzoso; le gustó cuando John comenzó a acariciarle los pechos y el regazo, y no le hizo daño cuando penetró en ella, y al final se dijo que todo había ido demasiado rápido.

Luego le entró un sueño profundo y durmió mucho rato. Y cuando él la despertó, ya la noche otoñal se apretaba contra las ventanas.

–¿Te duele la cabeza?

Hanna entendió por dolor de cabeza el que sentía en los ojos al moverlos de un sitio a otro. Nunca lo había tenido hasta entonces. Asintió, y notó que le dolía más.

–Voy a hacer café –dijo él suavemente, pero Hanna se sentía mal de veras, y tuvo que salir al prado a vomitar.

No se dio cuenta de que estaba desnuda hasta que no le quedó nada en el estómago por arrojar, y entonces se apoderó de ella una sensación de vergüenza y trató de cubrirse de cualquier manera; cruzó furtivamente la cocina envuelta en su larga cabellera, mientras él prendía fuego en el fogón con una larga astilla encendida.

–Eres bella como una sirena –le gritó John al entrar Hanna en la alcoba, donde le esperaban la falda larga y la blusa nueva echadas sobre la cama.

Cuando se hubo vuelto a poner la ropa, Hanna sintió un gran alivio, y se dijo que, después de todo, la cosa no había sido nada peligrosa.

–Pues resulta que tenía yo razón cuando dije lo de la Necka –le gritó a través de la puerta–. Seguro que eres pariente suyo.

–Primo tercero o cuarto –bromeó John, y se dijo, lleno de sorpresa, que Hanna tenía sentido del humor y no resultaba tan pacata como había temido. Poco sabía él que ésta iba a ser la única vez que la vería desnuda.

Enseguida le enseñó a hacer café como a él le gustaba. Primero, la cafetera tenía que estar limpia; luego, el agua tenía que hervir hasta que silbase; y hasta entonces no había que quitarla del fuego y echarle el café, que debía hundirse despacio hasta el fondo.

–¡Cuánto desperdicias tú las cosas caras que Dios nos da! –dijo Hanna, ante tal derroche, pero cuando probó el café que John le servía, reconoció que era mejor tomarlo fuerte de vez en cuando que aguado a todas horas.

–¿Por qué has venido?

–¡Qué preguntas! –gritó Hanna–. Vamos a ver ¿dónde está el capacho con la harina?, ¿no tenía yo que preparar algo por si venía gente a tomar café para celebrar las amonestaciones?

Empezó a lamentarse porque oía caer la lluvia sobre el sitio donde estaba el capacho. John fue corriendo a por él: era de cuero, y casi toda la harina que contenía estaba seca.

Hanna puso sobre la mesa harina y levadura en polvo, uvas pasas y azúcar, y amasó con todo ello una gran corona que enseguida aplanó, la cubrió con un paño y la puso a fermentar. Él la miraba, contento de verla tan dispuesta y mañosa, y del aplomo con que se movía por la cocina.

–La verdad es que he tenido suerte –dijo, pero Hanna no le entendió.

Encendió el fogón de modo que estuviera bien caliente para la cochura del día siguiente. Había llevado crema y azúcar; café quedaba en la despensa, donde vio también pan seco y un poco de queso, lo único de comer que había, y los dos tenían hambre.

–Si tuviese leche –dijo ella–, podría hacer unas gachas de pan.

Sí que tenía, en la bodega.

Después de comer se quedaron dormidos el uno junto al otro sobre la cama grande. El no la tocó, y ella llegó a pensar que John, al fin y al cabo, no parecía muy fogoso, y que aquella cosa tampoco iba a ser muy frecuente entre ellos.

John no despertó hasta la mañana siguiente, cuando Hanna calentaba el horno. No había podido resistir la tentación de poner la mesa con la porcelana buena, y se alegraba infinito ante la sola idea de lo sorprendidos que se iban a quedar todos, y, en particular, aquellas malditas viejas chismosas. Cuando John despertó, se sentía pesado y tenía los ojos legañosos. Hanna, que estaba acostumbrada a las resacas, le hizo café exactamente como él mismo le había enseñado. Había aprovechado los restos de la masa para hacer obleas, y John, después de tomarlas con su café, dijo:

–Esta semana estuve en el mercado, a comprar una vaca.

Ella aplaudió con entusiasmo, y John prosiguió:

–Ah, y te he traído el regalo de boda.

Era un pañolón de seda, verde, con rosas rojas.

–Me pareció que haría juego con tu pelo –añadió John, y ella se dijo entonces que ahora podría ir a la iglesia tan elegante como las demás.

Era muy bonito, y se lo anudaría bien bajo la barbilla; ya nadie podría decirle nada de pañolones con retintín.

Lágrimas de súbita ira le tamizaron los ojos, y John pareció sorprendido al verla así. Todavía tardaría en acostumbrarse a la idea de que Hanna sólo lloraba de alegría, nunca de desdicha o de carencias.

Pasaron todo el sábado limpiando bien el establo, la despensa, el retrete y la bodega. Él se cansaba enseguida, y esto ella lo notó. A comienzos de la tarde ya estaba el horno bien caliente, y Hanna pudo añadir crema a su gran corona nupcial.

Se sentaron muy tiesos, en el banco de la iglesia para oír las amonestaciones, y nunca, ni antes ni después de esta experiencia, se sintió Hanna tan llena de orgullo. Fue mucha gente a la casa del molino, justo lo que ella había pensado. Todos admiraron los muebles, y Hanna lo escuchaba todo encantada. Los invitados llevaron regalos, como era la costumbre, y sus padres llegaron con cuatro sacos de patatas; la vieja Anna llevó tres gallinas ponedoras y un pollito de gallo.

Hasta Joel Eriksson hizo acto de presencia con el carro cargado de heno. Dijo que el viejo Erik había asegurado que les quedaba más en la Casa Grande, y Hanna, oyendo esto, suspiró de alivio, porque estaba muy preocupada, pensando cómo se las arreglaría para conseguir forraje para la vaca que había comprado John.

La tía Ingegerd les llevó pucheros de cobre y una cafetera y un reloj despertador. Todos los parientes competían en quedar bien con ella, porque la boda de Hanna había devuelto el honor a la familia.

Hanna invitó a todos a café bien fuerte, y John a aguardiente. La fiesta fue muy divertida, y hubo muchos chistes subidos de tono. Hanna ya los había oído antes, pero sin comprenderlos nunca. Ahora, en cambio, se reía de ellos tanto como los demás.

Tres semanas después se casaron en la parroquia. La hermana de Hanna estaba de parto en Fredrikshald y no pudo asistir pero envió a la novia un precioso vestido, y Maja-Lisa se alegró mucho al verlo, porque así no tenía que pasar por la vergüenza de ver a su hija casarse ataviada con ropa vieja.

La hermana de John llegó a la boda desde Värmland, con su marido y su hija. A Hanna esto la asustó al principio:

–¿Qué has escrito a tu hermana sobre el niño, sobre Ragnar, quiero decir?

–Pues nada, la verdad, lo que pasó.

Esto no la tranquilizó, pero cuando llegó Alma todo se arregló, porque Hanna se dio cuenta enseguida de que era una persona como es debido, seria y formal.

–Mi hermano es algo melancólico –le dijo Alma–, siempre lo fue.

Esto sorprendió mucho a Hanna, que hasta entonces no había visto que se hablara así delante del aludido. Pero John se limitó a asentir y a decir que era bueno que Hanna se enterase de esas cosas a tiempo.

–Así no te asustarás cuando me veas con talante sombrío –añadió, y Hanna tampoco comprendió esto.

Hanna dejó el bello vestido de su hermana colgado en el cuarto de estar de la casa bastante tiempo después del día de la boda.

–Me animará –dijo.

Pero no la animó, porque eran muchas sus preocupaciones. Y la peor de todas era la que le daba el campo de patatas, del que había que ocuparse antes de que llegasen las heladas. Ella podía tirar del arado, pero Broman no tenía tiempo, sobre todo ahora que estaba tan ocupado con el molino.

«Podría pedirle prestado a mi padre su buey –pensó Hanna–, pero lo malo es que tardaría días en traer y llevar a un animal tan pesado de casa aquí y de aquí a casa por el bosque. Y ando escasa de tiempo, porque hay que llenar la bodega, y me hace falta más heno antes de que llegue el invierno.»

Una noche John la miró y le dijo:

–¿Pero qué es lo que te preocupa?

Hanna se puso entonces a describir con mucha elocuencia el campo, con toda la cizaña que tenía, y a explicar la cantidad de tiempo que le iba a hacer falta para traer y llevar al buey de su padre por el bosque. John reaccionó, como solía hacer últimamente, diciéndole que era una criatura.

–Mañana mismo hablo con tu padre, para que te traiga él mismo el buey –le dijo, y añadió, dándose un golpe en la boca con la mano–, ¡la verdad es que soy muy bestia, mira que no haberlo pensado antes! Lo de la vaca es peor –prosiguió–. A ésa hay que traerla del mercado el miércoles.

Pero lo que pasa es que yo no puedo dejar esto. ¿Podrías ir tú sola?

–Pues claro que sí –dijo ella–, dejo al niño con mi madre y ya está.

En eso quedaron. Hanna salió sola del molino en plena obscuridad, antes de que rompiese el alba, con el recibo de la vaca y una bolsa con dinero escondida bajo la blusa. Broman le dijo:

–Si la vaca no te gusta, ya sabes, no das el dinero; y miras a ver si encuentras otra vaca mejor.

La responsabilidad de tan grave decisión la asustó un poco al principio, pero con el alba se le hizo más llevadero el camino. Por supuesto, ella se bastaba para cumplir sola aquella misión; era capaz de eso y de mucho más.

Nunca había visto Hanna el mercado tan concurrido. Enseguida encontró a Anders Björum y vio que la vaca que había comprado Broman era joven y estaba recién parida. Eso quería decir que tendrían leche para todo el largo invierno.

–Deberías llevarte también esta ternera –le dijo el chalán.

Hanna se sintió tentada de hacerle caso, pero lo malo era que Broman no le había dicho nada de terneras. Sin embargo, aquélla tenía muy buen aspecto, y Hanna la miró con ansia, diciéndose que podría llevarla al toro en la primavera, y entonces tendrían carne y, encima, leche de vaca parida.

Con dos vacas en casa nunca faltaría leche para el niño y para Broman. Antes de pararse a pensarlo, le dijo al chalán:

–Vamos a ver, ¿qué pides por ella?

El otro mencionó un precio, y Hanna se dijo que llevaba suficiente dinero. Así y todo, se hizo la remolona, rebajó un tercio. Björum se rió mucho:

–¡Vaya, vaya –le dijo–, no eres tan inocentona como pareces por tus años!

Acabaron poniéndose de acuerdo: mitad y mitad, y Hanna emprendió el camino de vuelta con dos bestias y una gran angustia por lo que pudiera decir Broman. Tardó mucho en llegar, porque la ternera no podía andar mucho trecho seguido. A medianoche, sin embargo, ya estaba en casa, y enseguida se notó el alivio de Broman al ver que no le había pasado nada.

–Mira, compré también esta ternera –dijo Hanna, en cuanto consiguió dominar el espanto que sentía.

–Pues hiciste muy bien –la tranquilizó Broman–. Está visto que sabes más que yo de estas cosas.

Hanna se sentó en el patio, para disfrutar de su alivio. Y allí siguió, mientras John llevaba los animales al establo y les daba heno y agua.

Aquella noche Hanna se quedó dormida en cuanto se metió en la cama, y durmió de un tirón hasta el día siguiente.

–La verdad es que estabas muy cansada –le dijo Broman cuando la vio despierta.

Ella asintió, mirando al fondo del cuarto, como si le llamase la atención alguna cosa detrás de la cabeza de él.

–Sí –dijo–, pero lo peor no era el cansancio, sino la ternera que había comprado sin permiso, porque el dinero no era mío.

–Pues no compraste nada innecesario –la tranquilizó él.

Hanna se echó a reír, pero su mirada seguía, como de costumbre, fija en algún punto lejano, situado detrás de Broman.

–Hanna –dijo él, de pronto–, mírame.

Por un instante sus ojos se encontraron. Hanna se puso muy colorada y se levantó:

–Tengo que ir a ordeñar.

Ya en la fiesta de las amonestaciones John Broman había notado lo cuesta arriba que se le hacía a Hanna mirar a la gente a los ojos. Hanna era, y de esto él ya se había apercibido, una buena observadora, pero siempre como a hurtadillas. En cuanto alguien la miraba, rehuía la vista.

Antes de que Hanna volviese del establo, ya habían llegado August y sus hijos, de modo que no resultaba oportuno continuar la conversación delante de ellos. Pero Broman no cejaba, y, al sentarse a cenar, repitió su pregunta:

–¿Por qué no miras a la gente a los ojos?

A Hanna se le encendieron las mejillas, hasta el cuello mismo se le enrojeció, mientras trataba de dar con una respuesta.

–No sé, la verdad –acabó por decir–. Nunca he pensado en ello. A lo mejor es por lo fea que soy.

–¡Pero si eres guapísima!

El sonrojo de Hanna se obscureció al oír esto, igualándosele en todo el rostro. Se produjo un silencio, hasta que Hanna encontró qué decir:

–Tú eres el único que lo piensa –dijo, finalmente–, y la verdad es que tienes ideas de lo más raras sobre las cosas. Como, por ejemplo, esos montes espantosos que tan bellos te parecen.

Esta vez le tocó a él quedarse sin saber qué decir.

Hanna cuidaba muy bien de sus vacas, las trataba como a niños recién nacidos, y en la comarca se decía que su establo estaba tan limpio que allí la gente podría comer sobre el suelo. La vaca se llamaba *Lira,* pero la ternera siguió sin nombre hasta un día en que Broman dijo:

–Bueno, le ponemos *Estrella.*

«Bonito nombre», se dijo Hanna, mirando amorosamente a la parda ternera, que tenía una dentada mancha blanca en la frente.

Cuando ya estaban casi terminadas las obras del molino, Broman recibió carta de su hermana diciéndole que su madre estaba muy enferma y quería verle. Él pensó primero llevarse a Hanna consigo, pero ésta le insistió tanto en quedarse que acabó saliéndose con la suya.

Broman se fue sombrío.

–Estás angustiado por tu madre, ¿no? –le preguntó Hanna al despedirse de él.

En cuanto salió al campo, Broman encontró a un carretero que accedió a llevarle. Iba a Fredrikshald con ovejas para el matadero. Al llegar a la frontera, Broman se sintió contento de quedarse solo, porque quería pensar.

Él había oído decir a los viejos que lo peor de una esposa difícil era que nunca se dejaba de pensar en ella. Y esto mismo le pasaba a él, que pensaba mucho en su joven esposa. Menos mal que Hanna no era una esposa difícil. Mientras atajaba por los bosques hacia la demarcación de Värmland, llegó a la conclusión de que podría hacer una larga enumeración de sus virtudes. Obediente y callada, no iba por ahí contando chismes, guisaba bien y tenía limpios como patenas el establo y la casa. Y lo mejor de todo: nunca se quejaba ni echaba la culpa a nadie de nada. Además era de lo más cuidadosa con las cosas de la casa y miraba mucho y bien el dinero. Y estupenda de aspecto, y nada reacia en la cama.

Al llegar a esta fase de sus pensamientos, Broman recordó la noche en que el niño gritaba y Hanna abrió los ojos en plena faena amorosa. Su mirada estaba tan llena de espanto que él se desconcertó:

–¿Qué te pasa?

–El niño, que está inquieto.

Mentía, y esto no era normal, Hanna rarísimas veces mentía.

Broman había tardado mucho tiempo en quitarse de encima el recuerdo de la mirada que le había dirigido Hanna aquella noche. Se le quitaron las ganas con sólo mirarla, y pasó una semana entera sin tocarla.

Hanna estaba llena de enigmas, y Broman era uno de esos hombres que quieren comprender las cosas. Como, por ejemplo, la cuestión de Dios. Hanna iba casi todos los domingos a la iglesia, a pesar de lo lejos que estaba. Alguna vez, Broman la acompañaba, porque, al fin y al cabo, también a él le venía bien hablar con Dios. Pero las ceremonias religiosas no hacían sino ahondar el vacío que sentía en su interior, por muy bien que tocase el órgano el sacristán. Hanna se sentaba muy tiesa en el banco, y parecía escuchar devotamente, sin mirar alrededor. Pero Broman estaba seguro de que, en el fondo, aquello la aburría tanto como a él.

En una ocasión, volviendo a casa desde la iglesia, Broman había tratado de hablar de esto:

–¿Tú crees en Dios?

–¿Creer? –dijo ella, sorprendida–, ¡pero si existe!

Dijo esto como si hablase de la mismísima tierra que estaban pisando los dos en aquel momento; pero Broman insistió:

–¿Y cómo piensas tú que existe Dios, vamos a ver?

–Lo peor de él es que nunca se sabe dónde está. Hay que someterse, pase lo que pase.

–O sí, según tú..., Dios es cruel... –observó Broman, cauto, porque sus palabras podían interpretarse como una blasfemia–. Hablas como si te refirieses al destino.

Hanna frunció el entrecejo, lo pensó un rato; finalmente, dijo:

–Bueno, sí, es como si fuera el destino, bueno, más o menos, porque no podemos quitárnoslo de encima.

John Broman le preguntó entonces con sorpresa lo que ella pensaba que diría el cura si la oyese decir una cosa así. Y Hanna, al oírle, se echó a reír y replicó:

–El cura no sabe lo que dice.

También John Broman se echó a reír en aquel momento, cruzando el bosque que estaba sumido en obscuridad otoñal, al recordar estas palabras de su esposa. Pero su risa no era de alegría, porque encontraba que en la fe en Dios de su mujer había algo aterrador, algo pagano, algo como de brujería. Luego alejó de sí estas ideas. Hanna, desde luego, no era una bruja. Al contrario, era más clara y sincera que la mayoría de la gente.

Antes de llegar a su comarca, John Broman se sentó a descansar y comer lo que llevaba en el morral. Hanna le había preparado pan con mantequilla y una loncha de carne de cerdo. Estaba bueno, y él, por su gusto, se habría quedado allí junto al río, a la vera del bosque. Pero hubo de levantarse y seguir su camino hacia la casa de su madre después de exhalar un hondo suspiro. Cuando vio el edificio principal de la finca se le ocurrió que, a lo mejor, si había pensado tanto en Hanna era para no tener que pensar en su madre. Se quedó quieto un rato al borde del bosque, tratando de ver la finca con los ojos de un extraño, y se dijo que parecía mejor de lo que era en realidad. Acabó haciendo un esfuerzo y yendo por el camino empedrado, hacia el portal.

Tenía miedo de su cuñado, que era el que llevaba la finca; casi tanto miedo le tenía como le había tenido a su propio padre. El viejo llevaba ya quince años muerto, pero su madre seguía gobernando a la familia desde su lecho de enferma. Su padre y su madre eran esa clase de personas con las que siempre se está en deuda, por mucho que uno trate de evitarlo.

El cuñado no estaba en casa, pero Agnes le recibió con su resignado cariño de costumbre. Como se recibe a un perro del que uno sabe que va a ser una molestia.

–Alma me escribió... –comenzó Broman.

–Sí, sí, ya sé. Pero madre no ha empeorado. Ahora está durmiendo, de modo que lo mejor va a ser que te laves y te tomes una taza de café.

Broman se lavó la cara y las manos en el tonel de agua que había junto a la puerta y tomó un café tan soso como la mismísima Agnes. Ésta, cuando le vio dirigirse al cuarto de la madre, le susurró:

–No la despiertes. Para nosotros es mejor que se pase la noche entera durmiendo.

–¿Y qué tal está la tía Greta? –preguntó él, en voz baja.

–Vive en casa de Alma, y tiene la cabeza lúcida –susurró a su vez Agnes.

Broman lo que hizo fue sentarse junto a la cama y mirar a su madre. La enferma jadeaba, su respiración era suave, como la de quien está a un paso de la muerte. Parecía serena y por un instante Broman deseó sentir ternura por ella. Pero enseguida volvió a dominarle la amargura, y se dijo que si Dios era clemente se la llevaría consigo.

«Y así yo quedaría libre. Libre de recibir mi herencia. Bien sabe él la falta que me hace el dinero.»

No había hecho más que pensarlo, pero su madre despertó justo entonces y miró a su único hijo varón con ojos tan llenos de reproche que Broman no pudo menos de desviar la mirada.

–Sí, sí, ya has venido –gritó, y estaba bien claro que todavía le quedaba fuerza en los pulmones–. Pero no has traído contigo a tu nueva mujer, a la puta esa de la aldea de gitanos de allí. ¿A que no se atreve a venir a visitar a su suegra?

Él no respondió, porque sabía por experiencia que cualquier observación sensata sólo serviría para empeorar las cosas. Esta vez su silencio irritó a la enferma hasta la exasperación, porque se puso a gritar como una loca, y Agnes tuvo que acudir a toda prisa:

–Te dije que no la despertases.

Broman se levantó y se fue. En la puerta se volvió y dijo, sumiso:

–Bueno, adiós, madre.

Y ella, oyéndole, volvió a gritar lo mismo de siempre: que había cubierto de vergüenza a la familia y a la casa, tal como su padre había predicho que haría.

John Broman pasó deprisa por la cocina y cruzó el patio, hacia el camino que conducía a la casa de Alma. La herencia seguía sin repartir, y Alma vivía con los suyos en una casa situada al lado del bosque, en espera de que su madre acabase de morirse.

–Pareces muy agitado –le dijo Alma, al abrirle la puerta–. Ya veo que la cosa fue mal.

Los dos callaron, como suele hacerse ante lo inevitable. Finalmente Alma rompió el silencio:

–Cuando te escribí, estaba mal de veras. La cosa parecía urgente. Y quería ver si os reconciliabais.

Él se sintió incapaz de responder, se le avecinaba uno de sus ataques de melancolía.

Alma empezó a hacerle preguntas sobre Hanna, el niño y el molino, y durante un rato Broman consiguió mantener a raya las tinieblas acechantes contando a su hermana lo bien que se las arreglaban él y su mujer en la casa del molino, lo apañada y dispuesta que era Hanna, y lo mucho que quería ya al niño.

Preguntó a Alma por Greta, la tía con la que los hermanos tanto se habían encariñado de niños y que tantas alegrías les daba, y tantos cuentos y leyendas les contaba.

–Está dormida –dijo Alma.

Pero al notar que su hermano se deprimía, se apresuró a añadir:

–Vamos, vete a verla, John. Se alegrará de verte. Pero despiértala con cuidado. Está en el cuarto contiguo a la cocina, que es el más caliente.

Entraron con gran sigilo en el cuarto, pero no hacía falta, porque la tía Greta estaba despierta, medio sentada en la cama, y, al verles, les dijo que había soñado que John iba a hacerle una visita.

–Pues mira, no fue un sueño –dijo John, cogiéndole las dos manos y contemplando su desdentada risa y sus innumerables arrugas.

Hablaron de los viejos tiempos, y ella no le hizo preguntas sobre su visita a la casa familiar, tal como Broman había pensado que ocurriría. La vieja pidió café, pero Alma se echó a reír y le dijo que ya estaba bien de locuras. Ahora lo que había que hacer era cenar; y luego, todo el mundo a dormir.

John se dio cuenta con gran sorpresa de que le invadía el sueño en cuanto apoyó la cabeza en la almohada de su cuarto del desván. Durmió de un tirón la noche entera, y cuando despertó no pensó para nada en su madre. Al emprender el camino de casa por el bosque, iba muy cargado, pues llevaba una lámpara de petróleo nueva y un viejo espejo de marco dorado que Alma había limpiado muy bien.

–Algunos regalitos de boda para Hanna –le dijo Alma, y John pensó que su mujer se iba a poner muy contenta.

Pero lo que más le preocupaba era llegar a un acuerdo con el marido de Alma, que amenazaba con ir a la policía provincial para exigir un adelanto sobre la herencia. La próxima vez que fuese a ver a su madre, se dijo John, volvería a casa con un carro y un caballo.

Descansó un rato al llegar al lugar donde el camino bordeaba el lago largo y las montañas se alzaban hacia el cielo. Un sendero de cabras bordeaba el precipicio, y anduvo un poco pendiente arriba para otear el paisaje donde ahora vivía. Era un valle montañoso a ambos lados del lago, con altas montañas y exiguas tiras de tierra pobre a lo largo de las orillas. Desde allí se veían unos diez de los casi cien lagos de la comarca, relucientes como espejos arrojados sobre la tierra silvestre.

No era aquella una tierra apropiada para campesinos, sino, más bien, para animales salvajes y cazadores audaces. Y, sin embargo, la habitaban gentes tenaces, apegadas a lo que tenían, tercos explotadores de sus escasos frutos, y allí habían construido su iglesia y su escuela, y allí se habían casado y allí habían tenido hijos. Demasiados hijos.

–Aquí la vida siempre ha sido dura –le había dicho August–, pero la miseria no llegó hasta que la gente empezó a tener hijos como los conejos.

Durante toda la caminata, John había visto las nubes cruzar el cielo por el sur. Ahora se congregaban en el horizonte, más o menos donde le estaban esperando su casa y su mujer.

Se levantó, cogió sus bártulos y siguió adelante, bajo la lluvia, pero apenas se mojó, porque la nube se alejó enseguida y el sol aprovechó las últimas horas del día para secar el bosque y los caminos, la gente y las bestias. Esto no sorprendió a John Broman, que ya estaba acostumbrado a aquel clima, tan cambiante como el paisaje mismo.

Cuando llegó a su casa ya había obscurecido. Pero en la cocina ardía el fuego, y Hanna estaba planchando.

«Le asusta la soledad», pensó John, y le dio un grito antes de llamar a la puerta:

–¡Hanna!, ¡soy yo!

Ella corrió a su encuentro, y Broman vio en la obscuridad

las amargas lágrimas que Hanna se secaba con el revés de la mano.

–¡Dios mío! –lo saludó–, ¡no sabes lo que me alegro de verte!

–¿Has pasado miedo?

–No, no es eso. Mi hermano está durmiendo en el desván.

Entonces recordó Broman que August y él se habían puesto de acuerdo para que Rudolf se quedase a dormir en la casa siempre que Hanna tuviera que quedarse sola. En ese mismo instante sintió Broman que la depresión le dejaba en paz. Bueno, por el momento.

–¿Y estabas planchando a obscuras?

–Las horas de luz no me bastan.

No se abrazaron, pero su alegría iluminaba la cocina. Y esto recordó a Broman que llevaba una lámpara de petróleo. Se lo dijo a Hanna.

–Vamos, quita de ahí esa ropa y siéntate a la mesa, Hanna.

Sin mirarla, puso la lámpara sobre la mesa y la cargó. Al encenderla no apartó los ojos del rostro de ella, y cuando los dos se vieron envueltos, de pronto, en la luz clara, John disfrutó con su sorpresa y su alegría casi infinita. Hanna, al cabo de un momento, observó:

–Pues es casi como en pleno día de verano.

Tanta luz había que Ragnar se despertó, se incorporó y preguntó:

–¿Ya ha amanecido?

Pero en cuanto vio a John se levantó de un salto y se subió al regazo de su padrastro. Éste le estrechó contra sí, como habría querido estrechar a su mujer, pero no se atrevía.

Hasta la mañana siguiente John Broman no se acordó de que también traía un espejo.

–Ah, toma, es un regalo de Alma.

Y colgó el bonito espejo de la pared del cuarto de estar. Hanna se puso delante de él, quejándose de alegría; luego pasó la mano por el marco dorado, evitando verse en la superficie de cristal.

–Vamos, mujer, mírate, para que veas lo guapa que eres –dijo John.

Ella le obedeció, pero se puso coloradísima, se tapó la cara con las manos y escapó.

Cuando le sirvió el café del desayuno, Hanna le preguntó:

–¿Y qué tal estaba tu madre?

–Pues como siempre –dijo él, y esto fue lo único que se dijeron marido y mujer sobre la visita de John a Värmland.

Una semana más tarde comenzaba a funcionar el molino y el estruendo de la cascada disminuyó. El desagüe y la compuerta graduaban el flujo del agua. Broman estaba contento, y no sólo por esto, sino también porque aún le quedaba dinero suficiente para pagar a August y a sus hijos por los trabajos que le habían hecho.

A Hanna le explicó cómo estaban las cosas, o sea, que ahora se iban a quedar sin el dinero esperado. Y ella respondió justo como él había pensado:

–Nos arreglaremos.

Hanna estaba llena de aplomo, se creía rica. Tenía las vacas, y la bodega bien provista de patatas y nabos, arándanos y conserva de serba. Las gallinas ponían, y de un primo suyo habían recibido un cerdo. En la bodega había también cerveza, y en el desván aguardaba impaciente el barril de aguardiente de Broman. Harina no iba a faltarles, al contrario, de modo que en la casa del molinero siempre habría pan abundante.

Lo mismo cabía decir del pescado, porque entre las muchas habilidades de John Broman, que tan sorprendidos tenía a los campesinos del valle, había una que daba mucho que hablar: su pericia para pescar en los lagos. Pocos eran allí los que poseían un bote, y nunca, ni siquiera en lo peor de los años del hambre, contaron con el pescado para su alimentación diaria. Broman se hizo una especie de esquife plano en cuanto tomó la decisión de afincarse al borde de Agua del Norte, y salía con él todas las tardes a tender sus redes.

El único pescado que había comido Hanna en su vida era arenque salado, de modo que al principio recelaba de lucios, percas y truchas asalmonadas, pero creyó a John cuando éste le explicó el buen sabor que tenían, y enseguida se acostumbró a guisarlos y comerlos.

El día para ellos estaba lleno de trabajo. Hanna no sabía que los campesinos se creían con derecho a café cuando esperaban a que les molieran el grano. Y también, a ser posible, a un poco de pan o una galleta.

–Es como tener un mesón –le decía a su madre.

Pero a ella le gustaba tener gente en casa, porque así había charla, bromas y risas.

Con la nieve llegaron otros invitados. Como siempre ocurría en invierno, los mendigos iban de casa en casa, se quedaban esperando ante la puerta de la cocina con los ojos tan hundidos en las cuencas que parecían pedazos de carbón. Y lo peor eran los niños. A Hanna le angustiaban, y siempre les daba lo que estuviera guisando, y en cuanto unos se iban volvía a empezar.

–No soy capaz de echarles de mi puerta –le decía a John, que asentía, comprensivo.

Pero cuanto más pan y otras cosas tenía Hanna en el horno, tanto más corría por la comarca el rumor de su generosidad, y el tropel de mendigos crecía de día en día.

–Es mucho trabajo para ti –le dijo un día John, viéndola fregar la cocina por la noche: y no sólo el suelo, sino también la mesa y los bancos.

No eran las pulgas lo único que temía Hanna; estaba completamente convencida de que los mendigos llevaban enfermedades con su mugre. Broman se echaba a reír al oír esto, pero no decía nada. Se había dado cuenta de que no era posible liberarla de sus supersticiones.

Lo peor de aquel primer invierno que pasaron juntos, y en el que Hanna aprendió a ser mujer de molinero, fue ver a Broman trabajar un día y otro día hasta quedar completamente derrengado. Tosía mucho, por causa de la fatiga y del polvillo de la harina, y era una tos seca, que no le dejaba dormir.

–Te estás matando a trabajar –le decía.

Cuando había demasiados sacos que subir al almacén del molino, Hanna le echaba una mano, y cargaba con algunos. Pero esto no le gustaba a Broman, que decía que cada cual debía cuidarse de lo suyo. Hanna habló de esto con su madre, y entre las dos concibieron un plan. El hermano de Hanna, que ya no hacía falta en casa, se encargaría del trabajo del molino. Tenía catorce años y era fuerte. Y le pagarían en harina.

Hanna tuvo que empezar a aprender pequeñas tretas y astucias femeninas. Por ejemplo, le dijo a Broman, como quien no quiere la cosa, que sus padres estaban preocupados por Adolf, que se pasaba las horas muertas en casa y no daba golpe. Y, al mismo tiempo, Maja-Lisa le dijo a August lo inquieta que estaba porque le parecía que la harina no iba a llegarles hasta el final del invierno:

–Créeme, sé muy bien lo que me digo.

Y así fue como se le ocurrió a August la excelente idea de ir a ver a Broman a preguntarle si Adolf no podría tener trabajo como mozo de molino en Agua del Norte. Adolf recibiría su sueldo en harina, como convinieron entre ellos dos. Pero, al tiempo, dejaría de dormir en el rincón de la cocina reservado para dormitorio del servicio, porque Hanna, que tenía leña abundante, le organizó uno más privado en el desván.

Así disminuyó también el trabajo de Broman, pero aquella tos tan mala seguía acosándole de noche, y desasosegando a Hanna.

También les preocupaba la cuestión de la harina. Los campesinos del valle pagaban al molinero a la manera antigua, o sea, unos veinte litros de harina por cada tonel de grano. Y había que transportar la harina todo el camino de más de una milla que mediaba entre el molino y la aldea fronteriza donde se la cambiaban por café, sal y azúcar. Y también por dinero. Cuando el lago largo se cubría de hielo, era Hanna quien se ocupaba de esta tarea, tirando del pesado trineo hasta la tienda de Alvar Alvarsson, y volviendo luego a casa con productos de primera necesidad y dinero en metálico.

Esto a Broman lo avergonzaba, porque no le parecía propio de una mujer, por joven y fuerte que fuese. Pero se alegró cuando vio que, por fin, podía pagar mensualmente al hermano de su mujer en moneda contante y sonante, y sembrar lo que le daban en harina hasta entonces. Broman estaba esperando constantemente que llegase de Värmland la noticia del caballo, pero ésta se retrasaba, lo cual a Hanna le parecía bien, porque, después de todo, aún no tenían ellos aquel invierno forraje suficiente para un caballo.

Celebraron la Navidad en casa de August y Maja-Lisa, y hubo carne de cerdo y gachas. Hanna preparó el café, porque Maja-Lisa se había quedado un rato en el cementerio poniendo coronas de abeto en las tumbas de sus hijos. John Broman había ido con ella, y quizá fuese este detalle afectivo lo que indujo a Maja-Lisa por primera vez a hablarle de sus muertos. Fue cuando volvían a la casa, y le dijo:

–Todavía me duelen estas cosas, porque aún los recuerdo con cariño. Les quiero más que a los que vinieron después. Se llamaban Anders y Johan, y eran casi como gemelos. ¡Y qué alegres eran! Y luego Elin, que murió tan pequeñita que casi ni tiempo tuve de familiarizarme con ella. No se entiende que pasen cosas así, se me fueron casi en la cuna.

Se echó a llorar, y se secó las lágrimas con el delantal bueno. Broman no decía nada, pero le acariciaba suavemente la espalda.

–Lo peor de todo fue con María, ¡lo que la eché de menos! ¡Tan viva y graciosa, una verdadera hermosura, tanto de aspecto como de alma!

Se sonó con el puño cerrado y tiró los mocos a la nieve.

–Nunca había hablado de esto con nadie, pero ahora es que no tengo más remedio que desahogarme. Y cuando nació Astrid, sólo unos años después de Hanna, fue como...,

como si María hubiese vuelto a la vida. Ya sé que la gente dice que eso son tonterías, pero para mí son tan verdad como el Evangelio, porque Astrid es como la pobrecita muerta, tanto de manera de ser como de aspecto.

Se acercaban a la casa, y Maja-Lisa fue por detrás para lavarse un poco la cara, mientras John volvía al calor del hogar y se sentaba de nuevo a la mesa navideña. Le hacía falta un buen trago. Hanna se dio cuenta enseguida, y le tendió un vaso lleno.

Un sábado, cuando se acercaba la primavera y la nieve se había fundido, pero aún hacía frío, llegó John Broman con el recado de que Rickard Joelsson había muerto accidentalmente de un tiro en una cacería de osos en Trösil.

–De modo que, ya ves, el padre de Ragnar ha muerto –dijo John.

Hanna se puso blanca como una sábana, y se quedó inmóvil, rígida, como una columna.

–¿Pero es verdad eso o lo dices por decir? –susurró.

–Y tanto que es verdad. El guardia de la zona ha estado en Villa Felicidad para decírselo a los viejos. Es terrible para ellos.

Hanna se puso roja como una amapola y comenzó a temblar. De pronto gritó:

–¡Pues me alegro!, ¡las carroñas esas!

Broman miró a su mujer con sorpresa, diciéndose que perdía todo sentido del pudor y la vergüenza, y también el de la dignidad. Hanna salió al patio y daba vueltas corriendo, chillando y riendo como una loca. De su boca salía juramento tras juramento, palabras que Broman nunca había sospechado que conociera.

–¡Al infierno, so diablo, al infierno!, ¡la malvada de Lovisa se ha encontrado con lo que se merecía! ¡Dios mío, y cuánto, cuánto me alegro!, ¡bien merecido, bien merecido lo tienes, monstruo!

Volvió a prorrumpir en carcajadas, y tan estridentes que espantaron a los pájaros de los árboles.

–¡Ragnar, Ragnar, mi niño!, ¿dónde estás?, ¡ven, corre, estás libre!, ¡por fin estás libre de ese malvado!

John la seguía, asustado, y ella corría como loca hacia el lago, gritando:

–¡Y yo, libre también, libre del diablo ese, ¡porque ahora tu padre estará ardiendo en los infiernos!

Y volvió a todo correr a la casa, y se dejó caer, de pronto, por tierra. Las faldas se le subieron a la cabeza, envolviéndola, y su bajo vientre quedó al descubierto, a la vista de cuantos quisieron vérselo, pero ella no se daba cuenta de esto, ni de nada, y ni siquiera se preocupaba de cubrirse. Y cuando se apartó la falda de la cabeza fue sólo para juntar las manos, mirando al cielo y gritando:

–¡Y si tú le perdonas, yo no le perdonaré nunca, Dios maldito!, ¡oye bien lo que te estoy diciendo, óyelo bien!

De pronto se quedó callada, se reajustó la ropa y se tumbó de lado, encogiéndose como un feto y rompiendo a llorar. Él, entonces, se le acercó, le acarició suavemente la cabeza, y ella prorrumpió en súbitos sollozos, y le susurró al oído:

–Sabes muy bien que yo sólo lloro de alegría.

–Sí, sí, bien que lo sé –dijo Broman.

Estuvo un largo rato en silencio, luego añadió:

–No sabía que te hubiese llegado tan hondo.

Hanna contuvo su desbocado llanto, y su voz sonó casi normal al decir:

–Tú, John Broman, eres una persona demasiado buena para llegar jamás a comprender una cosa así.

Él, por su parte, vaciló un momento, y, finalmente, contestó:

–No tienes razón, Hanna, también yo me alegré cuando murió mi padre.

El llanto de Hanna cesó al oír esto, se incorporó, se secó el rostro con el delantal, y dijo, llena de sorpresa:

–Pues entonces somos iguales. Bueno, por lo menos un poco.

Y, por primera vez, lo miró a los ojos; la mirada de él y la de ella se encontraron, y Hanna no apartó la suya cuando Broman le contestó:

–Sí, tienes razón, así es.

Él se dio cuenta entonces de que Hanna estaba helada, y dijo:

–Tienes que entrar en calor, enseguida, antes de que te congeles.

Hanna le obedeció, y en cuanto se vio en la cocina se lavó las manos y la cara. Luego fue al cuarto de estar y se miró al espejo, quedándose quieta delante de él por primera vez desde que lo tenían, contemplándose a gusto en el cristal.

–Pues la verdad es que tengo el mismo aspecto que cualquier otra persona –dijo, finalmente.

Enseguida se sintió avergonzada:

–¿Dónde está el niño?

–Jugando, en la herrería.

–Ah, muy bien.

–Sí, eso.

–Me he comportado como una chiquilla –dijo Hanna, con voz vacilante.

–Bueno, por lo menos te habrá sentado bien quitarte todo eso de encima.

Ante la sorpresa de su marido, Hanna comprendió lo que éste quería decirle, y se mostró de acuerdo:

–Sí, y tanto. No hables de esto con nadie…

–Por supuesto, qué tonterías se te ocurren –dijo él.

Un instante después apareció el niño a todo correr, gritando que el herrero le había dicho que Rickard el de Villa Felicidad había sido asesinado en el bosque.

–No –le corrigió John Broman con voz firme–, ha sido víctima de una desgracia. El hombre que le disparó el tiro pensó que Rickard era un oso.

–¿O sea que se equivocó?

–Sí. Esas cosas pasan. Y se llaman disparos errados.

–Sí, ya sé –dijo el niño, en voz baja.

Pero cuando John le dijo que ahora tenía que ir al lago a ver cómo estaba la red, el niño pareció volver de nuevo a la vida:

–¿Y puedo ir también yo en el bote, madre?

–Sí que puedes –intervino John Broman, anticipándose a la respuesta de Hanna–, tu madre ahora no tiene tiempo de remar, de modo que puedes hacerlo tú mientras ella guisa.

Una vez los dos en el bote, el niño volvió a ponerse serio, hizo acopio de valor y preguntó lo que quería:

–Él era mi padre, ¿no?

–Sí –dijo John Broman–, lo era.

Esa noche fue la primera en que Hanna tomó la iniciativa, acercándose a su marido en la cama. Luego se quedó dormida bruscamente, mientras John seguía despierto, lleno de angustia por su mujer. La explosión de aversión de Hanna le había asustado más de lo que quiso confesarse, y se decía que se había comportado como si estuviese loca de atar, y que, en un momento así, habría podido ocurrir cualquier cosa. Pero también pensó en la tremenda alegría que le había invadido a él al enterarse de que el viejo Broman se había hundido en el hielo. Y, sin embargo, el llanto que le embargó en el entierro causó sorpresa general; ¿sería él como Hanna, que lloraba de alegría?

Por la mañana, cuando Hanna fue a encender el fogón, tuvo una intuición de lo que le esperaba:

«Estoy embarazada», pensó.

A partir de aquel día se aclaró el ambiente en la casa del molinero. Y el jueves, cuando los padres de Hanna les hicieron una visita inesperada y les dieron la siniestra noticia de que Joel, el de Villa Felicidad, había estrangulado a su mujer y luego se había encerrado en el establo y se había pegado un tiro, Hanna tuvo el acierto de adoptar un aire de decente espanto. Pero todo el tiempo mantuvo fija su mirada en la de Broman.

Y él tampoco apartó los suyos de los de Hanna, pero sintiéndose extrañamente culpable.

El viernes ya habían terminado de trabajar en su campo de patatas. Hanna le ayudaba, pero John Broman se avergonzaba de tener que ir a la zaga de su mujer al abrir los surcos. Estaba claro que no iba a tener más remedio que conseguirse un caballo.

Había recibido carta de Alma inmediatamente después de Navidad. El intento de obtener, con ayuda de la ley, un anticipo sobre la herencia había quedado en nada, y era imposible hacer entrar en razón a su madre.

«Nos va a enterrar a todos», escribía Alma, y Broman pensaba que probablemente tenía razón. Él, por lo menos, iba a morirse de la tos antes de que la vieja cerrase los ojos.

Aunque en toda la carta de su hermana no había una sola palabra de reproche, John supo leer entre líneas: todos sabían que, de haberse quedado él en la casa, se habría tenido que encargar de dirigir la finca familiar, como único hijo varón que era, al distribuirse la herencia, lo cual habría sido mejor para Alma y los suyos; pero él se había ido de casa cuando todavía era joven, porque quería aprender el oficio de molinero en el pueblo vecino, y allí se casó, y con consecuencias bastante desdichadas, por cierto.

A pesar de que los suicidios no sentaban bien en la comarca, el entierro de Joel Eriksson estuvo muy concurrido. Y, como si allí no hubiese ocurrido nada anómalo, marido y mujer fueron enterrados el uno junto al otro, y junto al hijo cuyo cuerpo muerto en accidente de caza había sido traído a casa desde Trösil. Erik Eriksson estaba en pie junto a la tumba, firme como un pino, y cuando todos los asistentes hubieron tomado el café de funeral, como era costumbre, y no quedaba allí un alma, explicó a August sus planes. August se quedaría con Villa Felicidad, y a su hijo mayor le tocaría Bråten, la casa que ocupaban ahora August y su familia. Pero, por primera vez en su vida, el viejo campesino se encontró con que alguien le llevaba la contraria, porque August dijo que él no quería Villa Felicidad, sino la escritura de propiedad de su casa, Bråten, y el hijo mayor de August intervino para decir que había tomado la decisión de emigrar a América del Norte.

La verdad es que todos estaban de acuerdo en que no querían vivir en Villa Felicidad, aunque sólo fuese porque no deseaban que Joel y Lovisa se les apareciesen por sus pasillos. Y menos todavía el desdichado Rickard. Estas cosas arredraban a Hanna, que se había agarrado al brazo de su marido y no lo soltaba.

Erik Eriksson, que jamás había tenido que enfrentarse con la oposición a sus deseos, se encogió en su asiento del cuarto de estar de Bråten, donde todos estaban sentados en torno a la mesa; su espalda se encorvó, y en ese momento todos pudieron ver lo viejo que estaba y lo mucho que le había hecho mella la desgracia. Como de costumbre, fue Ingegerd quien salvó la situación, diciendo lo que todos querían oír. Propuso que las propiedades de la familia se juntasen y se pusiesen en manos de August, a fin de que éste decidiese cómo se debía repartir la herencia.

–Allá tú si te empeñas en seguir viviendo en Bråten –le dijo–, porque va a ser peor para ti, pero eso es cosa tuya.

August hizo un gran esfuerzo para que no se le notase lo contento que estaba. Ésta era precisamente la solución que él había deseado. Hanna miraba con los ojos muy abiertos a su tía Ingegerd, diciéndose, como en muchas otras ocasiones se había dicho, que era una mujer muy recia, erguida y con apostura. Tía Ingegerd era la hija mayor de Erik Eriksson; ya había cumplido cincuenta y siete años, y era mayor que Maja-Lisa, pero nadie lo diría, a juzgar por su aspecto.

En general se hablaba con cierto desdén de las hijas que se quedaban para vestir santos, pero, por lo que a Ingegerd, la de la Casa Grande, se refería, la cosa era distinta; desde hacía mucho tiempo se decía que Erik Eriksson nunca tomaba una decisión sin consultarla.

«Así podemos llegar a ser las mujeres si prescindimos de marido y de hijos», se dijo Hanna, contemplando a su tía, pero enseguida se arrepintió de haberlo pensado, porque sabía muy bien que las mujeres no tenían otro remedio que someterse a las circunstancias; después de todo, no podían dejar de nacer niños.

En cuanto se fueron de allí Erik Eriksson y su hija en el coche, August, sus hijos y John Broman celebraron su victoria con aguardiente. Tanto bebieron que llegó un momento en el que ya no cabía pensar en que John Broman y Hanna volviesen a casa por su cuenta. Hanna, con ayuda de su madre, puso a los hombres en el desván; los dejó allí, acostados en el suelo con una colcha encima, y las dos bajaron luego a la cocina para adecentarla un poco después del funeral y de la francachela. Hablaron de Ingegerd, que era bella y apuesta, y encima lista, desde niña.

–Y no creas que le faltaron pretendientes –rememoró Maja-Lisa–, al contrario, los tuvo, ¡vaya si los tuvo!, pero se reía de ellos. Y nuestro padre estaba encantado, porque no quería quedarse sin ella. Y siempre la trató como si fuese un hombre, con gran disgusto del pobre Joel, a quien, por el contrario, trataba como a la niña de la casa.

Maja-Lisa contó su historia entre quejas y suspiros, y Hanna se dijo que estaría triste por causa de Joel, cuya vida había sido tan penosa. Pero, de pronto, se puso a gritar que nunca perdonaría a su hermano por haber deshonrado a la familia, pues había muerto como asesino y suicida.

Algo más arriba, junto a la orilla de los laguitos del norte, crecían cinco grandes arces agrupados en una especie de arboleda. Cuando florecieron, en primavera, el aire olía a miel alrededor de la casa del molino, y Hanna decía que era una gran lástima no poder extraer ese dulzor de los árboles mismos. Broman, que estaba observando las flores color verde claro que llovían sobre el agua obscura, se echó a reír, sin darse cuenta de lo que ello irritaba a su mujer.

–Me tienes que ayudar a subir el sofá bueno –le dijo–, tengo que hacer sitio en el cuarto de estar para el telar.

Esto le gustó.

–Ya sabes –dijo– lo que pienso yo de ese sofá.

Ella hizo una mueca y contestó que era sólo durante un tiempo, y que enseguida volvería a poner en su sitio aquel mueble tan bonito.

–Bah, un sofá de relumbrón, ni siquiera se puede uno sentar en él –rió Broman, desdeñoso.

Hanna, entonces, se puso como una fiera, gritó que en esta vida hay cosas más importantes que sentarse. Broman se quedó desconcertado ante tal explosión de ira.

–La verdad es que se diría que te has vuelto tonta.

–Voy a tener un hijo –gritó ella entonces.

Se llevó la mano a la boca, diciéndose que se había precipitado. Pero lo cierto era que llevaba semanas pensando cuándo y cómo decírselo.

Se dio cuenta inmediatamente de que la noticia no le hacía ninguna gracia a su marido, que, sin embargo, supo reaccionar bien: puso la mano en el hombro de Hanna y le dijo:

–Bueno, no tiene por qué cogernos de sorpresa.

Hanna tuvo tiempo de llenar la bodega de patatas antes de que naciera el niño, en noviembre. El parto fue tan difícil que casi enloqueció a Broman. Y la vieja Anna no puso mejor las cosas cuando salió sigilosamente de la cocina, donde fue a buscar una taza de café, diciéndole:

–Tu mujer está destrozada de la cintura para abajo. Y la verdad es que era de temer una cosa así. ¡Vamos, vete de aquí,

Broman! –añadió, y él se fue, pensando que era una suerte, después de todo, que Rickard Joelsson estuviese muerto, porque, en aquel momento, lo habría matado con sus propias manos.

Luego fue al molino, se echó en el suelo, se cubrió con unos sacos vacíos y enseguida se quedó dormido.

Anna lo despertó con el alba y le dijo, muy solemne:

–Has tenido un hijo, John Broman.

–¿Cómo está Hanna?

–Durmiendo, y así es como se cura, porque es fuerte, muy fuerte, esa mujer tuya.

Broman se sintió lleno de alivio, y la solemnidad de la vieja Anna se le pegó. Se lavó con gran esmero en la cocina y se puso una camisa limpia para entrar como es debido en el cuarto donde estaba su mujer. La vio muy pálida y desmejorada, pero respiraba larga y profundamente.

El recién nacido ya estaba en la cuna, a los pies de la cama: era un niño feúcho, con un mechón de pelo muy rojo en el cráneo. Broman se quedó mirando largo rato a la criatura, reconociendo sus rasgos, pensando que aquel niño le iba a costar mucho esfuerzo y mucho desasosiego. Oyó el ruido que hacía el primer carro que llegaba al molino y se apresuró a acudir a su primera faena del día.

Hacia el atardecer, Maja-Lisa y August aparecieron con Ragnar, a quien John Broman había llevado medio a la fuerza a Bråten cuando comenzó el parto. No quería que el niño se asustase, había dicho. Maja-Lisa había recibido bien a Ragnar, pero se dijo que era una estrafalaria ocurrencia. Los niños, después de todo, tienen que aprender lo que es la vida. Cuando Maja-Lisa dijo esto a August, éste se mostró de acuerdo con ella. Hacía mucho tiempo que August pensaba que el molinero era blando con el niño, y se avergonzaba cuando veía a Broman acariciar a Hanna en la mejilla.

Ahora venían a ver al nuevo nieto. Enseguida dijeron que no se parecía a nadie de la familia, porque ninguno de ellos tenía la cara tan redonda, la nariz tan respingona y el pelo tan rojo. Broman intervino entonces, diciendo que el niño tenía los rasgos de su padre. Sólo Hanna se dio cuenta de lo triste que parecía al decir esto.

–La verdad, es igualito que una rana –dijo Ragnar, y Hanna y Maja-Lisa le riñeron.

Broman, en cambio, sentó al niño sobre sus rodillas y le dijo, consolador, que todos los recién nacidos tienen un aspecto muy raro.

–Ya verás como enseguida se pone tan guapo como tú –añadió, sabiendo perfectamente que estaba mintiendo.

Broman pensaba que el recién nacido nunca sería tan guapo y apuesto como su hermano. Se decidió ponerle de nombre John, como su padre.

–El domingo que viene, sin esperar más –dijo Maja-Lisa.

Tal fue su aire de decisión al decir esto que nadie se atrevió a objetar que esta vez no había ninguna prisa. Hanna recibió allí mismo toda una larga serie de reglas de conducta. Ningún visitante no invitado cruzaría el umbral de la casa durante toda la semana. Y Hanna tendría que andarse con mucho cuidado con la coja Malin, la mujer del herrero, de la que se sospechaba que estaba en celo y podía tener mal de ojo.

Cuando August y Maja-Lisa se hubieron ido, John acostó a Ragnar en el jergón de la cocina y se echó a su lado. Los dos se quedaron dormidos inmediatamente, exhaustos de tantas emociones. Pero Hanna siguió despierta en la cama del dormitorio, mirando al recién nacido y diciéndose:

«¡Pero qué feúcho es el pobre!»

Sentía por él la misma extraña ternura que había sentido antes por Ragnar. Dio gracias a Dios porque todo hubiese terminado, y porque fuese varón. Y también le dio gracias de pronto por lo que le había dicho Broman: que casi se había vuelto loco de alegría al enterarse de la muerte de su padre.

«Ese padre suyo tuvo que ser un sujeto la mar de raro», pensó Hanna, echando otra ojeada a la criatura.

–Va a tener muy poca gracia el muñeco este –añadió, tan alto que casi sonó como un conjuro.

Pero a lo mejor sirvió de algo, porque, con el tiempo, el recién nacido se convirtió en un chico muy simpático y muy jucioso.

A finales de mes empezó a nevar, pero la nieve hubo de ceder ante la lluvia que llegaba de Noruega. John Broman tuvo que tragarse su orgullo e ir a ver a Erik Eriksson para pedirle prestado un caballo y un carro. El viejo estaba en la cama, con fiebre y dolores de pecho, le dijo Ingegerd, y John se avergonzó de oír esta noticia con alivio.

A John le caía bien Ingegerd, pues era una de las pocas personas de todo el valle con quien se entendía. Ingegerd le invitó a café y los dos se sentaron en la cocina, y, entre unas cosas y otras, hablaron de casi todo. Ingegerd le dijo que el pobre Rickard se volvía como loco cada vez que su padre golpeaba a Lovisa.

–Traté de hacer algo por Hanna –le dijo también–, pero mi padre se opuso. Ya sabemos cómo piensan los viejos, que una puta es una puta, por mucho que haga. Y luego, pues mira, los hijos de Maja-Lisa tampoco son muy normales.

–¿Que no son muy normales?

Ingegerd se arrepintió inmediatamente de lo que acababa de decir y John se dio cuenta al momento. Pero tanto insistió que Ingegerd acabó hablándole de Astrid, la hermana de Hanna, que había hecho una buena boda en Fredrikshald.

–Tuvo un ataque –explicó Ingegerd–, y se volvió un poco loca. Se fue a todo correr al cementerio, y hasta la mismísima iglesia, venga correr, y arrancó las flores y las cruces de las tumbas de sus hermanos muertos. Y le dijo al cura que no estaban muertos, que vivían, y que no había derecho a tenerlos bajo tierra.

Ingegerd se estremecía contando esto. Tomó un largo sorbo de café:

–Mira, Broman, ya te puedes imaginar las cosas que se decían por ahí, pero yo cuidé de que mi padre no se enterara de lo ocurrido, y procuré que se encargara de la chica, que era buena y dócil. Y guapa. Y aquí, entre nosotros, se comportaba de una forma muy normal. Ni una sola locura. En fin, que le cogí afecto, y me habría gustado que siguiera en casa. Pero ya te puedes imaginar que las malas lenguas no paraban, de modo que tuve que darme por contenta con encontrarle una plaza de muchacha de servicio en Noruega. Yo misma la llevé a Fredrikshald, de modo que pude comprobar por mí misma que iba a estar en una buena casa, no en un nido de campesinotes, sino gente del comercio. Y, así las cosas, un buen día el pescadero de la ciudad se enamoró de ella, y se casaron, y así es como Astrid se casó en Fredrikshald. Su marido es un hombre como entran pocos en una libra. Y no sabe nada de los ataques de locura de su mujer.

–¿De modo que todo acabó bien?

–Exactamente. Las cartas que recibo de Astrid son todas muy optimistas, y se ve que está contenta. Yo creo que todas esas ideas estrafalarias se le pasaron en cuanto perdió de vista a Maja-Lisa.

–Maja-Lisa dice que Astrid es igual que una hija suya que murió.

–Sí, eso es verdad. Pero no hay nada de raro en ello. Los hermanos suelen parecerse.

A John le serenaba la voz tranquila de Ingegerd y las sensatas explicaciones que daba. Él había tenido pensamientos confusos sobre Astrid desde las Navidades anteriores, cuando Maja-Lisa le habló de ella y de su hermana muerta.

Acabó diciendo a Ingegerd la razón de su visita. Él mismo se sorprendió luego de la facilidad con que le habló de su madre, que no acababa de morirse, de la herencia que no se podía repartir, y de la infinidad de tiempo que llevaba esperando para poder quedarse con un mísero caballo de la finca paterna.

–No acabamos de arreglarnos del todo –prosiguió–. Aquí

ningún campesino paga en metálico, y una vez al mes tengo que ir a vender mi harina. Alvarsson me paga mal, es muy ladino y, claro, se aprovecha de mis dificultades.

–Por supuesto que te puedes llevar prestados el caballo y el carro para ir a Fredrikshald –le dijo Ingegerd–. Mi padre no tiene por qué enterarse; además, no se levantará de la cama hasta dentro de unas semanas. Entretanto, no te preocupes, si pregunta, ya inventaré yo algo.

A John le sorprendió mucho tanta buena voluntad. Unció el caballo al carro. Era un animal joven y fuerte, y no demasiado dócil. Pero cuando se despidió de Ingegerd, ya se había empezado a acostumbrar a él.

–Tú y yo nos entendemos, Broman –dijo Ingegerd–, y sabemos lo difícil que es hacer entrar en razón a los viejos.

Hanna también se quedó muy sorprendida al ver llegar a su marido con el caballo y el carro. Pero su alegría se volvió inquietud cuando le oyó decir que tenía intención de llevar harina a Fredrikshald.

–Entonces pasarás varios días fuera.

–Tienes aquí a tu hermano.

–Pero es que no es lo mismo. No dice una palabra.

Broman pensó que eso les pasaba a todos los hijos de August y Maja-Lisa, e incluso a la misma Hanna. Pero lo que dijo en voz alta fue:

–Yo pensaba que a ti no te gustaban mi charla ni mis historias.

–Bueno –dijo ella, encogiéndose de hombros–, es que es ésa la impresión que hay que dar.

John se echó a reír, y se dio cuenta demasiado tarde de que su risa la irritaba.

–Dime, Hanna, ¿por qué hay que hacer como que no le gusta a uno lo que le gusta?

–Pues porque esas cosas son innecesarias.

–¿O sea, contaros historias a ti y al niño es innecesario?

–Sí –y Broman se dio cuenta de que Hanna estaba irritada–, esas charlas no traen pan a casa.

–No pensaba yo que a ti te faltase pan –dijo él, saliendo y dando tal portazo que la casa tembló entera.

Hanna se quedó asustada.

Ragnar, que estaba sentado en el suelo con sus bloques de construcción, la miró pensativo, y dijo:

–Estás mal de la cabeza, mamá.

Hanna trató de enfadarse con su hijo, pero sin conseguirlo. Se limitó a resoplar que los niños lo que tienen que hacer es callarse cuando oyen cosas que no entienden.

–Eres tú quien no entiende –objetó Ragnar, y, por un instante, algo le dijo a Hanna que a lo mejor era Ragnar quien tenía razón.

Entretanto, el niño fue a donde estaba John almohazando al caballo y haciéndole sitio en el establo. El pequeño John comenzó a chillar de pronto en su cuna, y Hanna se tranquilizó dándole de mamar. Cuando su marido y su hijo volvieron juntos, les oyó reír en el patio, y pensó que se estarían riendo de ella. Pero a todo había que acostumbrarse. Con el tiempo, sus hijos se divertirían mucho, sin duda, a costa suya.

Año y medio después del nacimiento del pequeño John, llegó otro hijo, y resultó que se parecía mucho a la familia Eriksson, tal como esperaban, con grandes ojos pardos, nariz recta y pelo castaño obscuro. Maja-Lisa se sentía orgullosa, como si le hubiese dado a luz ella misma, y decidió que el niño se llamaría Erik, como su padre.

El parto fue también difícil esta vez, y, cuando Broman vio los dolores que estaba sufriendo Hanna, se prometió solemnemente no tocar a su esposa nunca más. Era ésta una promesa que no podía cumplir, y que no cumplió, porque, apenas tenía Erik dos años, nació un tercer niño, al que pusieron por nombre August, como el padre de Hanna.

Este último niño era más débil que los otros. Hanna se dio cuenta de ello inmediatamente después del parto, antes incluso de que la comadrona hubiese tenido tiempo de lavar a la criatura. Y cuando se lo llevó al pecho por primera vez, vio claramente que el niño no tenía mucho afán de vivir.

«Es como su padre», pensó.

Hanna vivía en constante angustia por su marido, cuya tos se hacía peor cada año que pasaba, y con frecuencia era tan fuerte que John encontraba dificultad en respirar. Y entonces lo que hacía era salir de la casa y llenarse los pulmones de aire puro. La vieja Anna acudía a cuidarle cuando se ponía realmente mal, le aplicaba emplastos de gachas en el pecho y le hablaba larga, suave, sosegadoramente.

–Deberías ir al médico –decía Anna, y, finalmente, hacia la primavera, cuando había poco que hacer en el molino,

Broman fue, en compañía de la tía Ingegerd, a Vänesborg, donde un médico muy irascible les dijo que Broman padecía de asma y tenía que dejar de moler.

–Claro es que no nos dijo nada sobre cómo se iba a mantener la familia si dejo de trabajar en el molino –dijo John a su mujer cuando volvió a casa.

Las medicinas que había traído se acabaron enseguida. Y la verdad era que daba igual, porque de nada servían.

Con el caballo ocurrió lo que decidió Erik Eriksson, que August recibió dos tercios del animal, quedándole a John solamente un tercio. A Broman le amargaba esto, pero Hanna pensaba que era un buen acuerdo, porque ellos no tenían suficiente forraje para un animal tan grande, allá arriba, entre los roquedos, y, al fin y al cabo, sólo les hacía falta una semana al mes, cuando había que llevar la harina a Noruega para venderla.

Ingegerd tenía razón en pensar que era demasiado arduo para August seguir viviendo en Bråten y trabajar las tierras de Villa Felicidad. August acabó planteándole cautamente la mudanza a Maja-Lisa, la cual le respondió con brusquedad que ella no tenía la menor intención de ir a vivir a aquella casa malhadada. Se llamó a John para que diese su opinión, y éste, después de meditar largamente la cuestión, les hizo una proposición.

–¿Por qué no echamos abajo la casa vieja y construimos en su lugar otra nueva en la colina? –dijo–. Será una casa mucho más agradable, y con vistas al río y al lago.

Pero August no tenía dinero para tal empresa. Ni fuerzas tampoco. De modo que no les quedó otro remedio que mudarse a Villa Felicidad, donde August, sus hijos y John Broman se dedicaron a pintar paredes y techos y a enjalbegar la cocina.

La mudanza tuvo lugar a mediados de verano, con todos sus muebles y cachivaches. Maja-Lisa acabó por dejar de quejarse, pero nunca se sintió verdaderamente a gusto en su nuevo hogar. Todos tardaron algo en darse cuenta de lo mal que se encontraba allí, pero un día John comentó con Hanna que Maja-Lisa estaba consumiéndose en Villa Felicidad. Hanna, al oír esto, se asustó muchísimo, y susurró que tenían que ser los malos espíritus, pero John se echó reír y contestó que lo que atormentaba a Maja-Lisa era una enfermedad pura y simple, una de esas enfermedades que se apoderan del cuerpo de la gente.

Hanna iba con sus hijos a ver a su madre con tanta frecuencia como le era posible, pero acabó pensando que no había más remedio que convencer a August de que cogiese una criada.

–De sobra ves que madre ya no puede con todo.

Tardaron mucho en encontrar criada.

Las jóvenes se iban todas a Noruega, porque allí encontraban trabajo en las casas y las posadas y pensiones de Moss, y en las fábricas de Fredrikshald. Algunas seguían desde allí hasta Norteamérica, donde se casaban con noruegos. Algunas volvían a casa de visita durante las fiestas, con bonitos vestidos y grandes sombreros adornados con rosas. Y esto irritaba a las amas de casa decentes, que decían que eran todas un hatajo de zorras; o algo peor. Y es que no resultaba difícil calcular la de dinero que costaba todo aquello.

Hanna hacía lo que podía por su madre, dejando a sus hijos casi a diario en la casita de la vieja Anna y corriendo, con el pequeño John pegado al pecho, a Villa Felicidad, para cerciorarse de que cuando menos sus padres y hermanos tendrían comida. Un día se atrevió a hacer a su madre la pregunta que nunca había tenido el valor de hacerle:

–Dime, madre, ¿es verdad que en esta casa se aparecen los muertos?

–Sí –dijo Maja-Lisa–, pero no creas que son Joel y Lovisa los que se aparecen, no, son los niños: Anders y Johan, y, a veces, también la pequeña Elin.

–¡Pero si nunca vivieron aquí!

–Bueno, pues, así y todo, se aparecen.

Cuando Hanna volvió a casa y contó a su marido lo que acababa de decirle su madre, aquél observó que el dolor nunca desaparece del todo, al contrario, sigue actuando, y corroe a los vivos, quitándoles un poco de su ser cada día.

–Y los que tienen muchos muertos –dijo– van perdiendo las ganas de vivir.

August, que no podía soportar la enfermedad de su mujer, escribió una carta a Johannes. Estaba emparentado con el famoso curandero, y le decía, más o menos, lo siguiente:

> Primo, hazme el favor de venir a mi casa, porque yo no sé valerme sin mi mujer.

Cuando Hanna habló a su marido de esta carta, John Broman se quedó muy sorprendido, y dijo que Johannes curaba animales, no personas.

–Bueno, y también personas –le explicó Hanna–. No sé si has oído hablar del soldado de Piletorp, que estaba a punto de morir de cáncer, y Johannes fue a verlo y le preparó un brebaje y obligó al viejo a beberlo. Y luego le dijo que se pusiera en pie. Lo que a él le correspondía, le dijo Johannes, era vivir hasta los noventa. Y eso es justo lo que vivió.

John no conocía aquella historia, pero sí otras muchas, a cuál más curiosa. Y es que la fama de Johannes había llegado hasta Värmland. John nunca había dado crédito a las muchas historias que corrían sobre Johannes, pero le dijo a Hanna que quizá su visita consiguiese sosegar a Maja-Lisa.

En esto John se equivocaba. El domingo por la tarde, estando la familia reunida en Villa Felicidad, llegó Johannes, saludó a todos apretándoles la mano y fue a la habitación donde estaba acostada Maja-Lisa. No hizo más que echarle una ojeada, y le dijo, sin más:

–Bueno, está visto que te nos vas.

Ella misma lo reconoció así, y no sólo ante Johannes, sino incluso ante los demás:

–Sí, estoy cansada –asintió–, ¿cuándo va a ser?

–Todavía te queda una semana. Y no temas que sea doloroso. Te morirás durmiendo.

–¿Y veré entonces a mis hijos?

–Sí, creo que sí. Bueno, a todos menos a María, pero esto ya lo sabías.

John Broman oyó la conversación desde la cocina, pero no podía creer que fuese verdad. Hanna salió del cuarto, blanca como una sábana, seguida de cerca por su padre, que parecía como si acabase de oír su propia sentencia de muerte. Nadie dijo una palabra, hasta que, finalmente, fue Ingegerd quien habló:

–Bueno, tendremos que avisar a Astrid.

Aunque había hablado muy bajo, Johannes, que seguía en la habitación con Maja-Lisa, les oyó y dijo en voz alta:

–No, Astrid no vendrá.

–No –intervino Maja-Lisa–, no vendrá. Pero yo quiero que venga un cura, bueno, si el borrachín ese de la iglesia es capaz de estar sereno un día entero.

Hanna se quedó en Villa Felicidad preparando comida para todos. Pero John tuvo que volver a casa, para atender al molino, donde Ragnar, que ya tenía diez años, estaba solo con sus hermanitos. Ingegerd le llevó en el carro, pues tenía prisa por volver con el viejo Erik, que llevaba ya más de un año al borde de la muerte.

De camino, John Broman preguntó a Ingegerd:

–¿Tú crees que será verdad?

–Pues yo pienso que Johannes tiene mucha experiencia de enfermedades. Y tampoco resulta tan difícil darse cuenta de que Maja-Lisa está en las últimas.

–Sí, bueno, eso sí, pero ¿y lo que dijo sobre María y Astrid?

–Eso no te lo tomes en serio, Broman. Johannes ha pasado mucho tiempo en Norteamérica, y allí ha encontrado una religión nueva. Se trata de una doctrina muy curiosa que dice que las almas vagan en libertad, yendo del mundo de los muertos a éste y entrando en los recién nacidos. Pero eso son tonterías.

Ingegerd miró de refilón a John y vio que no estaba convencido del todo.

–Escúchame, Johannes vivió un invierno en Bråten, cuando Astrid era pequeña, y fue entonces cuando metió esas ideas absurdas a Maja-Lisa en la cabeza, y esas ideas acabaron volviendo loca a la pobre chica.

John exhaló un hondo suspiro de alivio y se mostró de acuerdo de todo corazón con Ingegerd cuando ésta le añadió:

–Mira, de sobra sabes tú que, cuando alguien se muere, pues eso, que está muerto, y todo lo demás son pamplinas.

El cura sólo estaba medio borracho cuando llegó el lunes por la mañana y administró los sacramentos a Maja-Lisa. Ésta parecía serena, casi esperanzada. Pero August estaba rígido, espantado, como si acabasen de exiliarle a un país desconocido.

El martes Maja-Lisa empezó a sentir dolor en el pecho y dificultades respiratorias. Esa misma noche la familia veló junto a su cama y todo sucedió como se pensaba. Estaba dormida cuando exhaló un profundo suspiro y dejó de respirar.

John no estaba junto al lecho de Maja-Lisa, porque tenía que estar en casa con los niños. Acababa de conseguir que se durmiesen cuando llamaron a la puerta y Johannes entró en la casa.

John preparó café y sacó pan. Pero sus movimientos eran torpes, esquinados, y es que el visitante no le caía bien. Tomaron café en silencio, y luego Broman dijo:

–¿Pronuncias tú siempre sentencias de muerte así de directas y bruscas?

–Solamente a los que están en disposición de oírlas –dijo Johannes, riendo–. A August tampoco le queda mucho tiempo de vida. Pero de poco le serviría saberlo.

John pensó en su asma y en su terrible fatiga. Pero no se atrevió a hacer preguntas, y bien cierto era que tampoco había necesidad.

–A ti, Broman, te diré que tienes todavía más años de vida de los que realmente deseas. Pero todo será para bien ¿Puedo dormir en la habitación del desván?

John quedó muy sorprendido, pero mientras encendía el fuego y hacía la cama en la habitación del desván, se sintió muy contento.

Hanna estaba pálida cuando volvió a casa, y muy tensa mientras daba de comer a sus niños hambrientos. Con el niño pequeño al pecho, se quedó mirando a John un largo rato, y luego le dijo:

–Bien sabe Dios lo que me gustaría poder llorar.

Durmió algunas horas, y después, a pesar de la larga vela, tuvo que salir al establo a ordeñar. Y entonces acudió allí Johannes, como ella esperaba, que elogió a las bestias y le dijo a Hanna que no tenía motivos para preocuparse por su marido.

–Mi opinión es que vivirá hasta bien entrado el siglo XX. Seguro que seguirá vivo cuando termine la primera década del siglo.

Oyendo esto, Hanna sintió hondísimo alivio. Corría el año de 1894, de modo que aún quedaba mucho tiempo hasta el final del siglo. Pero cuando Johannes se despidió, Hanna hizo el cálculo y se dio cuenta con sorpresa de que el curandero sólo había dado a John dieciséis años de vida.

«Bueno –se dijo–, será suficiente, porque entonces Ragnar ya tendrá veintiséis años, John diecinueve y Erik dieciocho. O sea, que tendremos tres hombres fuertes y sanos en el molino.»

–Y tú también, pobrecito, tendrás dieciséis años entonces, y estarás crecidito –susurró al rostro satisfecho del pequeño August, que seguía pegado a su pecho.

–No pareces muy contenta –le dijo Broman cuando se sentaron a comer por la tarde.

Hanna asintió, pero frunciendo los labios. En sus oídos todavía resonaban las palabras finales de Johannes:

–Ni una palabra de esto a Broman, porque, si te vas de la lengua, créeme, le matas.

Cuando se acostaron, Hanna, a pesar de lo agotada que estaba, no acababa de dormirse. Los recuerdos de su madre la obsesionaban, y, algunos de ellos, le dolían.

–Pareces exhausta –le dijo John a la hora del desayuno.

–He tenido pensamientos atroces.

Se sonrojó al añadir, sin poder contenerse:

–Como el invierno en que estaba embarazada de Ragnar. Mi madre me hizo ayudarla a hacer la matanza, me forzó a sostenerle el cubo de la sangre. ¡Fíjate! En una de las chozas que están junto al río murió entonces una vieja, y no sé si me creerás, pero mi madre me dijo que fuera allí a limpiar un poco. Y todo fue para ver si así el niño que yo llevaba en el vientre salía enfermo y se moría.

Hanna rió al decir esto, pero su sonrisa era más bien una mueca, y señaló a Ragnar, que dormía en el rincón de la cocina:

–No fue así, porque salió más sano y más guapo que ninguno de los suyos.

A John no se le ocurrió otra reacción que mover la cabeza, pero, al salir para ir al molino, se paró en el vano de la puerta y dijo:

–De todo esto se puede sacar en limpio una cosa, que las viejas supersticiones no son para ser tomadas en serio.

En lo más agobiado de la cosecha, August Olsson empezó a sentir dolores en el pecho y tuvo que sentarse a la sombra de un árbol para descansar. Cuando, al cabo de un rato, sus hijos fueron a despertarle, lo encontraron muerto. Estuvieron en pie en silencio en torno a él, pero no estaban ni asustados ni sorprendidos. El viejo August no vivía de verdad desde la muerte de Maja-Lisa.

No dejó testamento, de modo que sus campos se distribuyeron entre sus hijos. Robert, que había abandonado sus proyectos de emigrar a Norteamérica, y Rudolf, que era tan trabajador como Hanna, se instalaron en Villa Felicidad. Y Adolf se quedó en el molino, junto al Agua del Norte, unos años más. Cuando los hijos del molinero fueron lo bastante mayores para encargarse de la molienda, Adolf cogió el dinero que le había tocado de la herencia y se fue con él a América del Norte.

Ninguno de los hermanos de Hanna se casó.

Al entierro de August acudió su hija Astrid con su marido y su hijo. John Broman observó atenta y repetidamente a su cuñada, que estaba muy elegante con su vestido floreado de buen corte. Astrid era agraciada, y estuvo atenta y amable con todos. Le gustaba hablar, y hablaba mucho, cantaba canciones de cuna a los niños y acariciaba a las vacas, haciéndoles al oído el mugido de ir al ordeño.

Por su carácter, Astrid no se parecía a ninguno de sus hermanos, aunque tenía la misma altura de Hanna, y, si se fijaba uno mucho, era posible encontrar en sus rasgos faciales semejanzas con sus hermanos.

La hermanita elegante hacía parecer a Hanna zafia y campesina. Mientras Astrid iba siempre como dándose prisa, Hanna andaba comedida y reciamente. El rostro de Astrid reflejaba todos sus sentimientos, y cambiaba como el tiempo en abril; Hanna en cambio, era reservada, encerrada en sí misma. A Astrid le gustaba charlar y cantar; Hanna callaba. Astrid echaba la cabeza para atrás y rompía a reír con frecuencia; Hanna, ciertamente, reía de vez en cuando, pero enseguida se tapaba la boca con la mano, porque la cohibía hacer exhibición de sí misma. John sufría por su mujer, pero, a veces, se irritaba, pensando que tampoco le costaría mucho quitarse alguna vez el eterno pañolón y mostrar un poco su bella cabellera; o variar algo de ropa, en lugar de ir siempre con vestidos de lana negra o parda.

Hasta Astrid se lo dijo:

–¿Pero por qué has de ir siempre como una vieja campesina? Vamos, ven aquí, a ver, pruébate mi falda verde y mi blusa floreada.

–Jamás en la vida me atreveré yo a ponerme una cosa así –respondió Hanna, riendo nerviosa.

Astrid se dio perfecta cuenta de que eso era exactamente lo que le pasaba a su hermana: que no se atrevía.

Una cosa era evidente, en todo caso: las dos hermanas se tenían cariño. No había un ápice de envidia o distanciamiento por parte de Hanna, aunque, de vez en cuando, se le escapasen alusiones a la vanidad y la frivolidad de su hermana, pero ésta se reía de tales palabritas, entre tierna y compasiva.

–Lo que a ti te pasa –le decía– es que has llevado una vida muy aislada.

–Bueno, así es como me han ido las cosas.

Y nunca pasaban de esto.

A John le caía bien su cuñada, y le atraía su carácter alegre y vivo. Pero, al mismo tiempo, le asustaba un poco, y ésa fue la razón de que no llegaran a intimar. En una ocasión, John le dijo:

–Tú no perteneces de veras a este mundo.

Astrid se echó a reír, pero él se dio cuenta de que a Hanna le habían asustado estas palabras.

Insistió, sin embargo:

–Mi mujer –dijo– es un ángel. Bueno, cuando no es una bruja. Ya comprenderás que mi vida no tiene facilidades.

Todos rieron, menos Hanna, que se puso muy colorada y se mordió los labios.

«Está pensando que estoy loco», se dijo John.

John se hizo amigo del pescadero, que era una persona muy auténtica y seria, de gran corazón y buena cabeza. Intimaron mucho yendo juntos de pesca de madrugada. Fue en una de esas salidas en barca cuando John Broman se dio clara cuenta de que se avecinaba una crisis, y quién sabe si algo peor entre Suecia y Noruega.

La voz de Arne Henriksen resonaba sobre la mar con tal fuerza que hacía huir de miedo a los peces.

–Lo que tienen que hacer los suecos es dejar de hacerse los importantes y de darse aires de ser los amos del mundo. Porque si no, créeme, se va a armar una buena. Nosotros también tenemos gente, y no estamos desarmados.

John pensaba en sus viajes a Fredrikshald, donde veía a los campesinos pobres de su valle haciendo cola humildemente en el mercado para vender sus ovejas, su heno y su mantequilla.

–Pero me refiero a los señorones de Estocolmo –le interrumpía Arne–, no a vosotros, claro que no.

–Pero somos nosotros los que tendremos que luchar y pasarlo mal si vosotros venís a atacarnos con armas.

–¿Y por qué no hacéis causa común con nosotros y dejáis en la estacada al zorro ese de rey que os ha tocado en suerte?

A John Broman le sorprendían sus propias ideas y sentimientos, sus propias reacciones; nunca hasta entonces se había dado cuenta de lo sueco que era. Por un instante le dieron ganas de pegar un buen tortazo a aquel bocazas noruego y tirarlo por la borda de la barca. Pero Arne no se fijó en esto, y se lanzó a una larga explicación sobre el texto y las bases del *Eidsvold*, el documento que daba a la gente del pueblo más derechos que ninguna otra Constitución del mundo entero. Y de allí pasó a hablar de la llamada «Guerra de los Consulados».

Broman había oído hablar de aquello, pero, como la mayor parte de los suecos, sin tomar nunca la cosa demasiado en serio. Ahora se tuvo que enterar de que la izquierda, con sus exigencias de que Noruega tuviera su propio ministerio de Asuntos Exteriores, se había hecho dueña del parlamento noruego, y de que los noruegos estaban ya empezando a pensar en quitar el símbolo de la Unión de las banderas de sus barcos, que recorrían los siete mares.

El molinero escuchaba a Henriksen sin comprender del todo. Pero cuando éste le descubrió que el parlamento noruego había comprado acorazados por valor de ocho millones de táleros, y que el nuevo ministro noruego de Defensa, que se apellidaba Stang y era teniente coronel, estaba construyendo fortificaciones a lo largo de la larga frontera sueco-noruega, John Broman tuvo miedo.

–Stang es de lo que no hay –dijo Henriksen.

Añadió que el ministro de Defensa también había comprado armas alemanas nuevas. La fortaleza de Fredriksten ya tenía cañones de mucho más alcance.

Henriksen dirigió a John una larga mirada inquisitiva, y remató así su perorata:

–No es que hablemos mucho de ello, pero todos los noruegos sabemos muy bien lo que está ocurriendo: primero, las armas; y luego...

Siguieron la conversación al anochecer tomando largos tragos de aguardiente. Henriksen era un tipo curioso, muy dado a las palabras sonoras y a alzar la voz cuando estaba sobrio; en cambio, cuando se emborrachaba, se volvía tranquilo y callado, y se mostraba práctico y realista.

–Ya comprenderás que es pura locura el que los marinos noruegos, que recorren los mares del mundo entero, no tengan compatriotas que se ocupen de ellos.

Esto Broman sí que lo entendía.

–Nuestro parlamento ha tomado la decisión de que Noruega tenga consulados propios –prosiguió Henriksen–, y hemos habilitado el dinero necesario para sufragarlos. Pero el rey, en Estocolmo, dice que nones.

John asintió.

–El rey Oscar es una mierda pinchada en un palo –añadió Henriksen.

Esto lo oyeron las dos hermanas en el momento en que iban a avisar de que la cena estaba lista. Hanna se quedó como si estuviera a punto de desmayarse, pero Astrid se echó a reír.

A los parientes noruegos les molestó cuando se enteraron de que John iba a Fredrikshald una vez al mes. ¿Por qué no les avisaba de su presencia allí? John, al principio, no sabía qué decir, pero, finalmente, explicó que era porque le daba reparo.

–Tonterías –contestó Arne.

Astrid se echó a reír, como de costumbre, y comentó que bueno, muy bien, pero ahora sería otra cosa. Broman se quedaría a dormir en su casa la próxima vez que fuese a Fredrikshald. Marido y mujer insistieron en que se lo prometiera. Dentro de unos meses, el pequeño August dejaría de mamar, y entonces John podría ir con Hanna a Fredrikshald.

–No, no puedo, por madre –respondió Hanna, y se sonrojó en el momento mismo de decirlo, porque recordó que Maja-Lisa estaba muerta.

–Bueno –se corrigió–, lo que quiero decir es que a los recién nacidos hay que darles el pecho dos años.

Por una vez, Astrid se enfadó:

–Ya es hora de que te dejes de todas esas tonterías, a ver si te enteras de que ahora son otros tiempos, Hanna.

Y entonces Hanna dijo algo que dejó muy sorprendido a John:

–Sí, bueno, ya me doy cuenta, pero es que siento angustia al pensar en eso; ¿en qué va a creer una si todo lo antiguo resulta que no era verdad?

–Hay que pensar por una misma –insistió Astrid, como si fuese la cosa más sencilla del mundo–, hay que hacer valer la propia personalidad.

Las dos hermanas fueron solas por los alrededores, comentándolo todo. A Astrid le sorprendían todos los cambios que se habían producido allí durante su ausencia: la gente que había emigrado a Norteamérica; los lugares donde ya sólo quedaban los viejos; la finca de Kleva, que ahora era bosque;

Jonas, que estaba muerto; Klara, que también estaba muerta; y Lars, lo mismo.

–¡Pero si no eran viejos!

–Pues mira, tampoco eran viejos nuestros padres, y ya lo ves.

–¿Y de qué murieron, Hanna?

–Estaban agotados.

–Yo pienso que de lo que murieron fue de pena después de los años del hambre.

Las dos pasaron revista a todos sus condiscípulos: ¿dónde estaba Ragnar, por ejemplo?, ¿dónde estaban Vitalia, Sten, Jöran, Olena?

Y Hanna le contestaba: en Noruega, en Göteborg, en Norteamérica, en el mar.

A Hanna nunca se le había ocurrido pensar hasta entonces en lo solitario que se había quedado su valle.

Y de pronto encontraron la palabra justa:

–En vez de poblado –dijo Astrid– le llamaremos despoblado.

Astrid estaba encantada con Ragnar, el muchacho de once años, ojos obscuros, sonrisa instantánea y talante alegre y confiado.

–Es un chico divino –exclamó–, la verdad, Hanna, la vida es incomprensible.

–Es como su padre –dijo Hanna, y añadió rápidamente–, bueno, quiero decir de aspecto.

Ragnar tenía un talante simpático y vivo.

–Tiene que ser muy difícil resistir la tentación de consentírselo todo.

Sí, ciertamente. Hanna tuvo que reconocer que Broman sentía debilidad por Ragnar, le quería mucho más que a sus propios hijos.

Pero Arne advirtió a Broman que había que andarse con cuidado con él.

–Los que se acostumbran a que se les consienta todo, no se adaptan bien a la vida cuando crecen.

John asintió, también él había pensado esto.

Cuando los parientes noruegos volvieron a su tierra, quedó decidido que John viviría en su casa todas las veces que fuese a Fredrikshald a vender su harina. Y que llevaría a Hanna por lo menos una vez cada verano.

–Te compraremos ropa nueva preciosa, ya verás, e iremos juntos a sacarnos fotografías –dijo Astrid, mientras Hanna se encogía de terror, pero también, como John captó enseguida, de alegría.

El carro de los noruegos partió muy temprano, estando el sol todavía muy bajo. Los niños todavía dormían cuando salió cuesta abajo, en dirección a la frontera. Hanna estaba a la puerta de la casa del molino, despidiéndoles con grandes ademanes, mientras Broman les seguía hasta la puerta de la huerta. Cuando los invitados hubieron desaparecido en el primer recodo, Broman dio media vuelta, se quedó quieto un momento y miró a su mujer. La sombra de Hanna era larga a la luz oblicua, negros y bien delineados sus perfiles.

El primer viaje de Hanna a la populosa ciudad fue un gran acontecimiento. Le gustaba todo lo que veía, la animadísima vida callejera, las innumerables tiendas. Pero, sobre todo, le encantaba ver gente extraña por todas partes.

–Fíjate bien –le dijo a John–, por dondequiera que vas, no encuentras a ningún conocido.

Como su hermana no hacía más que insistir en ello, Hanna acabó por ir a las tiendas a probarse vestidos nuevos. Era penoso verla, tan cohibida, goteando sudor por los sobacos, el pecho y el vientre.

–Es que me da muchísima vergüenza –susurraba.

Pero Astrid no cedía, y la llevó a otra tienda, para que Hanna pudiera verse entera en un gran espejo. Pero esto sólo lo pudo resistir un instante, y enseguida se tapó los ojos con las manos.

Hanna, sin embargo, acabó cediendo. Se compró un vestido de volantes, con flores verdes sobre fondo blanco. Pero cuando la obligaron a ir con ellos al fotógrafo, insistió en ponerse su mejor vestido de siempre, el de color castaño a rayas. Y estuvo muy seria todo el tiempo que tuvo que posar ante la cámara.

Esta foto acabó por impresionarla muchísimo. Le puso marco y cristal y la colgó en el cuarto de estar de su casa. Con frecuencia se detenía ante ella para contemplarla. Como si no acabase nunca de saciarse del rostro que la saludaba desde el retrato.

Durante el viaje de vuelta, Hanna le dijo a Broman que ella nunca se había imaginado que Noruega fuese tan... tan pujante, tan viva. Había estado allí de pequeña, pero no recordaba haber notado entonces que los noruegos fuesen tan animados.

John se mostró de acuerdo con ella. También él había estado de niño en Noruega con cierta frecuencia, cuando vivía en Värmland, pero sin notar nunca mucha diferencia. Ahora, sin embargo, percibía en Noruega una fuerza impresionante, una viveza y ansia de vivir que saltaba a la vista desde el momento mismo de cruzar la frontera. Y, cuando llegó a conocer mejor a Henriksen, también comprendió esto mejor. Los noruegos tenían un ideal y un gran sueño común. Pero como no quería inquietar a Hanna, prefirió no mencionar la crisis de la Unión. En vez de esto, hablaron de Astrid, y Hanna dijo que era como si en ella se juntasen muchas personas.

–Tiene muchos disfraces –asintió Broman, pero esto irritó a Hanna.

–No, mi hermana no se disfraza –saltó.

Broman dio marcha atrás al notar que Hanna tomaba a mal sus palabras.

Sí, Astrid era muchas cosas al tiempo: ángel y bruja, madre e hija, señora elegante y jovial, chica campesina.

También John se había preguntado qué sería lo que mantenía juntos tantos elementos contrastantes en el carácter de Astrid, y llegado a la conclusión de que éste era, sin duda, su secreto, su gran secreto, en el que estaba la esencia misma de su personalidad.

En cuanto se vio de nuevo en casa, Hanna se puso a hacer cortinas con la fina tela de algodón que había comprado en Noruega. Gracias a éstas, las pequeñas ventanas de la casa del molino adquirieron aire y tono de mayor suavidad.

–Precioso, precioso –decía Hanna, que no cabía en sí de gozo.

La gente miraba las cortinas con ojos recelosos, como todo cuanto sonaba a vanidad o novedad en la comarca. Pero Hanna se mantuvo firme: las cortinas seguirían allí.

A pesar de todo, nunca se atrevió a aparecer por el pueblo con el vestido floreado que se había comprado en Fredrikshald.

Hanna tenía suerte con la mantequilla. Nunca le salía mal cuando se ponía a batirla como Dios manda, ni siquiera una vez que una vieja mendiga se asomó a su cocina y echó mal de ojo a su mantequilla. Pero un día, Malin, la del herrero, le dijo que ella había oído desde muy pequeña que las putas siempre tenían suerte con la mantequilla.

Hanna, oyéndole decir esto, se puso como una fiera y gritó:

–¡Fuera de mi casa, coja asquerosa!, ¡y no vuelvas a asomar las narices aquí en lo que te queda de vida!

Había ocurrido hacía años. Y desde aquel día reinó la mayor hostilidad entre las dos casas de Agua del Norte. Broman no sabía lo ocurrido. Pero las consecuencias le resultaban molestas, pues dependía del herrero para muchas cosas, y no sólo para emborracharse en su compañía los sábados por la noche. Casi todos los meses tenía que sacar de su sitio las piedras del molino para pulirlas; era un trabajo muy pesado, y para limpiar los bordes de las piedras le hacían falta piquetas muy afiladas.

Un día se lo echó en cara a Hanna.

–Tenemos que llevarnos bien con nuestros vecinos.

Pero ella se mostró inflexible. La coja Malin no cruzaría nunca más la puerta de su casa.

–Anda, vete y pregúntale tú –le gritó–, pregúntale por qué tengo yo tanta suerte con la mantequilla.

En fin, Broman fue a la casita del herrero con su pregunta y Malin le contestó que las cosas eran, ni más ni menos, como decía Hanna, que Hanna tenía mucha suerte con la mantequilla porque el establo y la cocina de su casa siempre estaban limpios.

Hacia el anochecer, cuando Broman volvió con la respuesta de Malin, se enteró de lo que ésta le había dicho en realidad a Hanna, y entonces se enfadó tantísimo que fue a la casa del herrero y puso de vuelta y media a la mujer de éste. Luego los dos, Broman y el herrero, se fueron juntos a darle al aguardiente en la gran cueva que había junto al lago largo.

Pero ocurrió que Hanna se arrepintió y pensó que había exagerado. Sobre todo teniendo en cuenta que no podía impedir que sus hijos fuesen a la herrería y jugasen con los hijos del herrero, que eran, más o menos, de la misma edad.

«En otros tiempos –se dijo–, a mí me daba igual que me llamasen puta, y en cambio, ahora que soy una mujer como Dios manda, voy y me pongo como una furia.»

Hanna estaba algo decepcionada con eso de ser una mujer decente; la decencia no había quedado a la altura de sus esperanzas. Al principio iba siempre a la iglesia para sentarse entre las demás señoras, y en el último banco, de modo que las jóvenes tuviesen que pasar junto a ella. Pero acabó por aburrirse de esto, y sintió vergüenza una vez que Broman le preguntó qué consuelo divino encontraba en la iglesia. Hacía mucho tiempo que había dejado de ir a la iglesia.

Así las cosas, un día de finales de invierno llegó Ragnar de la escuela todo ensangrentado y lleno de golpes. Sí, era cierto, dijo, había tenido una pelea. Los otros eran más fuertes que él añadió, secándose con el dorso de la mano la sangre que le manaba de la nariz y le caía en el labio superior.

Hanna, al verlo así, mandó llamar enseguida a Broman.

Éste llegó a toda prisa y dijo que hacía falta agua caliente para lavar la herida, quitó al niño la mayor parte de la sangre que tenía en la cara y le dijo que hiciera el favor de decirle la verdad sobre lo que había pasado.

–Es que me llamaron hijo de puta –respondió Ragnar.

–¡Pero, por Dios bendito! –gritó Hanna–, ¡no era para ponerse así, Ragnar, sobre todo siendo verdad!

En ese mismo instante, Broman se volvió hacia ella y le dio una bofetada en plena cara con la mano abierta. Hanna cayó de espaldas al suelo y se golpeó la espalda contra el banco largo que había bajo la ventana.

–¡Pero qué haces! –gritó a su marido.

–¡Y tú qué dices! –gritó a su vez Broman–, ¡acabarás volviéndome loco!

Y, sin más, dio media vuelta y se fue, dando un portazo.

Ragnar se echó a llorar, pero Hanna se dio cuenta, mirándole entre los dedos de la mano, de que su rostro seguía frío como el hielo.

–Eres tú, madre, quien dice tonterías.

Y, sin más, se fue también, como John Broman.

A Hanna le temblaba el cuerpo entero, pero consiguió no perder la presencia de ánimo. Se miró cuidadosamente la cara en el espejo y vio que la tenía hinchada y que empezaba a amoratársele. Pero no sangraba. Peor era la espalda, que le dolía por el golpe que se había dado contra el banco.

«Menos mal que los niños no estaban en casa», se dijo, pero inmediatamente se acordó de dónde era probable que estuviesen. Sin duda estarían en la herrería, donde la coja Malin solía darles de merendar.

Hanna preparó la cena, y cuando volvieron sus hijos, mandó a Erik a buscar a su padre y a Ragnar. Broman llegó enseguida, con aire apesadumbrado, pero sin decir una palabra.

–¿Te hiciste daño, madre? –le preguntó Erik.

–¿Dónde está Ragnar?

–Corriendo por el bosque –dijo Broman.

Hanna, entonces, dijo llena de pánico:

–¡Vamos, vamos a buscarle!

Tenía una expresión siniestra, estaba blanca como el tocino bajo las hinchazones amoratadas. Broman parecía avergonzado, pero dijo con voz firme:

–No hace falta ir a buscarlo. Me dijo que quería estar solo para pensar. Eso parece razonable.

Hanna se movía pesadamente al servir la mesa y poner y quitar los platos. Cuando notó que Broman la miraba, le dijo, como excusándose, que se había golpeado la espalda contra el banco. Él, entonces, pareció más avergonzado aún de lo que ya estaba.

Ragnar llegó cuando estaban haciendo las camas. E hizo lo mismo que Broman: guardar silencio.

«¡Dios mío!, ¿cómo podré explicarlo?», pensó Hanna.

Cuando se acostaron, Broman no dijo más que esto:

–Querría saber por qué no puedes perdonar a Malin cuando te llama puta si piensas que hacen bien en llamar hijo de puta a Ragnar.

Ella estuvo largo rato en silencio, luego dijo:

–Yo no soy una puta, me violaron. Pero Ragnar..., bueno, Ragnar es ilegítimo, eso nadie lo puede poner en duda.

–O sea, que tú eres inocente, y él, en cambio, culpable.

–No es eso lo que quise decir.

A la mañana siguiente, Hanna se movía con gran dificultad, pero Broman, haciendo como que no notaba sus dolores insistió:

–Hanna, tú no eres tonta, sabes pensar. Tienes que darnos una explicación al niño y a mí.

Hanna estuvo pensándolo el día entero, pero sin conseguir dar con una forma de explicarse que pudiera ser comprensible para los otros. Para ella, en cambio, la cosa estaba clara a más no poder. Al sentarse a cenar, le dijo a Ragnar que no hiciera caso, que había hablado como una tonta:

–Tan asustada estaba –le dijo– que no sabía lo que decía.

Esto era una forma bastante clara de pedir perdón, y Hanna se dijo que más no podía hacer, pero para el niño no fue suficiente: sus ojos seguían fríos como el hielo. Durante toda la semana reinó en la casita un silencio fantasmal, y los tres, Ragnar, Hanna y Broman, eran maestros en el arte de callar. Los días pasaban, a Hanna la espalda se le fue poniendo mejor, las hinchazones le fueron desapareciendo. Pero en la negrura de sus ojos seguían agazapadas la vergüenza y la tristeza.

Hasta que una mañana, antes de salir los niños para la escuela, Ragnar le dijo:

–Mamá, a ti lo que te pasa es que no estás bien de la cabeza.

Hanna se quedó muy preocupada, pensando que había perdido a Ragnar, que era lo más querido que tenía en el mundo.

De nuevo deseó poder llorar. Pero su mente estaba seca, como de costumbre.

Broman se fue a Fredrikshald con la harina, como siempre, y Hanna se quedó angustiada, temiendo que contase a su hermana lo que había ocurrido. Trató de calmarse, diciéndose que su marido no era chismoso.

Pero cuando Broman volvió a casa al anochecer, Hanna se dio cuenta de que se había equivocado. Broman le dijo, escueta y tajantemente, que él y su cuñado se habían puesto de acuerdo en que Ragnar debía entrar a trabajar en el negocio de pescado de aquél en cuanto cumpliese los trece años.

Cuando John vio la expresión de desesperación de su mujer, le dijo que tenía que comprender que el niño empezaba a crecer y tendría que ganarse la vida. En ese momento, Hanna tomó una decisión:

–Tendrá que ser él mismo quien elija –dijo.

–Muy bien, de acuerdo.

–Hace falta en el molino.

–No, hay bastante con Adolf y los niños.

–Mañana se lo preguntaremos al mediodía, que decida él –dijo Hanna, y Broman asintió.

A la mañana siguiente, en cuanto los hombres se fueron de la casa, Hanna se puso a preparar una tarta. No ahorró ni mantequilla ni azúcar, ni descansó hasta que la masa estuvo lo bastante dulce y densa. Luego fue con la tarta a la herrería, donde la coja Malin casi se desmayó de sorpresa.

–Es que he pensado –le dijo Hanna– que deberíamos llevarnos como buenas vecinas.

Tan sorprendida estaba Malin que lo único que se le ocurrió a modo de respuesta fue ponerse a hacer café. Y esto Hanna se lo agradeció porque apenas podía disimular el esfuerzo que le costaba soportar la suciedad reinante en la casa del herrero. Habló un poco con Malin sobre los hijos de ésta, que, añadió, eran muy guapos. Y sobre el invierno, que no acababa de irse.

Luego volvió a casa y le dijo al Dios de los cielos que ella ya había hecho todo lo que estaba en su mano, ahora le tocaba a Dios el turno de ser amable con ella y hacerle un favor.

Pero a la hora de comer, cuando Broman le explicó al niño lo que habían decidido sobre él en Fredrikshald, Ragnar se volvió loco de alegría.

–¿Que si quiero? –gritó–, ¿pero es que eres tonto, padre?, ¡pues claro que quiero!

Broman explicó que Henriksen tenía clientes esparcidos por toda la ciudad, y necesitaba un chico que fuese en bicicleta distribuyendo los pedidos. Algunos, por ejemplo, querían arenques frescos los miércoles, que era cuando se pescaban, y otros, en cambio, caballa los jueves. Y así. Pero el sábado casi todos querían bacalao.

John estuvo casi elocuente describiendo los detalles del comercio pesquero, pero a Ragnar lo único que le importaba era una palabra: bicicleta.

–¡Bicicleta! –repetía–, ¿quieres decir que voy a tener una bicicleta?

En ese preciso instante se dio cuenta Hanna de que Dios tampoco la había escuchado aquella vez.

La casa quedó como vacía al irse Ragnar, y Broman pensaba que éste, con lo alegre que era, la llenaba con sus risas. También estaba preocupado por Hanna, que se sentía deprimida y cansada. No era la misma. Trató de conversar con ella:

–Hiciste muy bien al reconciliarte con la mujer del herrero.

–Sí, era una situación absurda.

Lo de siempre: Broman no la entendía.

Cuando llegó la primavera, se fundió la nieve y aparecieron los estorninos, los dos ya se habían acostumbrado a la nueva situación. Hanna y Broman llegaron incluso a recuperar su antigua vivacidad y prestaron más atención a sus otros hijos. Broman se dedicó más al pequeño John, notando, con gran sorpresa por su parte, que el niño estaba a punto de ocupar el vacío dejado por Ragnar. Era un niño muy ocurrente, y reía igual que su hermanastro; tenía la misma capacidad que éste para fijarse en el lado alegre y divertido de las cosas.

Y también era tierno, y notaba la tristeza de su madre y hacía cuanto le era posible por consolarla. Con su padre nunca se había llevado demasiado bien, pero ahora Broman no tuvo más remedio que rendirse a la evidencia de que el pequeño John era, de todos sus hijos, el que más trabajaba en el molino.

–Tienes más resistencia que tu hermano –le dijo un día, casi contra su voluntad.

El niño se sonrojó de alegría, y Broman se sintió culpable, diciéndose que había tenido abandonados a sus hijos. Y no sólo al pequeño John, sino también a Erik y a August, los dos menores, que le ponían nervioso con sus lloriqueos y sus constantes dolencias.

Erik era muy aplicado en la escuela. Hanna lo había observado ya:

–Este niño tiene cabeza para los estudios –dijo.

Y lo cierto es que el sacristán no tardó mucho en enseñarle todo lo que sabía.

Entonces Broman empezó a rebuscar entre sus viejos libros, que estaban guardados en el desván. Allí seguían, sin desempaquetar, desde que los trajo de su tierra. Encontró, entre otros, un *Robinson Crusoe,* y sonrió, melancólico, recordando que aquel libro había sido importante acicate para sus sueños de niño.

–No me vengas ahora con que estas cosas son innecesarias –le advirtió a Hanna cuando bajó del desván con el libro.

Al niño, cuando se sentaron todos a cenar, le dijo que tenía un regalo para él.

Erik se sonrojó igual que su hermano al recibir el libro. Luego se refugió en el cuartito del desván, donde el frío era polar. Y allí siguió refugiándose cada momento que tenía libre. Hanna empezó a preocuparse, subió al desván con mantas y jerseys, y le dijo:

–Te vas a morir como sigas así, niño.

Acabó dejándole en paz. Pero siempre le encendía fuego en el cuarto.

Unos días más tarde le dijo que si seguía pasándose las veladas allá arriba con los ojos pegados a un libro, se le iba a pudrir la sangre. Pero Erik se echó a reír en su cara, y ella reconoció aquella risa, aquella condescendencia: eran iguales que las de Ragnar.

Erik no tardó en averiguar dónde tenía guardada su padre la caja de los libros.

En la primavera August tuvo tos ferina. Hanna se pasaba todas las noches en vela con el niño en brazos, dándole leche con miel. Pero de nada servía, y el niño vomitaba casi siempre todo lo que ella le daba. John trataba en vano de reposar y dormir en el cuarto, pero aquella siniestra tos parecía provocar la suya, de modo que padre e hijo tosían a cual más fuerte.

–Pues estáis buenos los dos ahora –decía Hanna.

Por primera vez se dio cuenta John Broman de que su tos, aunque mala, no lo angustiaba, porque Johannes, el curandero, le había prometido larga vida.

Henriksen estaba celoso. Astrid, que sabía captar las tormentas en mente ajena mucho antes de que los mismos afectados las sufriesen, no había intervenido para nada en la decisión de traer a Ragnar a trabajar con su marido en Fredrikshald.

Le encantaba el chico, aunque sabía disimularlo, y cuando llegó lo saludó amable y escuetamente, mostrándole la habitación del mozo de los encargos, que estaba en el desván. Le había dicho a su marido que Ragnar no debía disfrutar de ningún favoritismo por el mero hecho de ser pariente.

–Bueno, en su casa le tenían muy mimado –dijo Arne Henriksen.

–Bueno, pero aquí le meteremos en cintura.

Henriksen fue cogiendo más simpatía al chico de la que en un principio había pensado, aunque sólo fuese para compensar en cierto modo la severidad de su mujer.

Lo primero que tuvo que aprender Ragnar fue a dejar de hablar con palabras suecas. Allí había que hablar noruego. Los dos idiomas eran bastante parecidos, de modo que Ragnar aprendió el noruego en una semana.

–Tiene buena cabeza –comentó Henriksen.

Pero Ragnar nunca llegó a comprender bien por qué razón tenía que prescindir de las palabras suecas. Fredrikshald, al fin y al cabo, no era una gran ciudad, y casi todos los que trataba sabían que él era sueco. La gente de allí, además, no tenía nada contra los simpáticos habitantes del valle y de Värmland.

Mucho más importante para Ragnar era que nadie conociese allí su verdadero origen; en Fredrikshald, él era el hijo del molinero que vivía junto a Agua del Norte, al otro lado de la frontera.

No le dieron la bicicleta hasta que se habituó a circular por la ciudad, de modo que durante cosa de medio año llevó los encargos en un carrito. Las señoras se derretían cuando le abrían la puerta de sus casas y se encontraban con su gran sonrisa. Enseguida se dio cuenta Henriksen de que Ragnar vendía más pescado que su predecesor en el empleo, el cual, después de ir por la ciudad tirando del carrito como un azacán, había abierto también una tienda.

–Ragnar tiene olfato para los negocios –decía Henriksen.

Y cuando su mujer no le contestaba, se enfadaba y añadía:

–Es honrado y trabajador. No se queja de trabajar muchas horas y en cuestiones de dinero justifica hasta el último céntimo.

Un día, en una de las callejas angostas que había a los pies del castillo, Ragnar tuvo un encuentro que iba a dejar huella en toda su existencia. Era un señor fino de Kristiania que iba en coche y tenía chófer. El elegante automóvil se paró delante del chico, que tuvo que refugiarse con su carrito en un portal. Allí siguió largo rato, mirando con ojos relucientes de admiración el extraño vehículo, que continuó su camino y desapareció plaza abajo. Su padre le había hablado de automóviles, y él mismo había leído un artículo de periódico en el que se hablaba de ese nuevo medio de locomoción. Los automóviles andaban solos y asustaban a la gente y a los caballos con el ruido que hacían y con su terrible velocidad. Pero las palabras apenas producían impresión en Ragnar, que sólo vivía de sus sentidos. Esta vez, sin embargo, quedó tan sorprendido que se entretuvo allí y llegó tarde a entregar aquel pedido.

Preguntó a Henriksen cuánto costaría un vehículo de aquellos.

–Pues alrededor de cinco mil coronas.

Era una cantidad inmensa para el chico. Trató de imaginarse un montón de cinco mil coronas reluciendo en el suelo del cuarto. ¿Llegarían hasta el techo?

A partir de aquel día, Ragnar ahorró obsesivamente cada moneda que ganaba.

John Broman fue fiel a lo largo de los años a su secreto voto de no tocar a Hanna en la cama. Hanna tenía ya treinta años y la comadrona les había hablado con toda claridad: un nuevo parto podría costarle la vida.

La vieja Anna había enviudado, pero seguía viviendo en su casa de siempre. Sus hijos estaban en Norteamérica, de modo que Anna tuvo que arrendar su tierra a los de la casa vecina. En lo peor del invierno, entre finales y principios del siglo, John y Hanna convencieron a Anna de que se fuese a vivir con ellos a la casa del molino. Los dos tenían la impresión de que la vieja se sentía a gusto en su compañía, y la echaron de menos cuando llegó la primavera y se empeñó en volver a su casa.

Cuando Broman volvió a casa después de ayudar a Anna a mudarse, estaba sombrío. Su vieja melancolía, la depresión, estaba de nuevo al acecho. Ahora él y Hanna se veían de nuevo solos, y el silencio parecía extenderse bajo el techo de su casa.

Con los años, John se había vuelto más parco aún en palabras, y aceptaba el hecho de que nunca podría tener confianza total con su mujer; guardaba silencio durante semanas enteras, y cuando decía alguna palabra solía ser malintencionada. Por ejemplo:

–Tienes telarañas en la cabeza.

O:

–Pareces una archivera de pueblo.

También les preocupaba el dinero. Cada vez había más casas vacías en la comarca, y cada vez, por consiguiente, menos harina en el molino. Y esto quería decir que cada vez tenían que depender más del campo de patatas, de las vacas y de la pesca.

A John, además, le tenía muy inquieto la crisis sueco-noruega. El periódico que compraba dos veces a la semana en la tienda de Alvarsson hablaba de crecientes réplicas entre ambos países y de declaraciones cada vez más violentas. La hostilidad se empezaba a notar también hasta en la expresión y las maneras de la gente. Ragnar, que iba a verles una vez al mes, les hablaba de los insultos con que se motejaba a los suecos al otro lado de la frontera. Cuando Astrid y su marido iban a visitarles evitaban siempre hablar de política. Henriksen estaba cada vez más callado, y Broman llegó a la conclusión de que ahora también los noruegos tenían miedo de lo que pudiera ocurrir.

Ahora era Ragnar el que llevaba la harina del molino a Fredrikshald. Broman decía que se alegraba de eso, porque ya no tenía energías para tanto viaje, pero echaba de menos sus visitas mensuales a Fredrikshald.

Esa primavera no tuvo más remedio que pedir un préstamo a los de la Casa Grande para no pasar estrecheces. También Ragnar los ayudó con dinero que tenía ahorrado. Las cosas le iban bien al chico en Noruega. Tan bien le iban que Arne Henriksen llegó a decir:

–Si no fuese porque es sueco, le asociaba a mi negocio.

El verano fue frío y lluvioso, de modo que lo pasaron encerrados en casa. Y, como era de temer, cada vez se irritaban más el uno con el otro. Broman tosía más que nunca por las noches, cuando le invadía el desánimo. Y una de esas noches se acercó espontáneamente a su mujer.

Hanna le recibió con afecto, como si también a ella la agobiase la soledad. El amor les acercó de nuevo. A finales del verano, cuando ya el tiempo se hizo soleado y cálido, sus encuentros nocturnos se habían convertido ya en una costumbre.

En noviembre la vieja Anna volvió a vivir con ellos, y fue recibida con café y pan de trigo recién hecho. Traía grandes noticias: Anders Olsson, hermano menor de August y tío carnal de Hanna, había estado de visita en su casa porque quería comprársela con la tierra que tenía. Había trabajado durante muchos años en el astillero de Fredrikshald y ahorrado dinero, y ahora quería volver a su tierra.

–¡Pero si ésta no fue nunca su tierra! –dijo Hanna, sorprendida–, ¡si él nació en Noruega, como nuestro padre!

–También yo se lo dije –respondió Anna–, pero él asegura que, tal y como se están poniendo las cosas, la tierra de los suecos es Suecia.

Hanna miró a John, pensando en Ragnar.

–Para Ragnar hay otra solución –dijo John–. Enseguida lo llamarán a Suecia, para que siente plaza.

–¿Piensas que va a haber guerra?

–Bueno, es que ha salido una ley nueva sobre el servicio militar.

Preguntaron a Anna si tenía intención de vender su casa. Una finca con más vida y movimiento sería importante para el pueblo, le daría más animación. Anders Olsson tenía cuatro hijos y tres hijas. Su hijo mayor había empezado a hacer averiguaciones para comprar La Hondonada, la finquita que estaba a los pies del monte de la Bruja. Esa finca llevaba años muy abandonada, pero todavía tenía buenos pastos.

Anna conocía las opiniones de la familia del molino sobre estas cuestiones y asintió. Estaba de acuerdo. Pero ella, de todas formas, sabía lo que quería.

–Quiero tener mi habitación de siempre, pero con mis propios muebles. Y pagaré muy bien.

–Eso del pago no tiene nada que ver –dijo John.

–Ya nos pagas bastante trabajando en la casa –añadió Hanna.

–No creáis que no sé cómo estáis de dinero –dijo la vieja–. Y además es que os he cogido cariño. Pero no quiero ser una carga para nadie, de modo que esto se va a hacer como yo diga.

Ese día John se sentía casi feliz cuando salió en bote por el lago y cogió dos lucios.

«Está visto que Anna me trae suerte», se dijo.

El nuevo ambiente de alegría y armonía duró varios meses, mientras preparaban las conservas y los jarabes y la cocina estaba siempre llena de buenos olores y parloteo femenino. Pero cuando el otoño redujo la luz diurna, Anna se dio perfecta cuenta de lo que le ocurría a Hanna.

–Te va a nacer otro hijo –le dijo a Broman.

Su voz era áspera, y su rostro duro, pero se suavizó en cuanto vio la cara de susto que puso John al oír sus palabras.

–Tendremos que rezar mucho a Dios –suspiró Anna.

John se fue al bosque, lleno de espanto y culpa.

«¡Dios mío!», se decía, pero sin poder decir más.

No rezaba desde su niñez, y entonces no le había servido de nada.

El paseo le dio tiempo de pensar. ¿No sería posible, quizá, pedir al médico que eliminase el feto?

–Como posible, claro que es posible –dijo Anna, después de pensarlo un poco–. Los médicos, esas cosas, las hacen, si creen que es necesario. Y, desde luego, en el caso de Hanna, sí que lo es.

Los dos miraron a Hanna, que estaba en pie junto al fogón, rígida, con un puño contra la boca. De vez en cuando, apartaba un poco el puño y jadeaba, como en busca de aire. Pero le costaba esfuerzo hablar. Finalmente gritó:

–¡Eso jamás!, ¿es que no os dais cuenta de que es un pecado, y se va al infierno?

–Pero, Hanna, ten en cuenta que si no sobrevives al parto dejas al niño sin madre.

–Pues será porque Dios lo quiso así.

–Tú misma solías decir que de eso no se sabe nada.

–Justo. Y precisamente por eso no hay más remedio que someterse.

No se siguió hablando del asunto, porque entonces llegaron sus hijos, cansados y hambrientos. Cenaron, como de costumbre. Cuando Hanna se acostó en el cuarto de estar, le dijo a Broman, en voz muy baja, pero muy firme:

–No te preocupes, saldré bien de ésta.

Al principio Broman tuvo el valor de creerla; su rostro se iluminó, y le susurró al oído:

–Sí, desde luego, eres fuerte como un roble.

Al día siguiente Hanna era otra vez la misma de siempre. Recia de cuerpo y firme y decidida en las acciones. Como todas las mañanas desde que estaba con ellos la vieja Anna, Broman oyó decir a su mujer que echaba de menos el sofá que habían relegado al desván ahora que Anna tenía el dormitorio y John y Hanna habían puesto su cama en el cuarto de estar.

«¿Será que se le ha olvidado? –pensó–, ¿o le habrá perdido el miedo?»

Olvidarlo, desde luego, no. Esto quedó bien claro el día en que la oyó hablar con sus hijos. Les estaba dando consejos en voz baja sobre la vida cotidiana. Tenían que llevar la ropa y el cuerpo bien limpios, pero también su vida tenía que ser limpia. Y les hizo prometer que cuidarían de su padre en el caso de que a ella le ocurriese algo.

Broman se sintió conmovido, pero los niños se rieron de ella:

–Tú nos vas a enterrar a todos –dijo Erik.

–Sí, desde luego –respondió Hanna–, pero de no ser así, tendréis que recordar lo que os he dicho.

Anna había calculado que el niño nacería en marzo. Ya a mediados de febrero tuvo Hanna que guardar cama. Lo importante era reposar y acumular fuerzas. Anna se pasaba casi todo el día en el cuarto de estar y hablaba todo lo que podía, porque así Hanna no pensaba en lo vergonzoso que parecía que una mujer sana como ella estuviese acostada en pleno día de faena.

Hablaban de todo lo imaginable, incluso de la muerte.

–Yo quiero que me entierren decentemente –decía Hanna–. En el armario de ahí tengo mis ahorros, lo que me quedó de la mantequilla. Cuida de que los niños vayan a mi entierro con ropa de luto.

–Te lo prometo.

Hanna tenía que levantarse a veces de la cama para ir al retrete. El 15 de febrero, al volver, le dijo a Anna que estaba sangrando. La comadrona se alegró de oír esto, y preparó un brebaje de hierbas para contraer los músculos.

–Habrá que empezar –le dijo–, y es mejor así, porque, cuanto antes venga, más pequeño será el niño.

–Tienes que echar de aquí a Broman –dijo Hanna.

Pero Broman se negó a irse, y jamás olvidó los tres días siguientes. Hanna se esforzaba cuanto podía, y gritaba, pero el niño no salía: se diría que estaba atado al útero. Anna puso en acción todos sus recursos. Finalmente hizo a Hanna colgarse de una de las vigas del techo; las contracciones eran cada vez más frecuentes, pero el niño seguía sin moverse.

–Voy a tener que cortarte.

–Bueno, pues muy bien.

–Tú, fuera de aquí –le dijo la vieja a Broman.

Anna tuvo el buen sentido de meter las tijeras bien afiladas en el agua hirviendo que había en la cocina antes de cortar con ellas la boca del útero. Y entonces el niño salió de golpe, como corcho de la botella. Hanna se desmayó, pero la hemorragia no fue tan seria como había temido Anna. No sabía coser, pero juntó los labios del corte lo mejor que pudo y los untó con ungüento de muérdago.

Hanna volvió en sí poco a poco, y Anna susurró:

–Saliste de ésta, Hanna. Terminó todo. Ahora, a dormir.

El niño estaba ensangrentado y azul, pero Anna le hizo respirar con un buen azote en el trasero, le cortó el cordón umbilical y lo bañó.

–Es una niña –dijo.

Oyó a Hanna murmurar, al borde ya del sueño:

–Dios sea loado, pobrecita...

Broman se había refugiado en el desván del molino. Estaba sobrecogido y frío como un témpano. Cuando Erik llegó corriendo a decirle que todo había acabado y que Hanna dormía, al principio no se atrevía a creerlo. Sólo cuando apareció allí Anna, que le traía un gran vaso de aguardiente, se dio cuenta de que ya no había peligro.

–Tienes una hija –le dijo la vieja.

Estas palabras tocaron en él un viejo recuerdo. Pero apuró el vaso y el aguardiente le hizo olvidar. Después de lavarse y ponerse una camisa limpia, entró en el cuarto de estar, y entonces, al coger a la pequeña en sus brazos, el mismo recuerdo volvió al ataque y le golpeó con toda su fuerza.

–Se llamará Johanna –dijo.

Pero la comadrona tenía una objeción, susurró:

–No es buena cosa dar a los niños nombres de hermanos muertos.

La mirada que Broman le dirigió decía mucho más claro que cualquier palabra que no había entendido lo que él quería decir.

Hanna gemía unas veces y otras lloraba cuando despertó a la mañana siguiente.

–Es que le duele –dijo Anna.

Pero en realidad Hanna se lamentaba de haber tenido una hija pensando en el pésimo porvenir que acechaba a todas las mujeres. No se opuso al nombre, y tanto John como Anna dieron por descontado que habría olvidado que era el de la hija muerta de su marido. En eso, sin embargo, se equivocaban, porque Hanna lo recordó inmediatamente y se alegró de dar a su marido una hija en sustitución de la que tanto había echado de menos. Y saltaba a la vista que la recién nacida era como su padre.

También vio Hanna enseguida que la niña era inusitadamente bien parecida.

–Pobrecita ... –dijo cuando fue a darle el pecho por primera vez.

Jamás llegó a saber Hanna qué echaba la comadrona en el agua con la que le lavaba a diario el bajo vientre, pero la cocina de la casa del molino olió a siniestras, secretas pócimas durante varias semanas, mientras Hanna tuvo que guardar cama estrictamente, quieta y bien arropada, y bebiendo un agua de hierbas con sabor a rayos.

Todos los esfuerzos de Anna acabaron dando buen resultado, porque Hanna se curó y al cabo de catorce días de ese régimen pudo dejar la cama. Pero las piernas le temblaban y tardó algo en poder ocuparse de nuevo plenamente de las tareas domésticas.

–Mira –le dijo Anna–, yo me encargo de la casa y tú de la niña.

Pero no fue así. Fue Broman quien se encargó de la niña desde el principio, y casi siempre sin ayuda de nadie: le mudaba la ropa y le daba friegas y la lavaba y la acariciaba y la mecía.

–Vaya –decía Hanna, avergonzada–, igual que una mujer.

–Es viejo y está cansado –lo defendía Anna–, ¿por qué vamos a impedirle que cuide de su propia hija, cuando tanta alegría le da?

–Es que eso no es natural –insistía Hanna.

Se alegró de que ahora viviesen tan aislados. La coja Malin ya no les visitaba, de modo que no había ojos de mujer ni bocas malintencionadas que fueran con el cuento por la comarca. Y cuando los nuevos vecinos les hicieron su visita de cortesía, Hanna tomó la precaución de recibirles con la niña al pecho.

Los tíos llegados de Noruega eran buena gente y Hanna se alegró, porque le gustaba tener parientes tan cerca tras tantos años de soledad. También volvió Ragnar, y se mostró casi tan cariñoso como John Broman con la recién nacida. Traía regalos de Astrid para ella: ropita para la pequeña, y sábanas y mantas de finísima calidad para su cuna.

También Hanna recibió un regalo. Un collar de azabache, tan largo que se podían dar tres vueltas al cuello con él. Lo había comprado el mismo Ragnar un día en que oyó a Astrid decir que Hanna lo había mirado con anhelo la última vez que estuvo en Fredrikshald.

Hanna se echó a llorar al verlo, como siempre que se alegraba, y el muchacho, a pesar de lo grandullón que ya era, se puso coloradísimo. Nunca, pensó, nunca tendría que saber su madre lo bien que lo pasaban la tía Astrid y él en la cama cada vez que Henriksen tenía que ir a Kristiania para asuntos.

La primavera fue temprana, y calurosa. Broman se las arregló para confeccionar un capacho de corteza de abedul, revistiéndolo de piel de oveja, para llevar a cuestas a su hija por la orilla de los laguitos. Le enseñó a ver cosas, bichitos y flores: hepáticas que asomaban cautas entre la hierba del año anterior, insectos que corrían por la superficie del agua, la primera mariposa, las nubes que merodeaban por el cielo azul.

La vieja Anna reía mucho al verle así, y decía que la niña era todavía demasiado pequeñita para tales lecciones, pero Broman estaba mejor enterado: por los destellos que relucían en aquellos ojitos color pardo miel, se daba cuenta de que su hija le comprendía.

También le enseñaba a escuchar:

–Oye –le decía– cómo nos habla el somormujo.

Hacia mediados del verano murió, por fin, el viejo Eriksson en la Casa Grande. Llevaba muchos años postrado en su cama como un tronco de árbol, sin hablar ni comprender. Ingegerd fue personalmente al molino a darles la noticia, les dio la enhorabuena por su hija y pidió a Broman que reuniera a toda la familia en el cuarto de estar de la casa del molino el sábado siguiente, cuando se tomarían todas las decisiones.

–Hay testamento, ¿no?

Esta pregunta la hizo Hanna, pero Ingegerd movió negativamente la cabeza. Dijo que la enfermedad invadió el cerebro de Erik sin darle tiempo material para escribir nada.

El sábado Ingegerd les explicó a todos sus planes con claridad y sensatez. Pensaba vender la Casa Grande y compartir el dinero con los hermanos de Hanna. Hanna, por su parte, recibiría la propiedad del molino y la casa, además de los enseres que quisiese de la casona familiar. Además podría llevarse los animales que quisiera del establo: caballos, vacas y cerdos. Astrid se quedaría con las alhajas familiares, todas de los tiempos de los abuelos paternos y maternos.

–Las he hecho valorar, y sé que la parte de Astrid no es inferior a la vuestra.

A todos les pareció que esta distribución era razonable. Sólo una cosa les sorprendió: que Ragnar, que era ilegítimo, recibiese mil táleros.

–Después de todo, es de la familia –dijo Ingegerd–, tanto por parte de madre como de padre.

A Broman le pareció bien la nueva situación, le encantaba la sensación de vivir en su propia casa y tener su propio molino. Y se dijo que lo que haría con muchos de los animales era venderlos.

–¿Y tú? –le preguntó a Ingegerd–, ¿qué piensas hacer?

Y fue así como se enteró de que Ingegerd había encontrado un puesto de ama de llaves en casa de un comerciante de Estocolmo.

¡Estocolmo! Esto impresionó mucho a sus oyentes. Hasta Estocolmo no llegaban los que se iban del valle. Estocolmo estaba muy lejos, casi en el fin del mundo. Ingegerd se echó a reir al oírles y dijo que no, ni hablar: Estocolmo estaba mucho más cerca que América del Norte, y añadió que ella llevaba mucho tiempo deseando trasladarse a la capital de Suecia.

–Quiero ver al rey –explicó–. Eso me parece muy propio en los malos tiempos en que vivimos.

Tenía todos los papeles listos, minuciosamente redactados, hasta en sus menores detalles.

–Leedlos con cuidado –recomendó–. Es importante que todo quede bien comprendido y bien claro. Después no quiero yo rencillas sobre herencias.

Todos leyeron con gran cuidado el acuerdo y lo firmaron.

Hanna comenzó a retorcerse las manos cuando Ingegerd se hubo ido. ¿Cómo iba ella a dar de pastar a tanto hermoso caballo y a tanta vaca? Broman le dijo que lo mejor era vender muchos de los animales en Fredrikshald. Ragnar se encargaría de ello, después de todo era muy listo para los negocios. Hanna pareció molesta, pero acabó dando la razón a su marido, que decía que les hacía falta liquidez.

Ella, por su parte, estaba convencida de que John Broman acabaría echando de menos a Ingegerd.

En otoño ocurrió un milagro en la casa del molino. Los somormujos chillaban como siempre al atardecer, y Johanna, que estaba sentada en las rodillas de su padre, dijo de pronto:

–¡Huy!, *¡zomomujo!, ¡zomomujo!*

Tanto el padre como los hermanos se volvieron locos de contento, pero Hanna y Anna cambiaron una mirada llena de inquietud. Era absolutamente insólito que rompiese a hablar una criatura a los ocho meses de edad.

–Estoy lo que se dice espantada –declaró Hanna cuando las dos mujeres se quedaron solas–, ¿querrá esto decir que la niña va a tener una vida muy corta?

–Nada, mujer, nada, eso son supersticiones –dijo Anna.

Pero también ella había pensado durante aquel otoño en ese viejo dicho de que los favoritos de Dios mueren jóvenes.

Y no convenía olvidar que la pequeña Johanna era una personita de lo más agraciada y lista.

Unos meses más tarde, cuando Johanna dio sus primeros pasos por la cocina, las dos mujeres se pusieron contentísimas.

–Jamás había visto una criatura tan precoz –dijo Hanna, luchando entre el temor y el orgullo.

Broman estaba cansado, y aquel invierno pasó mucho tiempo sentado al calor de la estufa en el cuarto de estar. Pero el otoño, a pesar de lo malo que había sido, no le sentó tan mal como los anteriores, y esto le hacía sentirse más optimista.

–Nunca le había visto tan animado –decía Hanna.

–Ni tenía yo idea de que supiese tantos cuentos y cantase con tan buena voz –remató Anna.

Johanna reía, casi tanto y con tanta frecuencia como Ragnar cuando era pequeño, y Hanna se decía que era raro que los niños que ella había parido con más dolor fuesen precisamente los más alegres y risueños de todos los hermanos.

«Érase una vez una mujeruca de una aldea que tuvo un niño. Pero no había en toda la aldea nadie que quisiese llevarlo a ver al cura, porque la mujeruca era tan pobre que a todos les daba vergüenza tener algo que ver con ella. De modo que su marido, que era un aldeano, cogió a su hijo en brazos y lo llevó a ver al cura.»

John contó este cuento muchas veces, y de forma muy pintoresca y expresiva, a su hija Johanna, que no se cansaba de oírlo, hasta que llegó a sabérselo tan bien que cuando su padre cambiaba alguna palabra o introducía alguna modificación, por pequeña que fuese, ella le corregía.

–¡Pero si no es posible que la pobre criatura comprenda un cuento tan raro! –decía Hanna, cargándose de razón.

–Pues tiene que comprenderlo, si tanto le interesa –contestaba Broman.

Y se echó a reír al recordar la primera vez que había contado el cuento de la muerte, porque Hanna se sintió tan interesada que dejó caer al suelo el puchero de agua que llevaba en la mano. Esto ocurrió exactamente en el momento en que el aldeano iba a la iglesia con su hijo en brazos, y por el camino se tropezó con Dios, que decidió hacerle compañía. Y entonces fue el aldeano y dijo:

«–Pienso que no quiero nada contigo, porque eres un padre muy injusto. A unos les haces mucho caso y a otros, en cambio, muy poco, y a mí, por ejemplo, nunca me has dado lo que se dice nada. De modo que, vamos, vete de aquí.»

Causó mucha sorpresa el que Hanna dejase caer el puchero al suelo, y la pobre mujer tuvo que pasarse un rato de rodillas secando toda aquella agua. La secó bien, y retorció el trapo y todo para escurrirlo, pero sin dejar de reír.

También John se reía.

–Luego –saltó de pronto Johanna, con los ojos relucientes de impaciencia– se encontró con el demonio.

–Sí, eso –corroboró John–, y el demonio fue y le preguntó al aldeano si podía acompañarle a ver al cura.

«–No, no –le contestó el aldeano–, que no quiero caer en tus garras. Vete, vete de aquí.»

–Y luego –acosó Johanna a su padre–, encontró a la muerte.

–Eso es. Encontró a la muerte, que le preguntó si le dejaba ir con él a ver al cura, y entonces el aldeano pensó que bueno, que sí, que la muerte era buena persona.

«–Tú, por lo menos –le dijo– te portas igual con todo el mundo, ya sean ricos o pobres, a ti te da igual.»

John alargaba la historia, y decía, por ejemplo, que llegaban a una desviación en pleno bosque antes de llegar los dos, la muerte y el aldeano, a donde estaba el cura, para que bautizase al niño.

–¡Y ahora viene lo mejor! –saltaba entonces Johanna–, ¡y fue que la muerte invitó al otro a ir con ella a su casa:

«–Tienes que venir conmigo a mi casa –le dijo la muerte al aldeano–, y así verás lo bien que vivo.»

«Y cuando llegaron a la casa de la muerte, el aldeano se quedó verdaderamente deslumbrado.

»Y es que allí lucían tantísimas velas que había una para cada persona que vivía en la tierra. Y había una para el aldeano, y otra para su hijo recién nacido.

–¡Espera, papá, espera! –susurraba Johanna.

Y es que ella quería quedarse más tiempo en la casa de la muerte y encontrar su propia vela y cerciorarse de que todavía estaba muy alta y ardía como es debido. También la vela de su madre estaba en óptimas condiciones. Pero lo malo era que no acababa de dar con la de su padre.

El cuento terminaba así:

La muerte tomaba al aldeano a su servicio y le enseñaba a curar a la gente y a saber cuándo tenía que decirles que ya no valía la pena esforzarse por seguir viviendo. Y el aldeano se hizo famoso y rico y vivió muy bien hasta que su propia vela dejó de lucir y se extinguió.

–¡En la casa de la muerte! –decía Johanna, estremeciéndose de miedo y gusto a la vez.

–Pienso que debes ir –dijo John a Hanna–. Nadie puede saber cuándo volveréis a veros tú y Astrid.

–¿Tan mal están las cosas?

–Sí. Y llévate a la niña, que ya tiene edad.

Hanna asintió, John tenía toda la razón.

Ragnar estuvo en casa de visita antes de salir para Fredrikshald por última vez, despedirse y recoger sus cosas. De Fredrikshald seguiría hasta Vänesborg, para entrar en el regimiento de VästgötaDal. ¡Doce meses de servicio militar!

Ragnar se alegraba de irse de Noruega. Corría entonces el mes de mayo de 1905, y el gobierno noruego había dimitido. En vista de que el rey, en Estocolmo, rehusaba aceptar la dimisión, el parlamento noruego declaró que el poder real había prescrito por lo que a Noruega se refería, y que, en consecuencia, la Unión de Suecia y Noruega quedaba disuelta. Los noruegos reforzaron sus fortificaciones fronterizas.

John Broman leyó en el periódico que el pueblo sueco estaba lleno de justificada indignación. Pero en las comarcas fronterizas la gente tenía mucho miedo por lo que pudiera ocurrir ahora, aunque se oyesen de vez en cuando frases de despecho contra aquellos bocazas noruegos.

Hanna, por su parte, nunca había tomado demasiado en serio lo muchísimo que se hablaba sobre la crisis de la Unión sueco-noruega: ya tenía bastante, y más que bastante, con sus ocupaciones cotidianas. Pero en cuanto vio que la frontera, como también Fredrikshald, estaba llena de soldados, se asustó mucho. Mucho más preocupante fue, sin embargo, su visita a Astrid, que no hacía más que dar vueltas como un pajarito enjaulado, demasiado nerviosa para sosegarse y hablar normalmente. Además, las cosas no iban bien entre ella y su marido, que había llegado a la tesitura de odiar todo cuanto oliera, por poco que fuese, a sueco.

–A lo mejor me vuelvo a casa contigo –le dijo Astrid a Hanna.

–Tonterías –intervino Henriksen–. Tú ahora eres noruega, y tu patria es Noruega. Y si lo que te pasa es que tienes miedo, te advierto que donde estás segura de veras es aquí.

Henriksen se mostró escueto y hostil con Ragnar, pero a su cuñada y a la pequeñita las llevó al castillo de Fredriksten para que viesen lo inexpugnable que era.

–Aquí fue donde le dimos para el pelo al diablo sueco ese –les dijo.

La visita de Hanna y Johanna a Fredrikshald no duró más de dos días. Y cuando volvieron a cruzar la frontera, Hanna dio un gran suspiro de alivio y le dijo a Ragnar:

–La verdad es que no entiendo cómo lo aguantas.

–No creas que ha sido fácil.

Hanna se quedó muy sorprendida al ver lo colorado que se puso Ragnar al decir esto.

Ragnar tuvo una breve conversación con John Broman antes de seguir viaje a Vänesborg.

–Tienes que poner la cueva en orden, padre.

Pero John movió negativamente la cabeza.

En agosto Ragnar recibió su primer permiso. Entonces se estaba negociando en Karlstad, y los suecos exigían que los noruegos no sólo demolieran las fortificaciones que tenían a lo largo de la frontera, sino también los viejos castillos de Kongsvinger y Fredriksten.

–Están locos –decía Ragnar.

Y añadía que en el extranjero se daba la razón a Noruega, que Inglaterra había declarado que reconocería al nuevo país, y que Rusia y Francia habían comunicado que «reprobaban en los términos más enérgicos» las exigencias suecas en lo referente a las fortificaciones fronterizas.

Fue entonces cuando Ragnar llevó a los suyos a la cueva.

Pocas semanas después se llegó a un acuerdo en Karlstad. Las fortificaciones fronterizas desaparecieron, y todo el mundo exhaló un profundo suspiro de alivio a ambos lados de la frontera. El periódico de Broman, que era de tendencia conservadora, citaba lo que había escrito Hjalmar Branting en *El socialdemócrata* aquella misma primavera:

> El 27 de mayo de 1905 murió la Unión entre Noruega y Suecia a la edad de noventa años y medio. Ahora ya lo único que queda es enterrarla y hacer inventario. Deberíamos separarnos como hermanos.

–Con los socialdemócratas –dijo John a Hanna– este verano habría sido más tranquilo.

–¡La verdad es que pareces tonto! –replicó Hanna–, ¡todo el mundo nos habría llamado socialistas!

–Pues mira, ¿sabes qué te digo?, que a mí eso me habría parecido bastante acertado.

Hanna se quedó mirando fijamente a su marido un rato largo; finalmente supo expresar lo que quería decir:

–¡Ah!, ¿de modo que también tú eres ateo y regicida?

–No sé dónde habrás oído esas tonterías –replicó John, rompiendo a reír.

Johanna, que estaba sentada en el suelo jugando con su muñeca, nunca olvidaría aquella breve conversación.

No era John Broman el único que dedicaba todo su tiempo a la niña. También la vieja Anna se ocupaba de ella, enseñándole las cosas propias de mujeres y contándole todas las historias curiosas de la comarca.

En consecuencia, el lugar que ocupaba Hanna en la vida de su hija era pequeño. Apenas le quedaba otra ocupación que enseñar a la niña a comportarse bien y a obedecer. Y esto lo hacía con diligencia. Pero no había auténtica confianza entre madre e hija.

A los cinco años Johanna sabía leer y escribir. Y cuando Hanna lo supo se enfureció. ¿Qué iba a decir la gente? De sobra sabía ella cómo se murmuraba allí de todo cuanto se saliese de lo corriente u oliese a precocidad. Y, además, ¿qué podría enseñarle la maestra cuando Johanna empezase a ir a la escuela?

Broman le dijo que se callase, pero se dio cuenta de que su mujer tenía algo de razón. Como conocía personalmente a la nueva maestra, fue a verla y le explicó la situación.

La maestra, que era muy joven y todavía tenía fe en su trabajo, se limitó a echarse a reír y decir que eso de que la niña ya supiese leer le parecía un problema la mar de divertido. Y además, añadió, no era ella tan mala maestra que no supiese qué hacer con Johanna mientras enseñaba las letras del alfabeto a los demás párvulos.

–Por ejemplo, puedo enseñarle a dibujar y a pintar –dijo–. Y también puedo elegir libros apropiados para que lea sola durante las horas de clase.

John quedó contento. Ni él ni la maestra habían tenido en cuenta a los demás niños. Johanna tuvo dificultades: se quedó muy sola en la escuela, no caía bien a sus condiscípulos y se exponía constantemente a peleas y mofas. Y en el pueblo todo eran comidillas y rumores, justo lo que Hanna temía.

Pero la niña no contaba nada de esto a nadie. Que su madre se enfadase, bueno, lo podía soportar, pero lo que no quería en modo alguno era herir a su padre.

La vieja Anna murió cuando Johanna acababa de cumplir siete años. La muerte se la llevó sin grandes sufrimientos. Llevaba algunos días con dolores en el pecho, y un sábado por la noche Hanna la vio prepararse una medicina. Hanna observó con sorpresa que Anna estaba mezclando grandes cantidades de belladona y beleño.

–No te excedas –le advirtió.

–Sé muy bien lo que hago –respondió la vieja.

Y a la mañana siguiente la encontraron muerta. Hanna se quedó blanca cono una hoja, rígida como una columna, junto a la cama de su amiga, mientras los niños gemían y lloriqueaban. Los ojos de John Broman estaban como sin vida; Hanna le vio firme junto a la cama de Anna, muy solemne, con Johanna en brazos.

–Ahora está con Dios –susurró la niña, y John asintió, mirando con severidad a Hanna para que no quitase esa ilusión a Johanna.

Hanna no vio la mirada, estaba demasiado sumida en sus extraños pensamientos. Pero jamás dijo una palabra a nadie sobre la pócima que había visto preparar a la muerta la noche antes.

Un día, cuando la nieve se fundía, los de la casa del molino pudieron presenciar un espectáculo que jamás olvidarían. En plena comida del mediodía, John Broman dio de pronto un puñetazo sobre la mesa y rugió:

–¡Silencio!

En el silencio que siguió, todos oyeron ruidos como de truenos, mugidos, crujidos. John y los chicos salieron corriendo, espantados, para ver lo que pudiera estar ocurriéndole al molino.

¡La compuerta!

Pero, no, no era eso. Se acercaron a la orilla, miraron, y enseguida se dieron cuenta de que todo aquel ruido llegaba del camino, de lejos.

Fueron a ver.

Hanna se asustó, cogió a Johanna en brazos y se dijo que a lo mejor era el mismísimo demonio, el que tenía que llegar el día del juicio, corriendo en su carro de fuego, para coger a la gente y llevársela al infierno.

Y sí que parecía un carro de fuego. Era una especie de monstruo, y se les echaba encima desde lo alto de la cuesta, a una velocidad como si un cañón lo hubiese disparado. Menos mal que no era el diablo el que lo conducía, sino Ragnar, que al llegar al fondo de la cuesta, frenó bruscamente con un tremendo chirrido y tocando el claxon.

Volvió a reinar el silencio. Todos lo miraban abriendo los ojos como platos, boquiabiertos de sorpresa, pensando que jamás había reinado tal silencio en Agua del Norte como en aquel momento.

–Pues es un camión –dijo Broman–. ¡El chico se ha comprado un camión!

Y se echó a reír, y cuando Ragnar se bajó del monstruo, padre e hijo se abrazaron entre tales carcajadas que les saltaban las lágrimas a raudales.

Finalmente, Ragnar se calmó lo bastante como para decir:

–Bueno, ahora mamá tendrá que darme algo, porque tengo más hambre que un lobo.

Hanna fue a la cocina con las piernas temblorosas a calentar la comida, que, entretanto, se había enfriado, mientras los hermanos zumbaban como abejas en torno al camión.

–Y lo has comprado con tu propio dinero... –se asombró Broman.

–Sí, he ahorrado todo lo que pude de lo que gané trabajando para el pescadero. Y también de lo que gané trabajando en la construcción de Göteborg. Y luego, lo que me tocó de la herencia. Ahora será el camión el que se ocupe de mí.

John no se atrevía a preguntar lo que había costado. ¿Mil, acaso? ¿Varios miles?

Ragnar se puso a comer y les explicó cosas, con la boca llena, y sin que Hanna se atreviese a interrumpirlo para recordarle que así no se hablaba. La ciudad de la desembocadura del Göta estaba creciendo, y, a su lado, aquella gran ciudad de Fredrikshald se había quedado en una especie de aldehuela de destripaterrones. Göteborg hervía de gente que estaba construyéndose casas y fábricas a marchas forzadas, y allí no se daba abasto para producir tejas, ladrillos y argamasa.

–Los transportes no estaban a la altura de tanto desarrollo –explicó Ragnar.

Los caballos y los carros lo congestionaban todo, y la solución, evidentemente, eran los camiones. Y así fue como Ragnar empezó a conseguir trabajo en abundancia.

Hanna comprendía más o menos lo que decía su hijo, pero le reconcomía una duda angustiosa: ¿Qué idioma hablaba su hijo ahora?

Hasta que no pudo contenerse más y le hizo la pregunta. Ragnar se volvió a echar a reír y le contestó:

–Pues sueco, madre, sueco. Por fin he aprendido a hablar sueco.

–Pero es que lo hablas como se escribe en los libros –comentó Hanna, impresionadísima.

Por la tarde Ragnar decidió llevar a todos de excursión. Se equiparon con colchones de paja y así pudieron descansar cómodamente en la caja del camión.

–Mamá que se siente delante, que está cubierto, y la niña se puede sentar en sus rodillas.

Pero entonces Hanna ya había recuperado su aplomo de siempre:

–No, ni hablar, yo no me meteré jamás en esa trampa del diablo. Ni mi hijita tampoco.

De modo que tuvo que ser John quien ocupara el asiento delantero, mientras los demás se hacinaban detrás, a cielo descubierto. Johanna apenas podía contener el llanto, y Ragnar, que lo notó, le susurró al oído:

–Otro día, guapina. Te aseguro que no me voy de aquí sin darte un buen paseo en camión.

Cuando volvieron a casa, unas horas más tarde, todos se hacían lenguas de cómo los campesinos se quedaban con la boca abierta y sin habla de puro miedo, y los niños de entusiasmo, al verles pasar. Alvar Alvarsson hasta se quitó la gorra cuando Broman se bajó del artilugio móvil para comprar su periódico de siempre, y el mismísimo cura se acercó para estudiar de cerca aquella monstruosidad.

–Ya sabía yo que acabarían llegando hasta estos lejanos parajes –dijo–. Pero nunca sospeché que esto sucedería tan pronto.

Todo esto pareció hacerle gracia a Hanna. Y cuando Ragnar le dijo que al día siguiente pensaba llevarse a Johanna de paseo en el camión, contestó:

–Pues mira, también yo sé cambiar de opinión cuando llega el caso.

La primavera del año 1910 fue suave en el valle. Esta vez no llegó, como solía, a grandes zancadas de las que luego se arrepentía, sino casi furtivamente, y tal era su timidez que las florecillas casi ni se enteraron.

Los estorninos hicieron su aparición temprano y se instalaron en aquellas latitudes nórdicas con más ahínco que de costumbre. Llovió, brilló el sol, y las anémonas relevaron a las hepáticas. Una mañana de mayo florecieron los arces y los prados de Agua del Norte se cubrieron de melifluo aroma.

John Broman se sentía más cansado que de costumbre en los paseos que daba con su hija por el bosque. Pero era su cuerpo el que sentía fatiga, porque sus sentidos nunca habían estado tan agudos y sensibles como entonces.

Él y Johanna vieron a las aves migratorias cruzar el cielo, y también las vieron tomar posesión de sus antiguas moradas. Cuando las golondrinas terminaban sus nidos de arcilla en torno al Barranco del Lobo, ya los somormujos habían puesto sus huevos y los halcones peregrinos tenían crías.

Broman se sentía feliz, su hija le llenaba.

Fue en esa primavera cuando Johanna comenzó a sentir la religión. E iba a seguir sintiéndola. Incluso cuando se hizo socialista y atea.

Hasta el verano no sacó John ninguna conclusión sobre la curiosa euforia que lo animaba. Y la conclusión a que llegó fue muy sencilla: vida y muerte se daban cita en su interior. Se dio cuenta de que ambas estaban bebiendo alegremente dentro de él como buenas amigas, porque la sensación que se esparcía por su cuerpo le recordó la ligera ebriedad de la primera copa de aguardiente.

No se asustó al llegar inequívocamente a esta conclusión un día en que estaba sentado en la ribera del arroyo y vio a Johanna saciar su sed en el agua espumeante. Al contrario, sintió como un alivio. Y tristeza al tiempo. Pero no una tristeza pesada, turbia, no: fue más bien una tristeza azulenca, como la melancolía, una de esas tristezas que dan profundidad al mundo.

Durante las semanas siguientes, John trató con frecuencia de racionalizar su situación. Y alguna vez se le ocurrió pensar que la vida había sido amable con él y que, en general, podía decirse que había transcurrido como era debido. Otros días, en cambio, el resultado final de su existencia lo asustaba, y pensaba, lleno de remordimiento, en su madre, a la que llevaba veinte años sin ver. Y también en sus hijos, a quienes tenía medio abandonados y agobiados de trabajo, demasiado trabajo, se decía, para cuerpos como los suyos, en pleno desarrollo.

Y lo mismo le pasaba, quizá, con Johanna, la niñita que saltaba en torno a él durante sus paseos por el bosque y por las orillas de los lagos. ¿A lo mejor su amor por ella había sido egoísta, y esto haría que su hija no estuviese bien preparada para la dura lucha por la vida?

Johanna, ocho años. Justo la edad que tenía su primera hija al morir. Ésta viviría, eso seguro, pues estaba bien alimentada, y era sana.

Bueno, gracias a Hanna.

Pensó en Hanna. Se dio cuenta, con sorpresa, de que su mujer era la única con quien no se sentía en deuda. Y no porque creyese haber sido demasiado buen marido, no, al contrario: había habido entre ellos dos bastantes cosas de las que ahora se arrepentía; lo que ocurría era que había dejado de sentir culpabilidad con respecto a ella porque ella, a su vez, no le reprochaba nada a él.

Reflexionó sobre esto durante un rato, y acabó llegando a la conclusión de que al que espera injusticias, las injusticias no lo abruman.

Llegó también a la conclusión de que tenía que concentrarse en lo realmente importante, y menos mal que sabía que podía fiarse de Ragnar. El molino valía mucho, a pesar de que tenía que pasar bastante tiempo inactivo ahora que había tantas fincas abandonadas por toda la comarca.

Pero John acababa de recibir una sorprendente oferta.

Y luego, la herencia de Värmland.

Y es que John Broman había sentido de pronto, como una inspiración, la certidumbre total de que su madre moriría en cuanto recibiera la noticia de la muerte de su único hijo varón.

John escribió a Ragnar diciéndole que tenía que hablar con él largo y tendido, y que viniese a verlo antes de que fuera demasiado tarde.

¿Sería realmente tan urgente la cosa, después de todo?

Ragnar llegó a fines de julio. Lo acompañaba en el camión una mujer, pálida, como solía estar la gente de la ciudad, y, a todas luces, tímida.

–Una insípida –comentó Hanna al verla.

Pero Johanna dijo que era simpática.

–Tiene una tienda de hilos en Göteborg, de modo que no puede ser tan sinsorga como me había parecido –dijo luego Hanna a John.

Y éste, que había captado desde el principio la evidente y excluyente pasión de la chica por Ragnar, o sea, que era una de esas pobres mujeres que aman demasiado, le contestó así a su mujer:

–Ten cuidado, Hanna, no vayas a resultar una mala suegra.

Pero sus consejos no dieron fruto: era imposible que a ojos de Hanna hubiese en todo el mundo una nuera a la altura de cualquiera de sus hijos.

John aseó la habitación del desván, montando allí una mesa plegable y poniendo en orden todos sus papeles. Y a su mujer le dijo que había pedido a Ragnar que viniera a casa para que le ayudase a preparar su testamento. Y que quería que ella estuviese a su lado todo el tiempo. Al ver que los ojos de Hanna se ennegrecían de terror ante tales palabras, trató de tranquilizarla diciéndole que eso era una cosa que todo marido sensato tenía el deber de hacer al cumplir los sesenta y cinco años.

Hanna no respondió, cubriéndose tercamente la boca con una mano, dando media vuelta y desapareciendo, con movimientos como automáticos, escaleras abajo.

«Lo sabe», pensó John.

Hanna tampoco dijo apenas nada durante casi toda la tarde que Broman, Ragnar y ella pasaron sentados a la mesa del cuarto del desván. Ni siquiera abrió la boca cuando Ragnar dijo que, si ocurría lo peor, su madre y sus hermanos deberían trasladarse a Göteborg.

–¿Qué te parece la idea, madre?

–Pues que tendré que pensarlo.

–Mira, aquí no hay porvenir para los chicos –intervino Broman–. No podrán cuidar del molino, eso de sobra lo sabes. Y no quiero que te quedes aquí mano sobre mano, sola en medio de un desierto.

–Pues trata de vivir un poco más –le dijo Hanna, pero se arrepintió inmediatamente de haberlo dicho.

Ragnar dirigió una larga mirada a su padrastro, y en ese momento vio con claridad meridiana que Broman moriría antes de que cayese sobre ellos el invierno y la tos volviese a atormentarle.

Esta intuición se le atascó a Ragnar en la garganta.

Pero Broman siguió hablando como si allí no estuviese ocurriendo nada. Ahora de lo que había que hablar, dijo, era de la oferta.

Antes del otoño, cuando Hanna estaba en el bosque recogiendo bayas, un ingeniero de una empresa de Ed había aparecido en Agua del Norte, había pasado mucho tiempo observando la cascada y había pedido a John que abriese la compuerta. Luego le había dicho que le gustaría comprar el terreno: cinco mil táleros le pagaría por él, y en metálico.

–¿Y por qué no me dijiste nada?

–Es que no quería inquietarte.

Hanna no contestó. Ragnar dijo entonces que él se pondría en contacto con la empresa de Ed, y por su voz se notaba que la noticia le había aliviado mucho.

Y, finalmente, lo de Värmland. John no sabía cuánto podría valer la finca de Värmland:

–Esa zona comienza a quedar desierta, justo como ésta –dijo–. Pero mi madre no puede vivir mucho tiempo más, ya tiene noventa y ocho años. Tú, Ragnar, tendrás que ponerte en contacto con mi hermana Alma. Alma y su marido son gente como Dios manda, no os engañarán con la herencia.

No dijo nada sobre su total certidumbre de que su madre acabaría rindiéndose a la muerte en cuanto recibiera la noticia de la de su único hijo varón.

Al día siguiente, a última hora de la mañana, Ragnar escribió el testamento con letra de persona que escribe poco y pésima ortografía. Lo único que a él se le daba bien en cuestión de idioma era la palabra hablada.

–Será mejor que le digamos a Lisa que nos lo ponga en limpio como es debido –dijo Ragnar, y sus padres asintieron.

Broman vacilaba, pero acabó armándose de valor y preguntando a Ragnar si tenía intención de casarse. Ragnar se sonrojó y dijo que, bueno, que sí, que las cosas parecían ir por ese camino.

Hasta Hanna tuvo que aceptar que el testamento había quedado precioso, y que Lisa escribía como los curas. Se llamó al herrero para que diese fe junto con Lisa.

Por la tarde Lisa metió sus cosas en el camión, y se quedó mirando a Ragnar, que estuvo mucho tiempo despidiéndose de su padrastro, cuyas manos tenía cálidamente cogidas entre las suyas. Los ojos de John eran inexpresivos, como vidriosos, y Ragnar acabó echándose a llorar. También Hanna los miró a los dos, y recordó aquella vez, hacía ya muchos años, en que el molinero llegado de otras tierras tendió la mano al pequeño hijo de puta y le dijo:

–Buenos días, hombre, me llamo John Broman.

Cuando las primeras tormentas del otoño deshojaron los árboles con su ímpetu, John Broman murió entre fuertes accesos de tos.

Fue la primera y última vez que los niños de Agua del Norte tuvieron la oportunidad de ver llorar a su madre. La misma Hanna estaba sorprendida. Nunca había pensado que tendría tanta agua en la cabeza, según sus propias palabras. Gimió y lloró durante días y noches al tiempo que dirigía los preparativos del entierro.

Ninguno de los de la casa del molino pensaron siquiera en Johanna, que andaba por allí de forma rara y temblaba terriblemente.

–Venga, vamos muévete, chica –le gritaba Hanna a veces, cuando había que hacer rápidamente algún recado.

Pero alguna que otra vez se dio cuenta de que la pobre niña estaba temblando, y entonces, cogiéndole las manos, le decía:

–Tienes que ponerte un jersey grueso.

Nadie se fijó en que Johanna no respondía nada a todo esto.

Sólo se dieron cuenta cuando apareció por allí Ragnar:

–¡Johanna se ha vuelto muda! –gritó–, ¡pero, madre, por Dios!, ¿es que no te has dado cuenta?

Hanna se quedó avergonzadísima. Ragnar fue por la casa con Johanna en brazos, hablándole, tratando de distraerla, y ella reaccionó con calor a sus halagos, pero no quería ver los laguitos noruegos, ni la cascada, ni el lago grande. Y tampoco consiguió de ella que llorase o hablase.

En la cocina, Hanna estaba preparando pan de trigo y pastas, mientras Lisa ponía la mesa para la fiesta del funeral. Ragnar fue a verla con la niña en brazos y le dijo:

–Anda, Lisa, prueba tú a ver, por favor.

Lisa no tenía fuerzas para llevar a Johanna en brazos, pero la niña la cogió de la mano y las dos fueron a donde estaba el cadáver de Broman. Al verlas, Hanna quiso prohibírselo a gritos, pero Ragnar rugió:

–¡Calla, madre!

Lisa apartó la sábana del rostro del muerto y dijo:

–Johanna, lo que yace aquí no es tu padre, no es más que su envoltorio. Él te espera ahora en el cielo.

Con esto bastó. Johanna se echó a llorar en el regazo de su nueva tía, y, finalmente, alcanzó a susurrar que también ella pensaba así.

Siguieron allí largo rato. Luego Lisa dijo que le gustaría que Johanna se fuese con ella a Göteborg en cuanto terminase el entierro. Las dos, añadió, lo pasarían de miedo juntas esperando a que llegasen también su madre y sus hermanos.

Y en eso quedaron. El día siguiente al entierro, Ragnar, Lisa y Johanna se fueron juntos al tren. Luego Ragnar hablaría con el ingeniero de la empresa que quería comprar el terreno de la cascada. Y a su tiempo volvería a la casa del molino a buscar a su madre y sus hermanos.

–Para desembrollar las cosas –dijo.

El asunto de la venta se resolvió mejor de lo que ellos esperaban, porque la empresa de Ed quería que la compra quedase ultimada para la primavera.

Ragnar volvió entonces a la casa del molino. Iba contento por el pésimo camino del norte que bordeaba el lago. Estaba contento. Y pensaba, sobre todo, en lo que le había dicho Broman al despedirse de él.

–Tienes que prometerme que te ocuparás de Johanna. Johanna es distinta, créeme.

¡Qué bien lo comprendía ahora!

Johanna iba ahora en el tren sentada en las rodillas de Lisa, pensando en la nueva y sombría vida que empezaba para ella en el vagón que hendía la obscuridad atronando como un monstruo.

La mañana siguiente a la muerte de John, Hanna mandó a Erik a Värmland para que avisase a Alma. Erik volvió impresionadísimo y contó a todos lo estupenda que era la casona de los Broman, los campos y los extensos pastizales que la rodeaban.

«Y John nunca había dicho una palabra sobre todo ello –pensó Hanna al oírlo–, pero la verdad es que tampoco yo se lo pregunté nunca.»

La tarde del día de la partida de Ragnar se oyeron golpes en la puerta. Abrieron y apareció ante ellos un hombre al que no conocían de nada. Era de Värmland y se identificó como yerno de Alma. Venía con la noticia de que la vieja había muerto el domingo. ¿Podrían asistir al entierro?

Hanna preparó un asado de cerdo y sacó el pan de trigo mientras el forastero llevaba su caballo al establo. Erik encendió fuego en la habitación del desván y Hanna calentó la ropa de la cama para el huésped. A la mañana siguiente le dijo que había pensado que lo mejor sería enviar al entierro a sus dos hijas mayores.

–Es que yo, la verdad, no pinto nada allí –añadió.

El forastero asintió, como si se hiciese cargo, y los dos se separaron amigablemente.

Cuando se hubo ido el forastero, Hanna estuvo largo rato sentada en el sofá cama de la cocina, pensando en lo extraño que era que la vieja se hubiese muerto justo en la misma semana que su único hijo varón.

El miércoles, 22 de abril del año 1911, Hanna fue a la casa vecina para despedirse de los parientes que se habían mudado allí desde Noruega durante la crisis de la Unión. Llevaba consigo sus vacas, sus cerdos y sus cinco ovejas. El camino era arduo y no se lo alivió el que los Olsson le hubiesen pagado puntualmente los animales.

De allí, Hanna siguió a la casa del cura, para que le diese el certificado de mudanza que tenía que presentar en la parroquia de Göteborg. No sólo para ella, sino también para sus cuatro hijos. El cura y ella apenas se dijeron nada, y, al despedirse de él, Hanna pensó que el cura había engordado desde que no le daba al aguardiente.

Su última visita fue para el herrero y su mujer. Ya eran viejos, y la idea de que se fuese a instalar allí una central eléctrica les tenía aterrorizados. Hanna no prolongó la visita más de lo estrictamente necesario, pero, al irse de su casa, les dijo que pensaba dejar algunas cosas en la casa del molino: esteras y cosas así que no quería llevarse a Göteborg. Las dejaría en la bodega, y así ellos podrían ir a ver y quedarse con lo que les sirviese.

La mujer del herrero se animó al oír esto, porque era codiciosa y curiosona, y Hanna, camino ya de su casa, se dijo que ya se encargaría ella de no dejar en la bodega casi nada para la coja Malin. Pero enseguida le vinieron a la mente las palabras de Ragnar:

–Mira, madre, yo aquí no quiero basura. Te traes sólo lo imprescindible.

Estas palabras tuvieron ocupadísima a Hanna, hasta el punto de que ni siquiera tuvo tiempo para despedirse con lágrimas y tristeza de Agua del Norte, ni para inquietarse por el porvenir, porque no acababa de decidir qué era imprescindible y qué no entre todo lo que había ido acumulando en su casa a lo largo de los años.

Para empezar, tiró todas las esteras y todas las alfombras, toda la ropa de su marido y los sofás camas de la cocina, aunque de esto último se iba a arrepentir.

Decidió llevarse consigo los muebles de Värmland.

«Y si se le ocurre protestar porque me llevo el sofá bueno, me va a oír», pensó.

Pero Ragnar, cuando llegó con su camión, lo único que dijo fue:

–No sé si va a haber sitio para el sofá, pero también es verdad que siempre podéis venderlo y sacarle algún provecho.

Cuando lo tuvieron todo cargado en la caja del camión y los chicos se acomodaron donde Dios les dio a entender, Hanna se vio sola en la explanada que se extendía delante de su vieja casa, y la miró, y miró también la cascada y el lago largo. Luego exhaló un hondo suspiro y, en cuanto se vio en el asiento de delante, junto a Ragnar, a punto de arrancar el camión, prorrumpió en sollozos.

–¡Madre, no irás a echarte a llorar ahora!

–No, no, Ragnar, no te preocupes –respondió ella, mientras las lágrimas le arrasaban el rostro.

–Ya verás como dentro de unos años volvemos todos por aquí de visita.

–No, hijo, no, yo aquí no vuelvo en mi vida.

Al cabo de un rato de marcha, Hanna preguntó a Ragnar por Johanna, qué tal se las arreglaba en casa de Lisa en la gran ciudad.

–No está tan contenta como antes. Pero se alegra de ser amiga de Lisa.

–Bueno, vaya –comentó Hanna, escueta.

Guardó silencio durante el resto del tortuoso camino, bordeando el lago hasta Ed. Sólo volvió a hablar cuando vieron aparecer ante ellos la torre de la iglesia:

–Y dime –preguntó–, ¿os pensáis casar Lisa y tú?

Ragnar se ruborizó, y respondió con voz glacial:

–Mira, madre, deja en paz las cosas que no te conciernen.

Esto indignó a Hanna:

–¿Es que no tiene derecho una madre a saber cuándo se van a casar sus hijos?

Ragnar ya se había arrepentido de sus palabras, pero se mantuvo firme:

–Mira, madre, en las grandes ciudades las cosas son un poco distintas. Allí la gente no se ocupa de cosas como casarse.

–A mí esas novedades me parecen muy difíciles de aprender –dijo Hanna, sorprendida.

–Pues ya las aprenderás madre, por lo menos la mayor parte de ellas, ya las aprenderás.

Salieron de Ed y Hanna se encontró entonces en territorio desconocido. Nunca había pasado de allí en sus viajes. Junto a Vänersborg pararon para descansar y comer lo que llevaban. Hanna oteó el paisaje, vio el agua del Väner fundirse con el cielo en el horizonte.

–¿Es eso el mar?

–No, mamá, el mar es mucho más grande.

Ragnar se reía de las preguntas de su madre, de modo que ésta dejó de hacérselas. Pero le parecía difícil entender que pudiese haber extensiones de agua mayores. Estuvo callada mientras cruzaban el valle, y ni siquiera contestó a las observaciones de Ragnar, como, por ejemplo: «¿No te parece que este paisaje también es estupendo?».

Hanna no recuperó el don de la palabra hasta que el camión entró en la gran ciudad, con sus casas de piedra.

–La verdad, jamás pensé que hubiera en el mundo una cosa así.

Pasaron entre carros tirados por caballos, entre gente, entre automóviles y camiones, hasta llegar a la plaza del Hierro. Ragnar, para impresionar a su madre y a sus hermanos, los llevó por la periferia hasta la calle de Linneo, con sus majestuosas fachadas, dio la vuelta por la plaza de Skans y bajó por la calle de Sprängkull hacia la calle Nueva de Haga.

–¿Hay tanta gente porque es día de mercado?

–No, madre, aquí hay así de gente todos los días.

–¡Dios mío de mi vida –dijo Hanna.

Pero no estaba asustada, sino impresionada. Y cuando el camión entró finalmente por el portal que daba paso a la Casa del Gobernador, su rostro relució como el sol.

–¡Pero qué..., qué elegante! –dijo–, ¿y dónde vamos a vivir nosotros?

–Allá arriba –respondió Ragnar, señalando.

«En el cielo», pensó ella.

–No, sólo tres pisos, y con vistas a la calle –le dijo Ragnar, ufano–. Lisa ha puesto cortinas nuevas, de modo que no os verá nadie.

–Pues es lo que se dice estupendo –dijo Hanna, a quien preocupaban mucho las cortinas.

Johanna llegó enseguida corriendo, saliendo inesperadamente de una de las muchas puertas.

Hanna se quedó largo rato mirándola, y pensando:

«¡Hija mía!, ¡hija mía!»

Finalmente, exclamó:

–¡Pero qué guapa estás!

–Es que tengo un vestido nuevo, un vestido de ciudad –dijo Johanna–, Lisa me lo ha hecho.

Hanna no puso buena cara a esto, pero se forzó a pensar:

«Voy a tener que aprender a tratar bien a esa chica tan amable.»

Ojos curiosos les miraban desde ventanas y puertas cuando subieron los muebles.

«Es que piensan que parecemos de pueblo», pensó Hanna, avergonzándose, queriendo desaparecer del campo visual de aquella gente.

Pero no tuvo más remedio que preguntar qué eran las casas largas que parecían arrastrarse bajo los castaños de aquella gran finca.

–Son viviendas. Cada familia tiene la suya, con su propia llave.

–¡Pero qué elegante!

Fueron derechos a la cocina, y era una señora cocina, con fogón de hierro, parecido al que Hanna ya había admirado en casa de Astrid, en Fredrikshald. Y también tenía pila, con desagüe y agua corriente. Hanna había oído hablar de esa maravilla que se llamaba agua corriente, y ahora, por fin, la veía con sus propios ojos: no tenía más que girar el grifo para abrirlo, y volverlo a girar para cerrarlo.

–¿Y nunca se seca?

–No, mamá, nunca.

–¡Dios mío!

En el cuarto había estufa de azulejos, y el suelo era de pino reluciente. Hanna se dijo que aquello era realmente propio de señores, pero de señores de verdad.

Lo más maravilloso de todo, y de lo que los recién llegados iban a seguir hablando durante años y años, era la luz eléctrica. Pero esta vez no fue Hanna quien hizo el ridículo, sino John.

–Está obscureciendo, mamá –dijo–, tengo que ir abajo a buscar una lámpara de petróleo.

–No, deja –intervino Johanna–. Mira, se hace así.

Y giró la llave de la luz que estaba en la pared, justo dentro de la cocina, y toda la habitación se llenó instantáneamente de luz.

Cuando Hanna se hubo repuesto de la sorpresa, se dijo que era buena cosa que Ragnar no estuviese allí para verla quedarse de una pieza y abrir la boca como una tonta. Ragnar había salido a comprar comida y a buscar a Lisa. Volvieron los dos con sopa caliente que Lisa había preparado, y con pan y mantequilla comprados por Ragnar.

–Bueno, bienvenidos a la ciudad –dijo Lisa.

–Eres una gran persona –le dijo Hanna–, y gracias por las cortinas, y por lo que le has comprado de vestir a la niña, que es realmente precioso.

Lisa respondió que se había divertido mucho haciéndolo.

–Y mañana saldremos a buscar más ropa, también para ti, suegrita.

–Sí, la verdad es que necesito toda la ayuda que puedas prestarme –asintió Hanna, y Lisa no captó la angustia que vibraba en esta petición de auxilio.

Pero los chicos se asustaron; nunca habían oído a su madre pedir ayuda de esta manera.

Así fue como entraron en el apartamento de la Casa del Gobernador, que era de una sola habitación. Los chicos tenían sofá cama en el cuarto grande, y August una moderna cama plegable que se podía guardar de día en el armario ropero.

En medio del cuarto había una gran mesa redonda, también moderna, y a Hanna le pareció que entonaba con las sillas viejas de Värmland.

Hanna y Johanna dormían en la cocina. Tenían el banco plegable que habían traído del valle, y que ahora les haría muy buen servicio. Hanna se consoló pensando que también el sofá de la cocina era moderno.

–Es terrible cómo se va el dinero –le dijo Hanna a Ragnar, que la consoló:

–No te preocupes, madre, tienes de sobra.

Una vez terminada de arreglar la nueva casa, Hanna invitó a café a las señoras de los apartamentos vecinos, y compró para tal ocasión una estupenda tarta de confitería. Lisa le dijo que eso era lo que se estilaba. Hanna estrenó vestido ese día. Asistieron a la inauguración del piso las personas más dispares, y todas expresaron a Hanna su pesar cuando ésta les dijo que se acababa de quedar viuda. No parecieron tomar a mal su acento.

–Venís de Noruega, ¿no?

–Bueno, no exactamente –respondió Hanna–. Todos nosotros somos suecos, pero es que vivíamos en la frontera. Mi padre era de Noruega, y también mi hermana es noruega.

Hulda Andersson, que vivía justo encima de ella, en el último piso, se parecía bastante a Hanna en su modo de ser. Y las dos congeniaron enseguida. El día siguiente a la reunión, Hulda le dijo a Hanna:

–¿Eres rica o tienes que trabajar?

–Por supuesto que tengo que trabajar.

–Es que hace falta gente en la tahona industrial de Asklund, en la calle de Risas. Yo mismo trabajo allí. ¿Sabes cocer?

Hanna prorrumpió en carcajadas, y dijo que cuando se es mujer de un molinero no hay más remedio que aprender a cocer.

Y así es como Hanna se hizo panadera. El trabajo era duro. Se empezaba a las cuatro de la madrugada, pero se terminaba a las dos de la tarde, de manera que quedaba tiempo para cuidar de la casa.

El primero de mayo, Hanna fue a la plaza del Hierro a ver ondear las banderas rojas sobre la gente que desfilaba cantando:

> ¡Arriba, los pobres del mundo,
> en pie los esclavos sin pan...!

Esto la dejó muy asustada.

–No tiene sentido –le dijo a Hulda en cuanto la vio.

Más todavía se asustó una mañana en que ella y Hulda cruzaban la plaza y vieron a dos señoras muy de punta en blanco y con los labios muy repintados.

–¿Qué son esas dos? –preguntó.

–Putas –contestó Hulda–. Se venden a los marineros del puerto, y ahora vuelven a casa.

Hanna tardó bastante rato en atreverse a preguntar:

–¿Quieres decir que se acuestan con un hombre distinto cada noche?

–No, a veces con muchos distintos cada noche. ¿No ves que si no no les salen las cuentas?

Hanna se quedó sin saber qué contestar, la cabeza se le quedó completamente vacía de palabras.

Pero su más honda impresión se la causó la primera entrevista que tuvo con el hombre que la colocó en la tahona. Y no porque el hombre fuese inconveniente en modo alguno, pues no era más que arrogante, y buena razón tenía, con lo fino y señor que parecía.

–¿Nombre?

Hanna tardó en contestar.

–Hanna, Lovisa, Greta... Broman.

–¿Casada?

–Bueno, sí, pero mi marido ha muerto.

–O sea, viuda –dijo el otro, escribiendo–. ¿Fecha de nacimiento?

Hanna no contestó. Nunca había oído nada tan absurdo. El otro tuvo que repetir la pregunta.

–Pero vamos a ver, mujer, fecha y lugar de nacimiento.

Hanna sabía el año y la parroquia, pero nada más, y con esos datos la colocaron, le dieron un guardapolvo blanco y la mandaron a hacer coronas de harina de trigo. La cosa comenzó bien, y Hanna tenía buen aspecto, de modo que el capataz parecía contento.

También ella, al principio, se sentía a gusto allí. El gran taller de la tahona estaba caldeado, y había mucho parloteo femenino: todas empezaban a hablar en cuanto el capataz volvía la espalda. Había allí muchas mujeres, mujeres de campesinos y pueblerinas cuya forma de hablar era peor que la suya; algunas lo estaban pasando peor que ella, y con muchos niños pequeños.

Hanna no olvidó nunca el interrogatorio de la entrevista, y durante mucho tiempo lo repitió para sí todas las noches: ¿Nombre?, ¿casada?, ¿fecha de nacimiento? Era casi como si hubiese caído en la caldera infernal del Barranco del Lobo. ¿De qué le valía todo lo que había hecho ella en la vida, vamos a ver, si ahora resultaba que nadie sabía siquiera su nombre: Hanna hija de August, de Bråten, nieta del rico Erik el de la Casona, y mujer del molinero de Agua del Norte?

Menos mal que Hanna no era de las que se devanaban

eternamente los sesos por nada. Pero la sensación de haber perdido su apoyo vital la tuvo muy desconcertada y desanimada durante los años siguientes.

La tahona era grande como un palacio, pero estaba construida, a semejanza de una fortaleza, en torno a un gran patio. Sus cuatro lados tenían tres pisos de altura y estaban recubiertos de azulejos y adornados con figuras de piedra tallada. Tenía departamentos u hornos especiales para ciertos tipos de pan, como el que allí se llamaba *Delikatess*, o el pan de centeno, o el de semillas, y también panes más finos, y uno donde sólo se hacían panes dulces o muy finos, como el de Viena o las llamadas coronas de trigo.

Lo mejor de toda la tahona era la gran tienda que estaba en la esquina de la calle Alta del Húsar y la calle de Risas.

Había allí muchas cosas que Hanna tendría que ir entendiendo poco a poco, y a veces se decía que no iba a tener cabeza para tanta cosa nueva. Un día el capataz dijo a Hulda que mostrase a Hanna el molino que había en la punta del edificio. A su frente estaba un molinero, con una serie de mozos de molienda, y era allí donde se molía y se cribaba toda la harina para los distintos tipos de pan que producía la gran tahona.

–¿Y de dónde sacan la energía? –susurró Hanna.

Se enteró entonces de que había máquinas de vapor que funcionaban día y noche, y dínamos que transformaban la energía en corriente.

«Broman se habría muerto del susto si llega a ver esto», pensó Hanna.

Pero lo más notable de todo estaba en el segundo piso, y allí sí que Hanna se quedó sin habla, porque vio nada menos que una gran máquina de amasar tras otra, y entre todas hacían el trabajo de muchísimas mujeres.

Por todas partes había ascensores subiendo y bajando que la tenían en un susto constante.

Sus hijos no paraban de dar vueltas por la ciudad, y llenaban el vacío en que vivían a fuerza de aguardiente. Exactamente igual que su padre. Pero, a la larga, ésa no era forma de espantar el desasosiego.

Ragnar les encontró trabajo en la construcción, donde todo el mundo se reía de ellos por su modo de hablar y por sus suaves manecitas de hijos de molinero. Entonces ellos se iban del trabajo y se vigorizaban con una borrachera tras otra. La cosa llegó a ponerse muy mal, porque acabaron pasándose el día entero en la cama, y Ragnar tuvo que intervenir en serio, y decirles las cosas claras; ellos se mofaron de él, y las bonitas sillas de Värmland de Hanna fueron las que pagaron el pato, porque quedaron hechas astillas.

–¡Jamás habría pensado –les gritaba Ragnar– que estuvierais tan consentidos!, ¿es que no os da vergüenza?, ¡dejáis a mamá que se mate a trabajar, siendo, como sois, hombres hechos y derechos!

Ragnar los echó a la calle y se fue a sus cosas, dejando la puerta cerrada por fuera.

Jamás había estado Hanna tan asustada como aquella noche: sola y cerrada con llave en casa tratando de ordenar el campo de batalla. Ragnar se había llevado a Johanna a casa para que estuviera con Lisa, y le dijo a su madre:

–La niña se queda con nosotros hasta que yo consiga llamar al orden a tus malditos hijos.

Cuando volvió el domingo a última hora de la mañana, estaba más tranquilo:

–Bueno, vamos a ver, madre, ¿qué es lo que hay que hacer aquí?

–Pues mira, puedes empezar por dejarme salir, a ver si yo les encuentro.

–Si quieres dar con ellos tendrás que ir a la policía. Allí están todos. La policía se encarga de cazar a todos los borrachos que vagan por la ciudad.

–¡Dios mío! –gritó Hanna, pero enseguida movió la cabeza, porque de sobra sabía ella que Dios no era suyo.

Al fin se peinó, se puso el mejor vestido que tenía y el sombrero nuevo, y fue a la comisaría de la calle de la Avenida del Sur. Allí los encontró a todos, entre rejas. Para que les dejasen salir tuvieron que escribir sus nombres en un papel.

Y encima pagar multas.

–Y si vuelve a ocurrir, vais derechitos al correccional –les dijo el subcomisario al abrirles la puerta.

Ragnar contrató a John, que era el mayor y el más fuerte de todos, para que le ayudase en el camión.

–Mira –le dijo–, no podré darte un gran sueldo, pero te advierto que si le das al aguardiente trabajando te matarás.

Los otros dos se hicieron marineros.

–Allí sí que los meterán en cintura –comentó Ragnar.

Hanna no se atrevió a intervenir, pero se lamentaba en sueños, llena de inquietud por la suerte de sus hijos. Y esa inquietud le duró todo un año. Pero los chicos sobrevivieron. Cuando volvieron a casa eran más toscos y bastos, más pesadotes y más serios. Y encontraron trabajo fijo. Y se fueron casando. Y ya sólo bebían en días de fiesta.

La vida de Hanna era ahora solitaria. La niña estaba casi siempre con Lisa. Y ella apenas hablaba con John, que aún vivía en casa. Menos mal que le quedaba Hulda Andersson, y, hablando con ésta, le decía:

–Si no fuese por ti creo que me volvería loca.

Hanna nunca llegó a tener verdadera confianza con Lisa. Pero, así y todo, se le presentó una buena oportunidad de corresponder a las amabilidades de su nuera, que no era nuera de verdad, porque Ragnar seguía negándose a casarse.

Lisa quedó embarazada, y fue a ver a su suegra y se le quejó tan amargamente que ésta se comprometió a hablar con Ragnar. Nadie sabrá jamás lo que hablaron los dos durante la larga conversación que tuvieron en la cocina del apartamento, pero seguro que Hanna se hartó de hablar de hijos de puta y de lo espantoso que es condenar a un hijo a una vida de vergüenza.

Lo cierto es que consiguió lo que quería, porque al final de la conversación, Ragnar fue a ver a Lisa y le dijo:

–Bueno, venga, pues nos casamos. Pero me tendrás que aceptar como soy, y de sobra sabes que en cuestión de faldas, no soy nada de fiar.

Hanna lamentó mucho la suerte de sus sillas de Värmland pero puso en su lugar el sofá con ayuda de Hulda; en realidad allí no había sitio para él, pero las dos, contemplando su obra, se mostraron de acuerdo en que quedaba elegante.

Cuando volvieron sus hijos, cogieron la costumbre de echar su ropa de trabajo sucia en el sofá, que estaba tapizado de seda. Hanna se quejaba amargamente, y echaba la culpa a Johanna, que nunca arreglaba el cuarto después de irse los chicos. Johanna se fue sumiendo en un silencio cada vez más hondo, pero Hanna no parecía darse cuenta. Y tampoco se daba por enterada de que en su casa cada vez había menos reposo, más bien al contrario, constantes riñas y juergas alcohólicas casi todos los días de fiesta; lo que hacía, en realidad, era cerrar los ojos como si la cosa no fuera con ella.

El dolor de espalda iba en aumento, de los omoplatos espina dorsal abajo. Al principio pensó que acabaría pasando, pero oyó a casi todas las demás mujeres de la tahona quejarse de lo mismo que ella. Y fue agudizándosele con el paso de los años.

Una cosa saltaba a la vista: no había que decir una palabra de esto al capataz, porque inmediatamente ponía a la quejosa en la calle.

Lisa dio a luz a su hijo, y lo más raro de todo fue que Ragnar se puso tan contento al verlo que empezó a quedarse en casa todo el tiempo que tenía libre. Y, naturalmente, cada vez pasaba menos tiempo con su madre y sus hermanos.

Fueron pasando los años, como a hurtadillas, y hubo una

guerra mundial, y hubo escasez de comida. En Haga hubo también motines entre los hambrientos, y tuvieron que intervenir la policía y el ejército. La gente aullaba su odio contra la reina, que era alemana, acusándola de sacar comida de contrabando de Suecia para ayudar al loco del káiser. Hanna se aguantaba el dolor de espalda a fuerza de llanto y crujir de dientes, y daba gracias al destino por su trabajo en la tahona, donde, por lo menos, podía cobrar su sueldo en pan. Ni ella ni sus hijos pasaban hambre. A la zaga de la contienda, llegó la epidemia, y Hanna hubo de dar de nuevo gracias porque tan siniestra enfermedad no se cebó en nadie de su familia.

Johanna terminó la escuela y pudo echar una mano en la lucha por la subsistencia. Y en casa se estaba más tranquilo, porque los chicos ya se habían ido y, la verdad, ya era hora; y más cómodo y placentero. Pero Hanna y Johanna no acababan de encontrarse a gusto juntas. La chica era algo insolente y díscola, y poco simpática y cariñosa, al contrario que sus hermanos. Llamaba tonta e inculta a su madre, la corregía cada vez que no decía las cosas bien y le chillaba y se reía de sus supersticiones, prefiriendo siempre pensar por sí misma. Al principio, Hanna trató de defenderse con palabras, pero Johanna sabía muchas más palabras que ella y pensaba mucho más claro.

«La verdad –se decía Hanna–, es que esta niña siempre fue listísima.»

Pero cuando Johanna se empeñó en participar en la manifestación socialdemócrata del primero de mayo, Hanna se sintió avergonzadísima.

–¿Es que has perdido la cabeza? –le dijo.

–¡A vosotros lo que os pasa –le gritó la chica– es que no sabéis nada porque nunca habéis tenido nada!

El dolor de espalda se le agudizaba cada año que pasaba. Hanna comenzó a encorvarse y sus movimientos a hacerse lentos y pesados. Pero aguantó hasta que le llegó la edad de cobrar la jubilación, y ésa fue la primera vez en toda su vida en que pudo reposar de veras. Ella tenía sus propias ideas sobre la pensión de vejez que le llegaba puntualmente todos los meses. Por ejemplo, le dijo a Johanna que era una auténtica vergüenza cobrar un dinero que no se ha ganado honradamente. Claro que sólo se lo dijo una vez, pues tal fue la furia de la chica al oírlo que la pobre Hanna cogió miedo.

Johanna se casó. Hulda Andersson se murió.

Hanna acabó teniendo tantos nietos que a veces ni siquiera los distinguía. Sólo a la desdichada hija de Johanna la reconoció siempre. Era una niña de ojos grandes que miraban acusadoramente y parecían traspasar a la gente de parte a parte. Era fea, delgada y de pelo ralo, y bastante mal educada.

En los años cuarenta se edificó la casa de pensionistas de Kungsladugård, y Johanna procuró que se diese a su madre un apartamento de una habitación. A Hanna le parecía un verdadero paraíso, porque era un cuarto con bañera y retrete, agua caliente y calefacción central.

–¿Pero qué voy a hacer todo el tiempo, si ni siquiera tengo que molestarme en encender el fuego?

–Pues descansar, madre.

Hanna descansaba, eso desde luego, y, sin embargo, nunca se aburría. Sabía leer, pero tanto le costaba la ortografía que apenas se enteraba de lo que leía. Algunas veces ponía la radio, pero tanto los programas hablados como los musicales la ponían nerviosa.

Le gustaba ir al cine, al cinematógrafo, como decía ella. Sus hijos la llevaban todas las veces que tenían tiempo, y su hija con menos frecuencia. A Johanna no le gustaban los actores cómicos de moda, y, además, se avergonzaba de las risotadas de su madre. Lo peor era cuando los hombres besaban a las mujeres en escena, porque Hanna se tapaba los ojos y se ponía a gritar:

–¿Pero es que no os da vergüenza?

El público, al oírla, se reía de ella, y Johanna se extrañaba de que su madre no lo notase. Pero así era: no lo notaba.

Con el tiempo, Hanna fue engordando hasta ponerse casi deforme. Después de mucho luchar con ella, Johanna consiguió convencerla de que fuese al médico, quien explicó que se trataba de desarreglos estomacales fáciles de operar. Hanna se asustó mucho al oírle, porque el bisturí le daba tanto miedo como el hospital general. Después de esta visita al médico, Johanna tuvo que prometer a su madre que se la llevaría a su casa cuando le llegase la hora de la muerte.

–Pero no quiero dar la lata.

–No te preocupes, mamá, que todo irá bien.

Cuando August se suicidó, Hanna sintió tal pena que casi se murió; en un solo mes envejeció diez años.

La cabeza siguió funcionándole como un reloj hasta el mismísimo momento de su muerte, casi a los noventa años. Ragnar murió el mismo día, sólo que una semana más tarde, en una cacería de alces, en Halland.

O sea, de un disparo errado, igual que su padre.

Y entonces ya no quedó nadie que se acordase de Rickard Joelsson, Rickard *El Moreno*, ni de su muerte, un día en que unos campesinos de Trysils cazaban osos en los bosques de Dalsland.

Anna

Intermedio

Anna estaba en su cuarto de trabajo, con su grueso cuaderno de notas abierto sobre la mesa, ante sus ojos. En la tapa había escrito «Johanna», y en la primera hoja se leía:

> Planear la manera de comportarse con la madre de una, no rechazando lo que ella puede aportar, pero, al mismo tiempo, sin convertirse en su esclava.

Así, a primera vista, Anna pensó que aquello sonaba muy presuntuoso.

En la primera hoja del grueso cuaderno había algunas anotaciones inconexas. Y el resto estaba todavía en blanco, hoja tras hoja de papel sin escribir.

«Todavía no estoy en esto –se dijo Anna–, todavía no he llegado.»

En vista de ello, volvió al otro libro: gris, cien páginas, tamaño A-4, lleno de anotaciones sueltas, cartas, recortes de periódico. Y en la tapa se leía: «Hanna».

La abuela.

Anna había empezado su búsqueda en los registros parroquiales de Dalsland, porque era una verdadera aventura ver de qué manera la vieja familia se iba disgregando: unos en Noruega, otros en Göteborg, otros en América del Norte. Luego había recorrido las orillas del lago largo, tratando muy en serio de abrirse a los secretos de aquel paisaje, inabarcablemente bello.

Y, finalmente, en la ciudad, había ido de caza por bibliotecas y librerías de viejo. Había leído libros sobre la vida de aquellas generaciones. Había llorado por su abuela, que fue puta cuando aún era casi una niña. Había conseguido dar con la pista del adivino y su mujer, la bruja, en un viejo recorte de periódico, sorprendiéndose de que el paganismo hubiese durado tanto tiempo en aquellas lejanas comarcas fronterizas. Y había observado la historia económica de la comarca, esforzándose por comprender lo que decían los registros parroquiales: por ejemplo, que los cuatro hermanos mayores de su abuela murieron de hambre durante los años de escasez.

Topó con un montón de libros y documentos de las parroquias que bordeaban el lago, y en ellos leyó lo que habían escrito vetustos personajes sobre los domingos y los días de fiesta, y sobre una vida cotidiana que no se regía por el reloj, sino por las estaciones. También leyó historias de gente corriente, pero, con más frecuencia, de gente insólita y extraña, de esa gente que suele dejar fama póstuma en las comarcas rurales. Había una cierta paz clara y etérea en los recuerdos que tenían los viejos de los malos tiempos, y también una gran melancolía de los tiempos pasados sin remedio.

Anna estaba sentada junto a la gran ventana de su cuarto de trabajo, y veía, desde la altura de un décimo piso, cómo se abría a sus pies el mundo nuevo. Era otoño, y una luz gris empapaba el aire incoloro. De vez en cuando se distinguían pinos residuales entre las casas. Parecían árboles de juguete, tirados de cualquier manera por niños que se habían cansado de ellos en medio de sus juegos.

Desde allí se oía un gran estrépito, porque la carretera pasaba muy cerca de aquellas altas casas de pisos.

Hanna no se volvió persona de carne y hueso a ojos de Anna hasta que ésta dio con un cajón que estaba en el desván de la casa de sus padres. Allí estaba todo lo que había dejado su abuela al morir: papeles, inventarios, copias de testamentos, certificados de defunción y partidas de nacimiento. Y también paquetes de cartas amarillentas de parientes de América del Norte, de Noruega y de Göteborg.

La mayor parte de las cartas eran ingenuas y estaban llenas de cándida sinceridad, escritas con finos trazos. Ni una palabra se leía en ellas sobre injusticias, hambre o vergüenzas. Los que las habían escrito se mantenían siempre dentro de los límites impuestos por su mundo, el mundo en el que habían crecido, sin abandonarlo nunca, aun cuando hubiesen pasado sus últimos decenios afincados en Minnesota.

Anna entresacó algunas de aquellas cartas y las guardó entre las páginas de su libro de notas. Ahora sacó una de ellas, la volvió a leer y, por primera vez, se dijo que aquellas cartas eran, sin duda, verídicas en cierto modo: reflejaban una realidad en la que la amargura y la ingratitud no tenían carta de naturaleza, y, por consiguiente, no existían.

Las únicas que parecían distintas eran las de Astrid, la tía abuela que había vivido en Halden y en Oslo. Escritas con una letra grande y serpenteante, llenas de ocurrencias, reflexiones y cotilleos. Eran una verdadera mina de oro, un auténtico testimonio personal. De sobra sabía Anna que Astrid no era una testigo realmente verídica, pero era una verdadera artista, y tenía esa perspicacia, esa veracidad propia del artista, del escritor nato, la veracidad que necesitaba Anna para sus propósitos.

¿Habría leído su madre las cartas de Hanna cuando heredó aquellos restos de una vida? Anna pensaba que no.

«A mi madre le molestaba la familia –se dijo Anna–, como a mí.»

Que Ragnar, su tío materno, había tenido otro padre era cosa que Anna siempre supo. Y los registros parroquiales forzaban esto con su estilo directo y rudo: «Hijo de Padre Desconocido». Sus investigaciones en el trasfondo familiar y en la vida sueca de esas épocas le habían enseñado lo que realmente significaba ser ilegítimo, y también el sentido preciso de palabras como «madre» y «puta».

Hanna tenía trece años cuando dio a luz. Y cuando Anna descubrió esto se echó a llorar, y no sólo de pena, sino también de ira.

«Tuviste fuerza –se dijo–. Como decía mi madre.»

Anna recordaba muchas cosas del tío Ragnar. Pensaba en él como en un auténtico rey de leyenda, bello y fuerte, incluso en su vejez, y exótico, y espléndido. Recordaba su sonrisa, que siempre comenzaba con un rápido destello en los ojos negros, y seguía rostro abajo, arrugándoselo entero camino de la boca, bajo el bigote grande y bien recortado.

–Ragnar es capaz de derretir las piedras –solía decir su madre.

–Bueno, te refieres al corazón de las mujeres –la corregía su padre.

El fantástico tío materno de Anna llegaba de vez en cuando, y siempre por sorpresa, en su camión, que era tan abrumador como él mismo.

–Y ahora, hermanita, tienes que aplaudirme.

Anna recordaba la gran risotada que conmovía la casa entera, aterradora y encantadora al mismo tiempo. Y recordaba también cómo olía su tío materno: a sudor, a tabaco, a cerveza.

Y a dinero, a tibias monedas de plata. Anna solía sentarse en las rodillas de Ragnar, éste siempre se las arreglaba, de la forma que fuese, para ponerle a hurtadillas una corona en la mano o en el bolsillo a la niña; por ejemplo, aprovechando que su madre miraba para otro sitio. El tío Ragnar le guiñaba entonces a Anna el ojo izquierdo en señal de que los dos, él y la niña, tenían un secreto en común.

Era algo grandioso el tío Ragnar.

Y, como si todo esto fuese poco, sabía mover las orejas.

Anna consiguió averiguar quién era el padre desconocido de Ragnar gracias a una carta de Norteamérica, que decía lo siguiente:

> Hemos oído que Rickard Joelsson, el de Villa Felicidad, murió de un disparo errado. De modo que, al final, recibió el castigo merecido, el salvaje ese que violó a Hanna.

Anna, al leer esto, puso un signo de interrogación junto al nombre, porque el padre de su propio hijo también se llamaba Rickard. Y no era un malhechor, como había sido aquel Joelsson, aunque tuviese la misma desdichada tendencia a caer víctima de su propio atractivo.

Anna suspiró.

Luego buscó el sobre donde guardaba las fotografías que había sustraído del álbum de su casa. Y allí estaba Ragnar, como su padre Rickard, pero completamente distinto de los demás de la familia. A lo mejor Lovisa se había dado el gustazo de tener amoríos salvajes con algún chico gitano; quizá se dejó vencer por la lujuria en alguna choza abandonada en pleno bosque.

De pronto se le ocurrió pensar que había cierto parecido entre su propio marido y el violador de Dalsland. Los dos eran hijos de madres ofendidas y rencorosas, madres de ésas que fuerzan a sus hijos a compartir sus amarguras y sus frustraciones. Esto les solía dar resultado con las hijas, que llegaban a identificarse con los agravios de sus madres, transmitiendo sus rencores femeninos a través de las generaciones. Pero con los hijos era distinto. Los hijos se negaban a participar en ese juego. Y se hacían hombres en una continua fuga de todo cuanto sonase a sensiblero y laborioso.

Signe, la de Johanneberg, era más sofisticada y mucho más ladina que Lovisa, la de Villa Felicidad. Su marido no había encontrado motivo suficiente para asesinarla, y en vista de ello, optó por morir joven. Pero es posible que Rickard Hård, en su apartamento de casa de muñecas de Johanneberg, no lo pasara mejor que Rickard Joelsson en su casona, Villa Felicidad.

El reloj dio las doce.

«Ahora dan de comer a mamá.»

Sacó la leche de la nevera y desmigó en ella una rebanada de pan de centeno. Mientras, sus pensamientos giraban en torno a Rickard, como si su recuerdo hubiese abierto en ella una vieja herida muy terca en cicatrizar.

Pensó en la época anterior a su divorcio, los peores años, cuando se echaba a llorar en cuanto se encontraba sola. Al principio no tomaba en serio aquellas lágrimas, sino como simple caso de autocompasión. Después de todo, eran lágrimas que derramaba estando despierta. Sólo cuando empezó a llorar también dormida se asustó de veras, y fue a ver a un psiquiatra. Un psiquiatra de moda. Y éste le dijo lo siguiente:

–Usted es una de esas mujeres modernas que castran a sus hombres.

Ella, entonces, se levantó sin más y se fue.

Hizo mal. Fue él quien tuvo la última palabra. Anna se vio forzada a contraatacar durante años.

Anna puso el plato en el lavavajillas y volvió llena de decisión a sus notas sobre Hanna. Las diferencias entre ella y su abuela eran justo las que había pensado. Hanna aceptaba, Anna rechazaba. Hanna era espontánea, Anna buscaba expresión. Hanna encajaba bien en su mundo obtuso e injusto; Anna, por el contrario, sólo se encontraba a gusto en el breve instante que podía compartir con un árbol, diciéndole: «Tú y yo nos conocemos de algo».

Y tampoco se parecían las dos físicamente tanto como

Anna había pensado. Hanna había sido, al parecer, más atezada y más dura de mollera.

Volvió a coger el hilo: la descripción de la violación.

«¡A los doce años!, ¡la verdad, increíble! ¿Cuántos años tenía yo cuando caí en manos de Donald, el estudiante norteamericano de intercambio que había venido a Suecia por los rumores de libertinaje sexual sueco? Pues debía de tener diecinueve cumplidos, porque fue mi primer año de universidad. Y no puede decirse que aquello fuese una violación, aunque la verdad es que sí lo fue: una violación mutua, si es que tal cosa existe.»

Llevaba muchos años sin pensar en Donald. Y eso que su relación con él había sido larga. Y dura, porque ambos tenían excepcionales posibilidades de herirse mutuamente en sus sentimientos más hondos, a pesar de que ni se entendían ni se conocían. Verdaderamente su relación había sido de lo más raro, algo así, casi, como una afinidad, un parentesco.

«Y, naturalmente, me quedé embarazada, abuela. Igual que tú. Y aborté, claro, porque eso era fácil de preparar en la universidad por aquellos tiempos. Y sin aprensiones o escrúpulos, de eso nada. Mi único miedo era mi madre, ¡que no se enterase! Pero, bueno, yo estaba entonces en Lund, y ella en Göteborg, de modo que no tuvo la menor idea de lo que estaba pasando.

»Yo, naturalmente, pensé entonces que había sido el amor lo que me arrojó a los brazos de Donald. Mi generación estaba obsesionada por el anhelo de la *grande passion*.

»Tú, Hanna, no habrías entendido nada sobre un amor de este tipo. En tu tiempo el amor no había descendido aún de la clase alta a las profundidades campesinas en que tú vivías.

Había, eso sí, influencias románticas, trágicas historias de amor que se contaban sobre las comarcas campesinas. Pero no tenían nada que ver con las auténticas condiciones de la vida, sino que eran como cancioncillas sensibleras. Si Hanna las escuchaba alguna vez, pensaría, sin duda, que los tenientes de caballería eran todos unos fatuos, y las bailarinas en la cuerda floja unas alocadas. Y algunas de esas canciones la emocionarían, sin duda, mucho; como aquella que decía:

«He matado a un niño por ti...»

«¡Por Dios bendito!, ¡pero qué memeces!, ¿por qué no decapitarían de una vez al animal que había hecho una cosa así?»

En los años veinte, el gran amor llegó a imponerse incluso entre la gente más sencilla. Johanna pensaba que lo que los jóvenes querían por encima de todo era lo que ella llamaba completamente en serio «encontrar a su otra mitad». Y que esa otra mitad, en su caso concreto, hubiese resultado ser copia exacta del padre muerto, que apenas había conocido, sólo servía para reforzar el mito, pero sin por ello hacer su vida menos complicada.

Y, sin embargo, Johanna no era romántica, y, por consiguiente, tampoco tan exigente como lo iba a ser la generación femenina que siguió a la suya.

Para Anna y las chicas de su edad, el amor era un hecho innegable, del que no valía la pena discutir. ¡Ay de la desgraciada que no sucumbiese a él! Y a esto había que añadir un dato más: la sexualidad total. Enamoramiento vitalicio y orgasmos constantes.

Pero ahora esos sueños estallaban como pompas de jabón. Y los cambios, naturalmente, llevan su tiempo. Cuando la gente no consigue amor no alcanza la abrumadora voluptuosidad de hacerlo durar la vida entera, piensa que es culpa suya. Sólo ahora, cuando casi todos los matrimonios terminan en divorcio, se comienza a dar cuenta la gente de que el enamoramiento raras veces se convierte en amor, y que ni siquiera el amor basta para liberar al ser humano de la soledad. Y también que el goce sexual no es suficiente para llenar de sentido toda una vida.

–¡Dios mío, pero qué solemne idiotez! –dijo Anna.

Y, al cabo de un rato, añadió:

–Bueno, sí, pero...

Casi soltó un juramento cuando se dio cuenta de adónde se dirigía. A la Puerta del Barranco, que era a donde iban, por empinado que fuese el camino, todos los días que tenían libres en aquel cálido verano de fines de los años cincuenta. Se husmeaban, se tocaban, se mordían, se lamían, reían. Ante ellos se extendía el mar, con sus gaviotas pescadoras y sus largas dunas arenosas, y, a sus espaldas, el embrujador paisaje del lago, con sus gorjeos de pajarillos que salían del tupido bosque que bajaba en empinada cuesta hacia el agua profunda. Y él olía, gustaba, reía. La alegría, la alegría de él, en el cuerpo de ella. Y la devoción de él y el agradecimiento de ella; y la devoción de ella.

Él decía que venía del mar, y ella le creía. Captaba en su andar el vaivén de las olas en las mañanas claras con una corona de algas en el pelo y el tridente de madera perezosamente echado al hombro. Y ella, proseguía él, llegaba del bosque, y había sido delicadamente moldeada por el viento y la lluvia, y era ligera como la neblina que surge del mar. Un río que se había escondido en el bosque durante millones de años, y había olvidado el lenguaje de los ríos y tratado, con toda seriedad, de aprender el de las personas, añadía él; y remataba su perorata, declarando que consideraba que su misión consistía en darle sustancia, en transformarla en una auténtica mujer terrestre.

–Y la mía –saltó ella– será sujetar bien al dios marino, para que no se lo lleve la primera ola.

Y rompió a reír al decir esto, pero a él, por el contrario, se le ensombreció la mirada, entrecerró los ojos y juntó las manos.

–¿Qué haces? –le preguntó ella.

–Pido fuerza para no hacerte daño.

Por curioso que parezca, a ella no se le ocurrió preguntarle si era creyente, y es que el momento parecía demasiado grandioso para preguntas así.

Y tampoco tuvo la sensatez de sentirse inquieta.

La relación de Hanna con el espejo causó profunda impresión en Anna, que siempre había tomado con complicada seriedad la cuestión de su propio aspecto. Y ahora se preguntaba cuándo habría empezado a ser así. Y cómo. Y por qué. ¿Quién era el que, con sus palabras, o con sus miradas, había inducido en ella esa sensación vital, y vitalicia, de que era gorda, vacuna, casi deforme?

Johanna era bella, pero tenía el mismo problema. Anna, que solía sacar películas de sus hijas cuando eran pequeñas, tenía secuencias en las que su madre se hacía a un lado, o se tapaba la cara con las manos, cuando ella la enfocaba con la cámara.

A su hija, entonces quinceañera y delgada, Johanna le decía:

–Eres monísima, hija. Aparte de que la verdad es que da igual ser guapa o fea.

Actitud huidiza, mensaje ambiguo.

Siendo Anna pequeña, se hablaba todavía mucho de a quién de la familia se parecían los niños. En torno a Anna no pudo haber la menor discusión de este tipo, porque era igual que su abuelo materno. La niña aborrecía a la vieja arrugada, de rasgos cortantes y ojos azul claro acuoso. Y cuya figura tenía algo de nefasto y, al mismo tiempo, grandioso.

Johanna tenía miedo de su suegra.

Todos decían que la abuela paterna había sido una auténtica belleza. Esto Anna no acababa de captarlo, y no lo captó hasta después de que la vieja muriese y empezasen a salir a la luz antiguas fotos de cuando era joven. Sólo entonces pudo comprobar Anna que tenían razón, porque era cierto. Y había entre ellas una cierta semejanza.

Pero ya era demasiado tarde, y la idea que se hacía la chica fea de su propio aspecto estaba anclada para siempre en su consciencia.

Evidentemente Rickard Hård, con su agresivo enamoramiento, la había hecho creer, y creer de veras, que ella era como un río. Y lo consiguió casi desde el primer momento en que se conocieron, y tan milagrosamente como si la hubiese tocado con una varita mágica.

Aunque no la tocó con una varita mágica, sino con un cortante silbido.

Anna solía pasar los veranos en casa de su madre; en Lund, donde trabajaba, no se encontraba a gusto. Su empleo de correctora de pruebas de un periódico local era muy duro.

Al rememorar esto, Anna entrecierra los ojos, vuelve a ver aquellas amplias y descuidadas estancias del periódico, oye a los impresores entre chasquidos y crujidos, y siente de nuevo el olor a papel, a polvo, a tinta de imprenta y a humo de tabaco. Ya desde el primer día le ve a él en el vano de la puerta: es uno de los reporteros jóvenes, el más serio y correcto, el más estirado de todos. Silba de alegría como un chicuelo en la calle, se pone serio, dice:

–¿Qué eres tú, una mujer o un sueño?

–Yo creo que una mujer –dice ella, echándose a reír.

¿Qué aspecto tenía? Bueno, era alto, atezado, de rostro sensible y lleno de vida, con ojos grises cambiantes. Anna busca de nuevo la foto de Ragnar, el tío materno, y se dice que a lo mejor hasta se parecían físicamente. Por lo menos en la sonrisa, y en las maneras. Piensa en Astrid, que solía llamar a Ragnar niño divino. A lo mejor todavía nacen dioses en la tierra, después de todo; dioses llenos de vida y calor, de encanto y ligereza. Sensoriales y tan poco de fiar como el mismísimo Pan.

Sea ello lo que fuere, lo cierto es que el joven dios de aquella redacción desordenada y caótica se enamoró de ella instantánea, fulminantemente. Por supuesto que eso a ella la halagó hasta tal punto que enseguida cedió a sus instancias y entonces dio gracias en su fuero interno al norteamericano por lo que la había enseñado a hacer en la cama. Todo fue rápido, demasiado rápido. Y de pronto apareció Rickard en la cocina de Johanna, derrochando calor, risa y enloquecidas historietas.

Cuando se fue después de su primera visita a su casa, su padre dijo que Rickard era lo que se llama un hombre. Y su madre asintió, una y otra vez, desde la pila, donde estaba lavando los platos. Y así fue como Anna se enteró de que había encontrado a su otra mitad.

Johanna nunca cambió de opinión. Pero Anna sólo tardó un mes en empezar a tener dudas:

–Mamá, todo el mundo dice que es un mujeriego tremendo.

–Anna, lo siento de veras, pero no sé por qué me parece que tú de ésta no te escapas.

Y ahora, en su cuarto de trabajo de Estocolmo, Anna recuerda y anota, y se siente muy desconcertada.

«Deberías haberme aconsejado salir volando, escapar rauda como el rayo –piensa–, escapar, como fuese, de ese hombre.»

Acaba echándose a reír. Y luego la cabeza se le queda como vacía, pero de sorpresa, y es que ahora está pensando en lo que hubiera hecho Hanna en un caso así:

El destino, fue el destino.

Anna se pone a reflexionar largamente sobre su tía Lisa, la mujer de Ragnar, que se había encontrado a sí misma y estaba satisfecha por ello. Fue una de las primeras mujeres independientes: dueña de una tienda, y con su propio dinero.

Pero cansadísima; siempre cansadísima.

El recuerdo de su propia abuela materna la indujo a pensar en la de Rickard, una mujer tierna, engañosamente vieja, transparente y clara. Anna sólo la había visto una vez, en una residencia donde estaba esperando la muerte, como ella misma decía.

Y esto fue lo que le dijo a Anna:

–Espero que seas buena y transigente. Las mujeres duras pueden hacer monstruos de sus hijos.

–¿Y por qué?

–No lo sé. A lo mejor es cosa de la familia. En fin..., su madre, por ejemplo, era así. A veces los chicos tienen que volverse como pedernales para sobrevivir. Y ya sabes cómo es el pedernal: duro sí que es, pero también frágil.

Luego se quedó dormida, con esa rapidez propia de los viejos. Y catorce días después murió.

«Qué raro, haberla olvidado, y no sólo a ella, sino también lo que me dijo. Qué fácilmente lo olvidé. Y lo cierto es que, al final, también yo me hice dura.»

–Eres de piedra –le había dicho él una vez que riñeron–, por eso sales tan bien de todo.

Y a ella, al oír esto, no se le ocurrió qué contestar. Lo único que supo hacer fue gritarle:

–¡Y tú lo que eres es un falso, un estafador!

«Las cuatro ya –pensó Anna–, ahora estarán acostando a madre.»

«¡Por dios, mamá, cuánto te debo…!

»Por ejemplo, cuando aparece de pronto una vieja sábana con un bonito monograma bordado: A.H., en delicada y ornamentada letra. O como esas toallas que tú misma cosías. Descubriste un tipo verdaderamente fantástico de *frotté*, tú misma solías decirlo. Tan estupendo era que todavía te duran, y ninguna otra toalla seca tan bien ni tiene una aspereza tan agradable sobre la piel.

»Tú misma cosiste "mi ajuar", y yo me reía de ti, porque pensaba que esas cosas podían comprarse cuando hiciesen falta. Pero tú no te consideraste rechazada y desdeñada, únicamente algo así como vagamente triste.

»Tu espejo, tú misma me lo trajiste, orgullosa y contenta. Un espejo, dijiste, para mi recibidor. Yo acababa de quedarme sola, tenía lo que pasaba por buen gusto al principio de los años sesenta. ¡Y cómo deseé en mi fuero interno que no te percatases de la decepción que sentí cuando fuimos las dos al recibidor a ver el espejo de marco dorado y como de encaje! Ahora está en casa de mis hijos, que pertenecen a una generación amante de los ricitos.

«Enseguida tendré que llamar a papá.»

Hanna conservó durante toda la vida su fe en lo que se consideraba tradicionalmente como sacrosanto, y abrigaba un hondo recelo hacia cuanto fuese distinto, desconocido, nuevo. Despreciaba a los curiosos impertinentes que andaban al acecho por un mundo donde todo estaba pesado, medido y contado. Un pensamiento insólito, cualquier idea nueva, un anhelo indefinible..., todo eso ponía en peligro la base misma de la existencia.

A Anna la irritó aquella figura terca en cuanto comenzó a emerger de sus anotaciones.

«¡Qué pobretona de espíritu era! –se decía–, ¡qué limitada!»

Se puso a pensar que Hanna era, en el fondo, como la mayor parte de la gente actual.

«Cuando nuestras ideas esenciales se ven en peligro ante la aparición de datos nuevos, es raro que el sentido común salga vencedor en nuestras mentes: "Mira, yo sé lo que pienso, de modo que no me vengas con ideas nuevas".»

Así era como ella misma pensaba, eliminando automáticamente cualquier dato que no estuviese en armonía con su propia escala de valores, y aceptando, por el contrario, con ciega, infalible pericia la información que encajase con sus ideas y justificase sus actos.

O sea, igual que Hanna en su tiempo.

Hoy en día lo único distinto eran las verdades: más firmes, más apuntaladas con pruebas, más defendidas por la ciencia.

Anna era una mujer consciente, como se decía entonces. Dedicaba mucha atención, por ejemplo, a la investigación de las injusticias que se cometían contra las mujeres. Cosas que infundían amargura, sensación que se lee en tantos rostros de mujer y se capta incluso en su forma de reír.

–Quiero creer en un mundo justo –dijo Anna, en voz alta, a la fotografía de Hanna que estaba sobre su mesa de trabajo, defendida por el cristal y encuadrada en su marco–. Tengo necesidad de justicia, ¡a ver si me entiendes de una vez! Es preciso que en el mundo lo bueno reciba recompensa y lo malo castigo. Así, todo cobrará sentido.

»¡Pero, Dios santo, qué estupidez!

»Mucho más estúpido que tu fe en un dios injusto. Y mucho más cruel. Es, precisamente, la fe en la justicia lo que nos induce a hacer que la víctima participe en la culpa. En un mundo justo, las niñas no serían violadas.

»¡Y, sin embargo, abuela, sin embargo…!, ¡escúchame!

»Todos pensábamos que la nueva sociedad se iba a edificar sobre la base de lo bueno. Y tú misma te beneficiaste de ella, pues tuviste tu pensión, y agua caliente, y tu buen cuarto de baño.

»¿Dignidad humana?

«A mí siempre me ha sorprendido mucho la compasión de las mujeres, porque me pregunto de qué servirá. Hay una palabra mejor para designarla: empatía. ¿Será preciso creer a los psicólogos, que hacen depender la capacidad empática del individuo de la cantidad de amor que cada uno recibió de niño, y de la medida en que se sintió considerado y respetado? Pero hay que tener en cuenta que es frecuente que los niños reciban más cariño que las niñas, y que cuando son mayores tiendan a preocuparse menos por las angustias y los dolores ajenos. ¿O no es así?

»Mamá sentía una piedad infinita por los débiles, los enfermos y los ofendidos y desafortunados. Esto podría deberse a que había sido muy mimada, más de lo corriente incluso para una niña nacida a principios de siglo.

Y, de pronto, una nueva idea, nuevas anotaciones:

«¿Sería acaso el amor de su padre lo que hizo que a Johanna se le ocurriese pensar que tenía algo que reivindicar? Durante toda su vida se había interesado por la política, y fueron ella y su generación quienes construyeron el estado del bienestar, basándose en la convicción de que la justicia era posible. Pero educaron a una generación de mujeres y hombres decepcionados, mal equipados para la tristeza y el dolor, y sin armas con las que defenderse de la muerte.»

Anna volvió a mirar la fotografía de Hanna.

«Tú te alegraste mucho de la muerte de Rickard Joelsson. Yo lloré cuando me separé de Rickard Hård. Tú te abriste al placer y quedaste embarazada, yo acababa de tener una hija cuando me enteré de que mi marido había tenido una relación de medio año con una colega suya. Lloré ríos de lágrimas sobre la cuna de mi hija. Mis amigos me decían que así era mejor. Pero, no, ni hablar, no lo fue, ni para mí ni para mi hija.

»Tú nunca lloraste, hasta que murió el abuelo.

Anna buscó la hoja donde estaba la descripción de Hanna y su pañolón. Era una descripción de la que Anna no había sacado mucho en limpio. Y sabía por qué: porque había sentido en su propia piel la misma vergüenza que Hanna.

Y recordaba perfectamente cada segundo:

Una fiesta en Lidingö, gente de la prensa. Lluvia. Ella, embarazada de ocho meses y envuelta en metros y metros de *lamé* de plata. Blanco, rígido, impropio. Rickard desapareció en cuanto se levantaron todos de la mesa, y se fue a uno de los dormitorios del piso de arriba con su vecina de mesa, que era una chica de aire tártaro. Y no reaparecieron. La gente evitaba mirar a Anna. Era como si no estuviera allí, y allí sólo se palpaba la vergüenza. Ya ni recordaba cómo se las había arreglado para volver sola a casa, únicamente que las calles estaban resbaladizas, y que un taxi apareció de pronto ante sus ojos y la llevó el resto del camino.

Al día siguiente Rickard quería hablar del incidente.

Ella ni siquiera lo escuchó.

Rickard quería hablar de su «desliz», como insistía en llamarlo. Y estaba seguro de que Anna le comprendería.

Pero Anna no lo escuchó. No era capaz de comprender. Él quería que lo perdonase, pero ella se sentía incapaz de perdonar.

No volvieron a hablar hasta bastantes años después del divorcio. Era un mal día, y un momento muy inconveniente, porque Rickard salía de viaje al cabo de una hora con destino a Roma, donde iba a asistir a una conferencia sobre cuestiones medioambientales. Tenían que intentar vivir juntos de nuevo. Por sus hijas, si no por otra cosa.

–¡Pero si vives en la misma casa que nosotras! –le respondió ella–. Nuestras hijas lo pasan así mejor que los niños que crecen en casas donde sus padres no hacen más que reñir.

–Sí, sí, tú siempre tienes razón –insistió él–. Eso es lo que te hace tan irritante, y me pone frenético. Lo endiabladamente práctica que eres. Pero sin ti yo no sé vivir. ¿Qué quieres?, ¿que me ponga de rodillas?

Rickard no notó que Anna estaba llorando.

–Lo que tú nunca comprendiste es que mis ridículas aventuras de faldas no eran más que una forma de llegar a ti. Pero ni así lo conseguí. Te tenían sin cuidado mis infidelidades. –Furioso, prosiguió–: Las mujeres como tú me dan la sensación de que estoy siendo escrutado de parte a parte. Por eso me da miedo acercarme a tu campo de energía. Y no es inteligencia, no, es algo mucho peor.

«La clase de mujer que castra a su hombre.»

Anna, de pronto, cobró fuerzas para contestar:

–¿Pero por qué es tan peligroso sentirse escrutado de parte a parte, y tan importante estar siempre por encima, vamos a ver?

–Pues no lo sé.

Fue entonces cuando a ella se le ocurrió que Rickard era víctima de su propio machismo, sin ser, al tiempo, tan tonto como para no darse cuenta de ello.

«Al contrario quc papá.»

–Anna. Se acabaron todas esas tonterías de faldas. Te doy mi palabra.

Y ella, entonces, gritó:

–¡Pero eres idiota! ¡Tu infidelidad me quitó la vida, me quitó todo cuanto yo era!, ¡mi confianza, mi inocencia! ¡Me mató!, ¿te enteras? ¡Y lo que queda de mí no es más que una arpía, justo lo que tanto miedo te da!

Se dio cuenta de que la comprendía.

–¡Dios mío! ¡Dios mío! –dijo Rickard. Y, finalmente, con voz casi inaudible–: ¿Por qué no me dijiste nunca eso hasta ahora?

Ella lloraba, incapaz de responder. Y él, entonces, gritó de pronto, furioso:

–¡Fuiste tú misma quien me forzó a tratarte mal! ¡Y eso me hizo odiarme a mí mismo! ¡Te contentabas con mirar como si tal cosa mientras yo perdía lo que más quería en este mundo, y entonces me pareció que eso no tenía ninguna importancia para ti!

–¡No es verdad!, ¡no es verdad! –gritó ella.

Y entonces Rickard no pudo menos de darse cuenta de que estaba llorando.

–¡Lloras!, ¡es la primera vez que te veo llorar!

Anna se echó a reír, y su risa era tan hiriente que ella misma se asustó.

–¡Pero qué simpático eres! –dijo.

No podía contener su siniestra risa. Y cuando, finalmente, dejó de reír, él dijo:

–No quería darme cuenta de lo mal que estabas, si llego a darme cuenta me habría vuelto loco. Me sentía orgulloso de ti, y es posible incluso que te prefiriese así. Y luego me causó tremenda impresión verte tan fuerte.

–Pues no lo era, en absoluto. Fui yo quien estuvo a punto de volverse loca.

El claxon del taxi sonó en la calle, y Rickard tuvo que irse.

Naturalmente, Anna sabía muy bien que acabaría acogiéndole de nuevo. Su soledad, no ella, había tomado ya esa decisión. ¿Y también, quizás, el hambre que sentía del cuerpo de Rickard en el suyo?

Anna miró el reloj: eran más de las cinco.

«¡Tengo que llamar a papá!»

Así pasaba todos los días. Reproches:

–¡Vaya, menos mal que te acuerdas de tu viejo padre!

–Te llamé ayer. ¿Qué tal está mamá hoy?

–Ah, pues muy bien. Y, por cierto, conseguí que comiese. La animé, comiendo yo mismo una cucharada de carne rellena y otra de compota. Ya sabes, es como una niña, siempre quiere el postre primero.

–Eres estupendo, papá.

–¿Cuándo vas a venir a verme?

–Vine a verte la semana pasada, ¿es que se te ha olvidado?

–Ya sabes, a mí las cosas se me olvidan con facilidad.

–Mañana te llamaré, como siempre.

Bueno, liquidado, y menos mal que esta vez la cosa había ido bien. ¿Por qué diablos era tan difícil una simple conversación que tenía que hacer a diario?

«Ojalá estuvieseis muertos los dos...»

Unos días después de la riña que había tenido con Rickard, encontró Anna en un libro una frase que le causó honda impresión: «El amor de un hombre libre es siempre seguro».

«Pues, sí –pensó Anna–, esto sí que es verdad.»

Tan impresionada quedó con estas palabras, que compró una tarjeta postal, las copió y se las mandó a su hotel de Roma.

Y a vuelta de correo llegó la respuesta. Anna se dijo que tenia que releerla. Se puso a buscar por sus cajones, hasta dar con la llave de su estuche secreto. Lo abrió, encontró el sobre con sello italiano, sacó la carta, la releyó.

Nunca quisiste escucharme. Pero, en cambio, te resulta difícil pasar por alto lo escrito, por eso voy a hacer ahora la prueba una vez más con una carta.

Eres ingenua. Un hombre libre es uno sobre quien nadie tiene poder. No necesita vengarse. Mis mujeres eran como yo, también ellas buscaban venganza. Ésa era, por lo menos, la base de la que yo partía. La primera: Sonia, la de la fiesta de Lidingö, por ejemplo: de ésa sí que me sentía seguro, porque su amante estaba entre los invitados. Era un tipo repulsivo, no sabía comportarse, yo lo conocía desde hacía mucho tiempo.

No cabe la menor duda de a quién quería yo humillar, de quién quería yo vengarme. De ti. Bueno, nosotros, o sea: tú y yo, sufríamos de la misma catastrófica clase de locura, porque queríamos hacer ver lo que era el amor: no hay poder, sino deseo, en el choque entre un macho y una hembra que son arbitrarios e imprevisibles. Es perverso. Pero la perversión no reduce el deseo, y pienso que hasta tú puedes comprender esto. Pero lo que pasa, por el contrario, es que lo que tú no comprendes es el calor que generan dos personas que coinciden en una mala acción cuyo objetivo es hacer daño.

Lo mismo pasó con todas mis mujeres. Aunque la verdad es que con Lilian me equivoqué. Se había enamorado de mí y no supe tratarla. Desde mi punto de vista, lo que ocurrió fue que no hubo acuerdo entre nosotros.

Por eso me costó tanto quitármela de encima. Tú estabas embarazada de Malin, más parecida a una diosa que nunca, y Dios sabe lo repulsivo que estuve.

Y, con esto, llegamos a la cuestión clave: ¿por qué tenía yo que vengarme de ti? Eres sincera, leal, encantadora, o sea, justo todo lo que yo mismo había soñado.

Cuando te conocí yo no sabía nada del amor. De haber entendido la situación, habría echado a correr. Porque no sentía ningún deseo de amor, de esa devoradora sumisión que convierte al hombre en un esclavo. La respuesta del «hombre libre» es, a fin de cuentas, que tú tenías poder absoluto sobre mí. Y, si estabas de mal humor a la hora del desayuno, mi día se volvía un infierno. Y cuando estabas contenta, lo contrario: me embriagaba de victoria. Si alguna vez te enfadabas y me acusabas de lo que fuese, pues muy bien, era que me lo merecía. Y todavía me asusta el poder que tienes sobre mí. Lo malo, a pesar de todo, es que no puedo vivir sin ti. Mi inferioridad no tiene fin, soy yo el que ha fornicado, mentido y engañado. Y, sin embargo, me atrevo a pensar que todo podría haber sido distinto con sólo que tú te hubieras esforzado alguna vez por escucharme. Eres una persona muy orgullosa, has sido educada para eso, de modo que no me quejo. ¿Es que escucharme estaba por debajo de tu dignidad?, ¿o qué?

La carta no estaba firmada, y Anna se preguntó por qué sería.

Pero sonrió recordando su telegrama, cómo había escrito su telegrama, letra a letra, y todo con mayúsculas:

NOS VEMOS EN PENTECOSTÉS,
EN LA PUNTA DEL BARRANCO.

Luego pensó lo mismo que había pensado al recibir la carta: que Rickard pedía atención, pero atención en abundancia. Para conservar su poder sobre la vida, necesitaba la potestad de elegir y destruir, de coger y tirar. Ésta era su debilidad, su verdadero talón de Aquiles.

Y ese talón, exactamente como él mismo había escrito, era incompatible con el amor, con la dependencia que conlleva una relación que ha durado la vida entera.

Anna recordó a su hija María a los quince años, lo difícil que era. Se emocionaba recordándola. En particular, una riña que tuvo María con su padre por causa de Sandra, una amiga del colegio con quien Rickard había flirteado. María estaba roja de vergüenza, sombría, y gritaba, acusadora, a su propio padre:

–¡Eres un asco, mujeriego indecente, lo que quieres es demostrarte a ti mismo que eres irresistible!, ¡hay otros como tú en el colegio, pero las chicas a quienes quieren conquistar se ríen de ellos!, ¡nunca he podido comprender cómo te aguanta mamá!

María no se había casado. Ni Malin tampoco. Vivían como siempre han vivido los hombres: enamorándose de vez en cuando, relaciones de corta duración. Pero sus dos hijas eran justo lo que ella quería: personas libres, que habían evitado el eterno triángulo infernal: papá, mamá, niños.

Anna se había dado cuenta desde el principio de que Rickard se sentía inseguro. ¿Una madre dominante, totalitaria, quizás? ¿Un padre débil? Pero lo que a ella le ocurría cuando era joven era que no quería comprender. La comprensión permanente es un gran peligro para uno mismo, la vida de su madre le había enseñado eso. Johanna era una de esas personas que siempre lo comprendía todo, y, por esa misma razón, tenían que soportar mucho.

De pronto, Anna recuerda otra riña, ocurrida mucho más tarde. Este recuerdo corta como un cuchillo. Anna ve el sol del atardecer que entra por el ventanal del cuarto de estar de la calle de Mink, el polvo que revolotea en los rayos. Rickard había cogido la costumbre de llamarla mamá incluso cuando no estaban a solas. Y ella acabó gritándole:

–¡No soy tu madre, nunca lo he sido ni lo seré jamás!

Se dio cuenta de que esto le había sentado mal, muy mal; se puso rígido y serio, y le dijo:

–Por supuesto que no, era una forma de hablar, una costumbre un poco tonta.

En el momento de oírlo, Anna comprendió que no era ni una forma de hablar ni una costumbre. Pero se dominó y no se lo dijo.

–Perdóname, chico –dijo, y la cosa pasó.

Anna vio en aquel instante el rostro de su suegra, bello y muy consciente de su propia importancia, y se imaginó con cuánta frecuencia, y con cuánta intensidad, habría tenido que ansiar su atención Rickard cuando era niño. Y, en ese momento, lo que pensó fue:

«Ésa es la razón de que esté así conmigo, de que se comporte así conmigo, es de ella de quien se venga.»

Y se puso a escribir. Pensó que había tenido una idea brillante y nueva, pero en el último momento vaciló, y puso un signo de interrogación al final de la nota, al margen. Meditó un poco más, y añadió:

> Rickard se muestra siempre atento con su madre y la defiende del menor asomo de crítica. Pero de su padre difunto siempre habla con desdén: «Era un asco, un calzonazos».

De pronto oyó la llave en la cerradura.

–Encontré una platija –dijo él desde la puerta–, y fresca.

–Ah, pues estupendo. Voy.

–Voy a preparar unas copas.

Brindaron, y él dijo, con su seriedad habitual, que era estupendo que los dos estuviesen vivos. Luego cogió el grueso cuaderno de notas de tapas grises. El de Hanna. Lo hojeó. Y ella dijo:

–Léelo mientras pelo las patatas.

Cuando volvió de la cocina, Rickard comentó:

–Pues esto va a ser todo un libro, Anna. Y fuerte, de veras.

A Anna le gustaron sus elogios; dijo:

–Demasiada nostalgia, ¿no crees?

–No. Aparte de que la nostalgia no tiene nada de malo.

Rickard siempre la había ayudado en su trabajo. Desde el principio. Fue él quien tuvo la idea de que hiciera una versión popular de su tratado.

–Se merece un destino mejor que cubrirse de polvo en la facultad.

A Anna también le gustaba la idea de llegar a un público más amplio.

–¿Crees que estaré a la altura?

–Los dos estaremos a la altura –la animó él.

En fin, Anna se matriculó en la escuela de periodismo, aprendió a expresar conceptos complicados de manera sencilla, a generalizar, a utilizar ejemplos certeramente. Estaba esperando un hijo y escribía en casa durante el día, y Rickard, por la noche, revisaba su manuscrito.

Estaban recién casados y lo pasaba bien. Vivían en un piso de dos habitaciones, el primero de su vida juntos, en uno de los, en aquel tiempo, nuevos barrios periféricos de Estocolmo.

Él, al principio, se mostraba severo.

–Qué diablos, esto no es sueco. A ver, escucha, te lo leo.

Ella escuchaba, y comprendía. Así que fue creándose un idioma completamente personal, su idioma. Fue como un milagro, algo casi tan prodigioso como el hijo que estaba creciendo en su cuerpo.

–Vaya –decía Anna–, he encontrado a mi superhombre.

El libro se publicó antes del nacimiento de la niña, y a los dos les sorprendió mucho el interés que despertó.

Éxito. Suerte. Bueno, hasta la noche del chalet de Lidingö.

Rickard limpió el pez, luego lo asó. Ella estaba sentada a la mesa de la cocina, con una copita, mirando las ágiles manos de Rickard manejando el cuchillo y la espátula de asar, exactas y elegantes.

«No sé de nadie que sea tan sibarita como él», pensó Anna.

–¡Eh, tú!, ¿en qué piensas?

Anna se ruborizó al decir esto, y le oyó reír, con aquella risa obscura, tan suya, como salida directamente de la tripa, y que siempre parecía una proposición.

–Tengo hambre –objetó Anna–, primero hay que comer.

–Oye, que yo no he insinuado nada.

–¡Ni te atrevas!

Él quería tener una casa.

–Una casa clavada en la madre tierra, Anna. Antes de que sea demasiado tarde.

La primera vez que dijo esto, Anna pensó que ya era demasiado tarde.

–¿Y quién planta manzanos después de cumplir cincuenta años?

–Yo –dijo él, serio.

Esta idea fue creciendo en su mente. Y, de pronto, Anna osó pensar lo fatigante que era vivir en una casa de apartamentos, lo anónimo de aquella vida, con la autovía atronando allá abajo día y noche. Y no digamos nada de los pobres pinos, eran los que se llevaban la peor parte.

¡Tener una huerta!

–En casa siempre había trabajo en la huerta –comentó Anna una vez–. Mamá tenía que agotarse dándole a la azada mientras papá se dedicaba a dar vueltas en bote.

Rickard se enfadó al oír esto:

–La verdad, hija, podríamos tratar de vivir nuestra propia vida, sin estar pensando siempre en lo que hacían tus padres con la suya.

–Sí, tienes razón.

De sobra sabía ella lo que quería decir Rickard con eso de «nuestra propia vida». Le molestaba que su mujer estuviera tan unida, fuera tan dependiente de su madre, y también le ponía frenético su relación con su padre. En principio, Anna le daba la razón en esto, por muy turbios que fuesen sus motivos.

Rickard acababa de ver dos casas que estaban en venta. Una resultaba demasiado grande y demasiado cara. La otra consistía en dos casitas juntas, situadas en una gran zona silvestre. La situación de esta última, decía, era bonita. Los edificios eran sólidos, auténticos. Una de las casas podía servirles a los dos de lugar de trabajo en cuanto él se jubilase. Y la otra para vivir.

–Y también hay una vieja cabaña –añadió Rickard–, lo que pasa es que está en muy mal estado.

–Pues tiene que haber alguna pega, ¿no será demasiado cara?

–No. Bueno, lo que pasa es que está lejos de la ciudad. Cuatro millas casi.

–A mí eso me da igual. Prefiero el campo, lo que se dice el campo, a cualquier barrio periférico.

–¿Y no tienes miedo a que te dé agorafobia?

Anna se sintió súbitamente presa de su eterno recelo.

–¿Y cómo te las vas a arreglar tú para ir y volver de la ciudad?

–Bueno, es que hay un tren –dijo él–. Lo que pasa es que tú te vas a convertir en una de esas esposas norteamericanas que llevan todos los días a su marido en coche a la estación; y luego lo van a buscar también por la tarde.

Antes de dormirse, Anna estuvo largo rato pensando en la cama en las dos casitas juntas, y se las imaginaba rodeadas de manzanos y rosas. Al día siguiente hablaría con el que las vendía, concertarían una cita sobre el terreno.

«El sábado –pensó–, el sábado las veremos.»

Estaba decidido.

A la mañana siguiente, cuando volvió a abrir el cuaderno de notas, le pareció más serio, con más peso. Esto era por lo que le decía Rickard: «Aquí hay un libro».

«La gente es rara –pensó Anna–, porque la verdad es que eso yo ya lo sabía. Pero parecía como más ligero, más cosa de desahogo, de evasión, cuando me persuadía a mí misma de que se trataba de una especie de regreso a mi propio origen. Un poco de psicología, un poco de sociología, un poco de autoconocimiento ampliado.»

Y lo cierto es que el sistema funcionó. Estuvo tranquila mientras duró la exploración del pasado: hizo descubrimientos, tuvo ideas, intuiciones nuevas. Y dejó de buscar con desesperado ahínco su propia niñez en la «realidad», como ella misma decía. Se había dado cuenta de que se trataba puramente de fragmentos, de que los «recuerdos» consisten siempre en piezas sueltas que el cerebro junta hasta formar un diseño. Se ajustan a una imagen que se imprimió temprano y que no tiene por qué guardar relación alguna con lo que realmente ocurrió. Hay muchas cosas que el niño ha entendido mal y ha almacenado en su mente en forma de imágenes que luego cobran parecido, se refuerzan, se consolidan.

Anna pensó después que lo que no ha ocurrido puede muy bien ser más verdad que lo que ha ocurrido. Puede tener más que decir.

Y ahora dejaba sus fragmentos ante sus ojos, esparcidos, rechazados. Y comprobó que eso era solamente para profundizar más en el pasado a través de ellos. Solamente cortos ratos, por supuesto, instantes.

Rehuía la indagación de lo más difícil, lo que hacía daño. Y la cosa no tenía remedio, por muy en serio que se lo tomase. Por consiguiente, tenía que indagar más hondo. En lo referente a Hanna, por ejemplo. No limitarse a pasar, digamos, por encima del dolor de su abuela cuando August cayó al mar, rompiendo la baranda del puente una noche negra en algún lugar de la comarca de Bohus.

Anna tenía quince años cuando ocurrió esto, y no comprendió la desesperación de la vieja. August, después de todo, era un hombre hecho y derecho, capaz de decidir sobre su propia vida. Estaba separado, y no tenía hijos.

Preguntó a Johanna, que la miró con cierto distanciamiento:

–Pero es que era su hijo, Anna.

«Tengo que averiguar por qué fue tan grande su pena. Y porqué envejeció tantísimo en tan pocas semanas.»

La gente decía que August nunca había tenido grandes deseos de vivir. Había sufrido toda clase de enfermedades, y Hanna se pasó años enteros, noches y noches, en vela con el niño enfermo en brazos.

«Eso, por lo menos, decía mamá.»

–Anna, era su hijo.

«Peter –pensó ella–, Peter.»

Como la abuela, como su misma madre, Anna había tenido partos difíciles. Quizá fuese hereditario, genético, psicológico. El hecho es que Peter nació después de la separación y la reconciliación, seis años después de Malin. Y nació con dos meses de anticipación, de nalgas y delgado como un pajarito. Ya la primera vez que le dio el pecho, Anna se dio cuenta de que algo le pasaba al niño aquel, algo funesto. No tenía fuerza vital.

Los médicos se reían de su angustia. El niño, decían, estaba sano, y ella debía sentirse agradecida de que no hubiera habido que meterle en la incubadora.

Rickard estaba en algún país oriental donde había una crisis. Habría estado en casa durante el parto de haber ocurrido éste a su debido tiempo.

Johanna llegó a tiempo de Göteborg, y estuvo a su lado en la clínica, fijos en Anna los ojos inquietos.

–Lo mejor sería que te llevases a las niñas contigo a Göteborg.

Johanna vaciló, pero habló con el médico, que la tranquilizó.

Las dos se pusieron de acuerdo en no decir nada a Rickard, para no inquietarle.

Johanna se fue con las niñas, pero telefoneaba dos veces al día:

–¿No tienes amigos ahí, Anna?, ¿dónde está Kristina?

–En Åland. Todos están fuera.

Fue un verano caluroso, y Anna estuvo sola con el niño en un apartamento obscuro. El niño gemía, pidiendo luz. No podía chillar, ni pasar un momento apartado del regazo de su madre sin quejarse.

¡Aquellos quejidos, hondos, humildes, imposibles de remediar!

Una semana, dos, cuatro, seis. Al cabo de cuarenta días, y bien que llevaba ella la cuenta, Peter murió. Fue un miércoles por la tarde. Anna miró el reloj: las tres. Un granito de arena, una banalidad en el océano de notas cronológicas, pero para ella una profunda verdad: «Un angelito llegó, sonrió, y se fue».

Esto no era del todo cierto: Peter jamás le había dedicado ni siquiera una sonrisa.

Anna descorrió las cortinas con el niño muerto en brazos. La luz la hirió en los ojos, como relámpagos, y ella contempló el mundo con asombro. Todo seguía igual. La gente iba y venía, los niños se columpiaban y jugaban en el pequeño arenal de la zona de juegos del parque. El teléfono sonó, pero Anna no lo cogió. Nunca más, nunca más, pensó, volvería a responder a llamadas.

Luego se quedó dormida, con el niño muerto en el regazo, invadido ya por el frío de la muerte. Diez horas más tarde Rickard la despertó. Había recibido una llamada de Johanna, y había vuelto a casa por avión vía Berlín.

Rickard se ocupó de todos los detalles prácticos, como médicos, trámites del entierro, llamadas telefónicas a padres y amigos. También se ocupó de ella: la bañó en agua caliente, la obligó a beber, la acostó, arropándola bien con mantas calientes.

Anna le oía llorar por las noches.

Ella, por su parte, pasó semanas sin poder llorar. Semanas de irrealidad, solía llamarlas luego. Llenas de extrañas experiencias.

Como, por ejemplo, el día que Rickard tuvo que ir al periódico:

–Sólo dos horas, Anna. Prométeme que te estarás quieta en la cama.

Y ella se lo prometió.

Pero cuando Rickard volvió a casa, no encontró a Anna. Salió corriendo, la buscó por todo el barrio, y ya iba a renunciar a seguir buscando y recurrir a la policía, cuando la vio llegar, como si tal cosa, por la calle. Iba derecha, hacia él, riendo.

–¡Mira, qué suerte encontrarte!, tienes que ayudarme.

–¿Pero dónde has estado?

–En el Centro Pediátrico, Rickard. Allí es a donde se lleva a los bebés.

–¿Pero a qué Centro Pediátrico?

–Pues al normal, a ese que hay cerca del cuartel, detrás de la plaza.

–¡Pero, Anna, si lo demolieron hace años!

–Pues eso sí que es raro –respondió ella–, debe de ser por eso por lo que no he podido volver a dar con él. Fíjate, me olvidé allí a Peter. Se lo dejé a la enfermera.

Cuando vio cómo la miraba Rickard, Anna pensó que estaba enfadado con ella.

–No te enfades conmigo, Rickard. No es nada malo. Es que allí entienden de niños, y, pues eso...

–Bueno, anda, ahora vamos a casa –dijo Rickard, cogiéndola del brazo.

La llevó por la plaza del estanque y las estatuas anodinas, dieron la vuelta a la manzana y, al llegar al solar donde en otros tiempos había estado el Centro Pediátrico, le hizo ver que ahora no había más que un aparcamiento.

–Pues, la verdad, no lo entiendo. ¡Si he estado aquí hace apenas unas horas! ¿Dónde estará Peter?

–Peter está muerto, Anna, y tú lo sabes perfectamente.

Se miraron. Rickard le sostuvo la mirada, impertérrito. Ella, finalmente, asintió:

–Sí, lo sé.

Por la noche ya tenía la cabeza clara, pero estaba asustada.

–Estuve allí, me acuerdo perfectamente. La puerta, pintada de azul claro. Y la enfermera Solveig, fatigada, la pobre, pero tan paciente como siempre. Te digo que estuve allí, Rickard. Pero tienes razón, no es posible, no pude haber estado allí.

–La enfermera Solveig murió siendo María pequeñita. De cáncer, tienes que acordarte. Los dos estuvimos en su entierro.

–Muerta, dices. O sea, como Peter.

–Sí, eso es.

Anna entrecerró los ojos, y su rostro se tensó, como si, por fin, hubiese comprendido. Y entonces sus palabras cobraron sentido:

–Rickard, te prometo que no me volveré loca.

–Casi me vuelves loco a mí del susto –dijo él.

Anna se dio cuenta entonces de lo fatigado y pálido que estaba su marido, y comprendió que tenía que dominarse y ser razonable. Todavía tuvo algún acceso de irracionalidad, pero sin mezclar en ellos a Rickard.

Fue su suegra quien la ayudó a salvar el bache. Iba a verla y le decía:

–No debes desesperarte, Anna. Era poco más que un feto.

–Pero era mi hijo –respondía Anna.

Finalmente consiguió llorar. Y lloró dos días enteros, con sus noches; sin parar.

Luego se dedicó a poner en orden la casa. Tiró los somníferos y se fue con Rickard a la costa oriental, a estar con su madre y sus hijas.

Cuando Rickard volvió a casa, vio que Anna había puesto en el ordenador sus recuerdos sobre Peter. La miró y se sintió inquieto.

–Qué pálida estás, Anna...

–Lee lo que he puesto en el ordenador mientras preparo la comida.

Anna había comprado y guisado un trozo de carne de vaca salada. Se puso a pelar nabos, patatas y zanahorias, los cortó en pedacitos, los hirvió e hizo puré, añadiéndoles caldo.

A Rickard le gustaba el puré de hortalizas.

Rickard estaba sombrío y pálido cuando entró en la cocina. No se sintieron con energía para hablar mientras comían, pero, más tarde, en el cuarto de estar, él le dijo:

–Pienso mucho en Peter, y me digo que fue como si hubiese venido aquí con una misión. Todo volvió a estar... como debía estar..., entre nosotros, quiero decir.

Anna no tuvo fuerzas para contestarle.

«¿Le dijo alguna vez mi madre a la abuela que yo estaba separada?»

Anna escribió esta pregunta, la meditó bien.

Finalmente, escribió:

«No, no creo. No quería preocuparla. Hanna tenía mucho cariño también a Rickard, porque le recordaba a Ragnar.»

Y esto era más verdadero de lo que Anna pensaba.

Al cabo de un rato, encontró explicación:

«Mamá no dijo nada de nuestra separación porque nunca la tomó en serio.»

Lo repetía a veces, durante aquellos años de soledad:

–Yo pienso que vosotros dos nunca os separaréis de veras.

Fue al volver del Hospital Infantil cuando Anna tomó la decisión. Rickard llevaba meses viviendo con otra, cuyo aroma se captaba en su ropa, en el cuarto de estar de su casa, hasta en la cama.

Cuando le dijo que quería divorciarse, Rickard quedó desesperado. Se negaba a creerla.

–Pero, Anna, eso es una estupidez... Si no es nada serio...

–No te he pedido ninguna explicación.

–¡Pero escúchame!

–No, Rickard, ni hablar, no tengo nada que escuchar. Esto se va a hacer como digo yo. Tienes toda la primavera para buscarte otra casa. Luego hablamos juntos con María.

–O sea, que lo has pensado todo al detalle.

–He hablado con un abogado.
–María se va a quedar desesperada.
–Ya lo sé.

María fue el centro de todo el drama, y se volvió callada e introspectiva; e inamovible. Toda la angustia y la sensación de culpabilidad de ambos se concentró en ella. Era María quien llenaba de preocupación y dolor los días de Anna. Y de pesadillas las noches. Se le aparecía en sueños de mil formas y maneras: la niña abandonada, la niña apuñalada, la niña perdida en el bosque, buscando en vano a su padre.

María quería mucho a Rickard.

Rickard era un buen padre, divertido, ocurrente, y tan curioso como ella misma. Un padre seguro.

Y María era una niña sensible, rebosante de ternura para todo y para todos, de ágil inteligencia, ansiosa de conocimiento. Guapa.

«Como tú», solía decir Rickard a Anna.

Pero esto no era verdad: María era una copia, en rubio, de Johanna.

Con Malin la cosa variaba: Malin era única y exclusivamente la favorita de Anna.

Rickard no dijo lo que ella más temía: que iba a disputarle la custodia de las niñas. Un día le preguntó:

–¿Puedo regalar un perro a María?

Era un viernes al atardecer, y Rickard desapareció. No volvió hasta el domingo, con resaca, despectivo, loco casi de desesperación. Anna bajó a casa de Kristina, con las niñas:

–Anda –le dijo–, cuida tú de ellas.

Y cuando volvió, encontró a Rickard duchándose, y le dijo, con toda la serenidad de que pudo hacer acopio:

–Mira, tenemos que hablar como personas mayores que somos.

–¿De qué?

–De cómo se va a organizar esto de modo que os haga

el menor daño posible a las niñas y a ti. Bueno, y a mí también.

–Como tú eres de piedra, por ti no hay miedo. En cuanto a mí, tengo la intención de matarme a beber.

–¡Rickard!

Pero él le volvió la espalda y fue a echarse.

A la mañana siguiente, Rickard estaba locuaz y más tranquilo. Llevó a María a la guardería, como tenía por costumbre; volvió a casa y telefoneó a su trabajo:

–No puedo ir, estoy enfermo.

Ella, mientras recapitulaba la situación, se puso a dar de mamar a Malin. Rickard, se dijo, tendría a las niñas en fiestas alternas, y un mes cada verano.

–Fenomenal.

Le haría falta ayuda económica para mantener a las niñas: mil coronas al mes.

–Para llegar a fin de mes –explicó.

Ya había decidido mudarse a un apartamento pequeño, y buscarse un puesto de profesora de sociología. Además, tenía bastante trabajo por libre.

–Antes no te gustaba eso. ¿Y tu libro?, ¿qué va a ser de tu libro?

–Bueno, ya veremos –respondió Anna.

Rickard se echó a llorar, y trató, una vez más, de apelar a su ternura, pero formuló su pregunta con dificultad:

–¿No hay ninguna, lo que se dice ninguna posibilidad de hacerte cambiar de actitud?

–No, ninguna.

Y tampoco ella se sentía con fuerzas para decir nada más.

Luego la cosa no salió como Anna había pensado. Rickard encontró trabajo como corresponsal de prensa en Hong Kong.

–Tendré que encargarme de todo el Lejano Oriente –explicó.

«Donde crece la pimienta», pensó Anna, al tiempo que le daba la enhorabuena.

Hablaron los dos con María. Él dijo que tenía que irse de viaje, y Anna que papá y ella ya no estaban muy contentos juntos. Tenían necesidad de..., separarse.

María dijo que bueno, que muy bien.

–Lo que tienes que hacer, mamá –dijo–, es dejar de llorar tanto.

Y a Rickard le dijo que no quería ningún perro.

Anna y María le llevaron en coche al aeropuerto. María, que tenía cinco años, le dio la mano:

–Bueno, pues adiós, papá.

Y eso fue todo.

Él parecía torpe y avejentado al dirigirse a la zona de embarque, y Anna estuvo a punto de reventar de compasión. Y de dudas.

Los primeros meses solitaria... ¡Dios santo, y cómo lo echaba de menos! Lo buscaba a tientas en sus largas duermevelas, se asía a la almohada, pero no conseguía llorar. Seca, reseca, le buscaba en cada esquina, en la plaza, en las tiendas.

Fue entonces cuando comenzaron sus sueños baldíos, desérticos. Noche tras noche, Anna vagaba por un desierto interminable, y veía la espalda de él desaparecer entre las dunas. Era duro, y los pies de Anna se hundían en la arena, estaba agotada y ardientemente sedienta, ansiosa de agua, pero sin encontrarla, impaciente por reposar, pero atisbando de pronto la espalda de él, que reaparecía, forzándola a seguir adelante.

Pidió a Kristina somníferos, y así consiguió, al menos, unas noches de descanso.

Su último sueño desértico fue el peor de todos. El hombre que erraba ante sus ojos por las tierras ardientes, baldías, se volvió de pronto hacia ella y resultó que no era Rickard, sino el médico que le había dicho: «Usted es de esas mujeres que castran a los hombres».

Encontró un apartamento de dos habitaciones, justo encima de la guardería. Un hombre apareció de pronto y la ayudó a hacer el traslado. Era un viejo amigo, práctico y muy manitas. ¿Lo haría por agradecimiento?, ¿o por lascivia? Nunca lo supo, pero se acostó con él y esta experiencia resultó para ella idéntica a sus vagabundeos por el desierto, o sea: estéril y carente de sentido. Despertó como con arena en la boca, le susurró que tenía que irse, que María no debía encontrarle allí. Él obedeció, y ella llegó a la conclusión de que la experiencia había sido igual de decepcionante para él.

Se lo contó a Kristina, diciendo:

–Yo soy mujer de un solo hombre.

–Eso suena bonito –comentó Kristina–, lástima que Rickard sea hombre de muchas mujeres.

Las dos pensaban que Rickard estaría pasándolo en grande en el Lejano Oriente, libre de acostarse con todas las *geishas*, con todas las mujeres de diplomáticos, con todas las refinadas periodistas que salían por la televisión.

Cuando Anna volvió en sí, se dijo que eso no era verdad, que Rickard estaría solo y desesperado. Por primera vez se preguntó si no sería cierto, a fin de cuentas, que todas sus aventuras de faldas no era otra cosa que intentos de llegar hasta ella.

Acabó llegando a la conclusión de que estaba siendo ridícula. Y algo más tarde pensó que, bueno, aunque fuese verdad, pues muy bien, tanto peor.

Tan sumida estaba Anna en su cuaderno de notas que los timbrazos del teléfono la sobresaltaron. Era María.

–Ah, querida, eres tú –dijo.

–¿Estabas durmiendo, mamá?

–No, no, tomando mis notas, y recordando.

–No sé si te sienta bien tanto recuerdo –dijo María, con inquietud en la voz.

Había estado en Oslo, asistiendo a una conferencia, recordó de pronto Anna.

–Es que pasé por Göteborg y fui a ver al abuelo.

–¡Hombre, qué simpática!

María añadió que el ambiente, tanto en el hospital como en casa del abuelo, era insoportable, así como sonaba, e imposible de arreglar.

–He pensado mucho en ti, en lo espantoso y solitario que tiene que ser para ti tener que ir allí todos los meses. La próxima vez te acompaño.

–¡Vaya, María, qué estupendo!, ¡eso, vamos en coche, hacemos noche en cualquier sitio, y así, además tendremos tiempo para hablar todo lo que nos apetezca!

La alegría de Anna era tan abrumadora que no la podía contener. Sólo cuando captó un súbito matiz de hosquedad en la voz de María, se dio cuenta de que acababa de volver a hacer exactamente lo que más aborrecía: echar a los demás sus propias culpas.

Media hora después llamó Malin, y dijo que acababa de hablar con María, y que ésta pensaba que iban a tener que turnarse las dos con la mayor frecuencia que les fuese posible para acompañarla a ella a Göteborg.

–Me parece que os habéis vuelto locas –dijo Anna.

Malin era distinta de su hermana. Y también de su madre, ciertamente. Más práctica, más abierta, menos sensiblera, más lógica. Ni Rickard ni Anna comprendían cómo habían podido tener una hija capaz de estudiar física teórica.

–Pues yo me alegré tanto cuando María me lo dijo que la dejé llena de remordimientos –dijo Anna.

–Sí, y también a mí –dijo Malin, con alegría–, escucha, mamá, de sobra sabes que eres un verdadero monstruo, y que siempre te las arreglas para echar tus culpas a los demás.

–La sal de la vida –dijo Anna.

Esta expresión era uno de los cariñosos apodos con que solía llamar a su extraordinaria hija menor.

Johanna no estaba presente en los recuerdos que tenía Anna de su primer medio año de soledad, cuando se mudó de casa y tuvo que organizar su nueva vida con sus hijas. Fue la época en que Hanna murió en casa de su madre.

«Mamá –rememoró–, necesitaba entonces mucha ayuda, pero yo sólo pude ir a verla una vez.»

Como decía Malin, es imposible vivir sin incurrir en alguna culpa.

Anna se había pasado el día entero tomando notas en el tercer cuaderno, el que tenía en la etiqueta de la cubierta el nombre «Anna.»

Volvió a abrirlo por el principio y apuntó en la guarda:

«Sobre culpa y agradecimiento, y sobre el tener hijas.»

Y añadió un signo de interrogación a esta frase.

El viernes por la mañana Rickard despertó muy apesadumbrado.

–¿Es que has dormido mal?

–Pues sí.

Y ya en el recibidor, dispuesto a salir para el periódico, dijo:

–Citas la carta que te mandé desde Roma.

–Todo eso no son todavía más que meras anotaciones, Rickard. Luego tenemos que debatir esto..., cuando se vea claro que de ahí va a salir un libro.

–No, si no es eso. Lo que me chocó es que no contestases a mi pregunta.

–¿Y qué pregunta era ésa? –dijo ella, a pesar de que lo sabía perfectamente.

–Que por qué no me escuchaste nunca, por qué ni siquiera trataste de escucharme.

–Pues ahí mismo tienes la respuesta –dijo Anna.

Lavó los platos, puso en orden las cosas del desayuno, y todo el rato le resonaban en el oído sus propias palabras: «Pues ahí mismo tienes la respuesta».

Después volvió a su cuarto de trabajo y escribió:

> Voy a intentar hacer una fábula, un cuento de hadas. ¿Y por qué una fábula? No lo sé, a lo mejor porque es cierto, después de todo, lo que algunos afirman, que las fábulas reflejan

mejor que los reportajes y las novelas lo que suele llamarse realidad.

Pero, sobre todo, porque nadie tiene necesidad de comprender a fondo las fábulas.

Érase una vez una niña que había crecido en un palacio. Había en ese palacio tres habitaciones que estaban llenas de secretos, armarios llenos de cosas maravillosas, libros llenos de ilustraciones, fotografías de personas extrañas que llevaban mucho tiempo muertas, aunque a ella la miraban con ojos muy serios. En torno al palacio había un enorme jardín donde crecían rosas y fresas. En una de las esquinas se levantaba la montaña, alta, muy alta, hacia las nubes. Un día la niña escaló la montaña y vio el mar azul juntarse con el cielo en algún lugar muy lejano. Desde aquel día, la niña hizo suya la montaña, subió a la cima y construyó allí sus mundos, entre piedras y roquedos.

La montaña hablaba con el cielo, ella misma lo había oído desde el primer día. Al cabo de un tiempo, la niña comprendió que la montaña también hablaba con ella, y con los lirios que florecían a sus pies, y con los ásteres y las siemprevivas que crecían en las grietas de la roca.

Allí siempre era verano, y el tiempo era siempre bueno, y la niña siempre se sentía feliz. Su mamá la quería mucho. Y su papá estaba orgulloso de ella, porque era muy lista y muy buena. Además, su madre se lo repetía casi todos los días: «Eres una niña muy feliz, y tienes de todo».

Y eso es lo que pasa, que cuando se tiene de todo, no se está triste. Y esto acabó siendo una gran preocupación para la niña. Porque a veces se sentía incomprensiblemente triste. Y, a veces, hasta asustada.

Pero, asustada, ¿de qué? No de que su madre tuviese que morir, y, sin embargo, sí que lo estaba, pero vamos a ver, ¿por qué?

Nunca llegaría a averiguarlo.

Una vez, cuando la niña pensó que iba a morirse del espanto que le enloquecía el corazón hasta el punto de hacerle daño en el pecho, encontró una escalera invisible que conducía al interior de la montaña. Y entró en una cueva, bastante grande para ella, donde pudo sentarse y ver desaparecer ante sus ojos todas las cosas malas.

La niña se sintió elegida.

¿Cuánto tiempo duró este juego? ¿Un verano solamente, o muchos? Sea ello lo que fuere, lo cierto es que la niña feliz tardó años en comprender lo peligroso que era aquel juego, el juego de hacerse invisible e insensible. Y cuando, finalmente, lo comprendió, ya era mayor y había tenido que irse de casa.

Y lo que hizo entonces fue llevarse la montaña consigo. Siempre la tenía a mano, de modo que, en cuanto se sentía triste o asustada, pues cogía y se metía en la montaña. Pero ahora ya no quería, porque le daba miedo la cueva por las paredes tan gruesas que tenía. Pero lo malo era que la montaña ahora tenía poder sobre ella.

Y cuando llegó el príncipe y el amor la hizo más vulnerable que nunca, la niña encontró una forma nueva de utilizar su secreta estancia del interior de la montaña.

El príncipe pensaba que la niña se volvía con frecuencia fría e inasequible. Y esto era cierto. En la montaña hacía un frío de muerte, y el que está en su interior se queda petrificado a poco que se descuide. La niña no sabía luchar por sus derechos, arder en celos, gritar, escuchar, preguntar, acusar.

De modo que, sin quererlo ella, siguió refugiándose en su cueva y haciendo daño al príncipe. Pero la sensación de culpabilidad la abrumaba cada vez que salía y se daba cuenta de lo que había hecho.

Y entonces lo que hizo fue casarse y vivir... todos los días de su vida.

En cuanto Anna tuvo el cuento de hadas en su cuaderno de notas, se lanzó a tientas como un caballo encerrado: de un lado a otro, tropezando con mesas y sillas.

Luego se llenó de whisky un vaso bien grande y lo apuró de un solo trago. La habitación empezó a dar vueltas en torno a ella. Pero, terca y loca, como cuando se está a punto de encontrar algo muy bien escondido y muy importante, siguió su búsqueda. Cogió la pluma y comenzó una nueva página.

Y acabó encontrándolo.

El día en que murió Peter.

Cuando se quedó dormida con el niño muerto en el regazo.

Y cuando se hundió en la mayor irrealidad concebible, y perdió a su hijo en el Centro de Pediatría.

«Los que huyen corren el riesgo de volverse locos.»

Volvió a llenarse el vaso y se lo llevó al dormitorio. No la despertó el timbre del teléfono, ni siquiera Rickard al volver a casa.

Rickard la despertó, y le dijo:

–Pero Anna, ¡si estás borracha!

–Sí, anda, lee.

Cuando volvió a despertar, Anna vio a Rickard sentado junto a la cama, con un vaso de leche y unos canapés.

–Me lo había supuesto –dijo.

Rickard estuvo un rato en silencio y luego prosiguió:

–No creo que corras el riesgo de volverte loca. Ni tampoco necesitas sentirte culpable con respecto a mí. Con el tiempo uno aprende que cada cual tiene sus peculiaridades. No, lo peligroso es que los que tienen una cueva en la que refugiarse nunca aprenden a defenderse.

–¿Y defenderse es necesario?

–Pues claro.

Viernes. Excursión.

Anna despertó temprano, preparó la merienda, vio por la ventana de la cocina la luz gris del alba ceder ante la fuerza del sol.

«Es evidente que hoy va a hacer bueno.»

Cuando apareció Rickard en la cocina, todavía con sueño, sin afeitar y envuelto en su espantoso batín viejo, preguntó:

–¿Cómo te encuentras?

–Pues como si tuviera gaseosa en las venas. Burbujeante.

–¡Menuda resaca rara!

–Rara que es una. Y me siento muy bien, contenta, la cabeza levitante, al menos por el momento.

–¿Catarsis?

–Exacto.

Desde la cocina le oyó telefonear a las chicas e invitarlas a una excursión el domingo: una excursión, añadió tentador, con sorpresa.

«Qué aplomo tiene –pensó Anna–, está seguro de que aceptarán. Y con ganas, encima. Y de que el negocio le saldrá bien.»

Cuando salieron a la calle de Roslag y el tráfico empezó a disminuir, Rickard dijo:

–Anoche se me ocurrió una cosa. Mira, tú estás empeñada en seguir viviendo en esta maldita colmena, pero es porque te dan miedo los jardines.

–¡Por Dios bendito, Rickard!

«Ha acertado –pensó–. Los suburbios de cemento no tienen secretos. No hay espacio para el misterio en las luces de neón, no hay símbolos, ni contacto con árboles y flores. Ni con montañas.»

–¡Por Dios bendito! –repitió.

–¿Qué quieres decir con eso de por Dios bendito?

–Pues que es muy triste, Rickard. Que hemos vivido tan..., tan tristemente todos estos años... Y nos ha ido mal.

Estuvieron un largo rato en silencio, y luego, en medio de una curva, Rickard dijo:

–Pues te advierto que en la parcela esa hay roquedos en abundancia.

–¡Estupendo!

Un hombre mayor les estaba esperando, y cuando subieron por el angosto camino de guijarros, Anna pensó que la cosa iba a ser más complicada de lo que había pensado. En el invierno, habría que despejar la nieve; y en la primavera tendrían que lidiar con el deshielo. Pero a lo largo del camino el bosque se esponjaba, verde y era un bosque de verdad, de los de antes, con muchas clases de árboles: álamos, abedules, arces y abetos por todas partes.

Dos casas bajas reptaban por la tierra. Casas de fin de semana de los años sesenta. Y habían acabado por juntarse, unidas por una solana acristalada. Entre los álamos se vislumbraba el lago: no el mar, sino un gran lago sereno.

–¡Dios mío! –dijo Anna.

El hombre mayor la miró, sorprendido, y ella, entonces, añadió:

–No, quiero decir que no comprendo cómo puede nadie vender un sitio así.

–Mi mujer murió este verano.

Ante tal respuesta no había nada que decir.

El hombre mayor y Rickard comenzaron la visita por el pozo, y Anna oyó palabras como hidróforos, y comentar lo difícil que sería en invierno, hasta que decidió separarse de ellos y llevar a cabo su propia inspección. Allí abundaban las rocas, como había dicho Rickard: piedras lisas, con mucho liquen en las grietas. Y también rosas en abundancia, tal como ella había pensado. Yendo hacia el lago se veía la casa del guarda, abandonada y maravillosa.

El jardín se extendía tierra adentro, al abrigo del viento. Quedaban de él dos viejos manzanos, cargados de manzanas rojas. Anna se apoyó contra uno de aquellos troncos rugosos y le dio los buenos días. No cabía la menor duda de que ella y aquel manzano se conocían desde hacía mil años.

Al siguiente día de fiesta, Anna y María fueron a Göteborg. María fue la que más se ocupó del viejo, quedándose en la casa junto al mar, charlando, limpiando, preparándole la comida. Anna, por su parte, se fue al hospital a ver a su madre, que estaba en el ala de los enfermos crónicos.

Y le habló de Hanna.

–He pasado mucho tiempo con tu madre –le dijo–, y pienso que estoy empezando a comprenderla.

»Más difícil me parece hacerme una idea de ti y de tu vida –añadió–. Y es porque te tengo tan cerca que no consigo verte con la debida perspectiva. Es cierto eso que dicen de que los que más queremos son los que nos resultan más difíciles de entender.

»Sí que he comprendido, sin embargo, que eres una persona muy misteriosa y llena de secretos. Y por eso mismo he pensado que debieras hablar por ti misma. Después de todo mamá, a ti se te da muy bien eso de contar cosas.

En el coche, al volver a casa, Anna habló a María de Hanna y de Dalsland.

–Es tu bisabuela.

Ya en casa, Anna pasó su primer día de trabajo buscando por los estantes, mirando títulos de libros, abriéndolos a bulto, encontrando palabras que en otros tiempos habían tenido un gran sentido para ella.

¿Estaría buscando ejemplos?

No, sus ideas eran más prácticas. Estaba pensando en la mejor manera de empaquetarlo bien todo, y en si habría sitio para tanta cosa en las dos casitas a la vera del lago. Rickard acababa de decirle lo mismo que mucho antes le había dicho Ragnar a Hanna:

–Mira, no quiero basura, la basura lo mejor es tirarla.

Y esto le hizo pensar exactamente lo mismo que Hanna había pensado entonces:

«¿Y qué voy a hacer yo ahora con todo lo que he ido acumulando aquí a lo largo de los años?»

Se paró ante los estantes donde tenía los libros de poesía, y se quedó un rato entre Ekelöf, Stagnelius, Martinson y Boye. Y entonces, sólo entonces, se le ocurrió que lo que estaba buscando era una música, la música de su madre. Y se dijo que cada persona tiene su propia música, una música que es exclusivamente suya. Evidentemente, no iba a encontrar ahora la música de su madre, no la encontraría en aquel sitio, eso desde luego. Y sabía muy bien que sería presuntuoso por su parte creer que iba a poder hacerla sonar como había sonado en otros tiempos.

Pero, con un poco de paciencia, y sabiendo esperar, acabaría encontrando, posiblemente, la clave.

Johanna

(1902-1987)

Mi vida se divide en dos mitades. La primera duró ocho años infantiles, y, por consiguiente, es igual de larga que los otros setenta restantes. Cuando rememoro esta segunda mitad, encuentro en ella cuatro incidentes que hicieron de mí otra persona.

El primero fue cuando una mano invisible me impidió abrir una puerta. Eso fue un milagro, y me devolvió la claridad mental.

El segundo incidente decisivo tuvo lugar cuando encontré un trabajo que me gustaba, y me volví autosuficiente, y me hice del Partido Socialdemócrata.

Luego, el amor y el matrimonio.

El cuarto incidente fue cuando di a luz a mi hija, y le puse el nombre que tenía la vieja comadrona de Agua del Norte. Y cuando mi hija, por su parte, tuvo también hijos, porque entonces me encontré también con nietos.

Lo que ocurrió entre estos sucesos fue lo normal en la vida de las mujeres: mucha inquietud, trabajo duro, grandes alegrías, muchas victorias, más derrotas. Y también, por supuesto, la tristeza, que siempre subyace en todo.

He pensado mucho en la tristeza. Es de ella de donde nace la intuición y el deseo de cambiar. No llegaríamos nunca a ser humanos si no hubiese tristeza en nuestra vida, en el fondo mismo de nuestro ser.

Una cosa más debiera decir aquí, o sea, antes de comenzar de veras mi historia. Siempre me he esforzado por buscar la verdad, porque tengo la infantil convicción de que la verdad existe realmente y es indivisible. Y precisamente cuando la verdad se me desmigajó en cientos de verdades distintas comencé a encontrar más dificultad en pensar.

No tengo palabras que abarquen esos primeros ocho años que pasé en Dalsland. Posiblemente puse fin a ellos siendo Anna pequeña, los agoté en ella, y lo hice porque me resultaba divertido, pero también porque Anna tenía que encontrarse a gusto en el mundo que surge entre el niño, los cuentos y la naturaleza. Ahora, la verdad, no sé si todo eso sirvió de algo. Anna no ha sido una persona afortunada.

Con el paso de los años perdí también el contacto. Anna, después de todo, me llevó muy pronto a Dalsland, a nuestro valle. Y entonces lo reconocí todo, la cascada y los lagos y los árboles y las veredas. Pero ellos me habían olvidado a mí. Esto fue para mí una experiencia amarga, y me hizo llorar mucho.

Lo mejor es no volver nunca a los lugares sagrados.

Johanna, la niña de ciudad, nació en una tienda de objetos de costura situada en la esquina de la calle Nueva de Haga y la calle de Sprängkull. Allí olía gratamente a tela nueva, y se estaba tan justo como en una casa de muñecas. Había cien cajones llenos de secretos. Cintas, encaje, elásticos, toda clase de maravillas que estaban expuestas ante mis ojos sobre el mostrador de reluciente pardo obscuro. Pero lo que más me apasionaba de todo eran los carretes de seda.

–Aquí tienes que tener los dedos siempre limpios –me decía Lisa, y yo me frotaba las manos sin parar hasta que se me llenaban de rozaduras.

Siempre empezaba por el cajón violeta, y así seguía, en un juego apasionante, del azul rosa hasta el lila claro, y de éste al azul obscuro, con apenas un atisbo de rojo:

–¿No es éste el color de la reina?

–Pues, sí, creo que sí –me decía Lisa, echándose a reír.

Lisa reía muy poco, y nunca gritaba, ni de sorpresa ni de cólera. Era una persona muy callada y siempre igual, y eso me daba a mí una sensación de seguridad. Los primeros días yo cuidaba de la tienda mientras ella se sentaba ante su máquina de coser en la pequeña trastienda y se dedicaba a hacerme un vestido de algodón con cuadritos grises y blancos.

–Hay que ser comedido en esto de los colores –me decía Lisa–, ya sabes cómo es tu madre.

Pero le puso al vestido puños, cuello y cierres de bolsillos de algodón verde claro con pequeñas rosas pálidas.

Ella misma me puso el vestido nuevo y, entonces, comencé a vivir de verdad como todo el mundo, lejos ahora de mi padre y de la cascada. No era fácil, y muchas veces pensé que si Lisa no existiese habría tenido que tirarme al canal de Roselund.

En primer lugar, las palabras me hacían sufrir mucho, las viejas palabras que me salían por la boca sin yo misma darme cuenta de ello. Yo había sido aplicada en la escuela de mi pueblo, y llevaba ropa nueva y bonita cuando fui por primera vez a la de la ciudad. Desde luego, tenía miedo, pero, a pesar de todo..., a pesar de todo yo me creía como las demás niñas. Y a lo mejor hubiese resultado ser cierto esto, de no ser por las palabras. ¡Dios mío, cómo se reían todas de mí!

Por ejemplo, tenía que levantarme en clase y leer un pasaje de un libro. Pero nunca conseguía llegar hasta el final, por la de risas malévolas que sonaban en torno a mí. Y la maestra decía:

–Pero, Johanna, ¿es que nunca te has parado a pensar que hay que hablar como se escribe? Las palabras que salgan de tu boca deberían ser como si estuviesen escritas. Vamos, vete a casa y estudialas bien.

Y no es que la maestra fuese mala, no, nada de eso, lo que pasaba era que no sabía lo difícil que me resultaba a mí estudiar cuando volvía a casa, con todas las camas deshechas, y los montones de ropa sucia por todas partes, y las pilas de tazas y platos sucios, pero con la porquería incrustada. Y los zapatos sucios de mis hermanos, que tenía que limpiar yo. Apenas me quedaba media hora hasta que mi madre volvía de la tahona, siempre de mal humor, por lo cansadísima que estaba.

–¡Tú, so sucia, so desastrada! –me gritaba–, ¡a ti lo que te pasa es que tu padre te mimó demasiado de niña!

Y una vez me pegó en la cara, pero tan fuerte que al día siguiente no pude ir a la escuela.

Después de esto lo que yo hacía era escaparme corriendo a casa de Lisa en cuanto volvía mi madre de la tahona. Claro que me di cuenta de que a ella esto no le gustaba, pero no decía nada. No se atrevía, por miedo a que fuese yo con el cuento a Ragnar.

En la trastienda de Lisa me ponía a leer en voz alta, y enseguida comprobé que lo que me había dicho la maestra no era enteramente cierto: en el libro ponía ciertas palabras, y la gente no las pronunciaba con todas sus letras, al menos durante aquellos años. Menos mal que, con ayuda de Lisa, acabé aprendiendo a hablar como es debido.

«Esto es sueco correcto», pensaba yo, pero tampoco era así, porque, años más tarde, en un acto político, una mujer me dijo:

–El acento de Göteborg está muy bien, pero pienso que deberías pulirlo un poco.

¡Dios santo, y qué desconcertada me quedé al oír esto!

En el colegio fui habituándome poco a poco a ser buena estudiante, aun cuando nunca tuve lo que se dice amigas entre las demás chicas; y casi todos los de la clase seguían riéndose de mí. Pero en casa era peor. Mis hermanos habían dejado de trabajar, se pasaban el día mano sobre mano, y no hacían más que beber. Yo trataba de pasar inadvertida, refugiándome en la cocina, pero les oía hablar entre sí de mujeres, de putas y de los polvos que echaban, y de pollas y de coños. Y yo, qué otra cosa iba a hacer, pues me dedicaba a lavar la vajilla y a escuchar, y a aborrecer lo que oía.

Fue entonces cuando tomé mi primera decisión: no casarme jamás, no juntarme nunca, de ninguna manera, con un hombre.

Cuando Ragnar no tuvo más remedio que intervenir y romper los muebles y golpear a los chicos, yo lo vi todo desde el rincón en el que me había refugiado, y me alegré. Mi madre daba gritos de espanto, y la verdad es que yo la comprendía perfectamente, la envidiaba casi. Luego me fui a vivir a casa de Ragnar y Lisa, y allí pude disfrutar de una larga, profunda paz. Seguía yendo a casa después de la escuela, y la limpiaba como mejor podía, pero siempre pendiente de poner pies en polvorosa antes de oír la llave de mi madre en la cerradura, al volver de la tahona.

Entonces ya empezaba a sentir desdén por mi madre. Se comportaba, me parecía, como una tártara, y se lo dije a Lisa, que me reprendió por pensar así, pero me dijo también algo que nunca olvidé:

–Bueno, sí, la verdad es que tu madre es algo..., algo primitiva.

He aquí, con estas mismas palabras, lo que me dijo.

Así, primitiva. Vamos, como los indígenas, como los salvajes, me dije, sobre los que nos contaban en la escuela que vivían en África, como cuando Stanley se encontró con Livingstone.

Después de esta conversación con Lisa, tomé la segunda decisión de mi vida: tenía que hacer de mí misma una persona civilizada y culta.

En el apartamento de Lisa, que estaba justo enfrente del nuestro, había muchos libros. Diez, desde luego, probablemente quince o así. Los leí lo que se dice todos, y trataban del amor y a mí eso me parecía de lo más extraño. Cuando se lo dije a Lisa, se quedó muy perpleja, y lo pensó mucho antes de contestarme:

–Pero, Johanna, es que las cosas son así, y no hay que darle vueltas. Yo, por ejemplo, estoy enamoradísima de Ragnar. Eso me consume, no creas que no me doy cuenta, pero no consigo quitármelo de dentro.

Debí poner cara de extrañeza, y recuerdo que me senté en una de las sillas de la tienda y abrí la boca, pero sin que saliera de ella palabra alguna. Lo que yo quería decir, y no sabía cómo, es que Ragnar era, desde luego, una persona simpática, un hombre como había pocos; deseaba consolar a Lisa.

¿Consolarla?

–Ah, de modo que es por eso por lo que pareces tan deprimida –acabé por contestar.

Y a mí misma me sorprendió oírme decir una cosa así, porque nunca hasta entonces se me había ocurrido pensar algo que de pronto me pareció evidente: que Lisa estaba siempre triste.

No recuerdo lo que contestó Lisa a estas palabras mías. Iban a pasar muchos años antes de que yo me diera cuenta de la relación que había entre las hablillas sobre que Ragnar era un mujeriego obsesivo y lo que les oía decir a mis hermanos sobre pollas y el coño de las putas de la plaza del Hierro.

Lisa me enseñó tres cosas de gran importancia: a comprender a los demás, a aguantar con paciencia las cosas, y cómo comportarse detrás del mostrador de una tienda.

Anna dice que la primera lección la aprendí demasiado bien, y me refiero a eso de tener comprensión y consideración, y hasta pena, en mis relaciones con los demás.

Mi madre nunca comprendió: ella juzgaba y sentenciaba, y rechazaba, y lo único que conseguía con tal actitud era llevarse muchos disgustos.

Pero cuando Lisa comenzó a hablar de mis hermanos borrachos, de lo asustados que estaban en la gran ciudad, y de hasta qué punto la sensación de extrañeza que allí les invadía estaba acabando con ellos, capté en sus palabras algo que reconocí, algo así como una melodía que yo había sabido antaño. Tardé mucho en darme cuenta de que era mi padre quien me la había enseñado, pero hacía ya tanto tiempo que no conseguía recordar sus palabras. Sólo me quedaba una sensación de ésas que son más fuertes que las palabras.

Por lo demás, comparto la opinión de Anna de que quien comprende muchas cosas tiene que aguantar demasiadas. Hay verdad en esto. Lo que nos distingue es precisamente la actitud básica, el punto de vista esencial. Quiero decir que la vida tiene forzosamente que doler. Anna piensa por el contrario, que la vida está para ser disfrutada. Y por eso se siente amargada, como famélica. Es difícil juzgar esto sin saber antes quién le enseñó a esperar tanto de la vida, y siempre lo mejor.

Lisa era una persona comprensiva, y le tocaba en suerte soportar más de lo que cabría esperar razonablemente. Su padre había sido alcohólico, muy dado a maltratar a su mujer y a sus hijos. Dos hermanos suyos murieron, otro emigró a Norteamérica, y Lisa escapó a Göteborg con sólo doce años.

Ella prefería no hablar de cómo se las había arreglado para sobrevivir allí, pero yo, por lo que le oí decir, deduje que había tenido que pedir limosna y dormir en los portales. Así, hasta que encontró trabajo en una hilandería, donde el polvo le estropeó los pulmones. Era terrible, siniestro, oírla toser durante los largos otoños húmedos de Göteborg. Ragnar no lo soportaba, y en cuanto Lisa empezaba a toser, desaparecía como si le persiguieran, perdiéndose por la ciudad. Yo sabía muy bien lo que le atormentaba, pero Lisa se quedaba muy triste.

Cuando murió su madre, en el campo, su padre se suicidó. Lisa heredó la casa y la tierra, porque no se pudo localizar a ningún hermano. Y entonces fue cuando se vio claro que tenía cabeza para los negocios, porque subastó las bestias y vendió la tierra al granjero vecino, el bosque a una empresa maderera y la casa a un mayorista que quería tener un chalet de verano en la costa de Halland.

Utilizó el dinero para comprar la tienda de artículos de costura que estaba entre el barrio de Haga, más bien obrero, y el llamado Ciudad de Vasa, habitado por gente elegante. De esa forma pudo convertirse en una persona libre y autosuficiente, hasta el día en que conoció a Ragnar y se enamoró de él como una loca.

¿Había sido feliz antes? La verdad es que no lo sé.

Pero se sintió feliz cuando se casó, porque se vio convertida en toda una señora de su casa y persona de consideración. El hecho de que Ragnar fuese con ella a ver al cura se debía, pensaba Lisa, a los buenos oficios de Hanna Broman. Y por esto tendría que estar agradecida a su suegra durante todo lo que le quedase de vida. Me acuerdo de que estuve mucho tiempo tratando de imaginarme lo que mi madre pudo haberle dicho a Ragnar. Y la verdad es que yo no recordaba que jamás tomase en serio nada de lo que le decía nuestra madre. Al contrario, su reacción solía ser reírse de ella.

Yo no me reía de mi madre. La odiaba, eso sí, la reñía, le gritaba, me avergonzaba de ella.

Hacia la mitad de la guerra, o sea, cuando más escaseaba la comida, empezaron a salirme los pechos y tuve la menstruación. Mi madre dijo que ya podía prepararme, porque iban a empezar mis pesares, y la vergüenza me caería encima en cualquier momento. Lo recuerdo muy claramente, porque se puso blanca como una sábana, y me miraba con ojos asustadísimos al enseñarme a ponerme las compresas.

–Tienes que prometerme que ahora tendrás mucho cuidado –me dijo–, que no te fiarás de nadie.

Traté de preguntarle a qué tenía que tener tanto miedo, pero ella se puso colorada y no me contestó.

Como siempre que había algo que no entendía, o me veía en un apuro, acudí a Lisa, pero tampoco me ayudó esta vez; al contrario, se puso muy apurada, y me miró con ojos raros y hasta la voz se le entrecortó al decirme que lo mejor sería que hablase con Ragnar. Me di cuenta entonces de que lo terrible no era aquella sangre repulsiva que manaba de mí, sino algo peor.

Al día siguiente, Ragnar, escueto y turbado, me dijo que de entonces en adelante tendría que tener mucho cuidado con los chicos. Y eso fue todo lo que conseguí sacarle. Lo demás lo tuve que ir deduciendo por mí misma. Pensé en las palabras aquellas tan feas que había oído decir a mis hermanos, sobre pollas y coños, y también me sirvieron de mucho ciertos recuerdos de infancia. Recordé, por ejemplo, cómo habíamos tenido que luchar Erik y yo con una de las vacas de mi madre, que tenía que ir al toro en la finca del abuelo. Y cuando, finalmente, conseguimos reducirla, la tía Ingegerd nos dio pastas y zumo de fruta.

Recuerdo que me quedé a mirar cómo el toro montaba a la vaca, y sentí pena por ella.

Y así fue como me enteré.

Era verano cuando Lisa dio a luz a su primer hijo, y entonces sí que tuve que aprender en serio a llevar una tienda. Esta experiencia me fue muy útil, y lo hice bien, porque calculé y medí y corté y charlé con los clientes. Lisa me dijo que yo era verdaderamente estupenda para mi edad. Venía con el niño a traerme la comida al mediodía, miraba lo que había en caja y no cabía en sí de alegría.

–¡Dios mío, pero qué bien!, ¡lástima que no tenga dinero para colocarte aquí!

Las señoras elegantes de Vasa decían que yo tenía buen gusto. Pero no era verdad. Me reía mucho de ellas a sus espaldas porque no se daban cuenta de que mi técnica consistía en decir lo que ellas mismas pensaban: por ejemplo, si esta cinta o la otra o la de más allá le iba mejor o peor a doña Fulanita, o si el azul era el color que mejor le iba a doña Zutanita.

Aprendí mucho, pero más sobre la gente que sobre telas y cintajos. Ahora, lo que más y mejor aprendí fue el arte de llevar una tienda.

A mi madre le alegró mucho que yo ganase dinero, pero no le parecía bien que estuviese siempre sola en la tienda.

–En cuanto termines la escuela –me decía– tendrás que ponerte a servir, porque así sabremos por lo menos cómo te va, y lo más importante es encontrar una buena familia.

–¡Eso nunca!

Así grité al oír tales palabras. Y seguí gritando que no, que no y que no durante todo el último año de escuela, pero de nada me sirvió. Mi madre era terca como un piojo. Lisa trató en vano de disuadirla, y ni siquiera Ragnar lo consiguió. Hasta el mismísimo Erik lo intentó:

–Pero mamá, no seas tonta, por Dios, la chica es demasiado lista para ponerse a servir.

–Bah, no es ni más ni menos lista que las demás.

Me coloqué en casa de una buena familia de la calle Victoria. El señor, sobre todo, era de lo más fino: era médico y escribía en los periódicos. Luego me di cuenta de que fue allí donde me hicc socialdemócrata. Y es que aquella gente era muchísimo más fina que yo. Esto, sin el menor género de dudas. La cosa saltaba a la vista. Ni siquiera parecían mirarme, era como si yo no existiera. Conmigo se tiraban pedos, hablaban entre sí por encima de mi cabeza, olían a suciedad, dejaban manchas repulsivas en las sábanas, y unas cosas como dedos de guantes de goma que eran la mar de raras.

Al principio pensé que lo que les pasaba era que el cuerpo, con sus ruidos y sus olores, no les daba vergüenza, pero descubrí la razón de todo aquello cuando vi lo distintos que eran con la gente que iba a su casa de visita, lo comprendí todo: lo que ocurría era, sencillamente, que yo, para ellos, no era nadie, que yo, para ellos, era como el perro de la casa.

Y también me hacían trabajar como a un animal: desde las seis de la mañana, cuando despertaban sus hijos, hasta bien entrada la noche, cuando tenía que servir la mesa. Y mi ridículo sueldo se lo mandaban directamente a mi madre. Tenía derecho a una tarde libre cada catorce días. Y esa tarde la pasaba con Lisa, no en casa. Así estuve trabajando dos años enteros, y puedo asegurar que jamás se sintió nadie tan solo como yo durante ese tiempo.

Así las cosas, una noche el doctor se sentó a la mesa del comedor a escribir un artículo entre copas de coñac. De pronto le oí cruzar la cocina medio tambaleándose, camino del cubil al que ellos llamaban dormitorio de la doncella. Forcejeó con el picaporte, y yo me levanté de la cama a toda prisa. Y cuando se echó encima le di una patada en la entrepierna. Chilló como un descosido, y la señora fina bajó corriendo. Mientras ella gritaba y vomitaba improperios, cogí mi abrigo y bajé los escalones de tres en tres. Fui a casa de Lisa y no creo haber visto jamás a nadie tan enfadado como Ragnar al oírme. Salió hecho una furia, camino de la calle Victoria. Así, como suena: en plena noche.

Lo que Ragnar dijo a aquella familia tan elegante, o sea, si les amenazó con darles una buena tunda o con denunciarles a la policía, es cosa que jamás supe. Lo que sé es que tuvo que haberles asustado mucho, porque al volver me trajo cincuenta coronas.

–Que no te las vea mamá –me aconsejó.

Ni tampoco sé qué le diría a mi madre a la mañana siguiente, pero lo cierto es que se puso tan enferma que tuvo que pasar tres días en la cama, temblando de fiebre como una hoja. Cuando se levantó para ir a la tahona, de donde no se podía faltar por enfermedad más de tres días seguidos, trató de decirme algo, pero no le salían las palabras, y la verdad es que me dio igual, porque para mí lo importante era que esta vez había sido yo la vencedora.

–Estás delgada como un fantasma –me dijo por la tarde, cuando volvió del trabajo.

–No pensarás que me daban de comer como Dios manda –contesté–, apenas me daban lo que les sobraba de su comida. Y raras veces les sobraba algo.

–Bueno, tampoco vayas a creer que a los señores les sobra la comida –me contestó ella.

Me hizo unos canapés, pero se los tiré a la cara y salí corriendo a casa de Lisa. Y allí sí que comí hasta hartarme, porque en casa de Ragnar y Lisa se comía abundantemente, a pesar de la guerra. En casa se rumoreaba que Ragnar se dedicaba al estraperlo, pero yo sabía que no era así, y, aunque lo fuera, la verdad es que me tenía sin cuidado. En esa casa yo comía como una loca, y, cuando no comía, Lisa me mandaba a dar largos paseos con sus hijos.

Eran unos niños simpáticos y modosos, tranquilos y cariñosos. Con ellos exploré el bosque de Palacio, que era como los que rodeaban nuestra casa campesina de la cascada, pero, claro, más elegante, y con prados bien cuidados y colinas de hierba y árboles de lo más curioso, que yo no reconocía de nada. ¡Y luego flores, muchas flores!

Por las tardes, cuando estaba sola, me echaba en el sofá de Lisa y me ponía a pensar en lo que había pasado la noche en que el doctor se emborrachó. Al principio me parecía que no me había asustado, sino que, por el contrario, me encantó la oportunidad que se me presentaba de comprobar que era valiente y capaz de arreglármelas sola.

Poco a poco, sin embargo, fui comprendiendo lo que realmente había sucedido: y fue que en aquel momento no tuve miedo porque no me hice cargo de lo que estaba a punto de ocurrirme; y entonces me di cuenta de que la culpa de todo la tenía mi agujero, ese agujero del que manaba sangre todos los meses.

Empecé a investigar la cuestión del agujero. Me parecía curioso. Era como una boca que se abría y se ensanchaba si le metías el dedo. Pero lo verdaderamente curioso era que eso me daba gusto y me excitaba. Y una vez que empezaba me costaba parar, y acabé haciéndolo todas las noches, antes de dormirme.

Durante cosa de medio año ayudé a Lisa con los niños y también con la tienda de cosas de coser. Luego encontré trabajo en la tienda de *delikatessen* de Nisse Nilsson, que estaba en el Bazar Alliance. Nisse era amigo de Ragnar, y los dos tenían negocios a medias y solían cazar juntos en otoño. Era una persona simpática y alegre, sobre todo por la tarde, cuando la botella de vino ya estaba medio vacía.

–Me hace falta alguien de quien me pueda fiar –me dijo.

Pero jamás bebía más de lo que podía aguantar. Cada botella le duraba dos días.

Corría por entonces el año 1918, y las colas para el pan de la Avenida del Sur eran cada vez más cortas. La hambruna iba aflojando lentamente sus garras sobre la ciudad. Pero entonces la gente comenzó a morir de gripe, una gripe normal que nosotros llamábamos «enfermedad española». En realidad, de lo que se morían era de desnutrición, como fue el caso, sin ir más lejos, de los niños del apartamento que estaba debajo del nuestro, y el de la señora que vivía en el de encima del de Lisa, y el de mucha gente más. Yo estaba en constante alarma, y cuidaba mucho de los niños de Lisa y de mi madre, que cada día se cansaba más.

Pero mi inquietud desapareció cuando empecé a ir a mi nuevo trabajo, todas las mañanas a las ocho en punto. Cruzaba la Avenida del Sur, y luego iba por el canal de Roselund, y, por el Puente del Bazar, a la ciudad que se extendía al otro lado del foso, donde estaban la plaza del Rey y las grandes tiendas. Por primera vez en mi vida me daba cuenta de que la ciudad era hermosa con sus canales y sus altos árboles, que se mecían y se inclinaban sobre los malecones. Y comencé también a sentirme allí como en mi casa, como una de las muchas personas que la pateaban a diario camino de su trabajo.

Fue llegando la primavera, con sol y calor, y todos pensábamos que terminaría la gripe. Pero fue lo contrario, porque el verano le dio nuevos ímpetus, y cada vez moría más gente en los terribles sótanos del barrio de Haga.

En aquel enorme bazar todos nos gritábamos los buenos días al abrir nuestras tiendas y distribuir las ofertas y golosinas del día por los mostradores. Greta, que tenía una tienda de quesos, era casi siempre la primera que gritaba que fuese a tomar café con ella.

Lo tomábamos de pie, con rebanadas de queso blanco, y apenas teníamos tiempo de apurar el último sorbo cuando se abría la puerta y empezaba a entrar gente que venía a buscar pan tierno para el desayuno, mantequilla recién hecha y, a veces, hasta pasteles. Yo, por mi parte, no tenía mucho que hacer en las primeras horas del día, porque los goteburgueses no empezaban a pensar en golosinas hasta el mediodía; por la tarde solía haber cola en mi tienda.

Allí aprendí mucho; por ejemplo, a cortar salmón ahumado en lonchas finas como hojas, a distinguir las muchas clases de arenque en conserva, a despellejar anguilas, a preparar buenas salsas, a saber cuándo estaban bien a punto los cangrejos, a preparar quisquillas, a que no se me murieran las langostas, y otras mil cosas útiles de esta índole; y también a pesar y calcular. Y fui perdiendo la timidez, y me acostumbré a charlar de cosas insustanciales, o sea, como decía Nisse Nilsson, a darle a la lengua.

–Créeme, Johanna, eso es lo más importante de todo.

Nisse se pasaba las mañanas y las tardes en el puerto y en los ahumaderos de pescado, y así es como transcurría su jornada de trabajo. A fin de cuentas, era yo quien se encargaba de casi todo: de llevar la caja y las cuentas, de abastecer la tienda, y hasta de ir al banco.

–¡Dios santo, pero qué chica más mañosa! –le decía Nisse a Ragnar cuando éste aparecía por allí.

Yo estaba haciéndome mayor.

Pero lo mejor de todo es que empecé a hacer amistades. Y algunas amigas de entonces me duraron toda la vida, como, por ejemplo, Greta la quesera, o Aina la charcutera, o Lotta la confitera.

También tengo que mencionar aquí a Stig, por supuesto, que era el hijo del carnicero. Estaba enamoriscado de mí, o, por lo menos, eso se decía. Pero yo hacía como que no me daba cuenta, y así pudimos seguir siendo amigos.

Fue allí, en aquel lugar de tiendas, donde me di cuenta de que era mona. «La belleza del bazar», me llamaba Nisse, exagerando, como siempre. Pero lo cierto era que, cuando iba por los pasillos, los chicos me silbaban; eso, por lo menos, nadie lo podía negar, porque todo el mundo lo oía, y menos es nada. La verdad es que la cosa llegó a ser una tomadura de pelo general, porque también me canturreaban: «¡A ver si sabes silbar, Johanna!».

Un chico de doce años que había en nuestra casa me enseñó a silbar muy fuerte, muy agudo, con los dedos metidos en la boca, y tan bien me salía que mis silbidos asustaban a los gatos que estaban encaramados en los árboles.

Y entonces también yo me puse a silbar cada vez que los chicos me silbaban a mí. A todo el mundo le hizo gracia esto, menos a Nisse.

–Anda, déjalo de una vez –me decía–, que te estropeas la boca, con lo bonita que la tienes.

Un día, al principio de mi trabajo allí, vi al doctor de la calle Victoria. Se acercó a mi mostrador, con paso muy firme y decidido. Yo me quedé de una pieza, y noté que el corazón se me desbocaba, pero me tranquilicé pensando en Nisse, que estaba detrás de mí, en la trastienda.

Pero no había motivos de inquietud. El doctor no me reconoció. Pidió dos langostas, veinte lonchas finas de salmón, un kilo de quisquillas y medio kilo de arenques ahumados.

Le empaqueté todo lo que quería y le dije el precio, que sumaba exactamente el doble de mi sueldo mensual de cuando estaba a su servicio.

Él trató de regatear.

–Lo siento –le dije–, pero aquí tenemos precio fijo.

Nisse, que oyó nuestra conversación, salió y me felicitó, diciéndome que así era como había que ser: amable, pero firme. Y luego añadió:

–¡Pero chica, qué pálida estás, se diría que te ha pasado algo!, ¡vamos, vete a tomar un café!

De modo que me fui al café y traté de digerir lo absurdo del caso:

«El muy cerdo –me dije–, ni siquiera me ha reconocido.»

He dicho más arriba que fue mi época de muchacha de servicio lo que me convirtió a la socialdemocracia, pero tengo una tendencia a hacerme pasar por mejor de lo que soy. La verdad es que fue en casa de la familia de la calle Victoria donde aprendí a odiar a la clase burguesa.

La cosa ocurrió un tormentoso día de abril del año 1920. Y fue poco antes de la hora punta del mediodía.

Estaba yo sola en la tienda, y tenía el mostrador algo húmedo y viscoso, porque acababa de cortar unas anguilas para un cliente que decía que fuera soplaba un verdadero huracán y los canales estaban desbordándose. Una vez que se hubo ido y yo me disponía a limpiar aquel charco, me di cuenta de que no tenía agua.

En las tiendas del bazar no teníamos agua corriente. Pero en el centro, debajo de la gran cúpula de cristal, había un pequeño cercado con un pozo y una bomba, de modo que le pedí a Greta, la quesera, que cuidase de mi tienda mientras yo iba corriendo a buscar un cubo de agua.

–Ahora mismo vuelvo –le dije.

Y fui, en efecto, corriendo. Pero cuando iba a abrir la pesada puerta del cercado de cristal, se me cayó el cubo, que chocó ruidosamente contra el suelo de piedra. Traté de agacharme, irritada, para recogerlo, pero nada, no podía.

Tuve que alzar la mano derecha para abrir la puerta. Tampoco pude, y entonces me di cuenta de que me había quedado como petrificada. Por un instante pensé en algún tipo de parálisis infantil, pero no me asusté, y en torno a mí reinaba el mayor silencio. Y también en mi interior. Tal era la paz que sentía en mi ánimo que ni pensé ni sentí nada que pudiese inducirme al pánico. Y, al mismo tiempo, estaba como en medio de una gran claridad. Era una sensación, no sé cómo decirlo, algo así como... solemne.

Pasaron unos minutos, y sólo al final me acordé de que tenía prisa.

Y fue entonces cuando se oyó el estrépito que hizo la cúpula de cristal al ceder bajo el peso de la tormenta, y se derrumbó con tal estruendo que habría podido despertar a los mismísimos muertos. La puerta se abrió de golpe, me dio en la cabeza y me tiró por el pasillo contra la pared. Las astillas de cristal volaban por el aire, y me pinchaban en el brazo, pero yo tenía ambas manos tapándome los ojos, de modo que no me pasó nada en la cara. La gente acudió de todas partes gritando:

–¡Menos mal que no le ha pasado nada a Johanna!

–¡Consiguió escapar antes de que...!

–¡Pero si está sangrando, la pobre!

–¡Llamad a la policía!, ¡policía!, ¡a ver, la policía! ¡Una ambulancia!

Un médico muy amable del hospital de Sahlgren me extrajo las astillas de cristal del brazo, y luego me dio unos puntos:

–Dé usted las gracias a su ángel de la guarda, señorita –me dijo.

Luego llegó la policía, y un jefe de bomberos:

–¿No vio o notó usted nada anormal, señorita?

–Bueno, es que tenía mucha prisa –les contesté.

Y me creyeron.

El accidente fue la comidilla de la ciudad, porque el estruendo de la cúpula, al derrumbarse, se había oído en todas partes. Y en los periódicos se habló de él, y también de mí:

«La chica del ángel de la guarda», proclamaban los periódicos.

Esto irritó a la gente del bazar.

–A ver, ¿qué tal te va hoy con tu ángel de la guarda? –me decían.

Un día acabé hartándome, y me eché a llorar. Stig me consoló y me secó la cara, y la gente acabó dejando de tomarme el pelo con los ángeles de la guarda.

Pero mi madre había leído lo que decían de mí los periódicos, y me preguntó, algo extrañada:

–Bueno, espero que te des cuenta de que es la pura verdad.

No contesté, pero, por primera vez en muchos años, nos miramos las dos con mutua comprensión. Ella se rió un poco y me dijo:

–¿Estaba allí tu padre, Johanna?

–No sé, madre.

Y era verdad: no lo sabía. Y sigo sin saberlo. Y no quiero que me lo expliquen. Ni quise entonces ni quiero ahora.

Lo único que sabía era que allí había ocurrido un milagro, y que, después, me volvió el recuerdo de mi padre y de los bosques de mi tierra, de la cascada que hacía tanto ruido, y del somormujo que cantaba estridentemente en la penumbra, y de los cuentos que me contaba mi padre, y de las canciones que cantábamos. Me llegaban en tropel las imágenes de mi niñez en el campo, primero en forma de sueños, de noche, y, luego, a plena luz del día. Era como si aquel accidente hubiese abierto en mí una especie de compuerta.

Soñé que mi padre y yo volábamos, que navegábamos contra la corriente por el Barranco del Lobo. Era de noche cuando llegamos a la cima del barranco y nos echamos al suelo para descansar. Mi padre me mostraba las estrellas y me decía que eran mundos lejanísimos y extraños. Y cuando le pregunté quién vivía en ellos, me explicó que en las casas de las estrellas no vivía nadie.

También volábamos sobre los lagos, y sobre el lago largo, y sobre Agua del Norte, y sobre todos los miles y miles de laguitos que había por el bosque.

Estos sueños de volar me encantaban, me llenaban de indescriptible contento, de una sensación como de victoria. De poder, sí, eso: de poder puro y simple.

De día era distinto. Entonces siempre había algo que me recordaba esas cosas. Bueno, todo, todo me las recordaba. Un pájaro, pongo por caso, rompía a cantar de pronto por la Avenida cuando volvía yo a casa del trabajo, y enseguida me daba cuenta de que era un pinzón. Si saludaba a Ernst, que era el panadero del bazar, sentía inmediatamente que olía a harina sacada de un tonel, y entonces veía los rayos del sol empapados de polvo danzante de harina del molino de mi padre. Un domingo fuimos Greta y yo juntas al lago de Del y nos sentamos en un promontorio desde donde se veía el bosque reflejado en el agua profunda. En la orilla había mimbre y abedules, con sus hojas y sus florecillas, y entonces vi de pronto los arces de mi tierra, de los que llovían florecillas color verde claro sobre las aguas de los laguitos roqueros.

–¿Te das cuenta de que aquí huele a miel?

No, Greta no sentía ese olor.

Casi igual de extraño era para mí lo que estaba ocurriéndome con mi madre. Yo había pensado que ya, por fin, me había liberado de ella. Pero no era así, porque ahora volvía con toda la fuerza de que puede hacer gala una madre. Las madres, después de todo, son lo único que ha existido siempre.

Empecé a tener largas conversaciones con ella. Conversaciones mudas, pero que, para mí, eran las verdaderas. Estábamos las dos sentadas a la mesa, después de comer, el primero de mayo, y yo había participado en la manifestación y oído las canciones de lucha y visto el crujiente ondear de las banderas rojas al viento.

Dije:

–¿Pero qué es lo que puede parecerte mal en que la gente pobre exija sus derechos?

Y ella respondió:

–Las cosas van mal cuando la gente deja de ser humilde. ¿Quién va a hacer todo lo que es necesario hacer si deja de haber pobres? No vas a decirme que serán los ricos los que se limpien su propia suciedad.

–Pero madre, tienes que hacerte cargo de que los tiempos han cambiado.

–Sí, ya me he dado cuenta. Ahora la gente odia.

–Algo hay de eso, madre. El odio está madurando, y la verdad es que ya era hora, y pronto podrá dar fruto.

–¿Y qué sabor crees tú que tendrá?

–Pues pienso que tendrá un sabor algo áspero, como las bayas del endrino, madre, ésas que tú siempre has dicho que son tan útiles.

–Pero no se puede vivir sólo de bayas de endrino.

–No, desde luego, pero sí que se puede vivir de un sueldo honrado y de un trabajo seguro. Esto es algo nuevo, madre, algo en lo que tú jamás pensaste.

–¿Y cómo se llama?

–Pues justicia, madre.

–En este mundo no hay justicia. Dios lo sigue gobernando ahora igual que siempre.

–Pero imagínate, si ahora resulta que Dios no existe, ese Dios tan malo en el que tú crees. Imagínate, si resulta que somos nosotros mismos los que lo gobernamos todo.

–No sabes lo que estás diciendo, niña. Hay gente que se queda ciega, enferma, o paralítica. Niños inocentes mueren. Muchos tienen que vivir tullidos, o peor, antes incluso de tener uso de razón.

–Sí, bueno, pero también hay muchos más que vivirían muy sanos y muy bien si la gente se alimentase mejor y tuviese casas decentes.

–Sí, pero siempre habrá gente que mande.

–No, nada de eso, lo que queremos es un mundo en el que cada persona sea dueña de sí misma. Eso es precisamente lo que acabo de oír al orador de la plaza del Hierro.

Mi madre movió negativamente la cabeza:

–Bueno, sí, como Larsson –dijo–, pero fíjate, él es rico y tiene su taller y no necesita doblar la cerviz ante nadie. Pero a sus aprendices los trata con mano de hierro, y él mismo bebe como un odre. La gente que vive mejor no por eso se comporta mejor. Piensa, si no, en la familia esa rica donde tú servías, ¿te acuerdas?, pues no eran mejores que los peores campesinos de mi niñez.

Pensé largo y tendido después de esta conversación. La desgracia de mi madre no era que fuese tonta, no, lo que le pasaba era que le faltaban las palabras para expresarse como es debido.

En fin, que Ragnar estaba a punto de cumplir los cuarenta. Iba a dar una fiesta con una gran mesa bien provista de toda clase de canapés a la sombra de los árboles del parque donde estaba emplazada nuestra casa. El tiempo era bueno, Lisa estaba haciendo el pan para los canapés y mi madre pastas y pasteles, las dos como locas. Nisse Nilsson llenó una caja grande de salmón y patés y toda clase de golosinas.

–Aquí lo tienes, mi regalo de cumpleaños para tu hermano –me dijo–. Pero dile que el vino y el aguardiente se los tendrá que comprar él solito.

Iba a haber muchos invitados, porque Ragnar tenía amigos por toda la ciudad.

Cuando estuvo puesta la mesa, las mujeres nos sentimos orgullosas de nuestros esfuerzos. Estaba lo que se dice preciosa, con flores y ramillas de abedul y largas orlas y cintas verdes. A nadie se le ocurriría pensar, al verla, que los manteles blancos eran sábanas, y que la loza era toda de distintos juegos, prestada por los vecinos.

Cuando mi madre y yo subimos al apartamento para vestirnos de fiesta, oímos a los acordeonistas, que acababan de llegar y estaban ensayando. Tocaban un vals muy conocido, y mi madre se sonrió con cierta sorna al oírlo.

Luego cogió su viejo vestido de lana negro, y que le llegaba hasta los pies.

–Pero, ¿por qué no te pones algo más moderno, aunque sólo sea por una vez, el verde, por ejemplo...?

Pero era perder el tiempo. A mi madre no había manera de hacerle cambiar de idea, lo que ella quería era tener aire de mujer seria, o sea, de vieja digna.

La verdad es que la fiesta resultó muy bien. La gente cantó y comió, y, a medida que el aguardiente iba bajando en las botellas, las voces se hacían cada vez más altas. Mi madre parecía inquieta al principio, pero acabó calmándose, sobre todo cuando Lisa le dijo al oído que Ragnar seguía sereno y cuidaría de que no hubiese peleas ni cosas de ésas tan desagradables. Mi madre se fue a casa temprano, y me dijo, muy bajo, que estaba cansada y le dolía la espalda. La acompañé a casa, la ayudé a acostarse y le eché encima una buena manta.

Esto la irritó. No le gustaba que la ayudasen o fuesen amables y serviciales con ella.

–Ahora va a haber baile –me dijo–, vamos, tú baja y diviértete.

Bailé una vez con Nisse Nilsson, pero no me divertí porque estuve pensando todo el rato en mi madre, y me sentí irritada y al mismo tiempo deprimida. ¿Por qué no podría mi madre sentirse contenta, como todo el mundo, como todas las señoras que estaban allí mismo, ante mis ojos, sentadas al sol de la tarde, riendo y charlando? Muchas eran incluso más viejas que ella, que entonces sólo tenía cincuenta y tres años.

¡Cincuenta y tres años!

Algo espantoso, siniestro, se agitó de pronto en mi mente, se abría paso por mi cabeza.

No.

Bueno, sí. Mi madre tenía cincuenta y tres años, y su hijo cuarenta.

Trece años de diferencia tan sólo, le había dado a luz a los trece años.

Calculé nueve meses más, y me puse en octubre.

O sea, teniendo mi madre doce años.

¡Un hijo!, ¡un hijo a los doce años!

No era posible. Tenía que ser adoptado.

¡No, ni hablar!, ¡si eran parecidísimos!

Yo siempre había sabido que Ragnar era hijo de otro padre que mis hermanos y yo. ¿De quién? Se decía años antes que mi madre, de joven, había estado enamorada de un primo suyo, pero tampoco esto era posible. Una niña de doce años no se enamora de un hombre hasta el punto de acostarse con él.

Alguien me había dicho que mi madre casi murió de pena cuando al primo en cuestión le mató un disparo errado en una cacería. ¿Quién sería? Tenía que preguntárselo a Lisa. Pero, por otra parte, ¿qué sabría Lisa?

Me fui temprano de la fiesta, y le dije a Lisa que tenía que ir a ver a mi madre.

–¿Es que está enferma?

–La verdad es que no lo sé, estoy inquieta.

Subí la escalera corriendo, diciéndome que no tenía más remedio que atreverme a preguntárselo:

–Madre, ¿estás dormida?

–No, reposando solamente.

–Es que, mira, acabo de calcular que tenías doce años cuando te quedaste embarazada, y apenas trece cuando diste a luz.

Mi madre se incorporó en la cama, y, a pesar de la semiobscuridad crepuscular allí reinante, me di cuenta de que se había puesto roja como una amapola. Finalmente me dijo lo siguiente:

–Siempre has sido muy lista, me extraña que no hicieses antes ese cálculo.

–Sí, y a mí también. Pero es que alguien me dijo una vez que te habías enamorado del padre de Ragnar y que te quedaste tristísima cuando murió, por eso no me atrevía a pensar en ello o preguntarte.

Ella, entonces, se echó a reír, pero era una risa siniestra. Como si acabase de perder la razón. Y cuando se dio cuenta de lo asustada que yo estaba, se tapó la boca con la mano. Se produjo entonces un silencio.

Luego volvió a hablar:

–El padre de Ragnar –dijo– era un violador y una mala persona. Cuando lo mataron de un tiro fue para mí el mejor día de mi vida. Siempre le había tenido miedo. Aunque la verdad es que no tenía por qué, pues entonces ya estaba casada con Broman, que tenía los documentos de la tutoría del niño.

–¿Cuánto tiempo pasaste sola con Ragnar hasta que conociste a mi padre?

–Pasé cuatro años puta y deshonrada.

No me atreví a mirarla cuando nos desnudamos y nos acostamos, pero me apreté contra ella en el sofá cama de la cocina y lloré y lloré hasta quedarme dormida mientras fuera sonaba el acordeón y la gente bailaba en torno a los árboles y a la gran mesa y a los barracones del parque.

¡Cuánto bailé el verano en que la ciudad cumplió trescientos años y se anexionó al monte de Lise a modo de regalo de cumpleaños! Ahora la gente piensa que el monte de Lise no es más que una zona de diversiones, un terreno de feria con un tren que sube y baja. Aunque la mayoría no tiene más remedio que reconocer que es muy bonito.

Pero, para nosotros, los que vivíamos allí entonces, el monte de Lise era como un cuento de hadas hecho realidad. En el parque se levantaron casas bellas como templos, con estanques como espejos, o cubiertos de nenúfares, con arroyos que cantaban cuesta abajo, orquestas que tocaban música, teatros, ballet, y avenidas de columnas, y miles, no, qué va, cientos de miles de flores.

A fuerza de bailar rompí tres pares de zapatos, uno tras otro, en pocas semanas. Y recuerdo la primera mitad de los años veinte como el período más divertido de toda mi vida.

Pero no sólo por el monte de Lise.

Obtuvimos, por fin, la jornada laboral de ocho horas. Y esto fue importante para mi madre, que así pudo mejorar algo de su eterno dolor de espalda. Y también conquistamos el derecho a las vacaciones, y Aina, Greta y yo cogimos un tren para Karlstad, de donde seguimos, subiendo por Fryksdal, hasta Sunne y Mårbacka. El viaje, por sí solo, fue para nosotras una auténtica aventura, tanto, por lo menos, como para la gente que vivía en los pueblos que costeaban el lago, porque, ¡ahí era nada!, ¡tres chicas que aparecían de pronto por allí en pantalones largos, y que viajaban solas! Todo lo cual, por supuesto, era rarísimo y notabilísimo por aquellos años.

Y ahora me doy cuenta de que se me estaba olvidando algo muy importante: ¡Selma Lagerlöf, nada menos! Mi amiga Aina había leído algo sobre ella en el periódico, y sacado de la biblioteca pública uno de sus libros: *El anillo de Löwenskjöld*. Lo leímos las tres, lo dejamos hecho unos zorros de tanto leerlo, igual que nos había pasado con los zapatos de tanto bailar el verano del tricentenario. ¡Santo cielo, y qué impresión tan tremenda nos hizo!

Yo creo que a mí me impresionó porque me reconocí en ese libro, y vi en él toda la fascinación de la infancia. Lo leí y lo leí y lo volví a leer, y lo releí, y el mundo se me volvió del revés. En sus páginas se hablaba de alguien que sabía que nada era lo que parecía, que todo tenía un significado oculto. Fui ahorrando parte de mi sueldo, semana tras semana, para comprar todos los libros de Selma Lagerlöf a plazos en la librería de Gumpert, en tomos muy bonitos, encuadernados con lomo de cuero. ¡Dios mío, y qué orgullosa me sentía yo de aquella colección cuando los veía todos juntos en mi pequeña estantería!

No recuerdo mucho de Mårbacka, y pienso que eso se debe a que me decepcionó. A lo mejor tenía yo la idea de que reluciría como una gran casona ancestral, que arrojaría luz sobre el parque, como un astro, y que Gösta Berling y Charlotte Löwenskjöld, Nils y Skrålycka, la chica del pueblecito de Stormyr, y otros personajes de la autora, aparecerían entre los árboles para saludarme.

Fue de Selma Lagerlöf de quien aprendí que el amor era una potente fuerza, irresistible, más dolorosa y al tiempo más dulce que ninguna otra cosa imaginable. Y nunca he dejado de admirarme de lo que Lagerlöf hizo con nosotras, que entonces éramos jóvenes y estábamos llenas de anhelos. Y habíamos nacido en un ambiente en el que apenas había sitio para tan grandiosos pensamientos.

De todas formas, lo cierto es que fue entonces cuando empezamos a soñar con el príncipe azul, y me refiero a nosotras tres: a Aina, a Greta y a mí misma.

Tampoco es justo echar toda la culpa de eso a los libros. Cuando las tres, una tras otra, comenzamos a fijar nuestra atención en «el hombre ideal» y convertimos el matrimonio en meta de nuestros esfuerzos, los impulsos que nos movían eran muchos, por más que nosotras sólo captásemos su conjunto.

Todo el mundo sabe que la ciudad de Göteborg comenzó a perder ímpetu hacia fines de los años veinte. La gente empezó a tener menos dinero, dos de las tiendas del bazar quebraron, mucha gente sin trabajo se vio de pronto en la calle.

Había comenzado la gran depresión. Pero por aquel entonces nosotras no conocíamos esa palabra, ni captábamos todo su verdadero sentido.

Los periódicos decían que las mujeres estaban quitándoles el trabajo a los hombres. Se pedían leyes nuevas que prohibiesen a las mujeres casadas tener profesiones u oficios. En muchísimas tiendas de Göteborg se despidió a las chicas, y los dueños mismos se pusieron a servir a la clientela personalmente, detrás del mostrador. Y yo, para quien era evidente que siempre tendría que buscarme la vida trabajando, empecé a sentirme cada vez más inquieta.

Es casi imposible explicar a las jóvenes de hoy de qué manera se aliaban en nosotras el anhelo de amor y el miedo, conduciéndonos a una desesperada situación persecutoria. Y es que, para nosotras, el trabajo era cuestión de vida o muerte. De pronto nos encontrábamos en la misma situación que nuestras madres tiempo atrás, con la única diferencia de que las muchachas campesinas de años antes contaban con el apoyo de sus familias en la caza y captura de un hombre que las mantuviera.

Si alguien ha estado jamás realmente a la espera del amor de su vida, ese alguien era yo en el momento en que la suerte me deparó conocer a Arne. Arne trabajaba de capataz de un gran astillero, y yo me decía que la crisis no podía llegar a afectar a un sitio así. La idea misma me avergonzaba, y, más tarde, cuando mi madre me dijo que Arne era «un hombre realmente capaz de mantener siempre a su familia», me sentí indignada:

–Pues te digo que me casaría con él incluso si fuese barrendero.

Ya he dicho que tengo la desdichada costumbre de presentarme mejor de como realmente soy. Embellecerme a ojos ajenos, como si dijéramos. La pura verdad, sin embargo, es que me sentía forzada a enamorarme, sobre todo porque Nisse Nilsson ya casi no vendía el suficiente salmón para pagarme mi sueldo, y la pobre Greta, que era dueña de la quesería, quebró y no tuvo más remedio que ponerse a servir.

Pero también es verdad que estaba enamorada. Sentí algo raro en todo el cuerpo la primera vez que vi a Arne Karlberg. La palma de las manos se me cubrió de sudor, el corazón se puso a latirme como loco, y me noté una cosquilleante sensación en el bajo vientre. Por primera vez me di cuenta de que también se podía sentir hambre en el agujero que tenía abajo, y un anhelo caliente en la sangre.

Lo conocí en un mitin de la Unión Socialdemócrata. Todos, uno tras otro, se levantaban y decían lo mismo de siempre sobre las injusticias, y sobre que nosotros, a pesar de los malos tiempos que corrían, teníamos que mantenernos firmes en defensa de nuestras reivindicaciones. Hacia el final del mitin se levantó un hombre con mucho aplomo que dijo que las mujeres no sólo les quitaban el trabajo a los hombres, sino que también cooperaban en mantener bajos los jornales, porque hacían el mismo trabajo, pero no tenían los arranques necesarios para exigir el mismo dinero.

Esto me enfureció de tal forma que se me olvidó lo tímida que era y pedí la palabra y pregunté cómo era posible que todas las mujeres de borrachos empedernidos, y todas las mujeres solteras, y todas las viudas, y todas las madres solteras pudiesen tener un techo bajo el que cobijarse y comida para ellas y sus niños si no se las dejaba trabajar.

Empezaron a oírse murmullos entre los asistentes.

Pero entonces subió Arne a la tarima y dijo que estaba de acuerdo con la oradora. Y que los sindicatos deberían dedicar todos sus esfuerzos a ganarse el apoyo de las mujeres y a conseguir para ellas las mismas condiciones laborales.

O sea, igualdad de jornal por igualdad de trabajo.

Esto fue lo que dijo, y era la primera vez que oía yo palabras así.

Todos lo abuchearon.

Y fue entonces cuando lo miré y sentí en mi cuerpo todo eso que acabo de decir. ¡Qué elegante era! Alto, y rubio, rostro fuerte y, al mismo tiempo, sensible, ojos azules, barbilla como ansiosa de ofrecer batalla.

¡Por fin!

Después del mitin Arne se me acercó y me preguntó si podía invitarme a tomar un café. Había un café en la Avenida del Sur, y allá fuimos, y entonces nos dimos cuenta de que, después de todo, no nos apetecía café en aquel momento, de modo que seguimos calle adelante, primero por la Avenida, y luego a lo largo de los canales. Estuvimos paseando y paseando la mitad de la noche, y llegamos hasta los muelles, y por la parte oriental, del sur y del norte, de la calle del Puerto. Finalmente nos sentamos en el plinto de la estatua del heroico rey Gustavo Adolfo, en la plaza de su nombre, y allí me dijo Arne que aquel rey había sido un ladrón y una desgracia nacional, a quien vendría bien oír una conversación franca entre gente moderna.

Me eché a reír. Luego me fijé en Arne con más detalle y me acordé de lo que decía mi padre sobre Carlos XII, que bendita fuese la bala que había puesto fin a la vida de tal héroe.

Pero el fresco nocturno arreciaba, nos estábamos congelando, y Arne me acompañó hasta casa. En el portal me dijo que nunca había visto una chica tan estupenda como la que se había levantado a hablar con tan ardiente indignación en el mitin.

Arne tenía una barca de vela que se había hecho él mismo. El viernes siguiente, justo cuando estábamos a punto de cerrar la tienda, apareció de pronto en el bazar y me preguntó si quería ir con él de excursión en la barca el sábado. Podíamos salir del archipiélago, proa al norte, en dirección a Marstrand, y ver el castillo.

Luego añadió, como tanteando:

–Es una excursión un poco larga, de modo que vas a tener que pasar la noche en la barca.

Asentí. Le había comprendido, y estaba dispuesta.

Me hizo muchas recomendaciones. Ropa de abrigo. Y también ropa ligera. Él se encargaría de las provisiones: huevos, pan, mantequilla y embutidos. Si quería yo algo más, podía encargarme de ello.

El sábado al mediodía limpié bien la tienda de sobras apetitosas. Me había dado perfecta cuenta de que Arne miraba con ojos hambrientos todas las cosas buenas que se exhibían en nuestro mostrador.

¿Y qué le diría yo a mi madre? Se me había olvidado.

Lo que con más añoranza recuerdo de esa excursión no es Arne mismo, ni tampoco el amor que hicimos en la angosta barca. No, lo que más recuerdo todavía es el mar. Y la barca.

Esto sí que es curioso. Yo llevaba ya muchos años viviendo en Göteborg, y sabía muy bien que la ciudad olía a mar y a sal cuando llegaba el viento del oeste. Pero no había visto el mar hasta entonces. Todas mis excursiones habían sido por los bosques y por las altas montañas que se alzaban tierra adentro, y no hacia la costa. Naturalmente, había paseado por el muelle, como todo el mundo, mirando con ojos como platos los barcos extranjeros, y embriagándome de tanto aroma de especias, fruta y cáñamo. Y, como todos los demás goteburgueses, me había quedado parada en el muelle, viendo atracar el *Kungsholm*.

Pero aquel barco, que llegaba de Norteamérica haciendo ostentación de sus grandes chimeneas inclinadas, tan enorme y elegante todo él, no pertenecía a mi mundo. Era para los ricos.

Ahora me veía por primera vez en un barquito de vela hecho a mi medida, con velas desplegadas y proa al infinito, casi como bailando sobre el agua. Azules inmensidades que conducían al fin del mundo, viento susurrante, salpicar de olas, relucir del agua, tan chispeante que casi te hacía daño en los ojos.

–Te dejo una gorra –me propuso Arne.

Pero yo no quería viseras que me diesen sombra, me hacía falta tener los ojos bien abiertos, para abarcarlo todo: el mar, y el cielo.

–Échate una camisa sobre los hombros, si no, te quemarás –me dijo Arne.

Pero tampoco quería yo echarme nada sobre los hombros: necesitaba recibir con mi cuerpo entero toda aquella grandiosidad. En esto de la camisa, sin embargo, Arne no cedió, de modo que no me quedó otra solución que obedecer. Y luego se lo agradecí, porque, al atardecer, sentí que me escocía la piel de la cara y el cuello.

–Allí, a babor, tienes el faro de Böttö –me dijo Arne, señalándomelo–. Y más allá está Vinga. Cuando lleguemos allí, damos la vuelta y ponemos proa al norte en el trecho que va entre Invinga y Vinga. Y así, si la barca se ladea, no habrá peligro.

Asentí, y, cuando Arne dio la vuelta y la barca escoró, grité, pero no de miedo, sino porque me invadió una sensación como de mareo.

–¿Te gusta?

Bueno, gustarme no era la palabra adecuada, y me eché a reír como una criatura.

–Es que me parece raro –grité.

Fuimos bordeando la costa hacia el norte en medio de un fuerte viento de bolina. Las velas cantaban, el mar restallaba, escupiendo espuma salada entre nosotros.

–Si tienes miedo, recojo vela.

No entendí bien lo que quería decir aquello, pero volví a echarme a reír, y le grité que no, que no estaba asustada.

–¡Vamos a la Gran Salchicha, encontraremos abrigo en la isla de Pega! –me gritó Arne–. ¡Allí hay un buen puerto que se llama Boca Profunda!

Todo aquello parecía pura poesía. El viento iba en aumento, y Arne volvió a gritar:

–¡Ahora dirige tú un poco, mientras yo voy a proa!

Cogí el timón, y Arne me indicó la ruta:

–¡Mira, todo derecho, hacia allí!

No tardé más que unos minutos en aprender a dirigir la barca, recta como una regla.

Con el foque recogido, la barca se enderezó, y perdimos velocidad. Un poco más tarde nos acogimos a la parte trasera de la isla, y allí nos vimos de pronto tan quietos como si estuviésemos en el mismísimo cielo.

–Coge el timón –me dijo Arne–, mientras yo recojo la mayor.

La gran vela revoloteó en torno al palo, como resistiéndose, hasta que acabó cayendo a cubierta. Y entonces reinó allí el silencio, un tremendo silencio. Ahora ya sólo se oía el suave murmullo del agua hendida por la proa de la barca. Una gaviota graznó estridentemente, haciendo más denso aún el silencio. Y, luego, un tremendo chapoteo al echar Arne el ancla al agua, saltando inmediatamente también él para llegar a tierra a saltitos, con una soga.

–Aquí queda bien –dijo, cuando volvió a la barca–, pero ¿por qué lloras?

–Por lo grandioso que es todo esto.

Nos besamos y abrazamos con fuerza en la cubierta.

–¡Dios! –dijo Arne–, ¡eres la chica que he buscado toda la vida!

Luego me enseñó la barca por dentro. A la cabina se bajaba por una escalera cuyos peldaños eran grandes cajones, con asas para abrirlos. Estaban llenos de cosas de cocina: cristal, loza, cuchillos, cubiertos, pucheros; en una palabra: de todo. La comida se preparaba bajo el suelo de la cabina, me había dicho Arne. Me enseñó la cocinilla de petróleo, y también a manejarla sin peligro.

Preparé nuestra comida, mientras él se encargaba de poner las velas a punto. Olía bien aquel ambiente: a sal, algas, huevos fritos y embutidos. Comimos como si estuviésemos famélicos.

–El mar chupa mucho –dijo Arne.

–¿Qué quieres decir?

–Pues eso, que da hambre.

Recuerdo la isla, donde había flores que yo no había visto nunca, y lo cálidas que eran las montañas, y las gaviotas que se nos echaban encima en picado, chillando como si se hubiesen vuelto locas.

–Es que hay huevos en sus nidos –me explicó Arne–, no debemos molestarlas.

Aquello era exactamente lo mismo que nos decía mi padre cuando íbamos por el Barranco del Lobo en primavera.

Luego volvimos a la barca y seguimos besándonos, y de pronto sentí que el aire entre nosotros dos picaba como si estuviese cargado de electricidad, y que la sangre se me desbocaba por las venas.

Más tarde recordé que me había dolido; y eso fue todo.

En cierto modo, decepcionante.

Desde luego, no fue una experiencia sobrecogedora.

Mi madre y yo vivíamos solas ahora en el apartamento, y nos encontrábamos muy a gusto, y todo estaba muy limpio y en orden. Yo tenía unos pelargonios que me había dado el florista del bazar, y mi madre los cuidaba mucho y hacían muy bonito en el alféizar de nuestras ventanas. Siempre poníamos bonitos manteles bordados en la mesa que había en el cuarto.

Mi madre estaba ahora de mejor humor, y esto no se debía solamente a que ahora nos llevábamos muy bien las dos y teníamos más confianza la una con la otra, no, no era sólo eso, sino también, y en mayor medida, a que a mis hermanos las cosas ya les iban también mejor: los tres tenían trabajo y se habían casado como es debido.

Mi madre ahora se había vuelto bastante locuaz. Con frecuencia nos sentábamos al atardecer a charlar de otros tiempos. Rememorábamos juntas. Yo me acordaba sobre todo de los bosques y de los lagos, de los halcones peregrinos que sobrevolaban el Barranco del Lobo, y del gorjeo de los pájaros en el crepúsculo. Mi madre, en cambio, recordaba más a la gente: a la mujer del herrero, que estaba mal de un ojo, y al herrero mismo, siempre tentando a mi padre a beber aguardiente. Y a Anna, la comadrona.

–Te tienes que acordar de ella –me decía–. Vivía en nuestra casa cuando tú eras pequeña.

Acabé por recordarla. Una mujer muy viva, que me enseñó todo lo que sé sobre hierbas y medicinas, y también sobre guisar y cocer.

–Era muy buena –remató mi madre– y simpática.

«Era como un ángel –pensaba yo, oyéndola–, ¿cómo pude olvidar a una persona así?»

–Y si estás viva, fíjate lo que te digo, es gracias a la buena maña que se dio contigo –añadió mi madre.

Y a continuación tuve que oír toda la siniestra historia de aquel parto tan difícil:

–Es que no querías salir ni a tiros, nada, que no querías venir al mundo. Tanto te resististe que Anna no tuvo más remedio que cortarme.

Me quedé espantada. No me atrevía siquiera a pensar en el sábado que había pasado con Arne en la barca.

De lo que más hablábamos era de mi padre y de las historias que éste contaba.

–¿No te acuerdas del cuento aquel sobre la muerte, que tenía en su cueva una vela encendida por cada vida humana?

–Sí, cuando lo de Johannes.

Y también me contó todo lo del curandero, y me habló de la muerte de la abuela, y de lo que había predicho Johannes sobre mi padre.

–Y, fíjate, acertó, lo que se dice acertar, porque tu padre murió el mismo año que nos dijo él.

Me habló de Ingegerd, mi tía abuela materna que se quedó solterona y era una persona libre e independiente, a pesar de ser mujer. Mi madre se quedó callada de pronto en medio de su perorata, y, al cabo de un momento, me dijo algo que me dejó sorprendida:

–Tenía su propia vida. Por eso era tan franca y tan honesta.

Me quedé en silencio largo rato. Y luego le hablé de Arne.

Ella se sonrojó, como solía siempre que se sentía excitada.

–¿Puede manteneros a ti y a los niños?

–Sí.

Ella guardó silencio un largo rato, y, finalmente, volvió a hablar.

–¿Y te gusta a ti?

–Sí, creo que sí.

–Bueno, eso no es tan importante al principio. Si resulta que es un buen hombre, una se va aficionando a él con el tiempo.

Esto era muy distinto de lo que yo había leído en los libros de Selma Lagerlöf, tan distinto que no podía ser más. Pero no me reí, al contrario, me dije que ojalá tuviese razón mi madre en eso.

Llegó el sábado en que Arne iba a venir a vernos. Yo ya le había contado todo lo de Dalsland y de mi padre, y de mis hermanos, a quienes tan mal sentó al principio la gran ciudad. Le había hablado también de Ragnar, que era como un padre para nosotros:

–Es estupendo –le dije–, y está un poco loco, pero tiene ya tres coches, y las cosas le van tan bien como le han ido siempre.

Al oírme hablar de Ragnar, Arne pareció ceñudo, pero cuando le hablé de mi madre y le dije que era simpática, aunque con cierta tendencia a hablar demasiado, como los niños pequeños, se animó más.

–A mí me cae bien esa clase de gente –dijo–, porque no mienten.

–¡Dios mío! –respondí.

Y es que tenía razón, pero nunca se me había ocurrido hasta aquel momento. Y aunque íbamos por la calle, me quedé parada y le di un fuerte abrazo. La gente, al vernos, se echó a reír, y Arne pareció violento.

Lo recibimos muy bien, porque habíamos sacado las tazas buenas, y en la mesa habíamos puesto el mantel más bonito que teníamos, y con el café había siete clases distintas de pastas. Mi madre se había puesto el traje negro de lana, y el collar de imitación, y un cuello muy bonito, como de encaje, y un delantal blanco y reluciente como la nieve al sol.

–Nosotros tenemos un apartamento como éste, pero todo lo contrario, no sé si me entendéis –dijo Arne.

De pronto se fijó en el sofá de Värmland.

–¡Qué bonito mueble!, ¡y qué primorosamente hecho!

Tocó las junturas y las esquinas, y dijo que un trabajo de ebanista como aquél ya no se veía, ni tampoco una obra de marquetería tan delicada.

Ni mi madre ni yo sabíamos lo que quería decir eso de marquetería. A mí me sorprendió, pero a mi madre casi le dio un ataque.

–Pues te diré, Arne, que todo el mundo se reía siempre de mí por tener tanto apego a este sofá –dijo.

Aquella tarde todo fue sobre ruedas. Arne nos habló de su trabajo en el astillero de Göta: era capataz del taller de ebanistería donde se hacía toda la instalación de interiores de los grandes vapores.

«Instalación de interiores», ¿qué querría decir eso? Ni mi madre ni yo lo sabíamos.

–¿Los muebles, quieres decir?

–Bueno, sí, pero no son muebles corrientes. Casi todos están empotrados. Como en mi barca. Aunque, claro, mejores: caoba y nogal, y maderas así.

–Ah, pues estupendo –dijo mi madre.

Hacia la tarde, Ragnar vino a vernos, y los dos hombres se miraron como midiendo sus respectivas fuerzas antes de llegar a las manos. Pero no pasó nada: se dieron la mano como gente normal, y Ragnar no tardó en empezar a reírse. No lo había dicho todavía, pero lo cierto es que, cuando Ragnar se echaba a reír, no había nadie capaz de resistirle. Su risa hacía temblar el cuarto entero, la loza y el cristal, y entraba derecha en el corazón de quienes la oían, forzándoles a todos a reírse con él. Arne pareció sorprendido al principio, pero luego se echó a reír también, y los dos rieron juntos, pero de tal manera que a los pelargonios comenzaron a caérseles los pétalos.

–La verdad –rezongó mi madre– no entiendo qué es lo que tiene tanta gracia. Lo que voy a hacer es preparar más café.

Y entonces Arne dijo algo que nos sorprendió a todos:

–Sólo los hombres encuentran la gracia de las cosas.

Capté un relucir de acuerdo en los ojos de Ragnar, cuya risa volvió a atronar inmediatamente el apartamento entero. Luego los dos hombres se pusieron a hablar de coches. Ragnar se puso dogmático, pero no tardó en quedar claro que también Arne entendía lo suyo de motores y esas cosas. Al cabo de un rato, pasaron a hablar de barcas y yates, y Ragnar puso las cartas boca arriba desde el principio:

–Bueno, de esto, la verdad, no sé nada. Uno es lobo de tierra.

–Pues vente un día de excursión conmigo.

Los dos se pusieron de acuerdo en que al día siguiente saldríamos todos de excursión en su barca si el tiempo y el viento lo permitían. Pero mi madre no quiso.

–No, no, que a mí el mar me da mucho miedo.

A la mañana siguiente tuve la regla, de modo que tampoco pude ir con ellos, pero me di cuenta, cuando les vi volver al anochecer, de que lo habían pasado en grande. Me alegré de eso, casi me alegré tanto como de la bendita hemorragia que había tenido.

Hay que decir dos cosas importantes sobre esa velada. Primero, que Ragnar me dijo:

–Mira, Johanna, tú siempre has sido una chica muy mañosa, de modo que no me extraña que te las hayas arreglado para echarte un novio como Dios manda.

Arne estaba radiante de orgullo cuando Ragnar se despidió.

Pero cuando mi madre se enteró de que Arne seguía viviendo en casa a pesar de que era el mayor de los hermanos, le dijo:

–Vaya, eres como esas crías de pájaro que tienen miedo a salir del nido.

Arne, al oír esto, se puso, primero rojo y luego blanco. Yo todavía no sabía que cambiaba así de color cuando se enfadaba. Claro que en una situación como aquella no podía ponerse a gritar o a dar puñetazos sobre la mesa. De modo que lo que hizo fue callarse.

Muchos años después, Arne se reía conmigo de aquello, y decía que fueron esas palabras de mi madre lo que le indujo a decidirse. Porque, a fin de cuentas, se decidió. Pero esperó a que me quedase embarazada. Entonces yo ya conocía a su madre y había comenzado a hacerme cargo de las cosas.

Estaba sentada en el sofá del cuarto. Sola. Era pequeña, pero necesitaba mucho espacio.

Y bella, y se parecía a esas estatuillas de marfil que se vendían en las tiendas buenas de la Avenida. Y se mantenía enhiesta, y tenía el cuello largo, y rasgos muy bien dibujados, y los ojos azules, como su hijo. Pero era más fría que él, mucho más fría. Le hice una pequeña inclinación, y le tendí la mano, pero ella no me la cogió.

Y entonces me arrepentí de haberme inclinado.

Había allí otra mujer, más joven y afable.

–Ésta es Lotten –me dijo Arne–, que está casada con mi hermano.

–Gustav viene enseguida –dijo Lotten–, es que tuvo que ir a un recado.

Me cayó bien inmediatamente, y me estrechó la mano de una manera larga y fuerte. Como si quisiese animarme.

Tardé tiempo en fijarme en el padre. Era un hombre grandote que no ocupaba casi nada de espacio. Estaba sentado en un rincón, detrás de la puerta de la cocina, leyendo el periódico. Había en él algo de tímido, y no me miró al saludarme. Enseguida me di cuenta de que lo que pasaba era que estaba asustado.

–Vaya, de modo que ésta es Johanna, la que se quiere casar con mi chico. Pero, claro, será que está embarazada –dijo la otra, la reina del hielo.

–No estoy embarazada, que yo sepa –contesté–. Y en cuanto a lo de casarse, es él el que más lo quiere.

El rostro de marfil amarillento se puso rojo de ira antes de ponerse blanco. O sea, un cambio cromático como el de su hijo.

–Mamá –la voz de Arne, suplicante.

No me invitó lo que se dice a nada, ni siquiera a una simple taza de café. Todos guardaban silencio y el ambiente era realmente sepulcral. Yo miré a mi alrededor: el apartamento era más antiguo y más desastrado que el nuestro. Alfombras obscuras, paredes llenas de relucientes fotografías y grabados de Jesús. En cuanto crucé aquel umbral me di cuenta de que allí olía a mierda, de que allí vivía gente de la que se mea en la pila de la cocina. Enseguida llegó el hermano de Arne y me dio un tremendo abrazo.

–¡Demonios, menuda novia te has echado! –le dijo a su hermano.

Y dirigiéndose a mí:

–No te dejes asustar por mamá, que no es tan prepotente como parece.

La señora de marfil se llevó la mano al corazón, y Lotten intervino:

–Bueno, nos vamos. Gustav y Arne tienen que poner a prueba la vela nueva.

Los cuatro bajamos la escalera corriendo. Nadie se despidió. Menos yo, que le di la mano al viejo.

Pero no fuimos a la barca, sino que nos dirigimos a casa de Gustav y Lotten, que vivían en un bonito apartamento de dos habitaciones y ya tenían puesta la mesa para servir el café. Había hasta una tarta, para darme la bienvenida como es debido.

–No te habrás asustado, chica –me dijo Gustav.

–Bueno, sí, un poco. Pero fue más sorpresa que susto.

–¿Pero es que Arne no te había prevenido?

Fue Lotten quien me hizo esta pregunta, y en su voz había un filo como de hielo.

–Pero ¿de qué la iba a prevenir?, no es posible describir cómo es mamá.

–Claro que lo es –respondió Lotten, y sus palabras estaban empapadas de frialdad–, es perfectamente posible: egoísta como ella sola y con manías de grandeza.

Entonces pude observar por segunda vez que Arne se ponía, primero rojo, y luego blanco, cuando se enfadaba. Pero entonces dio un puñetazo en la mesa y gritó:

–¡Mamá no tiene más que un defecto y es que quiere demasiado a sus hijos!

–¡Vamos, cálmate! –gritó a su vez Lotten–, ¡en nuestra casa hay que guardar las formas!

Gustav trató de poner paz:

–No es tan fácil, Lotten. Mamá fue muy buena hasta que empezó a estar mal del corazón.

–Sí, y la cosa fue muy oportuna para ella, porque el corazón se le puso malo justo cuando sus hijos empezaron a querer casarse.

–Venga, Johanna, nos vamos –cortó Arne, furioso.

–No, yo no me voy –dije–, no tengo la menor intención de fomentar odios entre vosotros. Y tienes que reconocer, Arne, que tu madre no se condujo conmigo como es debido, porque no me cogió la mano y ni siquiera me invitó a café. Es la primera vez en mi vida que me ocurre una cosa así.

Sólo entonces me di cuenta de lo ofendida que me sentía. Conseguí despejarme la garganta, que tenía como atascada, pero lo que no pude fue contener las lágrimas.

Gustav y Lotten me consolaron, y Arne parecía desesperado.

–¿Es que no podéis explicar las cosas sin reñir?

Como era evidente que no podían, todos se callaron, y reinó allí de pronto el mayor de los silencios. Yo fui la primera en romperlo:

–Vuestro padre me dio pena. Daba la impresión de estar avergonzado. ¿Por qué no dijo nada?

–Hace ya mucho que ha renunciado a hablar –dijo Gustav–. Es terrible, de veras.

–¡Pero al menos podría hacerse respetar! –gritó Arne–,

¿por qué diablos tiene que ser tan cobarde, siempre escondiéndose y sin decir nunca una palabra?

–Es que le tiene miedo –dijo Lotten–, igual que tú, y que Gustav.

–Yo no le tengo miedo.

–Pues demuéstralo, no vuelvas a casa hasta que te pida perdón. Y cásate con Johanna.

–La verdad es que ya no estoy tan segura de que quiera –dije.

Me levanté, di las gracias por el café y me fui. En la puerta oí a Lotten gritar que Arne estaba dejando que su madre le destrozase la vida. Arne salió corriendo en pos de mí, escaleras abajo, y le dije que quería estar sola, porque tenía que pensar.

Pero no me salió bien, la verdad sea dicha: los pensamientos se me revolvían en la cabeza y se me hacían un lío.

Ahora, cuando releo lo que he escrito sobre este primer encuentro mío con la madre de Arne, y, la verdad sea dicha, bien raro que fue, me pregunto si no estaré contando las cosas como no fueron en realidad. Como es natural, no recuerdo palabra por palabra todo lo que se dijo allí. La memoria selecciona y destruye, y a lo mejor hasta miente sin querer. Lo cierto es que sentí repulsión por mi suegra mientras vivió. Y también, a lo largo de los años, un fuerte desagrado por los aspectos del carácter de Arne que me recordaban a ella, sobre todo su obsesión por ser siempre el centro de atención, su tendencia a salirse siempre con la suya, su irritabilidad y su eterna susceptibilidad.

Cuando volví a casa aquella noche le dije a mi madre que jamás había conocido a una persona como la que iba a ser mi suegra. Me eché a llorar y se lo conté todo, y entonces mi madre me dijo:

–¿Y es religiosa?

–Creo que sí, porque tenía la casa llena de imágenes de Jesús.

–Pues ésas son las peores –dijo mi madre–, son las que hacen el mal en nombre del bien.

Arne estaba esperándome en el bazar el lunes por la tarde, cuando cerré la tienda.

–Me he ido de casa –me dijo.

–¿Y dónde vives ahora?

–En la barca. Allí estaré bien mientras dure el verano.

–¿Y qué le has dicho a tu madre?

–Pues nada, fui a casa, cogí mis cosas y ya está. Ahora tendrá que cambiar de actitud.

Naturalmente, me alegré. Pero así y todo...

–Me hace falta un poco más de tiempo para pensarlo –le dije, y me fui.

Pero no había tiempo, y yo no tenía opción. Y es que tres semanas después no me cupo ya ninguna duda de que estaba embarazada. Arne y yo cambiamos anillos y nos juramos que nos pertenecíamos el uno al otro, y yo me convencí de que era una persona como es debido, y digna de toda confianza.

Mi madre me dijo:

–No tienes ninguna necesidad de casarte. Tú y yo podemos cuidar perfectamente del niño.

Esto sí que era magnánimo.

Entonces no me quedó otro remedio que explicarle lo mal que iban las cosas en la tienda de Nisse Nilsson, tan mal que apenas si vendíamos un poco más de lo que comprábamos.

Aquella noche me costó dormirme. La pasé casi entera dando vueltas en la cama, tratando de dar coherencia a mis ideas sobre Arne. El joven que había tenido el arranque de subirse a la tarima en el mitin socialdemócrata y aguantar las mofas con que fue recibido su discurso sobre los derechos de las mujeres. El marino que salía intrépidamente mar adentro. Políticamente lúcido, inteligente, instruido. ¡Y capataz! Y al mismo tiempo una especie de calzonazos, amedentrado por su madre.

No negaré que también pensaba mucho en Stig entonces. Stig, el hijo del carnicero, que estaba enamorado de mí e iba a heredar la tienda de su padre. Con él podría yo conservar mi trabajo, mis amigos, mi aplomo intacto. Stig era un chico muy simpático, buena persona, considerado. Y tanto su padre como su madre me querían.

Todo eso estaba muy bien, desde luego, pero es que el chico no me decía nada.

Íbamos a casarnos en Copenhague, a donde iríamos en la barca. Pero primero habría una pequeña fiesta de compromiso en casa de mi madre, que se gastó sus ahorros en el ajuar, que ella misma me cortó y me cosió, y que era digno de una señora de horca y cuchillo, con sábanas y almohadas y toallas tejidas a mano, y buen encaje en los visillos, y dos manteles de damasco.

Era difícil encontrar apartamento, pero para eso confiábamos en Ragnar, muy capaz de resolver ese problema, y de mucho más, con la de maestros de obras que conocía en la ciudad.

Así las cosas, llegó el lunes trágico. Yo estaba ya en el tercer mes de embarazo, pero al ir al trabajo por la mañana comencé a sentir unos dolores raros, como cuando se tiene la regla. Al llegar a la tienda de Nisse Nilsson, me desplomé y empecé a sangrar abundantemente. Aina me llevó en taxi a una clínica de maternidad particular, donde me sedaron. Cuando desperté sentí el cuerpo dolorido de puro vacío.

Mi madre vino a verme por la tarde, y estaba pálida y me habló del destino. Ragnar y Lisa me mandaron flores. Yo me sentía mal, estaba medio amodorrada, quería volver a casa lo antes posible, era como un extraño anhelo de un lugar conocido en el que sentirme afincada.

Me despertaron a fuerza de café fuerte, y me dieron unos canapés. Empecé a sentirme más despejada. En la cabeza se me agitaban ya pensamientos e ideas, aunque pocos, y me sobraba tiempo para elucidarlos.

Cuando viniese Arne no me quedaría más remedio que decirle que lo mejor iba a ser que se volviese a casa de su madre. Y le explicaría, con calma, sin ira o mala intención, que eso iba a ser lo mejor para los dos. Así él recuperaría su paz de conciencia y dejaría de estar dividido entre su madre y yo.

Y yo, por mi parte, quedaría libre y volvería a ser lo que tan bien me había sentado hasta entonces: una persona independiente.

Pero cuando Arne hizo acto de presencia y me cogió las manos entre las suyas, sus ojos estaban como vidriosos, y la voz le temblaba al hablar:

–¡Chiquilla! –me dijo–, ¡chiquilla mía!

No dijo más que eso, pero fue suficiente, porque me di cuenta de inmediato de que Arne era una persona en quien podía confiar. Y es que Arne se crecía, y se volvía fuerte y seguro, como mi padre en otros tiempos, siempre que las cosas se ponían difíciles, o cuando había peligro en ciernes, o si amenazaban enfermedades o terrores.

–Era un niño –me dijo Arne.

Lo miré y vi que estaba llorando, como yo.

Antes de que le hicieran salir de la sala, Arne trató de decirme que la cosa no había sido más que un desgraciado accidente, y que no tardaríamos en tener otro hijo. Esto me llenó de esperanza, y por la noche, cuando me dormí, me apreté con ambas manos el vacío que ahora sentía bajo el ombligo, y murmuré:

–Vuelve, vuelve...

Después he pensado muchas veces que fue en ese momento, en aquella clínica tan bonita, cuando se selló mi destino. Y es que la cuestión de quién era Arne me volvió a la mente muchas veces a lo largo de los años; y también, poco a poco, fui averiguando quién era yo. Y luego, otras preguntas: ¿Qué significaba él para mí, y yo para él? ¿Qué teníamos los dos en común, además de un mismo anhelo? Arne, como yo, estaba lejos de casa.

Sólo ahora, que soy vieja, he llegado a comprender que el anhelo no es una mala base para la vida en común. El anhelo puede ser más seguro y, al tiempo, más grande que la realidad que yo deseaba con tanto ardor cuando era joven. Ahora pienso que la realidad no existe y que lo matamos todo esforzándonos por alcanzarla.

La fiesta de compromiso que dio mi madre tuvo lugar una soleada mañana de domingo, inmediatamente después del servicio matutino en la iglesia. La madre de Arne se sentó sola en medio del sofá de Värmland, y así pudo brillar éste en todo su esplendor. Los dos, el sofá y la señora, se complementaban muy bien: ella, marfileña, y él, elegante e incómodo. No dijo gran cosa durante la fiesta, pero lo observó todo con gran cuidado. No nos trajo el regalo de rigor, y yo diría que encontró penoso su minucioso escrutinio de los bellos manteles y servilletas de mi madre. Lisa, siempre tan oportuna y amable, se dedicó por entero al padre de Arne, y los dos hablaron de agricultura, y entonces los ojos y la voz del viejo cobraron auténtica vida.

Y la verdad es que habló por los codos.

Luego llegaron Gustav y Lotten, y traían un servicio de café, y tanto yo como mi madre nos fijamos en que Lotten ni siquiera saludó a su suegra. El último en aparecer fue Ragnar, y con su llegada quedó resuelto el problema de mantener la conversación viva. Trajo vino blanco espumoso, y lo abrió sonoramente, y propuso un brindis en honor nuestro.

–Has tenido más suerte de la que mereces –le dijo a Arne–, porque Johanna, ahí donde la ves, no sólo es la chica más estupenda de toda la ciudad, sino también la que tiene mejor cabeza y más corazón.

Arne pareció orgulloso, y su madre se llevó la mano al corazón. En cuanto Ragnar se dio cuenta de esto prorrumpió en una de sus famosas carcajadas. Todos le corearon y la vieja, entonces, perdió su aplomo. Su mirada se volvió errática, y el vaso que tenía en la mano empezó a temblar. Durante un brevísimo momento sentí pena por ella.

Ragnar, que ahora se dedicaba también a los taxis, llevó a casa a la vieja pareja, mientras yo ayudaba a mi madre a lavar los platos. Arne daba vueltas por el cuarto como si quisiese decir algo y no se atreviera; finalmente, lo soltó:

–Mi madre es un poco rara.

Hanna Broman no era de las que se muerden la lengua, de modo que también dijo lo suyo:

–Bueno, es lo menos que se puede decir de ella, y la verdad es que tu padre merece que le tengan lástima.

Ragnar volvió enseguida y quería hablarnos de una idea que se le había ocurrido.

Se estaban construyendo entonces hacia la parte del mar una serie de chalés unifamiliares en torno a un viejo caladero, y no estaba lejos: a cosa de un kilómetro de la ciudad. Uno de los constructores había tenido que declararse en quiebra, y la casa era ahora propiedad del almacenista de maderas a quien Ragnar conocía, porque solía llevarle en taxi.

La casa estaba cubierta, pero no terminada del todo: le faltaba la carpintería y la pintura. El almacenista quería venderla rápido, y pedía poco.

El rostro de Arne se llenó súbitamente de color al oír a Ragnar, sus ojos relucieron.

–¿Cuánto?

–Alrededor de doce mil coronas, pero se puede regatear.

–No tengo más que la mitad.

Sus ojos expresaban desánimo al oír esto, pero Ragnar siguió hablando:

–No importa, hombre, lo demás te lo presta el banco. Puedes conseguirlo fácilmente porque tienes empleo, y yo te hago de fiador.

–Es que he prometido a mi madre que nunca pediré dinero prestado.

–¡Pero por Dios bendito! –casi le gritó Ragnar, incapaz de contenerse.

Arne se dio cuenta de que estaba quedando en ridículo, y preguntó:

–¿Cuándo podemos ver la casa?

–Pues ahora mismo, mira, tengo el coche a la puerta, pero no sé si no será mejor que hables antes con Johanna.

–Lo que es mirar, siempre podemos mirar –intervine yo, pero al bajar la escalera corriendo, me sentía mareada de esperanza, apretando cálidamente la mano de Arne.

Allí todo era barro y chapoteo, altos montes y roquedos

bajos de granito, y por todas partes se veían hierbajos y cizaña, y una casa a medio terminar, larga y baja, con tres habitaciones y cocina, y sitio para una habitación de niños en el piso superior. Nos gustó desde el primer momento, y recuerdo los extraños sueños que me invadieron de tener, por fin, mi propia casa.

–Aquí hay mucho que hacer todavía –dijo Ragnar.

–¿Pero a quién le asusta el trabajo? –contestó Arne.

–Y yo necesito un jardín –dije.

–Aquí da mucho el viento –observó Arne–, y no va a ser fácil. Lo que voy a hacer es levantarte aquí una tapia, para que estés más protegida.

Cogimos una escalera de mano y subimos al piso superior. Era justo como había pensado Arne: desde allí se veía el mar, y también el puerto donde atracaban los domingos las barcas de los pescadores.

Nos pasamos la velada entera calculando intereses y plazos. Muy justo iba a ser, pero saldríamos del paso.

Al final no fuimos a Copenhague. La ceremonia fue muy sencilla, la celebró el cura de Haga. Luego nos pusimos los dos a trabajar duro: yo, en la huerta; Arne, en la casa. Entonces descubrí que Arne tenía muchos amigos y era un gran organizador. Sabía dirigir y tomar decisiones. Pagaba a sus amigos con aguardiente para regar las buenas cosas que yo guisaba. Los domingos por la tarde el ambiente se alegraba mucho, y apenas se trabajaba. Él, por su parte, casi no bebía.

En los alrededores trabajaban otros jóvenes en casas que también estaban a medio terminar. Enseguida me hice amiga de chicas recién casadas, como yo, y con las mismas esperanzas que yo.

Nos mudamos en octubre, cuando la casa estaba todavía sin pintar y apenas tenía muebles. Pero lo pasamos muy bien. Ya teníamos fogón y dos estufas, de modo que no pasamos frío.

Los tiempos seguían siendo malos y se hicieron peores. En la fábrica de cojinetes donde antes trabajaban casi cinco mil personas, apenas quedaban ya trescientas. Los demás pasaban frío y hambre. En un taller de cojinetes abandonado que había en Hisingen se hacían ahora unos coches llamados Volvos, y había gente que decía que eso tenía mucho porvenir.

Arne decía que también los astilleros corrían peligro. Menos mal que, por el momento, seguía habiendo reparaciones que llevar a cabo.

Con unas cosas y con otras, yo me sentía feliz. Conseguí organizarme un jardín, y puedo decir sin miedo a quedar como jactanciosa que era realmente grandioso. Nadie tenía manzanas tan hermosas como las mías, y en ningún sitio, ni siquiera en la Asociación de Jardineros, se veían rosas tan bellas.

Mi jardín tenía un fondo de altas montañas, por el lado del sur una pendiente abierta, y una tapia que daba al mar. Lo realmente notable es que allí, en la costa occidental, si tienes la suerte de que tu parcela sea soleada y esté protegida contra el viento del mar, tu jardín acaba poniéndose tan lozano y bonito que casi parece mediterráneo. Puedes tener hasta uvas en él, y melocotones. Y no digamos rosas.

Nunca le conté a Arne lo mal que había empezado a ir la tienda de *delikatessen* de Nisse Nilsson. No hizo falta, porque Arne dio por supuesto desde el principio que yo me quedaría siempre en casa mientras él salía a buscar el sustento de la familia.

Esto también a mí me parecía natural, y aquel otoño, además, tuve muchísimo que hacer. Por ejemplo, coser todo lo que nos hacía falta para vestir la nueva casa. Lisa me dio una máquina de coser vieja que iba muy despacio y en una ocasión se atascó, y yo me puse frenética maldiciéndola como una rabanera. Cuando Arne volvió a casa de su trabajo, se rió de mí, desmontó la máquina de coser, cambió algunas de las piezas y engrasó otras, mientras yo lo miraba llena de admiración. Luego recompuso la máquina, volviendo a poner todas las piezas en su sitio, y desde entonces funcionó que daba gusto, sin tropiezos, año tras año, ¡y mira si habré recorrido yo kilómetros pedaleando con ella!

Nuestro primer mueble fue un gran banco de carpintero usado. Lo pusimos en el sótano. Cuando llegó Ragnar con él en su camión, me enfadé mucho, ¡vaya idea, ponerse a comprar bancos de carpintero cuando ni siquiera teníamos una mesa a la que sentarnos a comer! Pero no dije nada, y no tardé en comprender la razón. Arne cogió la costumbre de bajar al sótano por la noche, y enseguida empezaron a aparecer por casa mesas y sillas, armarios y estanterías; era como un torrente de muebles que subía sin parar por la escalera del sótano.

Muebles bonitos, de roble y de caoba, y los bancos de la cocina eran de teca.

–¿Dónde compras esa madera tan buena?

Arne se puso colorado, y tanto se enfureció que no me atreví a hacerle más preguntas. Como de costumbre, no entendí por qué se ponía así.

Aquel otoño pasé la mayor parte de mi tiempo atendiendo a Andersson, el pintor, que era uno de los innumerables amigos de Arne, y con él me atenía a ciertas normas que yo misma me había impuesto; una cerveza cada hora, nada más, porque si no, me exponía a que pusiese el papel de la pared al revés. Antes de irse, le daba de cenar y una copa de aguardiente. Lo que se dice nada más, no fuera a olvidársele el camino de vuelta.

De esta forma tuve a raya a Andersson, y mi casa se iluminaba al mismo ritmo que la luz iba perdiendo fuerza en torno a ella. En el dormitorio, Andersson pintó los bordes de las paredes color verde claro, y en el cuarto de estar rosas de un rosa claro sobre fondo blanco, de modo que la caoba de los muebles resaltase más. La cocina la pintamos nosotros mismos, porque un viernes Andersson desapareció, llevándose una caja de botellas de cerveza que yo pensé haber puesto fuera de su alcance, en la despensa del sótano.

Me sentí muy mortificada por esto, pero Arne lo tomó a broma, sin darle la menor importancia.

Llegó Navidad e invitamos a cenar a la familia. Mi madre, al principio, no quería, porque no le caían bien sus nuevos parientes, pero yo fui a ver a Ragnar y le dije:

–Mira, Ragnar, si no venís todos, te mato.

Al final vinieron todos: mi madre, Lisa, Ragnar y los niños. Y dos de mis otros hermanos, con sus mujeres. También invitamos a Gustav y a Lotten, pero no vinieron. Nos dieron las gracias, muy finos, pero, de venir, ni hablar.

La reina del hielo guardó silencio. Ni una sola observación malévola salió de sus labios.

–Ya ves –me susurró Arne al oído–, está mejorando.

A mí, la verdad, no me lo parecía. Pero antes de sentarnos a la mesa ocurrió algo muy significativo. Aquel invierno no había nevado, estábamos a ocho grados de temperatura, y del mar llegaba un viento suave; aproveché la oportunidad para llevar a mi suegro por la parcela, y le hablé del jardín que quería tener, tal y como me lo imaginaba en sueños.

El viejo, oyéndome, se transformó, su voz cobró fuerza, su paso firmeza y ritmo, y me dijo que me ayudaría.

–Esto –añadió– puede convertirse en un paraíso, con sólo que levantemos una tapia al oeste..., el sol y la corriente del golfo harán lo demás. Un campo de patatas –murmuró, como pensando en voz alta–, y nabos, y fresas.

–Rosas –dije yo.

Cuando el viejo se reía, era igual que Arne.

–Tú déjalo en mis manos.

En cuanto se hubieron ido los invitados, lavé la vajilla y Arne llevó lo que quedaba de la comida de Navidad a la despensa del sótano. Entonces le conté la conversación que había tenido con el viejo. Arne me escuchó con una sonrisa que le llenaba la cara entera, pero enseguida comentó:

–No va a resultar. Ya verás como mamá no le deja.

–¿Qué te apuestas –contesté– a que viene a ayudarme por mucho que ella se oponga?

–La verdad es que eres una persona como hay pocas –dijo Arne, y me sonrojé al oírle.

Y no sólo de alegría, sino también porque, en el fondo, no me sentía tan segura como le había dado a entender. Esa noche estuvimos hasta tarde sentados a la mesa de la cocina, dibujando, haciendo esbozos de lo que iba a ser nuestro jardín. Yo hablaba de rosas y de violetas, y Arne de patatas y hortalizas.

–Vamos a tener que ahorrar hasta la última corona.

–Sí, claro, pero yo tengo que poner rosas a lo largo de la tapia, y delante de la casa tiene que haber un gran macizo. Rosas, malvas...

Una mañana, ya entrado enero, le dije a Arne que aquella tarde tendríamos que ir a ver a sus padres. Nos llevamos con nosotros los dibujos que habíamos hecho del futuro jardín, a fin de comentarlos con su padre. Arne se asustó, y al tiempo se alegró, aunque tratando de que no se le notase. Entonces ya me había dado cuenta de que le remordía la conciencia, porque pensaba que no prestaba suficiente atención a su madre. Cuando cruzamos el umbral de la vieja casa, que estaba en la calle de Karl Johan, la vieja se alegró, y tardó unos segundos en volver a poner tensos y severos los rasgos de su rostro.

–Entrad, entrad. Ahora mismo preparo café.

Nos sentamos a la mesa de la cocina y yo saqué al viejo del rincón donde se había refugiado y le dije que teníamos que hablar.

La cosa me salió bien, porque el viejo volvió a animarse. Dijo que había estado pensando y tenía algunas observaciones. Hacia el extremo de la tapia había que poner pinos de montaña. Y añadió que el viento no sólo sopla del oeste, y que la tormenta puede llegar también del sur. Y la tapia, según él, debía hacer esquina, y así yo podría tener rosas, y también hacía falta una tapia en la parte sur.

A quien más sorprendió todo esto no fue a la dama de hielo, sino a Arne.

Se alegró mucho, muchísimo. Y entonces yo di el paso decisivo:

–Voy a decírselo a mi hermano, para que usted pueda ir y venir en su coche.

–Nada de eso, cojo el autobús –contestó el viejo.

–Y mira –intervino Arne–, si te sientes demasiado fatigado, siempre puedes pasar la noche en casa.

Y mi suegra, a todo esto, ni palabra.

Esa primavera la pasamos bien mi suegro y yo, planeando y trazando el jardín. Los dueños de una granja cercana nos prestaron un caballo y un rodillo de desterronar, y el viejo estaba siempre a la cabeza de todo, como si nunca hubiese hecho otra cosa. Cavamos, sembramos patatas, dispusimos macizos, y yo me lancé a sembrar legumbres y flores. Abrimos hoyos muy hondos para plantar manzanos y arbustos de grosellas.

En una ocasión en que nos sentamos a descansar con café y canapés, mi suegro me dijo:

–Está visto que yo tengo vieja sangre campesina en las venas.

Oyéndole, me dije que también a mí me pasaba lo mismo.

Mi suegro no era muy hablador, y, sin embargo, fue mucho lo que me enseñó. Por ejemplo, a distinguir entre el abono fresco y el que está descompuesto. Y a desmigajar la tierra entre los dedos para saber si tendrá arena o turba. También aprendí de él que los pensamientos silvestres dulces crecen en tierra pobre en calcio, y que conviene estar siempre alerta con la arcilla que tiende a endurecer la tierra de los macizos.

Éstos son conocimientos que sólo da la experiencia, y que se pueden transmitir con muy pocas palabras.

Pero mi suegro también tenía ideas propias.

–Las rosas son maravillosas en verano –decía–, pero yo preferiría plantar forsitias aquí a lo largo de la pared, bajo la ventana. Y aquí abajo, azafrán.

Asentí, imaginándolo ya crecido ante mis ojos. En vista de ello dispusimos entre los dos un macizo de esquina entre la tapia y la ventana de la cocina, y quedó precioso, y me alegré infinito cuando llegó marzo y la luz azulada se apretaba como hielo contra el cristal de las ventanas y nadie se atrevía a sacar la punta de la nariz al aire cortante, porque entonces lo que yo hacía era sentarme ante la ventana con mi taza de café en la mano y recrearme con el espectáculo de mis arbustos primaverales, que eran como nubes doradas.

Mi suegro trató también de enseñarme a tener paciencia.

–Cultivar no quiere decir otra cosa que esperar –me decía–, con el clima no hay quien pueda.

Esto era cierto, pero también lo es que jamás me acostumbré a contener mi impaciencia. Me ponía furiosa cuando nevaba en mayo sobre los tulipanes, y cuando el traidor febrero abría los capullos de mis arbustos y mis árboles para apuñalarlos con la helada nocturna.

Maldecía al ver que las peonías seguían encogidas por tercer año consecutivo, sin florecer, por mucho abono y mucha tierra nueva que les echase. Cuando llegó la cuarta primavera ni siquiera las miré. Un buen día bajé al jardín azada en mano, dispuesta a arrancarlas de una vez y tirarlas para abono.

Y justo entonces resultó que estaban llenas de gruesos capullos que se abrieron enseguida y les salieron flores, y ya siguieron así, primavera tras primavera, durante más de veinte años.

Mi suegro y yo acabamos teniendo compañía en el jardín. Los días de fiesta venía también el hermano de Arne, a levantarnos la tapia, piedra a piedra. Gustav era albañil, y le gustaba mucho discutir con su padre sobre cuestiones como hasta qué profundidad se endurece la tierra con la helada, y si valdría la pena que él pusiese un tejado inclinado con buenas tejas de canalón; a esto último, el viejo le dijo que sí, que debía hacerlo, y sus palabras sonaron como una auténtica orden.

Mi tapia no tenía esquinas. Iba en arco hacia el sudoeste y terminaba contra la falda de la montaña, que se curvaba hacia el norte. Así, mi jardín acabó pareciendo una especie de cuenco redondo con una casa en el centro.

Un día, cuando estábamos en plena faena, apareció inesperadamente mi hermano Ragnar. Traía en la camioneta rosas trepadoras, rosas de arbusto, rosas nobles, rosas y más rosas. Yo me puse a dar saltos alrededor de él, de contenta que estaba.

–¿Pero es que has comprado todo esto?, ¿y cuánto te ha costado?

–¿A ti qué te importa, golfilla? –me dijo él.

Y me puso la misma cara que Arne la vez que le pregunté quién había pagado las maderas nobles que usaba para hacer nuestros muebles.

Me doy cuenta de que tengo que poner cuidado en que mi pasado no acabe pareciendo una sucesión ininterrumpida de recuerdos agradables. Esto pasa con frecuencia cuando se escriben memorias. Es consecuencia de nuestra capacidad de aguante, esa bendita tendencia nuestra a no recordar más que lo bonito y fácil y olvidar lo obscuro y difícil. Pero no es nada seguro construir sobre tan endebles cimientos, como le pasa a Arne, que no habla más que de lo buena que era su madre y de la feliz niñez que tuvo.

A lo mejor soy injusta en esto. Porque vamos a ver, ¿cómo podemos arreglárnoslas para saber de veras lo que es mentira y lo que es verdad? ¿Cómo eran las cosas cuando éramos niños, y cómo las sentíamos entonces? En todo esto me siento insegura a más no poder.

En nuestro caso puedo afirmar sin miedo a equivocarme que los primeros años de nuestra vida a orillas del mar fueron buenos años. Yo tomaba los días como venían y a mi marido como era. No creo que el enamoramiento de las jóvenes sea realmente tan ciego como ellas mismas quieren creer.

La primera vez que vi a Arne dejarse llevar de un ataque de ira me puse casi tan enfadada como él, le señalé la puerta y le grité:

–¡Por ahí se va a la calle!

Había roto dos platos soperos y puesto el suelo de la cocina perdido de sopa, pedazos de comida y fragmentos de loza.

No lo limpié, sino que me encerré en el dormitorio e hice

la maleta. Luego me senté a esperarle en el recibidor. Cuando volvió estaba desesperado y lleno de arrepentimiento.

–Johanna –me dijo–, perdóname.

Esto me inquietó, y pensé por primera vez que tenía que haber algo muy serio en aquellos cambios tan bruscos y radicales de estado de ánimo, algo, me dije, enfermizo. Me pareció evidente que Arne disfrutaba tanto de su desesperación como de sus ataques de ira.

–Había pensado irme a casa de mi madre –dije–. Y te advierto que si esto vuelve a ocurrir una sola vez más, me voy.

Luego fui por el monte, me senté en un roquedo, lloré un poco y vi el sol hundirse en el mar. Cuando volví a casa, el suelo de la cocina relucía de puro limpio, y durante una semana entera Arne se comportó con alarmante amabilidad.

La siguiente vez que se dejó llevar de la ira, me pegó. Era verano, y salí corriendo; me subí al autobús y fui a la ciudad, a casa de mi madre. Mi madre apenas dijo nada mientras me ponía esparadrapo y me acostaba. Pero no lo tomó demasiado en serio, porque a ella le parecía que las mujeres tienen que acostumbrarse a ese tipo de cosas.

–O sea, que mi padre te pegaba.

–Y tanto que me pegó, muchas veces.

Me sentí deprimida. Yo sabía que mi madre no mentía nunca, y, a pesar de esto, me daba la impresión de que aquello tenía que ser una calumnia.

Con el tiempo comprendí que habló del asunto con Ragnar, porque, cuando Arne apareció en casa de mi madre lleno de arrepentimiento y de compasión hacia sí mismo, me dijo que mi hermano le había amenazado con denunciarlo a la policía por violencia conyugal.

–Pues hizo bien –le contesté–, porque, así, si va a la policía, el divorcio me resultará más fácil.

Pasé catorce días buscando trabajo en el bazar y lo único que encontré fue unas horas aquí, otras allá. Un empleo fijo era impensable, con las tiendas cerrando una tras de otra. Un día me encontré con Greta, que había aprendido el oficio de peluquera de señoras y tenía una pequeña peluquería en Vasa, donde la gente todavía podía permitirse el lujo de hacerse la permanente. Me dijo que podía empezar en su peluquería, aprender el oficio y acabar ganando suficiente dinero para arreglármelas bien. Pero apenas había empezado a lavarles el pelo a las señoras cuando descubrí que estaba embarazada otra vez. Mi madre me comentó que era el destino, justo lo que ella siempre había pensado.

Cuando volví a nuestra casa, a orillas del mar, el jardín estaba cubierto de mala hierba y los arbustos de grosella casi rotos bajo el peso de bayas demasiado maduras. Así y todo, me alegré de volverlo a ver, y hasta me confesé a mí misma que durante todos aquellos días no había hecho otra cosa que añorarlo..., añorar, sobre todo, los manzanos, y las flores, y la vista al mar.

Arne lloró como un niño cuando volvió a casa y me encontró allí. Le dije la verdad, que volvía porque iba a tener un hijo. Él se alegró, y se notaba que su alegría era auténtica. Pero yo ya no me fiaba de sus promesas de que nunca más se dejaría vencer por la ira.

Volvimos a tener cálidas relaciones, aunque yo ahora estaba siempre alerta. Sólo me tranquilizaba del todo cuando Ragnar venía a vernos, cosa que hacía con frecuencia. Y si venía estando Arne en casa, siempre me preguntaba lo mismo:

–¿Y qué tal te va, golfilla?

Mi situación era humillante. Al principio tenía miedo de que Arne perdiese los estribos y desahogase su mal humor a costa mía. Pero lo cierto es que dejó de enfadarse, y poco a poco fui dándome cuenta de que le gustaba que le pusieran en su sitio. Llegué a la conclusión de que nunca comprendería a mi marido.

En septiembre volví a abortar. Y no me siento con fuerzas para contar aquí cómo fue.

Lo que quiero recordar es el jardín, y las largas excursiones en barca, durante el verano. Era estupendo. En la barca,

Arne nunca se comportaba de manera impredecible, nunca me daba sorpresas. Fuimos hasta Copenhague, y nos gustó mucho vagar por calles y parques y ver todas las curiosidades de la ciudad.

El verano siguiente fuimos por mar al fiordo de Oslo para saludar a nuestros parientes.

Yo había pasado toda mi niñez fantaseando sobre mi tía materna, la bella Astrid. Tenía vagos recuerdos de ella: la veía como una mariposa, como algo maravilloso y lleno de sorpresas. Y luego leí cartas suyas. Hanna y Astrid habían seguido carteándose, año tras año. Las cartas de Astrid eran largas, y estaban llenas de cosas divertidas y de pensamientos poco corrientes. Como a mi madre se le daba mal la escritura, era siempre yo quien le escribía las respuestas. Astrid preguntaba frecuentemente por Ragnar, y yo le explicaba con la mayor corrección y gracia posibles lo bien que le iba en Göteborg y lo feliz que era con Lisa y sus dos hijos.

Astrid contestaba a esto que ella siempre había sabido que Ragnar se las arreglaría de maravilla, porque era el favorito de los dioses, con acceso ilimitado a sus buenas dádivas.

A mí me encantaban las sorprendentes formas de explicar las cosas que tenía Astrid, y su letra serpenteante, que parecía volar sobre el papel.

Cuando le escribí para decirle que me casaba, Astrid me mandó un collar de perlas, perlas de verdad, pero cultivadas, que me llegaba hasta el estómago.

Tengo que decir, si he de ser franca, que en las cartas que mi madre me dictaba yo añadía muchas cosas de mi cosecha, y tampoco le leía todo lo que le ponía Astrid en las suyas.

Henriksen había trasladado su empresa a Oslo, y, en la medida en que pudimos deducirlo de las cartas de Astrid, el matrimonio vivía bien allí. En vista de ello, aquel día de Navidad, cuando Arne atracó la barca en el puerto de la capital noruega, yo me sentí algo violenta.

–Si quieres que te diga la verdad, me siento como la parienta pobre que llega del pueblo.

–Bah, tonterías. Mira, si no nos sentimos a gusto, nos tomamos una taza de café con ellos, nos levantamos, nos despedimos y nos vamos. Pero pienso que debes llamar antes.

Al fin llamé, y la voz suave que se oyó en el teléfono se puso tan contenta que casi gorjeaba:

–Voy, voy, enseguida estoy ahí, para recogeros.

Astrid llegó en su propio coche, y estaba tan guapa como en mis fantasías. Era como si los años no hubiesen dejado huella ni en su figura ni en su carácter. Su vestido de organdí floreado parecía una nube en torno a su tipo perfecto, y toda ella olía como una mata de flores de melocotón de las que tenía yo en mi jardín.

Me abrazó muy fuerte, me apartó de sí para verme mejor, juntó las manos, me gritó:

–¡Pero Dios mío, qué guapa te me has puesto, Johanna!

Luego se echó encima de Arne y lo abrazó también, y Arne se puso coloradísimo; estaba encantado y, al mismo tiempo, asustado, y le dijo a Astrid:

–¡Dios mío, cuánto os parecéis!

–Sí, ¿verdad? –respondió Astrid, rompiendo a reír–. Es el aire de familia, y yo heredé el doble, como Ragnar, pero de otra manera.

No entendimos lo que quería decir, y ella siguió hablando, con la cabeza ladeada y las comisuras de los labios contraídas:

–Mis hijos se parecen más a Henriksen, y son feos como el demonio. Bueno, a ver, enseñadme la barca.

Subió a bordo, ligera como una sílfide, y lo admiró todo, y dio un beso a Arne cuando yo dije que era él el que lo había hecho, y no sólo la barca misma, sino también los adminículos, y el aparejo, y todo lo demás.

–Henriksen quiere también tener un barco de vela –dijo Astrid–, cuando vea éste se volverá loco.

Astrid hablaba muy deprisa, y me di cuenta enseguida de

que me costaba trabajo entender el noruego. Aunque me sonaba familiar.

Comimos en un piso muy grande, y Astrid y yo no hacíamos más que hablar, mientras Henriksen y Arne discutían sobre Hitler. De pronto Arne dio un grito, muy alto:

–¿Pero es posible?

Henriksen tenía negocios con Alemania, y ésta fue la primera vez que oímos hablar de los judíos que desaparecían y de los enfermos mentales a los que se mataba.

Henriksen estaba seguro de lo que decía. Se produjo un silencio en torno a la mesa, como si ni respirar pudiésemos. Al cabo de un momento, Astrid dijo:

–Dentro de unos años, ya veréis, los nazis desfilarán por el centro de Oslo.

Sus palabras sonaron como una profecía, y Arne se apresuró a protestar:

–Inglaterra no lo permitiría nunca.

Pero Henriksen suspiró y observó:

–Astrid lleva mucho tiempo diciendo eso. Y es muy aficionada a predecir el futuro.

Henriksen y Arne salieron en la barca, pero el pescadero era viejo, pesado de movimientos y lento en aprender. Arne me dijo luego que Henriksen nunca llegaría a ser un buen marino. Comimos juntos una vez más en el bello piso, y conocí a mis primos, y entonces me sentí por primera vez como la parienta pobre, recién llegada del pueblo.

La cosa más importante que ocurrió durante nuestra visita a Oslo fue una larga conversación entre Astrid, Arne y yo, en un café que había cerca del museo donde está el *drakar* vikingo de Oseberg. Hablamos de mi padre, y Astrid no paraba de recordarle y de contarnos cosas y frases suyas.

–Era una persona que gozaba de la existencia pura y simple –dijo–, no sé si me entendéis, una de esas personas que no necesitan justificarse o imponerse.

Me contó lo muchísimo que mi padre me quería, a mí, su hijita pequeña, a la que había dado el nombre de una hija habida de su primer matrimonio, que se le había muerto, y con cuánto esmero me cuidaba cuando yo era pequeña, llevándome a cuestas en su cuévano y enseñándome a escuchar las voces del bosque, y a mirar el agua, el cielo, y las nubes.

–Hanna, naturalmente, se reía de esas cosas –comentó Astrid–. Tú eras entonces una criatura.

Todo esto yo ya lo sabía, porque el cuerpo y los sentidos tienen también sus propios recuerdos. Pero hasta entonces ninguno de mi familia me había dicho nunca nada de esto: lo único que me decían era que mi padre no hacía más que mimarme. Ahora todo se me confirmaba.

Astrid me habló de los cuentos que mi padre me contaba, y de las canciones que me cantaba. Pero eso también me lo había dicho mi madre, de modo que no me sorprendió.

–He pensado mucho en ti, en la gran pérdida que fue para ti perder a tu padre –me dijo Astrid.

Luego se quedó en silencio un rato, como dudando si proseguir:

–Y, sin embargo, cuando murió, me alegré por él. La última vez que nos vimos me dijo que la vida había sido demasiado dura con él. Que le había costado estar a la altura de ella, incluso desde niño.

En invierno, Arne y yo solíamos ir a los mítines del partido. Yo leía mucho, y aprendía mucho, y los dos teníamos mucho de que hablar.

Arne hizo una radio, una especie de monstruo que a mí, sin embargo, me encantaba, porque por ella se podía oír música. Cuando Arne se dio cuenta de mi interés por la música, comenzó a acompañarme a conciertos, donde se quedaba dormido en su asiento mientras yo disfrutaba.

Nos compramos un gramófono.

Fueron buenos aquellos años.

Estábamos inquietos por causa de los nazis alemanes. Ragnar, que, desde el punto de vista político, era la candidez personificada, decía que el diablo siempre se las arregla para que la rueda siga rodando, y Arne, por su parte, añadía que, sin duda, los tiempos mejorarían ahora con tanto rearme. Pero claro, luego vendría la guerra.

Cuando Arne hablaba de estas cosas, yo me acordaba de lo que nos había dicho Astrid, pero no quería dejarme asustar.

Volví a quedarme embarazada. Y decidí dar a luz como fuese, estaba lo que se decía dispuesta a todo. El médico que me había tratado cuando mis abortos me aseguraba que esta vez no había por qué temer una repetición de tal desgracia.

La enfermera de mi distrito venía a verme una vez a la semana. Era una persona muy sincera, y le dijo a Arne que tuviera confianza y me cuidase mucho; en esto nunca tuve la menor queja de él, porque siempre estaba a mi lado en los momentos críticos. Y a mí me ordenó que estuviese tranquila y contenta.

Hice cuanto pude por obedecerla. Me ponía a pensar en mi jardín y buscaba nuevos catálogos de semillas. Pensaba en Arne y me decía que se había vuelto mucho más considerado y amable, y también pensaba en mi madre, que enseguida comenzaría a recibir su pensión y a descansar por primera vez en su vida. Pero, sobre todo, pensaba en todas las cosas bonitas que me había dicho Astrid sobre mi padre, y por las noches, al dormirme, le prometía que esta vez le daría seguro una nietecita.

Me sentía completamente segura de que iba a ser niña. Y, por curioso que parezca, lo mismo le pasaba a Arne.

Ya he dicho, aunque muy someramente, que teníamos vecinos en aquel antiguo caladero: parejas jóvenes, como nosotros. Y también que era gente simpática, con las que se podía hacer amistad. Yo me llevaba bien con la mayor parte de las mujeres, y tomaba café en sus casas, y ellas en la mía, y charlábamos y nos hacíamos confidencias, como suele hacerse entre mujeres. De algunas, sin embargo, me mantenía distante, porque me parecían demasiado inquisitivas. Era interesante, y, al tiempo, desagradable, observar cómo se repetían también aquí los mismos patrones que encauzaban la vida comunal en los viejos pueblos donde toda aquella gente tenía sus raíces. Nos observábamos y nos envidiábamos, nos ayudábamos y nos echábamos la zancadilla. Enseguida empezaron a urdirse intrigas entre nosotros. En lo más bajo estaban los pobres parados, que bebían, y en la cima los listos.

Los más listos de todos eran el maestro y su familia. Luego, el piloto, el policía y el aduanero. No, mejor dicho, después del maestro venía, la señora Gren, la dueña de la tienda. Y no por lo bien que le iba allí, sino por el poder que tenía. Era a su casa donde teníamos que ir a pedir crédito cuando nos veíamos muy apurados de dinero, que solía ser a finales de la semana.

Los antiguos, o sea, los pescadores y sus familias, eran un mundo aparte, y no se mezclaban con nosotros. Todos eran pentecostalistas, por lo menos los días de fiesta.

Sus barcas atracaban en el puerto los sábados al mediodía. Entonces ya habían estado en el puerto de los pescadores y vendido su pesca. Ahora dejaban sus barcas bien sujetas, y los solteros se vestían de domingo y se congregaban en las tabernas de Majorna, donde empezaban a darle al aguardiente. Hacia la madrugada, volvían y se ponían a cantar y a pasarlo bien en el puerto, a veces llevando a bordo mujeres alegres. Pero, llegado el domingo, después de dormir la mona, esos mismos jóvenes se iban con los demás a su iglesia pentecostalista, todos muy serios y devotos, confesaban sus pecados y recibían el perdón.

A Arne todo esto le parecía emocionante, y yo misma reconozco que era, desde luego, extraño, pero mi madre, que venía con frecuencia a visitarnos los días de fiesta, lo encontraba perfectamente natural, y nos decía que así había sido siempre.

Naturalmente, había entre nosotros una cotilla, una de esas personas que siempre están fijándose en todo lo que ocurre en torno a ellas, y cuyos intereses son limitadísimos, pues sólo captan lo que les toca de cerca, pero jamás se les escapa el menor detalle. Las cosas más inocentes adquirían los tonos más sombríos cuando nuestra cotilla nos las contaba minuciosamente.

Arne decía de Agneta Petterson que sabía lo que ponía en todas las cartas que recibíamos. Y, por cierto, antes incluso de que se escribieran. La verdad es que yo la aborrecía.

–No sé cómo se las arreglan los Karlgren para tener un jardín tan bonito y una barca –dijo una vez Agneta Petterson a Irene, nuestra vecina, que, por cierto, no perdió un solo minuto en venirnos con el cuento a nosotros.

Yo me eché a reír al oírlo, pero Arne se enfadó.

Esa primavera nos pusieron teléfono. Más todavía, Arne le compró a Ragnar un coche usado, un DKW viejo. Abandonó la barca una temporada para dedicarse a arreglar el coche: desmontó el motor, cambió las piezas que lo necesitaban, lo arregló, y se ganó la felicitación de Ragnar.

–Podrías colocarte de mecánico el día que quieras.

Pero Arne no estaba para aquello. Se sentía muy orgulloso de su empleo en el astillero, y los tiempos habían mejorado mucho.

–Hacemos esquís para hidroaviones –decía–, los encargan los militares, son para la defensa de Noruega.

–¡Dios mío de mi vida!

Entre nosotros, rubios propietarios de nuestras casas, se introdujo una familia judía. Agneta Petterson empezó a tener entonces mucho que observar y mucho que cotillear; corría de casa en casa temblando de emoción, dándole a la lengua sin parar, como solía decir mi madre.

Rakel Ginfarb, que era como se llamaba la mujer, parecía un pajarillo, y era tan tímida como ellos. Recordé entonces lo que había oído decir a Henriksen en Oslo, fui al jardinero y le compré una flor. Luego corrí a la casa de los recién llegados y llamé al timbre:

–Lo único que quería –dije– era darles la bienvenida.

Ella se dio cuenta de mi timidez, porque, al cabo de un momento, me sonrió, animándome a proseguir:

–Si necesitáis ayuda del tipo que sea, o si tenéis algo que preguntar, yo vivo en la última casa según se baja al puerto.

–Gracias –me dijo ella–. Muchas gracias.

Así comenzó nuestra amistad, que iba a tener gran importancia para mí.

El domingo les invitamos a café en el jardín. La verdad era que nuestra invitación había sido en un principio para el sábado por la tarde, pero ese día ellos no podían, porque, como Rakel misma me dijo, era su día de descanso religioso.

–No creáis que no tenemos problemas –dijo Simon Ginfarb, tomándose tres tazas de café y probando mis pastas–. Por ejemplo, no sé poner estanterías para mis libros.

No era que nos estuviese pidiendo ayuda, pero Arne le entendió. Desapareció con él y estuvieron ausentes toda la tarde, mientras Rakel y yo charlábamos y sus hijos jugaban en el jardín.

Tenían un hijo y dos hijas.

–Y uno en camino –añadió, pasándose la mano por el vientre.

–Lo mismo me pasa a mí –dije, y mis propias palabras me sorprendieron al oírlas.

Por alguna razón que se me escapa, no había dicho todavía a nadie que estaba embarazada. Los únicos que lo sabían eran Arne y mi madre. Hice en aquel mismo momento un cálculo rápido y llegué a la conclusión de que el hijo de Rakel y el mío nacerían al mismo tiempo, y Rakel me dijo, toda sonriente:

–Pues tendrá gracia que nuestros hijos sean de la misma edad. Del mío sé que va a ser niña.

–Yo también lo creo del mío.

–Pues eso tiene que ser un signo –dijo Rakel.

Yo, oyendo esto, puse cara de susto.

–¿Qué te pasa, Johanna?

Por primera vez también tuve la oportunidad de hablar de mis abortos, de lo mucho que me había dolido perder mis hijos, y de lo... inferior que me había hecho sentir.

–Perdí todo mi aplomo –confesé.

Rakel no decía nada, pero sabía escuchar. Luego estuvimos las dos largo rato en silencio. Fue un silencio de ésos que lo penetran todo, tan profundos que dan la impresión de algo que tendrá necesariamente que cambiar. Y cuando las risas de los niños, los chillidos de las gaviotas y el ruido de una barca pesquera al hacerse a la mar lo rompieron, me sentí de pronto más esperanzada. Rakel, al irse, me susurró al oído que rezaría por mí, y yo, que no tenía ningún dios al que dirigir mis oraciones, me sentí agradecida.

Arne me dijo que Simon era un manazas. Los dos se habían reído mucho de esto, y, mientras Arne clavaba, aserraba y atornillaba, hablaron también de política.

–Era verdad lo que nos dijo Henriksen. Rakel y Simon

tienen parientes en Alemania, y las cosas allí van pero que muy mal. Y cada día peor.

Los ojos de Arne se ensombrecieron, como siempre que se sentía asustado.

–Estoy pensando en la predicción de Astrid –dijo–, ¿tú crees que Astrid sabe ver el futuro?

–Se decía eso. Siempre ha habido videntes en la familia de mi madre.

Arne se echó a reír, sarcástico.

–Bah, tonterías.

Pero luego dijo que Astrid no había dicho que los alemanes iban a desfilar también por la Avenida. O sea, ni una palabra sobre una invasión de Suecia, añadió. Y esto pareció dejarle más tranquilo.

Aquella noche, antes de dormirse, me habló de los Ginfarb.

–No puedes hacerte una idea de la cantidad de libros que tiene Simon. Es profesor de la Escuela Superior.

Me sentí algo angustiada pensando que aquella familia recién llegada debía de ser la más lista de nuestro barrio. ¡Y yo, tan poco culta, y tan en contra de todo cuanto oliese a burguesía!

Pero lo que más impresión me causó aquella tarde fue el largo rato en silencio que pasamos juntas Rakel y yo.

Aquel otoño ayudé a Rakel a plantar rosas en su jardín. Pero lo que más la alegraba era cuando las dos íbamos juntas con los niños por el alto desfiladero que pasaba entre las montañas, hacia las praderas, a lo largo de las riberas y las orillas, bosque arriba. Un día le mostré mi roquedo secreto, templado y al abrigo de los vientos del oeste, y con una vista imbatible del mar.

–Voy a convertirme en una auténtica entusiasta de la naturaleza –me dijo.

Fue Rakel quien convenció a su marido de que comprase

la casa allí, según ella misma me contó, porque no le gustaban las ciudades, las consideraba fortificaciones.

–Grandes casas y bellas calles –me dijo–. Es como si lo que la gente buscase fuera asegurarse la existencia limitándosela.

Yo, oyéndola, pensaba en las calles sucias del barrio de Haga, y en los caminos que serpenteaban por las Casas del Gobernador, tan abiertas que hasta la vida corría allí peligro a veces. La ciudad de la que Rakel había deducido sus experiencias, no era, evidentemente, la mía. Pero no dije nada, porque me sentía cobarde, temerosa de que la distancia que había entre ella y yo se volviese evidente.

Rakel tenía mucho que ofrecer. En primer lugar, y sobre todo, aplomo, confianza en sí misma, pero también conocimientos. Sobre niños, sobre la educación de los niños, y sobre lo importante que era respetar a los niños, por pequeños que fuesen.

–No hay dos niños iguales –decía–, eso se nota en ellos desde el primer día de su existencia.

En una ocasión me dijo que ella siempre sabía si alguien estaba mintiendo. Era un don que había heredado de su abuela materna. Y también que en mi caso se sentía menos segura que de costumbre. Esto me pareció que tenía que ser verdad, porque yo solía contarme mentiras a mí misma, aunque fuese sin darme cuenta de ello, y sin intención.

–Tú estás llena de secretos –me decía Rakel.

Su marido era muy elegante, siempre olía a buena salud y a cigarros puros. Era religioso e iba, como todo judío creyente, a la sinagoga. Pero su actitud en cuestión de religión era razonable, más marcada por respeto a los antiquísimos ritos que por verdadera exaltación religiosa, como él mismo nos explicó. Tanto Arne como yo lo encontrábamos un poco arrogante, pero nunca nos permitimos comentarlo, ni siquiera entre nosotros. Nuestros nuevos vecinos eran judíos, y estaban, en consecuencia, por encima de toda crítica.

Ahora Arne tenía una gran radio que él mismo se había fabricado a base de piezas de lo más dispar. Como todo lo que hacía con sus propias manos, esta radio resultó ser estupenda, y con ella se podían captar las ondas más exóticas mejor que con ninguna otra. Esto indujo a Simon a acercarse a nuestra cocina cuando salía a dar su paseo vespertino, porque así podía oír noticias de Berlín.

Rakel nunca lo acompañaba cuando oíamos a Hitler dando alaridos por el aparato.

–Lo mejor es que las mujeres no oigan estas cosas –decía Simon.

Pero Arne se mantuvo firme en esto:

–Yo, por mi parte –decía–, pienso que no hay razón para tener a Johanna ignorante de ellas.

Simon se echaba a reír. Pero Arne y yo ya habíamos notado su costumbre de echarse a reír siempre que no sabía qué contestar.

Enseguida comenzaron las tormentas otoñales y llegó el invierno, y mi vientre y el de Rakel se hinchaban al mismo ritmo. Comenzó a resultarme difícil atarme los cordones de los zapatos, y entonces me dije que esta vez sí que iba a ser un niño de verdad, uno de esos niños hechos y derechos, que sólo salen del vientre de su madre cuando les llega el momento.

Y la niña llegó, y llegó un buen día de marzo, y jamás había pensado yo que la cosa pudiera ser tan difícil. Fue como recorrer un largo camino a través de un dolor insoportable, para acabar llegando, por fin, a la muerte piadosa que las drogas facilitan hasta el punto de borrarlo todo en una sola y misma nada.

La cosa duró una jornada entera, o sea, un día y una noche.

Durante muchos años, a partir de aquel momento, yo miraba con auténtica sorpresa a cuantas madres se cruzaban por mi camino:

«¡Tú!, ¡y tú también! –me decía–, ¡y varias veces!»

¡Santo cielo, cuantísimo tenemos que soportar las mujeres! ¡Y qué poco se habla de ello!, ¡y con cuánto secreto se lo guardan casi todas, sin hablarlo con nadie!

Pero acabó convirtiéndoseme, como para casi todas las demás, en una alegría sin límites. Digna, desde luego, de cualquier sufrimiento.

Al despertar en la clínica me dieron zumo de frutas. Y luego me pusieron una criatura en los brazos. Las horas inmediatamente siguientes me resultan más difíciles de describir que el dolor mismo. Nos miramos, y ella me miraba fijamente, y yo apenas veía a través de mis lágrimas. Las dos estábamos enmarcadas en luz. Yo reconocía aquella luz por mis paseos estivales a lo largo de los lagos, en vida de mi padre, y por la catástrofe del bazar, cuando algo me impidió abrir una puerta.

No había muchos pensamientos en mi cabeza aquel primer día, y lo único que pude hacer fue sonreír como una boba al ver llegar a Arne, que intentaba explicarme lo feliz que se sentía.

Cuando mi madre vino a verme al día siguiente, me acordé de sus explicaciones de cuando me dio a luz a mí.

–¡Pero madre –le dije–, qué fuerte fuiste!

Esto a ella le hizo sentirse violenta, y trató de defenderse, como era su costumbre, de cualquier atisbo de gloria: no había sido mérito suyo, protestó, el que aquella vez la cosa acabase bien, sino de la comadrona.

Y entonces me acordé de Anna, la comadrona, cuya figura luminosa persistía en mi memoria. Y dije, sin pensarlo siquiera, que pondría Anna a mi hijita, y mi madre, al oírlo, se puso muy contenta, de eso me di cuenta inmediatamente, pero me recomendó, a pesar de todo, que antes hablase de ello con Arne.

A Arne el nombre le pareció algo chapado a la antigua, y auténtico. Y se alegró de que no fuese nombre de familia.

–¿Te has fijado en la cara de lista que tiene? –me preguntó.

Naturalmente me eché a reír al oír esto, pero, en lo más hondo de mi mente, le di la razón. Y la verdad sea dicha, la tenía.

¡Qué primavera aquella! ¡Y qué verano! Como si la vida quisiese compensarme por lo mal que se había portado conmigo. Esos meses fueron una verdadera bendición para mí: tenía leche abundante, Anna se encontraba bien de salud, y dormía, y crecía, y reía, y gorjeaba. Entonces comprendí que Arne había oído bien aquella vez, en Oslo, cuando Astrid nos habló de mi padre. Porque se portó con Anna como mi padre se había portado conmigo: hizo una especie de cuévano para llevarla a cuestas, y se iba con ella a dar largos paseos por los montes. ¡Y le cantaba canciones! Él tenía buena voz, y yo sabía contar cuentos, de modo que la cosa estaba al completo: todos los cuentos, todas las canciones de mi padre, al alcance de Anna.

Tal era mi alegría que incluso recibí a mi suegra con los brazos abiertos:

–¡Mira, Anna, aquí tienes a tu abuela!

Mi suegra era abuela por primera vez, y esto la indujo a salir del permanente estado de petrificación en que seguía sumida, y hasta sonrió y le hizo carantoñas a la niña. También por primera vez pude comprobar que había una cierta humanidad detrás de aquella máscara de marfil. Pero cuando me dijo, y conste que fue ella la primera en decirlo, que la niña era igualita a ella, la verdad, me dio miedo.

E ira.

Es posible que también Arne se asustase. Porque reaccionó con una risotada de mofa, diciendo que todas las viejas están locas de atar.

–La madre de Johanna estuvo aquí ayer, y también dijo que Anna era igualita a ella y a toda su familia.

Lo miré y reí. Los dos sabíamos perfectamente que mi madre no había dicho tal cosa.

«Está defendiéndose –pensé–. Ahora es papá, de modo que puede ponerse firme cuando se trata de sus derechos.»

La abuela respondió con una risita tonta.

Mucho tiempo más tarde me di cuenta de que mi suegra, después de todo, no anduvo desprovista de razón en esto, porque en Anna, como en mi suegra, hay una especie de frágil timidez, un orgullo y un miedo a dejarse llevar y a sentirse invadida, y tiene, también como mi suegra, la piel marfileña y los rasgos faciales finamente dibujados.

Sólo de su boca se puede decir que es mía, porque es grande y expresiva.

Rakel volvió de la clínica una semana después que yo. Las dos niñitas eran muy distintas: rubia, fuerte, terca la mía; morena, alegre, dócil la suya.

Pero entonces ya corría el año 1937, y el general Franco hacía llover bombas hitlerianas sobre las ciudades de España. Ya no había excusa para cerrar los ojos al mundo cuyas luces se apagaban en torno a nosotros.

No tengo la menor intención de describir lo que fue la Segunda Guerra Mundial para nosotros, que nos agazapábamos, como conejillos asustados, tras una frágil neutralidad.

Yo, por mi parte, hice cuanto estuvo en mi mano por levantar un muro entre el mundo exterior y mi mundo, el mundo de mi hija. Me había dado cuenta desde el principio de que Anna captaba los menores cambios que se producían en mi estado de ánimo, de modo que me esforcé por no pensar en la guerra, no escuchar las noticias, no asustarme de nada, cuando mi hija estuviese despierta.

En vista de eso, ponía la radio por las noches. Y dormía mal. A solas, en los largos períodos de tiempo que Arne pasaba «en algún lugar de Suecia».

No resultaba fácil tratar de vivir en dos mundos al mismo tiempo, pero hice lo que pude, y tardé algo en darme cuenta de que mis planes no estaban saliendo bien. Al cumplir Anna un año, Hitler invadió Austria. Cuando cumplió dos, anexionó Checoslovaquia al Tercer Reich. En el otoño del mismo año, le tocó el turno a Polonia. Y, así, la Segunda Guerra Mundial.

Hasta entonces me las había arreglado para tener a raya el pánico. Pero al llegar el tercer cumpleaños de Anna los alemanes acababan de invadir Dinamarca y Noruega.

Y entonces comenzó a crepitar la defensa antiaérea sueca en los montes que se alzaban en torno a nosotros, y Anna, con los ojos encendidos de curiosidad, me preguntaba:

–¡Mamá!, ¡mamá!, ¿a quién disparan?

Yo salía del paso diciéndole que no era nada, que estaban haciendo prácticas.

Pero un día se incendió un avión justo encima de nosotros, un avión que llevaba la cruz gamada. Se envolvió súbitamente en llamas y desapareció hacia el oeste. Vi al muchacho alemán arder como una antorcha bajo el cielo antes de apagarse en el mar clemente.

Nosotras lo veíamos desde la montaña. Yo tenía a Anna en mi regazo, y traté de que volviese la cara contra mi hombro. Pero ella se desasió de mí y lo vio todo y quedó como petrificada. Luego me miró a mí a los ojos, y comprendí que había captado todo el horror que me producían aquellas escenas.

No me preguntó nada, ni yo supe tampoco qué decir.

Arne volvió a casa de permiso. Distinto. Más duro. De uniforme. No eludió las preguntas silenciosas de Anna, la sentó sobre sus rodillas y le explicó lo que estaba pasando: que había en el mundo mucha maldad y que todos los hombres de buena voluntad tenían que oponerse a ella. Que él era soldado porque tenía el deber de defendernos, que la defensa aérea disparaba para mantener al enemigo fuera de nuestras fronteras, y que el bien acabaría prevaleciendo sobre el mal.

Anna objetó:

–Bueno, sí, pero matan a gente...

–Sí, Anna, ya lo sé, pero es que no hay otro remedio.

A mí me dijo que la situación en las fronteras era deplorable, pues a veces había armas, pero no munición, y otras munición, pero no armas.

–¿Tienes miedo?

–No, más que nada rabia.

No mentía al decir esto. Arne era así: fuerte contra las dificultades.

Al día siguiente telefoneó a su padre:

–Mamá, tengo prisa, quiero hablar con papá.

Y, a continuación, habló largo y tendido con su padre sobre la necesidad de refugiarse en la finca familiar del bosque de Billingen.

–Tienes que venir aquí, papá, y ponerte de acuerdo con Johanna; así les avisáis que pongan un poco en orden el viejo caserón.

–¿Y qué hacemos con mi madre? –le pregunté cuando colgó.

–Si Ragnar no se encarga de ella, tendremos que echarle una mano nosotros.

Pero también Ragnar estaba reclutado, junto con todos sus coches, y yo me dije que la cosa no podría ir bien entre mi madre y mi suegra en una exigua casa campesina como era la de Billingen.

Luego me dio vergüenza pensar así.

Arne se iba aquella misma tarde, pero antes estuvo mucho rato con Anna en los brazos:

–Ahora –le dijo– me tienes que prometer que serás una buena chica y cuidarás de tu madre.

Hizo mal en decirle esto a Anna. No protesté porque no quería provocar una riña en un momento así, pero era evidente que había hecho mal. Luego las cosas fueron como fueron. Ahora los temores de Anna se centraban en un objetivo concreto:

–No tienes que tener miedo, mamá.

–No, si no tengo miedo –le respondía yo, y me echaba a llorar, mientras Anna, con sus tres años, me consolaba.

La guerra se nos iba acercando también de otra manera. Por la casa de Rakel pasaba un torrente de refugiados llegados de Dinamarca y de Noruega. Aparecían de pronto, en plena obscuridad crepuscular y nocturna. Todavía había abierta una vía de escape entre Torslanda y Londres.

La mayor parte de ellos seguirían su viaje hasta Norteamérica.

Algunos eran judíos de esos que yo hasta entonces sólo había visto en los carteles nazis y en la repulsiva revista humorística de Albert Engström. Yo pensaba que serían caricaturas, pero ahora les veía en vivo, con mis propios ojos: hombres tocados con sombreros estrafalarios y con guedejas colgándoles por las mejillas; y todavía, a pesar del tiempo que ha pasado desde entonces, recuerdo lo que me asustaban.

Uno de ellos era rabino, y, a diferencia de los demás, apareció una tarde soleada con su mujer y sus hijos. Anna estaba en aquel momento en casa de los Ginfarb. Con mi hija y la suya ocurría exactamente lo que había predicho Rakel: que se habían vuelto inseparables.

Anna llegó a casa corriendo, con los ojos relucientes:

–Mamá, me ha bendecido Dios. El señor ese me puso la mano sobre la cabeza y me dijo cosas muy bonitas que no entendí.

«Demos gracias al buen Dios por eso», me dije, sonriéndome de mis propias palabras.

Anna me hizo toda clase de preguntas sobre Dios. Tenía una manera de preguntar que era como si uno estuviese ante un tribunal en pleno interrogatorio de tercer grado. ¿Por qué no rezábamos nosotros a Dios?, ¿quién era Dios?, ¿era invisible?

Yo le contesté como mejor pude, y de esto, por lo menos, sí que puedo jactarme. Seriamente, y como se habla con las personas mayores. Ella quedó decepcionada, porque había pensado que el rabino era el mismísimo Dios en persona, y ahora resultaba que no era más que uno de sus representantes en la Tierra. Pero es indudable que produjo en ella una impresión muy honda, porque Anna siguió como iluminada durante largo tiempo después de haber recibido la bendición judía.

Rakel me dijo:

–Simon me insiste mucho en que también nosotros nos vayamos.

–¿Adónde?

–A Norteamérica. Tenemos parientes allí. Yo trato de disuadirlo, pero él no hace más que hablarme de todos esos judíos ciegos y sordos que siguieron en Alemania, como si no tuvieran cabeza para pensar, hasta que fue demasiado tarde.

Una semana después los nazis suecos pintaron cruces gamadas y estrellas de David en las ventanas y las puertas de la casa de los Ginfarb. Yo ayudé a Rakel a borrarlas, y lloré, y jamás en toda mi vida me he sentido tan avergonzada como aquella tarde. Catorce días después, la familia Ginfarb iba ya camino de Norteamérica. Uno de los ebanistas que trabajaban con Arne en el astillero compró la casa a bajo precio, y yo le dije a Arne que aquello era una vergüenza.

Todos sus muebles se quedaron en un almacén.

Y yo me quedé sola.

Pasé el terrible invierno de 1941 y hasta la misma Nochebuena, contando días, y llegué a la conclusión de que otra vez me había quedado embarazada. Pienso que al principio no creí que abortaría de nuevo, pero en febrero me puse de acuerdo con Lisa en que Anna iría a vivir a su casa unas semanas de marzo, que era cuando tenía que ocurrir lo que fuese.

Así sería mejor, porque era preciso que Anna no se enterase. El 15 de marzo sentí los primeros dolores de advertencia, y esto me dio tiempo para llevar a la niña a casa de Lisa e ir hacia el hospital, de modo que, cuando desperté, después de la sedación, pensé en lo bien que me había salido todo, con Anna en la tienda de cosas de coser, entre todos aquellos bonitos carretes y madejas.

Hice lo que pude por salvar al niño. Pero entonces todo era muerte en el mundo entero.

Arne recibió permiso, llegó y me vino a buscar al hospital. Le dolió que también esta vez fuese niño. Fuimos a buscar a Anna al barrio de Haga. Estaba más blanca, y Arne le dijo:

–¡No es posible que la ciudad te haya puesto tan pálida en sólo una semana, pequeña!

Y fue entonces cuando caí en la cuenta de que Anna lo sabía. No sé cómo, porque, en realidad, nadie pudo habérselo dicho. Tuve hemorragias y con frecuencia me fue preciso guardar cama. Esa misma primavera Anna cogió la costumbre de irse sola a la montaña a jugar. Juegos secretos y extraños.

–Echa de menos a la pequeña Judith, como yo echo de menos a Rakel –le dije a Arne.

A pesar de todo, Arne estaba más animado. La defensa sueca acabó por funcionar, y Alemania atacó a Rusia.

–¡Mal va a irles ahora! –dijo Arne, y mencionó a Carlos XII y a Napoleón.

Y luego, hacia Navidad, los japoneses atacaron Pearl Harbour, y los poderosos Estados Unidos se vieron forzados a entrar en la guerra.

–Ya verás como salimos de ésta –dijo Arne.

Y así fue, salimos.

En 1943, cuando los alemanes capitularon en Stalingrado, tuve otro aborto, el último de todos. Fue inesperado. Ya había empezado a sangrar al dejar a Anna en casa de Lisa.

Pero de esto prefiero no hablar.

Recuerdo la primavera de la paz. Los días tenían como un halo, una luz que lo definía todo con cortante y minucioso filo.

Exámenes, 1945.

El autobús iba hacia la escuela cargado de niños recién peinados y con camisas blancas y de niñas de pelo rizado con tenacillas y vestidas de claro, junto a sus madres endomingadas y con ramilletes de flores en las manos. Anna estaba sentada enfrente de mí, y tan bonita como las flores de los manzanos de nuestro jardín. A pesar de que tenía el pelo rubio erizado como las púas de un puerco espín; y es que no había tenacillas que pudieran con su pelambre.

Yo pensaba que la guerra había ensombrecido toda su infancia. Y que la paz estaba haciendo más difícil aún esconderle nada. En una ocasión, aquella misma primavera, Anna, volviendo de la escuela a casa, había comprado un periódico extranjero con fotos de los campos de concentración recién descubiertos.

Al llegar a casa, la pobre niña estaba espantada. Me tiró el periódico a la cara y se encerró en el retrete, donde se puso a vomitar.

No supe cómo consolarla, y lo que hice fue sentarme a la mesa de la cocina y mirar aquellas fotos imposibles de encajar racionalmente; lo único que se podía hacer ante una cosa así era echarse a llorar.

«Ahora viene la estación de las flores», me dije.

¿Me hacía yo acaso la ilusión de que en aquellas voces que cantaban en la ceremonia de fin de curso resonaba una luminosa esperanza, o era así en realidad? Nadie había oído hablar todavía de la bomba o de esa ciudad de nombre tan bonito.

Y es que a Hiroshima no le tocó el turno hasta el otoño.

Enseguida empezaron a moverse de nuevo las cosas como nunca hasta entonces. El nivel de vida subió y se asentaron las bases del estado del bienestar con el que llevábamos tanto tiempo soñando. Ahora los socialdemócratas no compartían el poder con nadie, y los deseos de reforma social que habían estado contenidos durante la guerra se pusieron, por fin, sobre la mesa del parlamento. Se subieron los impuestos a las empresas y a los ricos, y fue tremendo el malestar que cundió por las filas de la clase burguesa.

Arne y yo, en cambio, estábamos muy contentos.

Yo me encontraba muy a gusto, porque tanto mi madre como mis amigas me decían que estaba todo lo bien que puede estar una mujer. Con una hija sólo que cuidar, y un marido que llegaba a casa con dinero todos los fines de semana y ni bebía ni se iba de picos pardos. Mi madre ni siquiera me compadecía por mis abortos, porque seguía pensando, como había pensado toda su vida, que pocos niños que alimentar era una bendición de Dios. Pero yo no tenía la capacidad de mi madre para aceptar sin quejarse el papel que le había tocado en la vida. El poder de Arne sobre mí iba en aumento, y a mí, en cambio, me resultaba cada vez más difícil imponerme.

Pienso que debieron de ser los abortos lo que acabó conmigo, pero segura, lo que se dice segura, no lo estoy. Era evidente que mi hija me hacía más vulnerable. Me inclinaba ante Arne y callaba para protegerla. Nada de escenas, nada de riñas. Lo importante era que hubiese sol, seguridad y bienestar doméstico.

Si hubiese tenido cuatro hijos en vez de uno solo, me arrastraría humildemente ante Arne.

¿O no?

¿En qué se basaba el poder que tenía Arne sobre mí?

¿Por qué era yo tan susceptible, tan sumisa? Porque eso es exactamente lo que era. Y estaba empezando a pedir compasión. Evidentemente, en vano. Me convertí en una mártir, en una de esas mártires domésticas como son tantas mujeres casadas.

Repulsivo.

Tardé en dar con las respuestas a mis preguntas, y esta tardanza se debió, quizás, a que yo misma no quería ver la situación tal y como era. Y me resultaba tan penoso por la sencilla razón de que se trataba, pura y simplemente, de dinero.

Pienso que nadie que no haya tenido esa experiencia podrá comprender jamás lo mal que sabe tener que pedir cada corona que le hace falta. Arne me decía que a mí se me iba el dinero como la arena, pero, la verdad, de eso no tenía yo la culpa. No era que fuese mala ama de casa, sino que el dinero perdía valor constantemente. La posguerra se distinguió precisamente por la fe en el futuro y por la inflación.

Yo trataba de convencerme de que mi situación no tenía nada de injusta: había buscado seguridad, y eso era, después de todo, lo que ahora tenía.

Me doy cuenta de que infravaloro el amor. Porque en nuestra casa había amor. Yo a Arne le quería. Le quise durante todos esos años. Enamorada de él: bueno, más menos. Pero, así y todo, pienso que el amor no me habría inducido a someterme a él de haber tenido yo mi propio trabajo y ganado mi propio dinero.

Una curiosa actitud que comparto con muchas mujeres de mi generación es que el enamoramiento, en nuestro caso, no tenía nada que ver con la sexualidad. Hacer el amor nos parecía una cosa inevitable, algo que se daba por supuesto. Algo que había que hacer. Yo, por mi parte, no lo encontraba nunca, o casi nunca, repelente, pero tampoco lo que se dice placentero.

¿Sería, quizá, que eso a Arne le ofendía? No, no lo creo

así, lo que creo es que le habría chocado o escandalizado, o incluso que le habría parecido propio de una puta, el que yo disfrutase haciéndolo.

Éramos muy ignorantes en esas cosas. No teníamos idea de cómo se expresa sexualmente la ternura. Cerrábamos los ojos y lo dejábamos ocurrir, o bien, de la manera que fuese, nos manteníamos al margen mientras ocurría. Y de sentimientos sólo hablábamos cuando reñíamos. Y él, por su parte, también cuando se volvía nauseabundamente sentimental.

Una vez, estando los dos en la cama, después de hacer el amor, Arne me dijo que sus abuelos maternos habían sido muy lujuriosos, y yo, al oír esto, me sonrojé. Me sentí muy sorprendida, porque nunca se me había ocurrido ponerme a pensar en esas cosas en relación con los padres de la dama de marfil.

–Pero con lo religiosos que eran... –objeté.

–Eso no le ha impedido a nadie joder a pierna suelta, que yo sepa.

–¿Jodía tu abuela fuera de casa?

Tan sorprendida estaba que me incorporé en la cama al hacerle la pregunta.

–Bueno, no, eso no. Pero mi abuelo sí, era muy promiscuo, vamos, le gustaba más que el pan frito. Y, además, le parecía bien.

–¿Cómo sabes tú eso?

Arne me gritó:

–¡Vamos, mujer, no te pongas pesada!

Me asusté, como siempre que Arne se enfadaba conmigo. Y me callé como una muerta. Enseguida se quedó dormido. Yo, en cambio, seguí despierta, devanándome los sesos.

Seguí preocupada durante mucho tiempo por aquella conversación tan curiosa: primero, por si podía ser verdad lo que me había dicho Arne; y, segundo, por la razón que pudo inducirle a decírmelo. Y, ahora, muchos años después, se me ocurre que lo hizo para justificar, en cierto modo, su propia actitud ante la sexualidad. Bueno, y la de su madre.

Nosotros dos apenas hablábamos de otra cosa que de lo cotidiano. Y también de política.

Bueno, también a mí me pasó algo parecido teniendo Anna once años, un día que volvió a casa pálida como una muerta y moviéndose con la rigidez de un autómata. Me contó lo que le había dicho una condiscípula suya sobre el coso ese tan asqueroso que tienen los hombres que se lo meten a una y venga a metérselo, hasta que hace tanto daño que hasta podrías morirte. Me quedé muy parada. Estaba planchando toallas, y del susto que me llevé se me quemó una. Pero me repuse y le dije a Anna lo mismo que han dicho siempre en estos casos todas las madres, abuelas y bisabuelas: que ésas son cosas que las mujeres no tenemos más remedio que aceptar.

–Y, además, Anna, no es verdad que hace daño. Muchas piensan que es estupendo.

–¿Lo piensas tú?

–Yo no tengo nada en contra.

Muy pobre, la verdad, como explicación. Pero no sé de qué otra forma habría podido explicar a mi hija lo complicados que son el amor y el sexo, el enamoramiento y el deseo, lo complejos que resultan y la de facetas que tienen.

Un día de otoño, cuando el cielo y el mar se fundían en un solo, pesado velo gris, Nisse Nilsson me llamó de pronto para decirme que sus asuntos iban de nuevo pero que muy bien. ¿Habría alguna posibilidad de que pudiese yo echarle una mano en la tienda los viernes por la tarde y los sábados por la mañana? Me pagaría bien.

Le dije que sí sin pensarlo.

Después de colgar el teléfono lo pensé mejor y concluí que aquella noche, en cuanto se lo contase a Arne, iba a haber en casa una escena de antología. Preparé la cena con un poco más de esmero que de costumbre, y Arne, después de cenar, me comentó, como solía, que yo era muy buena cocinera.

Anna se fue a su habitación, que estaba en el piso de arriba, y Arne bajó al sótano, como era su costumbre. Muy bien, me dije, porque así, si había trifulca, la niña no la oiría.

Al cabo de un rato bajé al sótano y le conté la conversación que había tenido con Nisse. Arne se quedó sorprendido, pero asintió: dijo que Anna ya era lo bastante mayor para arreglárselas sola unas horas. Si a mí me apetecía la idea...

–Sí que me apetece.

–Ya me he dado cuenta de que a ti los días se te hacen muy largos en casa.

¡Qué sorpresa me llevé al oír esto!

–No es eso lo malo –le dije–. Después de todo, ocupaciones no me faltan: que si coser, que si limpiar, todo eso. Lo malo es ser como una muchacha de servicio, estar disponible siempre, tener que pedir cada centavo que necesitas.

No se enfadó, pero se sintió ofendido.

–¿Por qué no me dijiste nunca nada de eso, vamos a ver?

Fue una velada de lo más extraña. Al final fui yo quien se puso como una fiera, no él. Durante diez minutos por lo menos le dije todo lo que llevaba dentro: el barco de vela, costaba la intemerata; el dinero de la compra, que siempre era escaso; el dar por supuesto que él tenía derecho a camisas limpias y planchadas y a servicio permanente en casa; y, encima, a tener amigos a manta en su trabajo.

–¡Una criada! –grité–, ¡eso es lo que yo soy aquí!

Y subí corriendo la escalera.

Cuando subió a acostarse, Arne estaba desesperado:

–La verdad, chica, no te entiendo –dijo–, pudiste haberme dicho algo.

Lo pensé mucho tiempo, y acabé dándole la razón.

–Eres una persona desconcertante –comentó.

Lo mismo que me había dicho Rakel.

Y lo curioso es que estaba de acuerdo.

Todo fue mejor a partir de aquel día. Y no sólo por lo que me gustaba el paseo por el puente y hasta el bazar los sábados por la mañana, ni tampoco por la gente que trabajaba conmigo, ni por la charla, las risas y el tener que interesarme por todos los clientes, y escuchar y darle a la lengua, como solía decir Nisse.

No, no era sólo eso: se trataba también de mi autoestima.

A Nisse le dije que me había salvado la vida. A mi madre, que necesitábamos el dinero, lo que no era verdad. Y a Anna, que quería airearme y batir el tacón un poco.

Me entendió, y le aprovechó mucho, porque ahora tenía que hacer la cena los viernes, y arreglar la casa los sábados; así fue habituándose a las tareas domésticas. Y eso que todavía no tenía más de doce años.

–Anna es una chica responsable –decía Arne.

No se quejaba si las albóndigas estaban demasiado saladas o el pescado mal asado. Lo cual, por cierto, sólo ocurría al principio. Anna era ambiciosa, y aprendía de los libros. Me desencuadernó mi viejo libro de cocina a fuerza de estudiarlo, y consiguió que Arne le comprase otro que era mejor.

Cuando volví a casa con mi primer sueldo, Arne me dijo que había estado pensando en todo lo que le dije, y reconoció que había sido tacaño y tozudo en cuestiones de dinero.

–Es que no quería que me pasase lo que a mi padre –me explicó–, mi madre le sacaba todo su dinero y le daba a cambio una miseria para tabaco, pero lo tenía que pedir, y como haciéndole un favor.

Me quedé de una pieza al oír esto, pero no dije lo que pensaba. Arne no corría ningún peligro de ser como su padre, eso desde luego, pero tenía muchas cosas en común con su madre.

Me propuso que me encargase de la economía familiar. Desde luego, me dijo, se me daría mucho mejor que a él. A partir de aquel día me entregó todas las semanas su sueldo íntegro, y se acabó eso de «mi dinero se te va como arena». Nuestra economía estuvo mucho mejor ordenada. Al llegar la primavera me dijo que quería ponerle una vela nueva a la barca, pero le contesté que ni hablar. No podíamos, teníamos que instalar en casa una caldera de petróleo y calefacción central, e íbamos a tener que echar mano de nuestros ahorros.

Por fin me había dado clara cuenta de algo que siempre supe: que a las mujeres sólo se las respeta si saben ser independientes.

Ahora, después de tantos años, tengo, sin embargo, mis dudas.

Anna siempre ha sabido mantenerse a sí misma y a sus hijas. Siempre se ha defendido mejor que yo, eso sin el menor género de dudas. Tuvo el arranque de divorciarse. Bueno, ¿y qué? ¿Hay acaso en la forma de ser de las mujeres algo que nosotras mismas no queremos ver y aceptar?

Diré ahora unas palabras sobre los viejos.

Con la fuerza que me daba la nueva fe en nosotros mismos que ahora disfrutábamos, me dediqué a resolver de una vez el problema de la vivienda de mi madre. El apartamento del barrio de Haga era ya demasiado grande para ella, requería demasiado trabajo, se había quedado anticuado, había que calentarlo con leña, y tenía corrientes. El retrete estaba fuera, tres descansillos más arriba o más abajo. Además, ella ya no se encontraba tan a gusto allí como antes, porque muchos de sus vecinos se habían mudado. Y su gran amiga, Hulda Andersson, la que vivía encima de ella, había muerto.

En la parte de Kungsladugård se estaban construyendo por entonces casas nuevas con apartamentos para jubilados. Un día fui con mi madre y con Ragnar a ver uno de una habitación, menor del que tenía, pero con calefacción central, cuarto de baño y agua caliente.

A ella le pareció que era un paraíso.

Arne me ayudó a solventar los trámites, porque la fundación que lo administraba exigía muchos papeles, y la burocracia de esos asuntos llevaba más tiempo que la construcción de la casa misma.

Pero, en fin, acabamos teniendo el contrato de arrendamiento, y mi madre pudo mudarse al apartamento nuevo con su sofá de Värmland. Yo se lo tapicé de seda a rayas y le puse almohadones muy mullidos. Y ella se sentía feliz sentada en él.

A los viejos de la calle de Karl Johan les ocurrió algo siniestro e inesperado.

El corazón de la señora de marfil resistió bien el paso de los años, pero un día de primavera la atropelló un tranvía.

Murió en la ambulancia, camino del hospital.

Cuando nos avisaron por teléfono, yo estaba sola en casa. Tuve tiempo de sobra para pensar hasta que Arne volvió del trabajo, y mis pensamientos estaban llenos de desasosiego, porque no sabía cómo decírselo. Pero también, ¿para qué negarlo?, llenos de alivio.

En cuanto oí el coche de Arne, salí corriendo, echándome el abrigo a los hombros.

–¡Arne! –le dije–, ¡ha ocurrido algo terrible!, ¡tenemos que ir inmediatamente a casa de tus padres!

Por el camino le conté lo que había ocurrido. Cuando me di cuenta de lo aliviado que parecía sentirse, bajé la vista, pero él notó que me había fijado, y nunca me lo perdonó.

–¿Qué hacemos con papá? –me preguntó, cuando volvíamos.

–Pues tendrá que venirse a vivir con nosotros.

–¿Y tu trabajo?

Me asusté, pero él me quitó enseguida el miedo:

–Nada, no te preocupes, podrá arreglárselas solo perfectamente unas horas.

Y tanto que podía. Se alegró de vivir conmigo, porque siempre me había tenido afecto. Pero me dijo que quería ser independiente, y valerse por sí mismo. Anna le cedió su cuarto del piso de arriba, y lo hizo sin quejarse, porque le tenía cariño.

Arne amplió la casa, y puso agua y retrete en el piso alto.

Aquel verano estuve muy ocupada. Me fatigué mucho y tuve que reconocer que ya no era joven.

Al principio había creído que el viejo sentiría alivio por la muerte de su extraña mujer. Pero en eso me equivoqué. La sintió, y la echó de menos. La llamaba por las noches, cuando sus accesos de tos lo despertaban, y lloraba como un niño porque no acudía. Sufrió un resfriado tras otro, y tuvo que verle el médico, que le dio antibióticos, pero no le sirvieron de nada. Acabó desmoronándose, y murió aquel invierno de una congestión pulmonar que fue providencial para él. Yo lo cuidé hasta el fin, y en sus últimos momentos le cogí la mano. A mí esa experiencia me fue bien, porque luego he llegado a la conclusión de que me curó del terror a la muerte que me obsesionaba desde que mi padre se mató a fuerza de toser en la casa del molino de Dalsland.

Anna iba ahora a la escuela secundaria. Ella piensa que hubo en casa discusiones sobre eso, pero se equivoca. De alguna manera siempre había habido acuerdo entre Arne y yo de que nuestra hija tendría todas las facilidades que a nosotros nos habían faltado.

Y la educación era, naturalmente, la más importante.

Pero esta decisión nuestra tuvo consecuencias que no habíamos previsto. Anna acabó teniendo un pie en un mundo distinto: el mundo de la cultura y la burguesía. Y esto, al principio, la tuvo bastante preocupada.

–Pero no puedo negar –me dijo en una ocasión– que algunos de mis condiscípulos me caen bastante bien.

–Me alegro –le contesté.

Y lo dije en serio, pero ella me miró con cierto recelo.

–Bajo muchos aspectos son muy infantiles –prosiguió Anna–, ¿querrás creer que casi ninguno de ellos sabe nada de la guerra y del exterminio de los judíos?

–Bueno, eso lo comprendo. En sus casas no se habla de cosas desagradables. Eso lo sé porque fui muchacha de servicio en una casa burguesa.

Al tiempo que decía esto, sin embargo, me acordé de que yo misma había tratado de ocultar a Anna todas las cosas siniestras de la guerra. En aquel momento llegué incluso a pensar que también en esto me había comportado, en cierta medida, como una burguesa. Anna interrumpió mis pensamientos:

–No me digas, nunca me has hablado de ello.

Allí mismo se lo conté todo, y con todos sus aviesos detalles, incluso el intento de violación.

Anna se echó a llorar de compasión. También yo lloré, de la pena que me daba pensar en nuestras dos juventudes perdidas.

Anna veía todo aquello desde un punto de vista más personal que yo, y, de pronto, se sintió furiosa con mi madre:

–¿Pero cómo pudo la abuela...?

–No entiendes la situación –le dije–. Para ella, como para todo el mundo entonces, esas cosas eran normales. Era otro sistema social.

Al principio me resultaba difícil el que todos aquellos niños de la burguesía aparecieran de pronto por mi casa y mi jardín. Eran amigos de clase de Anna que, con toda naturalidad y evidencia, me recordaban a los niños repulsivos de la casa del doctor. Pero luego pensé en Rakel, la elegante señora judía.

Rakel y yo nos escribíamos. Recuerdo muy bien su primera carta, con sello norteamericano, y lo contenta que me puse, leyéndola entre mis rosales.

También la pequeña Judith nos escribía. Bueno, escribía a Anna, que leía sus cartas frunciendo el entrecejo y diciendo que Judith no sabía ortografía. Arne y yo nos reíamos de ella y le decíamos que seguro que Judith sabría muy bien ortografía inglesa, porque ahora el inglés era su nueva lengua. Años más tarde, Anna contestaba a Judith en inglés, al principio con ayuda de su profesor, pero no tardó en saber hacerlo por sí sola.

En los años sesenta, Judith emigró a Israel, y Anna y Rickard fueron en avión a Jerusalén para asistir a su boda.

La verdad es que nunca me hice una idea muy clara de cómo se las arreglaba Anna para compaginar su nuevo mundo escolar con nuestro ambiente. No hablaba apenas de eso, porque era muy reservada, como yo, con las cosas que le resultaban penosas o difíciles. Pero me di cuenta de que cada vez había más distancia entre ella y mi madre, o, mejor dicho, entre ella y toda mi familia. Llegó incluso a distanciarse de Ragnar, a quien quería y admiraba.

Comenzó también a corregir mi forma de hablar.

A veces se mostraba áspera con Arne, irónica y mordaz.

Cuando tuvo que empezar a ir a la universidad, Arne le dijo que él se las arreglaría para juntar el dinero suficiente, por caro que fuese, y Anna, entonces, le atajó:

–No te preocupes, querido papá, ya he conseguido una beca.

E hizo como que no se daba cuenta de que esto a Arne le había herido.

La casa se nos echó encima cuando Anna tuvo que irse a Lund, donde se alojó en un hostal para estudiantes. Pero tampoco voy a negar que, en cierto modo, fue un alivio. Yo no tenía ninguna necesidad de notar todos los días cómo se iba agrandando el abismo entre nosotros, ni tampoco me apetecía seguir haciendo de contemporizadora entre ella y Arne. En los últimos años las riñas entre ellos dos se habían ido enconando cada vez más.

Pero, así y todo, echaba de menos su compañía, y las confidencias que las dos nos hacíamos. ¡Dios mío de mi vida, cuánto la eché de menos! Todos los días trataba de convencerme a mí misma de que no es buena cosa depender tanto de los hijos, de que lo que hay que hacer es darles libertad, de que quizá la verdadera confianza no sea realmente posible entre gente que se trata íntimamente, y de que el riesgo de herirse unos a otros en esas circunstancias es tanto mayor. Por ejemplo, ¿cómo podría yo decirle a Anna que conocía su desesperada historia de amor con aquel extranjero, y su aborto?

Su aborto.

¿Cómo iba a serme posible hablar de eso con ella, yo, que no le había dicho nada de mis cuatro abortos?

Cuando vino a casa en el verano, pálida, delgada y seria,

estuve a punto de reventar de ternura. Trabajábamos las dos juntas en el jardín, pero ni ella me contó nada ni yo me atreví a preguntarle nada. Luego, en Lund, Anna encontró trabajo como correctora de pruebas suplente en el periódico.

Rickard Hård.

Rickard Hård me cayó bien desde el primer día.

Esto se debió a muchas cosas. Por ejemplo, a sus ojos, que eran de color gris claro, y con pestañas tan largas que parecían de mujer. Y lo mismo cabía decir de su boca. Muchos piensan que son los ojos los que más dicen de las personas, pero yo eso nunca lo he comprendido, porque los ojos color castaño claro mienten igual de bien que los azul gélido. Para mí siempre ha sido la boca lo que mejor desvela el carácter y las intenciones de la gente, y no precisamente por las palabras que salen de ella, sino, más bien, por su forma misma.

Si he de decir la verdad, nunca, en toda mi vida, he visto una boca tan sensible como la de Rickard Hård: fuerte, generosa, con comisuras que se fruncían de puro humor y curiosidad. Tan joven como era entonces y ya tenía la cara llena de arruguitas de hilaridad.

Y es muy cierto que sabía reír como pocos.

Y contar, también sabía contar: anécdota tras anécdota, y a cual más disparatada.

Rickard me recordaba a alguien a quien al principio no acababa yo de identificar, porque no se parecían en nada. No caí en quién era hasta unas semanas más tarde, cuando Rickard estuvo de visita en mi casa y Ragnar apareció de pronto por allí. ¡A Ragnar, claro! Y puedo afirmar con toda veracidad que no me sorprendió mucho el que un día Anna me telefoneara para decirme, con voz de pánico:

–Se dice por ahí que es un hombre la mar de mujeriego, mamá.

No recuerdo ya lo que le contesté, lo único que recuerdo es que luego estuve un largo rato junto al teléfono, pensando que Anna no se parecía en nada a Lisa, pero lo que se dice en nada.

Hasta el año de gracia de 1963, cuando Anna cumplió los veintitrés, no me di cuenta de que no es posible hacer nada por los hijos una vez que son mayores.

Rickard enseguida se hizo querer de nuestra familia, y también de amigos y vecinos. La más encantada fue mi madre, que se derretía literalmente en cuanto le echaba la vista encima. Y la cosa era muy divertida, porque él, por su parte, también le tenía afecto y respeto. Nunca se reía de ella, como hacían antes mis hermanos; al contrario, escuchaba con gran interés todo lo que decía.

A mí, Rickard me dijo:

–Habría que escribir un libro sobre tu madre.

–¡Vaya! –respondí–, ¡tampoco tiene tanto que contar!

Pero él insistió:

–Tiene ideas y valores primigenios. No sé si te das cuenta de que tu madre es uno de los últimos ejemplares de una especie en trance de extinción.

Me sorprendieron estas palabras, pero le di la razón. De pronto, y sin darme cuenta de lo que decía, me puse a hablarle a Rickard del cumpleaños de Ragnar y del descubrimiento que hice en pleno banquete.

–¡Fíjate, violada a los doce años, y madre a los trece! ¡Una puta! –dije.

–¡Santo cielo!

Luego, naturalmente, me arrepentí, y pensé que había traicionado a mi madre; hice prometer a Rickard que no se lo contaría a nadie.

–No quiero que lo sepa Anna.

–La verdad es que no sé por qué –me contestó él, pero me juró guardar silencio.

Anna y Rickard se prometieron en agosto, antes de que Anna volviese a la universidad y Rickard se fuese a Estocolmo, donde había encontrado trabajo en un gran periódico.

–¿De modo que vais a vivir en Estocolmo?

–Bueno, tengo que ir con él. Además, a mí también me resultará más fácil encontrar trabajo allí.

Añadió que no le hacía ninguna gracia, pero me di cuenta de que me mentía. Al contrario, saltaba a la vista que se alegraba de la mudanza y de la nueva vida que le esperaba en la gran y estimulante ciudad. Y también de poder perdernos de vista a mí y a mis ojos, que veían demasiado claro para su gusto.

–¡Con la de trenes que van a Estocolmo, mamá! –me dijo–, ¡y lo rápidos que son!, ¡nada, en cosa de unas horas te plantas allí!

Arne y yo teníamos ese miedo que inspiraba a los göteborgueses la extraña, abrumadora capital, situada, además, en el lado malo del país. Pensábamos que la gente de Estocolmo era arrogante y gruñona y lo encontraba todo mal, y no sólo cuando les oíamos por la radio, sino también cuando venían de vacaciones a nuestras islas.

Tuvimos que cambiar de idea. Ya en nuestra primera visita vencimos nuestro miedo, porque vimos que los habitantes de Estocolmo eran, por lo general, amables y educados. Y mucho más sencillos en el vestir y mucho menos arrogantes que la gente supuestamente fina de Göteborg. La ciudad era bella, y, a pesar de que ya habíamos oído hablar de él, nos encantó pasearnos con Anna por el puerto y ver a los pescadores con sus redes, tan curiosas y tan grandes.

Pero estoy anticipando acontecimientos. Porque antes de esto tuvimos boda en nuestra casa, la casa a orillas del mar. Y en esa boda conocí a Signe, la madre de Rickard, y esto me ayudó a comprender ciertas cosas.

Ese día, desde luego, tiramos la casa por la ventana. Como dijo Arne:

–Mira, chica, cuando no se tiene más que una hija, todo es poco...

Pero se me ha olvidado casi todo, sólo tengo algunos recuerdos aislados sobre el banquete que preparamos durante una semana entera, y sobre cómo toda la casa se llenó de juventud, de baile y de música. Ahora bien, lo que recuerdo mejor de todo es una persona: Signe.

Esa vez sí que capté inmediatamente a quién se parecía, a pesar de lo distinta que era, de que olía a perfume, de que llevaba la cara pintada y de que hablaba de todo, lo que se dice de todo, excepto de lo importante. Tenía los mismos ojos azules, unos ojos sin mirada, que la dama de marfil.

–Superficial y tonta –dijo después Arne.

Peor que eso, pensé yo: gélida.

–Y el chico es como cera en sus manos –añadió Arne.

Yo no dije entonces lo que realmente pensaba: que hay muchos hombres que son así.

–Seguro que tuvo un buen padre.

Arne pareció aliviado, y lo estaba, como era natural. Sabíamos que el padre de Rickard había muerto teniendo éste doce años, pero no que se había suicidado.

Antes de que los novios salieran en dirección a París, Anna y yo tuvimos ocasión de hablar un poco. Estábamos abajo, guardando las botellas en la obscuridad de la despensa subterránea, y Anna me dijo:

–¿Qué te ha parecido a ti, mamá?, Signe, me refiero.

Por una vez no me mordí la lengua; dije, así, por las buenas:

–Pues que es... como tu abuela paterna, Anna.

–Pues mira, entonces es que tenía yo razón. Gracias por ser tan sincera, mamá.

Pero lo cierto es que no lo fui. Porque no añadí que también Anna se parecía a su abuela paterna, no quiero decir en el carácter, sino en su aura, por llamarlo de alguna manera. Y pensé en lo increíblemente enamorado de ella que estaba Rickard, y en que el amor es con frecuencia el reflejo de un anhelo interior, de un estado de ánimo del que ama.

Una vez que se hubieron ido, me quedé inquieta, y tuve que serenarme pensando que estaba viendo fantasmas, y quc ahora corrían nuevos tiempos, con gente también nueva y joven, más perspicaz que nosotros.

Y que Signe, la de Johanneberg, no era tan estrafalaria como mi suegra.

Durante el tiempo del noviazgo yo había pensado mucho. ¿Por qué no nos reunía Rickard con su madre? ¿Era que se avergonzaba de nosotros? No, eso ni hablar, Rickard no era así. Y, además, tampoco su familia era nada del otro jueves: su padre, después de todo, había sido viajante de comercio. Se dedicaba al papel.

Y fue entonces cuando comprendí que de quien se avergonzaba Rickard era de su madre. Durante el banquete de bodas vi en sus ojos que tenía miedo de lo que pudiéramos pensar del constante parloteo insustancial y de las constantes jactancias de su madre. Pero también comprendí que esto él nunca lo reconocería; que haría lo mismo que Arne: defender a su madre y rodearla de un halo.

Yo sabía, mejor que la mayor parte de la gente, que los hombres que no han sido capaces de vencer a sus madres se vengan de ello en sus mujeres, en sus esposas y en sus hijas.

Traté de contrarrestar esto diciéndome que Rickard no era de temperamento brutal, como Arne. Así y todo, me sentía inquieta. Menos mal, concluí, que se habían ido a vivir a Estocolmo.

Pero ni este consuelo me bastó. Porque, al cabo de algunos años, Signe se fue tras ellos, cambiando su domicilio de Johanneberg por otro parecido en el mismo barrio periférico del norte de Estocolmo donde vivían Anna y Rickard.

–Rickard es lo único que tengo –me dijo el día que me llamó para hablarme de sus planes.

–No te inquietes, mamá –me tranquilizó Anna, también por teléfono.

Y catorce días después me volvió a llamar, llena de júbilo:

–¿Me creerás si te digo que Rickard ha conseguido a su madre un empleo en las oficinas del periódico de Södertälje?, de modo que, ya ves, ahora va a tener que mudarse allí.

–Vaya, Anna, estupendo.

–Es mucho más listo de lo que él mismo reconoce.

–Pues que no se entere de que te has dado cuenta –dije, y las dos nos echamos a reír como siempre se han reído las mujeres.

Greta, Aina y yo seguíamos en contacto a lo largo de los años. Lotta no, y bien que lo sentía yo, porque se había casado con un policía en Inglaterra. Nosotras tres nos veíamos en meses alternos, más o menos, los inviernos en el apartamento que tenía Aina en Örgryte, y los veranos en mi jardín. Lo pasábamos bien, tomábamos canapés y competíamos entre nosotras a ver a quién se le ocurría hacerlos más variados y sabrosos.

También Aina se había casado y era ama de casa. Su marido, que estaba empleado en correos, no quería que trabajase. Aina no hablaba mucho de esto, pero era evidente que no se sentía a gusto así.

Durante una temporada estuvo gorda, pero luego adelgazó de una manera terrible. Un día de julio, estando sentadas las tres junto a la tapia, entre mis rosas, nos contó que tenía cáncer y le quedaba poco tiempo de vida. Me avergüenzo de pensar que, en aquel momento, no supe qué decirle a modo de consuelo, y que lo único que me pasó fue que se me saltaron las lágrimas.

Ese otoño fuimos dos veces a verla al hospital donde se iba apagando.

Greta y yo seguimos viéndonos, y con mayor frecuencia, ahora que nos necesitábamos más mutuamente. Hablábamos de la vejez, y de lo difícil que era comprenderla. Greta había cerrado su salón de peluquería, y tenía de nuevo su tienda de quesos en el bazar.

–Está empezando a hacérseme cuesta arriba esto de la tienda –me dijo una vez–. Y no es por el trabajo físico, no, es la cabeza. Confundo las cosas, y ya no resulta fácil hacer las cuentas.

Me apresuré a tranquilizarla, diciéndole que a mí también me empezaba a fallar la memoria. No se lo dije para consolarla, sino porque era la pura verdad. Pasó cosa de medio año, y pude observar que la pobre Greta coordinaba cada vez peor. No parecía capaz de hilar las ideas más elementales, todo se desmigajaba en su mente. Al cabo de pocos meses hubo que recluirla en una clínica psiquiátrica.

Anna y Rickard vinieron a pasar las vacaciones con nosotros, y decidimos ir todos en la barca a Skagen. Los dos eran felices, parecían exhalar luz. Anna me dijo, el mismo día de su llegada:

–No, gracias, no quiero vino. Es que vamos a tener un hijo.

Tanto me alegré que me eché a llorar, y tanto me asusté que a punto estuve de desmayarme.

–¡Mamá, por favor no empieces!

Miré a Arne, nuestros ojos se encontraron, y me di cuenta de que me había comprendido. Y él estaba tan asustado como yo.

Anna tenía un puesto de lectora suplente en la universidad.

–No voy a poder seguir –me dijo.

–O sea, que te vas a convertir en ama de casa día y noche.

Traté de decir esto con voz normal, pero no sé si lo conseguí.

Rickard intervino en nuestra conversación:

–¡No, eso nunca! Yo no quiero amas de casa en mi casa. Vamos a contároslo.

Y los dos se pusieron a explicarnos, quitándose la palabra el uno al otro, que Anna iba a escribir un libro, un libro de divulgación basado en su tesis universitaria.

–Rickard me va a ayudar.

–Me alegro mucho –dije.

Pero pensé que de ahí no iba a sacar mucho dinero.

El niño nacería a principios de marzo, y Anna me hizo prometer que para entonces iría a vivir a su casa.

María nació puntualmente, y creo que no exagero nada si digo que me alegré del buen suceso tanto como el mismo Rickard. Y como la mismísima Anna. La primera vez que tuve a la recién nacida en mis brazos fue para mí como si hubiese recuperado algo muy precioso que había perdido hacía mucho tiempo.

Era una niña increíble, tranquila y alegre. Me miraba con los ojos azul claro de Anna, y me sonreía con la boca de Rickard. Y, a pesar de esto, era más como..., sí, justo, ¡como mi madre! Una pequeña Hanna, pensaba yo, pero cuidándome muy mucho de decirlo en voz alta. Y es que sabía lo que le irritaba a Anna el que le dijeran que se parecía a su abuela materna.

Anna y Rickard se mudaron a un apartamento de tres habitaciones, alegre y espacioso, que decoraron muy bien y con mucha gracia, y donde se estaba fresco y había pocas cosas, pero todas de lo mejor, como a Anna le gustaba. Pero desde el momento mismo de entrar en él vi que se cernía sobre ellos una negra sombra. De amargura en Anna, cargada de angustia en Rickard.

Yo había pensado que estarían locos de contento por el éxito que había alcanzado el libro de Anna, y de alegría por la niña. Pero algo había ocurrido, y preferí no hacer preguntas. Aparte de que, en realidad, no era asunto mío.

–No creas que las cosas son tan fáciles –es lo único que me dijo Anna.

–Bueno, sí, me hago cargo. ¿Quieres hablar de ello?

–No, ahora no. Lo único que quiero ahora es pensar en la niña. Que todo le vaya bien.

A partir de aquel momento se volvió como yo era antes, tan sumida en la recién nacida que todo lo demás dejó de existir para ella. Me quedé a vivir con ellos hasta que vi a Anna dar el pecho a María como es debido, y entonces me fui, sin preguntar nada sobre lo que les pasaba.

–Bueno –le dije al despedirnos–, ya sabes dónde me tienes.

–Es una cuestión de solidaridad.

–Sí, me hago cargo.

La verdad es que me había hecho cargo desde el primer momento. La primera velada que pasamos juntos en Estocolmo me acordé de nuestra conversación telefónica, unos años antes, cuando Anna me gritó:

–¡Todo el mundo dice que es un mujeriego, mamá!

Durante todo el viaje de vuelta, en tren, traté de no sentir más que alegría, pensando en María. De sobra sabía yo que las dos nos haríamos grandes amigas, y yo no hacía más que imaginarme los largos veranos que pasaríamos juntas junto al mar y en mi jardín, y en las muchísimas cosas que le enseñaría y le mostraría, y en todos los cuentos que le contaría, y en todas las canciones que le cantaría.

Pero las cosas no fueron tan bien como yo pensaba entonces. Los raíles del tren me repetían estridentes: ¡al diablo los hombres, al diablo los hombres, al mismísimo diablo todos los hombres del mundo!

El mío, por ejemplo, me estaba esperando en la estación central de Göteborg, muy irritado conmigo porque había pasado tanto tiempo fuera de casa.

–He estado a punto de morir de hambre, así como lo oyes –fue lo primero que me dijo.

«¡Al diablo contigo! –me dije–, ¡al mismísimo diablo contigo!»

–¿Es que no sabías dónde estaba la nevera o qué?

Yo le había dejado preparadas diez buenas comidas, lo único que tenía que hacer era calentarlas.

–Ya podías dejar la ironía para mejor ocasión.

Preferí no decir nada.

Arne me dijo entonces que lo único que quiso decir era que se había sentido muy solo, y tuve que hacer un esfuerzo para no tenerle pena. En casa las forsitias ya florecían, un suave relucir dorado.

Aquella primavera mi madre se puso enferma con frecuencia. Ragnar y yo acabamos teniendo que ponernos enérgicos y llevarla al médico.

–Es el corazón –dijo éste.

Mi madre tomó medicinas y, al cabo de un tiempo, se sintió mejor.

Una noche pasé tanto tiempo haciendo compañía a mi madre que perdí el último autobús, y, como consecuencia de esto, me sucedió algo desagradable. Telefoneé a Arne para decirle que iba a coger el tranvía hasta Kungsten, y que él me fuese a buscar allí en el coche.

Evidentemente, me sentía muy cansada. Estaba sentada en la parte delantera del tranvía y, por el espejo del conductor, vi detrás de mí a una mujer que era increíblemente parecida a mi madre, tanto que me sobresalté: la misma cara avejentada, los mismos ojos tristes. Me volví para ver quién era.

El tranvía estaba vacío, yo era la única pasajera.

Tardé mucho tiempo en darme cuenta de que lo que había visto en el espejo era mi propio reflejo. Tanto me deprimió este descubrimiento que se me saltaron las lágrimas, y las vi con mis propios ojos en el espejo.

–Pareces cansada –me dijo Arne cuando me senté a su lado en el coche.

–Sí, desde luego, estoy más cansada de lo que pensaba. Empiezo a ser vieja, Arne.

–Nada de eso –me contestó–, sigues siendo tan joven y tan guapa como siempre.

Lo miré atentamente a la tenue luz de la pantalla del coche, y el Arne que vi ante mí era el de siempre: joven y apuesto.

Los ojos del amor engañan. Arne tenía sesenta y dos años y sólo le faltaban tres para empezar a cobrar la jubilación.

Esa noche se quedó dormido, como siempre, en cuanto dejó caer la cabeza sobre la almohada. Yo, en cambio, seguí despierta mucho tiempo, tratando de convencerme de que había visto mal, de que lo que me había ocurrido no podía ser verdad. Me levanté, y fui, sin hacer ruido, al espejo del cuarto de baño, y allí estuve un rato, a la implacable luz que lo revelaba todo.

No, no había visto mal. Tenía arrugas verticales bien definidas en el labio superior, como mi madre. La línea de la barbilla estaba fofa. En torno a los ojos resaltaban pliegues que denunciaban preocupación. Mis ojos eran tristes. Mi cabellera castaña, de la que tan orgullosa me había sentido siempre, tenía ahora mechones grises. No había por qué extrañarse de todo esto, al fin y al cabo iba a cumplir sesenta años.

Lo que sí era de extrañar es que no lo hubiese notado hasta entonces; más aún: que ni siquiera hubiese tenido la menor sospecha de ello. Seguía siendo la de siempre, la misma persona infantil de siempre. Por dentro.

Pero el cuerpo envejece, y eso sí que no tiene vuelta de hoja.

Me así al lavabo y el rostro se me llenó de lágrimas, y en el espejo me vi más vieja todavía. «¿Sabes silbar, Johanna? No, ahora ya no.»

Acabé volviendo a meterme en la cama, y llorando hasta quedarme dormida.

A la mañana siguiente, Arne me dijo:

–Hoy tienes que quedarte en la cama todo el día, y descansar bien; tienes muchos libros, de modo que puedes leer.

Sí, claro que tenía libros, todas las semanas me llevaba un buen montón prestado de la biblioteca pública. Pero aquel día no me fue posible leer. Me pasé toda la mañana echada, mirando al techo y tratando de comprender bien lo que es el envejecimiento, de hacerme cargo de que ya era vieja y no me quedaba más remedio que aceptarlo.

Envejecer con dignidad.

¿Qué quiere decir eso, vamos a ver? Una idiotez. A las once me levanté de la cama, telefoneé a la peluquería y pedí hora para arreglarme el pelo y teñirme. Y me compré una crema «milagrosa» para el cutis, y el primer lápiz de labios de toda mi vida. Rematé el día con un largo paseo por las laderas de los montes.

«El ejercicio me sentará bien, sin duda.»

Cuando Arne volvió a casa me dijo que tenía un aspecto radiante, y que se alegraba mucho, porque había empezado a preocuparse por mí. Pero del nuevo y suntuoso color rojo obscuro de mi pelo, y de mi crema milagrosa para el cutis, no me dijo una palabra.

El lápiz de labios, no me había atrevido a usarlo.

Pero todas mis artimañas no sirvieron de nada contra la voz interior que seguía diciéndome:

–Eres una vieja, Johanna.

Traté de animarme con pensamientos optimistas. Vivía muy bien, tenía un marido que era una persona de lo más sincera y no podía vivir sin mí, una hija deslumbrante, una encantadora nieta recién nacida. Un jardín, el mar, mi madre, que seguía viva, amigos, parientes.

Pero el corazón no paraba de hacerme objeciones, y mi marido, todo hay que decirlo, cada año se volvía más como su extraña mamá, exigente y quejica, y mi hija no era feliz y mi madre estaba enferma.

¡La pequeña María!

Sí.

¿Y qué decir del jardín?

Pues que estaba empezando a encontrar pesado todo el trabajo que me daba.

¿Y del mar?, ¿qué?

Bueno, ése sí, ése seguía conservando toda su fuerza.

¿Y de mi madre?

Me resultaba difícil pensar en mi madre, que se había refugiado en la vejez muy pronto, y nunca había sido lo que se dice joven.

Más adelante, cuando acabé acostumbrándome a la idea de la vejez, empecé a preguntarme si el golpe que supuso para mí ver mi propio reflejo en el tranvía no sería, en cierta medida, una especie de miedo a la muerte. Pero llegué a la conclusión de que probablemente no lo era. Nunca hasta entonces había pensado yo en la vejez, pero en la muerte, en cambio, sí, y con frecuencia. Y siempre, toda mi vida. Cada día, desde que era una niña.

Ya no me daba miedo la muerte; por lo menos no me la daba desde que murió mi suegro. Pero sí que sentía la necesidad de hacerme una idea firme y clara de lo que significa realmente no existir. Incluso, a veces, anhelar no existir.

A lo mejor lo que ocurre es que uno se acostumbra a envejecer con sólo tratar de habituarse a la idea de la muerte.

El fin de semana telefoneé a Anna. Por la voz parecía contenta, y, además, tenía noticias para mí. Rickard iba a hacer un largo viaje de reportero por Norteamérica y ella ahora quería saber si podría pasar el verano con María en nuestra casa.

¡Vaya pregunta!

Tanto me alegré de oírselo que hasta se me olvidó y todo lo que había envejecido.

–Quizá sería mejor que lo consultases con papá.

–¡Pero hija, ya te puedes imaginar lo contento que se va a poner!

–Bueno, es que no he estado muy simpática con él.

–¡Pero hija de mi alma...!

Y la verdad es que Arne se puso muy contento. Le dije que telefonease él mismo a Anna, y le oí decirle que todos la esperábamos con la mayor impaciencia, y que lo íbamos a pasar en grande con la pequeña.

–Iremos en barco, ya verás, y convertiremos al pispajo ese en un auténtico lobo de mar. Todavía estamos a tiempo –dijo–. Ya verás, ya.

Me parece que oí a Anna reír al otro extremo del hilo.

Arne se pasó el sábado pintando la antigua habitación de Anna para las dos. Compramos una cama nueva para Anna, y Arne mismo hizo una cunita para María, y también una mesita. Pusimos en el cuarto una alfombra nueva, y unas cortinas blancas que hice yo.

–Menos mal que pusimos arriba retrete y agua corriente, para papá –comentó Arne.

Las dos llegaron en avión el día de Walpurguis. Esto a Arne no le hizo ninguna gracia, porque no se fiaba nada de los aviones, y, encima, cuando estábamos ya de camino para ir a buscarlas, estalló una tormenta, como suele ocurrir siempre la noche de Walpurguis.

El miedo de Arne me resultó contagioso. También yo estaba tensa, pegada a la barrera de la terminal, cuando el avión de Estocolmo descendió y tomó tierra, frenando con tal brusquedad que las ruedas chirriaron estridentemente. Pero tenía razón Rickard cuando nos dijo por teléfono que el avión es tan seguro como el tren. Y, además, muchísimo más cómodo para los niños.

Yo ya me había imaginado que a Arne le encantaría la niña, pero nunca pensé que se fuese a volver tan loco por ella. Se quedó como un pasmado, con María en los brazos, y con todo el aire de sentirse en el mismísimo paraíso. Cuando llegaron los equipajes, Anna y yo tuvimos que cargar con las maletas, porque él se negó en redondo a soltar a María.

–¿Ni siquiera me vas a saludar? –le preguntó Anna.

–No tengo tiempo.

Prorrumpimos en carcajadas, y mucho más cuando llegamos al coche y Arne se instaló en el asiento de atrás con la niña y le dijo a Anna:

–Vamos, venga, Anna, conduce tú.

Tardamos más tiempo en volver de lo que habíamos calculado porque las calles de la ciudad estaban atascadas con las procesiones de Walpurguis.

–Lo mejor será que aparquemos –dijo Anna–, me gustaría ver el carnaval, como hacía siempre cuando era pequeña. Tú, mamá, te puedes quedar en el coche con la niña.

–No, no, deja, me quedo yo –dijo Arne–. Podéis ir vosotras dos, y cuanto antes, mejor.

Todo fue fiesta aquel día. Anna y yo nos divertimos como niñas pequeñas con todas las extravagancias de Walpurguis y el carnaval, y cuando llegamos a casa ya estaba la mesa puesta, y los platos favoritos de Anna esperaban en el horno.

Anna dio el pecho a María mientras yo me cuidaba de calentar la cena. La niña mamó todo lo que quiso, y eructó como tenía que eructar, y se quedó dormida como un tronco.

Arne preguntó por Rickard, y entonces me di cuenta de que por el rostro de Anna pasaba como una sombra al responder que ya se había ido de viaje y que sentía mucho tener que pasar lejos de María el primer verano de la vida de ésta. Pero no le había sido posible rehusar la gran oportunidad profesional que se le ofrecía. Iba a hacer una larga serie de reportajes sobre las contradicciones raciales existentes en Estados Unidos, explicó Anna, sonriendo sin motivo al decir esto, pero fue una sonrisa triste.

–Bah, unos meses pasan rápido –dijo Arne, tratando de consolarla–; entretanto, ya veréis lo bien que lo vais a pasar con nosotros.

–No tienes idea de lo que nos apetece.

Ésta fue la primera vez que intuí que Anna estaba pensando en divorciarse.

En la cena Anna bebió vino, apurando el vaso de un solo trago. Debí poner cara de inquietud, porque me dijo:

–No te preocupes, mamá, que sólo bebo un vaso.

El primero de mayo, Arne aprestó el barco de vela, que había sido repasado y raspado y repintado de popa a proa.

También yo había terminado ya todo el trabajo de primavera del jardín; aquella primavera había sido larga y cálida. Anna no había traído cochecito para María, pero yo bajé al sótano y saqué el suyo. Estaba viejo, naturalmente, pero a mí me pareció que no había peligro de que se desvencijara, de modo que lo lavé bien y acostamos en él a la niña y la pusimos a la sombra del cerezo.

–Es que no podíamos traerlo todo en el avión –explicó Anna–. Una amiga mía, Kristina Lundberg, viene la semana que viene en mi coche con todo lo que necesitamos. Es una chica encantadora, y trabaja de asistenta social. Está divorciada.

Se quedó un momento en silencio, y luego prosiguió:

–Trae consigo a sus dos chicos, que son pequeños, espero que pueda pasar la noche aquí.

Me irritó tanta delicadeza:

–De sobra sabes –le dije– que tus amigos siempre han sido muy bien recibidos aquí.

–Mira, mamá, la verdad es que yo ya no sé nada. Y no sabes lo duro que ha sido para mí encontrarme aquí con tanto cariño, y con esa habitación tan bonita que nos habéis preparado..., y... y...

Y se echó a llorar.

–Anna, Anna, pequeña –le dije–, ya hablaremos de todo eso mañana, cuando estemos solas.

–Sí, sí, es preciso que papá no sepa nada, bueno, quiero decir que no lo sepa todavía.

–Sí, justo.

Arne llegó a casa, y casi le dio un ataque cuando vio el cochecito.

–¡Pero, Johanna, por lo que más quieras!, ¿es que no te has dado cuenta de que tiene los muelles flojos y las ruedas no están bien encajadas?, ¿has perdido el juicio o qué?

Inmediatamente se puso a reparar el cochecito. Tardó alrededor de una hora, y parecía contentísimo mientras lo hacía, murmurando como para sus adentros:

–La verdad, estas mujeres...

La cocina estaba soleada. Y cálida. Desnudamos a la niña y la dejamos que se moviese a su gusto en cueros vivos sobre una manta. Cuando volvió Arne se quedó mucho rato mirándola, sentado en el sofá de la cocina. Le decía mimos y exclamaba:

–¡Pero qué maravilla!

Ella le dio un beso, sonriendo, y con expresión de mucho alivio.

Arne se derretía con ella, y al cabo de un rato, dijo:

–Es igual que Johanna. Y que Hanna. ¿No te has dado cuenta?

–Sí –dijo Anna–, y me alegro mucho de que sea así.

Toda la semana hizo bueno. El lunes nos volvimos a sentar las dos en el jardín, bajo el cerezo, y entonces Anna me lo contó todo: era mucho peor de lo que yo había pensado.

No había palabras para consolarla.

Por la tarde fuimos de paseo con María por las montañas, y hablé a Anna de Ragnar. Y de Lisa.

Anna me escuchaba con los ojos abiertos de par en par. Todo aquello era completamente nuevo para ella.

–Esos dos son iguales –le dije–. Tienen la misma ternura, el mismo sentido del humor, y... la misma frescura.

Con sus enormes ojos azul obscuro muy abiertos, Anna me contestó:

–Tienes toda la razón. Lo malo del asunto es que yo no soy como Lisa.

También yo había pensado eso.

La situación no tenía remedio.

A finales de semana llegó la primera carta de Norteamérica, y me fijé en el ansia con que Anna abría el sobre y cómo se le iluminaba el rostro; me tranquilicé, diciéndome que no llegaría la sangre al río.

Hablamos mucho de hombres aquel verano. De lo difíciles de entender que son. Le dije a Anna que Arne me pegó cuando todavía éramos recién casados, y que yo me fui a casa de mi madre, y que mi madre oyó mis quejas encogiéndose de hombros.

–Y entonces tuve que oír que mi padre, mi maravilloso padre, también le había pegado a ella varias veces.

–Bueno, pero es que aquellos eran otros tiempos –dijo Anna–. ¿Y por qué volviste con Arne?

–Es que le quiero –dije.

–¿Y no volvió a ocurrir?

–No.

Le hablé de Ragnar, de que me había protegido mucho, vigilándome como un halcón.

–Creo que llegó incluso a amenazar a Arne con la policía y hasta con darle una paliza. Figúrate, es mucho más corpulento y más fuerte.

Estuvimos en silencio largo rato, pensando las dos lo mismo: que la violencia es un idioma que los hombres entienden bien.

Luego Anna me dijo:

–No creas que no me di cuenta de niña de cómo te iba asfixiando papá poco a poco con sus condenadas ínfulas de amo del mundo. Ya a los doce años o así, cuando empezaste a trabajar a tiempo parcial, me di cuenta de ello.

La verdad es que a los niños no se les escapa nada, debí haberlo comprendido a tiempo. Así y todo, me dolió oírlo.

–Eso del trabajo fue en gran parte por cuestiones de dinero –dije.

Seguí contando a Anna que en casa yo me sentía entonces como una muchacha de servicio, y que tenía que pedir cada centavo que me hacía falta. No añadí que ahora estaba volviendo a la misma situación, porque no quería inquietarla, pero lo más probable es que ella lo comprendiera. Y, desde luego, comprendió mis razones, porque me dijo que, en su matrimonio, era económicamente independiente, gracias a lo que había ganado con su libro, que era bastante, y al adelanto que había recibido por escribir otro.

–Además, escribo artículos para varias revistas y periódicos.

Hablamos también de nuestras respectivas suegras. Y Anna me dijo:

–¿No habías pensado nunca que la abuela, tu suegra, quiero decir, estaba enferma, pero enferma de la cabeza?

Bueno, sí, se me había ocurrido alguna vez. Pero a desgana. No me gustaba la tendencia moderna a explicar todo lo malo en términos médicos. Cuando volvíamos a casa por la orilla, pregunté a Anna si creía que esas enfermedades eran hereditarias. No, no lo creía. Y añadió:

–Si lo fuesen, no me gustaría ser hija de la abuela. Fíjate lo que sería, una pobre criatura, abandonada a la gracia o desgracia de todo el mundo.

Anna llevaba a María en una gran bolsa que le colgaba sobre el vientre: una bolsa canguro, como decía Arne.

Y añadió con cierto tono de desesperación en la voz:

–Ése es el caso de Rickard y su condenada mamaíta de hielo.

Como madre, Anna se sentía menos segura que yo en semejantes circunstancias, estaba más asustada y era más torpe. Esto no tenía nada de extraño, porque yo, al fin y al cabo, no di a luz hasta los treinta y cinco años, y Anna, en cambio, lo hizo a los veinticuatro. Y la verdad es que no me sentía preocupada por ella, porque exudaba ternura por todos sus poros por su niña. Una tarde que a María le dieron retortijones, Anna iba como una loca de un lado a otro del cuarto con la niña en brazos, que gritaba cada vez que la queríamos meter en la cama. Yo le eché una mano, relevándola mientras ella perseguía por teléfono a un pediatra, y acabó dando con uno que le dijo lo mismo que le había dicho yo: que lo que le pasaba a María era normal, y no había motivo de preocupación.

Anna, sin embargo, seguía hecha una lástima, invadida por la más viva inquietud.

En medio de todo esto, llegó Arne a casa, cogió a la niña con sus grandes manos serenas, se la puso sobre el hombro y comenzó también a dar paseos por el cuarto con ella. Le dijo a Anna:

–Bueno, tú ahora cálmate, so pánfila.

Y en dos minutos la niña estaba sumida en un profundo y tranquilo sueño.

Anna se echó a llorar de alivio en brazos de Arne, y dijo que ahora, de pronto, le había venido a la memoria lo que pasaba siempre que las manos de papá cogían en volandas a una criatura asustada.

Su llanto se hizo todavía más fuerte cuando Arne le dijo:

–Anda, cállate, que así es como asustas a la niña; lo que tienes que hacer es calmarte.

Pero yo, que sabía la verdadera razón del llanto de Anna, no dije nada.

Kristina Lundberg llegó con el coche y toda la ropa de Anna. Era una chica grandota y muy fea, con una curvada nariz campesina, párpados pesados y boca siempre torcida en irónica mueca. Traía consigo a dos niños pequeños, que, en cuanto llegaron, se pusieron a dar vueltas corriendo por la casa y el jardín, y, lo que era peor, todo a lo largo de los desembarcaderos del puerto.

Eran, ciertamente, unos niños la mar de curiosos.

También nos cayó bien su madre, que nos pareció una de esas personas en quien se podía confiar. Era más roja que nosotros, porque era comunista. Se pasaba las veladas en la cocina, riñendo con Arne sobre el socialismo reformista y la dictadura del proletariado, y los dos se ponían a gritar con frecuencia como verduleras, gozando lo indecible de sus trifulcas. El primer día de fiesta se fueron en barco los dos, con los chicos, y menos mal, porque entonces Anna, María y yo pudimos, por fin, gozar de un poco de tranquilidad.

El domingo, cuando volvieron, Kristina hizo las maletas, diciendo que tenían que proseguir su camino, porque la esperaban sus padres, que vivían en Gotlandia Occidental.

–Hombre, ¡lástima que no te quedes un poco más de tiempo con nosotros! –le dije, completamente en serio.

–Sí, también a mí me habría gustado –respondió ella–, pero hay que tener contenta a la familia.

Parecía triste, pero decidida.

–Además, es que es bueno para los chicos –dijo–. Y, luego, nada pesado, porque mi madre tiene mucho servicio. Ya ha contratado a una chica para que se ocupe de mis hijos, porque van a pasar allí todo el verano y ella no quiere quebraderos de cabeza.

Debió notar mi cara de sorpresa, porque añadió:

–Ah, ¿de modo que Anna no te ha dicho nada?, bueno, es que mi padre es terrateniente y conde, con sangre azul para parar un tren, y arrogante y más limitado que un mico.

Recuerdo ese momento con mucha claridad, porque por primera vez en mi vida caí en que no vemos más que lo que coincide con nuestros prejuicios. La campesinota que tenía delante se me transformó de pronto en noble, y su nariz, de tan curvada que era, se me volvió aguileña, y sus pesadotes párpados cobraron aristocrática ligereza.

¡Qué elegante era!

Las cartas de Norteamérica llegaban constante e ininterrumpidamente, y otras tantas salían de aquí con destino a Norteamérica. Anna se serenó, y me dio la impresión de que las cosas estaban mejorando. Llegó julio, lluvioso como de costumbre. Yo me quedaba frecuentemente a solas con María, porque Anna estaba escribiendo su libro, y le cantaba canciones a la niña bajo el telón de fondo del incesante *tap-tap* de la máquina de escribir en el piso de arriba. Hiciera el tiempo que hiciese, salía a dar largos paseos con el cochecito de María, y este ejercicio me sentaba bien, porque me distendía.

A Anna no le parecía que yo hubiese envejecido.

Ahora me viene, de pronto, otro recuerdo importante. Una tarde gris, cuando la lluvia tamborileaba contra los cristales de las ventanas, Anna me dijo:

–¿Por qué no miramos las alhajas?

Me doy cuenta de que me he saltado muchas cosas en este relato de mi vida. Por ejemplo, lo referente a nuestra familia noruega. La tía Astrid había muerto de pronto: fue la suya una muerte rápida, sin enfermedad siquiera, mientras las botas militares alemanas pateaban más que nunca la calle de Karl Johan, en el centro de Oslo. Y el pescadero al por mayor Henriksen desapareció de su casa, en el número 19 de la calle de Moeller. Mi madre recibió una escueta carta de uno de sus hijos y yo otra, más larga, de Ninne, su mujer, la única de esa familia con quien tuve contacto durante nuestra visita a Oslo. Nos entristeció la noticia, pero a mi madre no le sorprendió, porque ella siempre había sabido que Astrid abandonaría la vida en cuanto dejase de disfrutar de ella.

Poco tiempo después sonó el teléfono. Era una llamada de Oslo. ¡Un abogado, que quería hablar con nosotros! Nos dijo que Astrid Henriksen me dejaba sus alhajas en su testamento. Y añadió que posiblemente no tuviesen demasiado valor, pero que la familia noruega quería conservarlas por razones sentimentales.

Eso me irritó, y contesté, escueta y contundentemente, que se trataba de un legado de alhajas de la familia de mi madre, y, que, por consiguiente, insistía en que se me entregasen. Inmediatamente fui a ver a mi madre, que todavía vivía en el barrio de Haga. Cuando se lo conté se puso tan furiosa que prorrumpió en gritos y llamó por teléfono a Ragnar. Éste llegó inmediatamente y se puso tan furioso como ella. Como Ragnar tenía conocidos en todas partes, no tardé en verme las caras con un abogado de la calle Oriental del Puerto, un sujeto encantador y entrado en años, judío.

Yo llevaba escrito en un papel el nombre del noruego que me había llamado por teléfono, y los abogados de Göteborg no tardaron nada en recibir una copia del testamento y una lista de las alhajas en cuestión.

–Menos mal que el abogado noruego era un hombre honrado –dijo mi abogado.

Seguí mandando paquetes de comida a mis primos noruegos, que estaban en lo peor de la guerra, pero dejé de escribirles.

Casi se me había olvidado todo aquello, al fin y al cabo era cosa de poca monta en comparación con todo lo que me había ocurrido en esos años. Pero en el verano de 1945, mi abogado fue a Oslo y volvió con un gran paquete envuelto en papel de estraza, que Arne y yo recibimos en su bufete, contra recibo, naturalmente. Arne no había tomado el asunto demasiado en serio hasta aquella tarde de otoño en la que, en presencia de mi madre y de Ragnar, lo desempaquetamos y nos encontramos con un estuche azul, que abrimos con la llave dorada que venía con él.

En su interior vimos broches y anillos, y collares con piedras relucientes, y pulseras, y pendientes. Pero lo mejor de todo eran las hebillas antiguas, cada una de una forma distinta. Eran grises. ¿Serían de estaño? ¿O de plata? Anna lo miraba todo con los ojos muy abiertos, muda de asombro, y mi madre dijo que aquello era mucho más de lo que nos hubiera correspondido estrictamente por herencia, pues allí estaba todo lo que Astrid había ido comprando y todo lo que le había regalado Henriksen a lo largo de los años. Ragnar dijo que teníamos que valorarlo y Arne añadió que lo más importante era tenerlo bien escondido.

Había gruesos anillos de oro.

–Son los anillos carolinos –dijo Ragnar.

Y acto seguido nos contó la historia de un campesino que había encontrado una vez una gigantesca moneda de oro cuando estaba haciendo hoyos para hincar los postes de una valla. Era el rey Carlos XII en persona quien había perdido aquel ducado, porque en una ocasión había estado allí. Eso es, al menos, lo que pensó el campesino. Mandó fundir la moneda y con el oro que sacó de ella tuvo para dos anillos de pedida que luego pasaron en herencia a nuestra familia.

–Déjame ver.

Anna sopesó los anillos reales, y sus ojos relucían tanto o más que el oro mismo.

Ragnar le habló entonces de las riquezas que se escondían en los campos de nuestra tierra. Cuando se tendió la carretera entre Ed y Nössemark salió a la superficie un tesoro escondido con monedas del siglo XVI.

Anna se le quedó mirando, sorprendida, y Ragnar, entonces, añadió:

–Las tierras de frontera son tierras de guerra. La que se extiende al oeste del lago largo era unas veces noruega y otras sueca. Cuando Carlos XII estaba en Ed planeando su campaña contra Noruega, la gente rica escondió sus tesoros bajo tierra.

Mi madre cogió una de las hebillas, que estaban muy finamente trabajadas, y nos contó la curiosa historia del platero noruego que había huido de Bergen y comprado una casita campesina junto a la casona del abuelo.

–Aquello era territorio salvaje –explicó mi madre.

Ese hombre vivió allí muchos años con su mujer y sus hijos, y tenía en la casita su taller de platero, y hacía broches y pendientes y collares y hebillas de plata. Era plata que se encontraba al desbrozar la tierra.

–Bien podéis ver que la mezclaba con metal barato –dijo mi madre–, y por eso está siempre tan gris.

Recuerdo que quise dar uno de los anillos carolinos a Lisa. Pero Ragnar me dijo que no, que la herencia familiar no debiera desperdigarse, y que, si Lisa quería un anillo de oro, él era muy capaz de comprarle uno.

Arne se pasó todo el día, que era de fiesta, pensando cómo resolver el urgente problema de esconder bien el tesoro. Acabó comprando una caja fuerte a prueba de incendios y construyendo una pequeña cámara secreta debajo del suelo de la despensa del sótano. No nos cuidamos de valorar las alhajas, como si no quisiésemos averiguar su verdadero valor. Preferíamos pensar en nuestro tesoro escondido como en una especie de seguro extra, una garantía de salvación para el caso de que nos pasase algo.

Y ahora, dieciséis años después de todo aquello, se le ocurría a Anna ver las alhajas, y yo le dije que bueno, que estaba en su derecho, porque, después de todo, era a ella a quien acabarían perteneciendo.

–Pero tienes que esperar a que llegue papá –añadí–, porque yo no quiero abrir su cámara secreta.

–Que es donde están tus bellas alhajas –remató Anna.

–No quiero hacerle enfadar innecesariamente –respondí–, aparte de que no tengo la menor idea de cómo se abre la cámara esa.

–Pero mamá...

Fue una velada muy solemne, como de fiesta, todos en la despensa del sótano, reunidos en torno a Arne. Anna, con María en brazos, y yo a su lado, mientras Arne nos enseñaba la manera secreta de llegar a la caja fuerte donde estaban las joyas.

–Mejor, porque así lo sabríais en caso de que me ocurriese algo.

Nos sentamos en torno a la mesa, como la vez anterior, y nos quedamos admirados ante tanto relucir. María tenía ahora los ojos tan abiertos como los había tenido Anna la vez anterior. Aunque lo que más la impresionaba a ella era el ambiente solemne que reinaba allí. Anna cogió unos pendientes de esmalte verde claro, dorados en parte, y muy ricamente adornados con piedrecitas relucientes.

–Esto es lo que se llama *Art Nouveau* –dijo–, y no me sorprendería que todas estas piedrecitas fuesen brillantes.

–Estás loca –respondió Arne–. Después de todo Astrid no era más que la mujer de un pescadero.

–Bueno, hija, si tanto te gusta –le dije–, quédatelo.

Anna dijo entonces lo mismo que había dicho Ragnar la vez anterior:

–No, no, la herencia de mi madre no se debe desperdigar.

A finales de julio volvió a lucir el sol, y a finales de agosto volvió Rickard de Norteamérica. Había madurado, en las comisuras de su boca se notaban hondos surcos de sufrimiento, y, en sus ojos relucía una negra tristeza.

Sólo en una ocasión pudimos hablar a solas.

–¿Es que no puedes comprenderme, Johanna?

Más que una pregunta, era una constatación, de modo que no tuve necesidad de contestarle.

Rickard ladeó la cabeza, y entonces vi por primera vez que se parecía a un gato, a un ágil y flexible gato macho, seguro de su valía y de su importancia, y también de su atractivo. Uno de esos gatos que se pasan las noches de marzo dando vueltas por los tejados, chillando en busca de amor.

Yo siempre he tenido gatos. Gatos machos, castrados.

Me sonrojé, el corazón me latía fuertemente.

Aquel hombre estaba en posesión de toda su sensorialidad, de toda su sensualidad; por un momento acaricié la idea de que quizá fuese bueno comprenderle. Tal idea me produjo un escalofrío. Bah, estupideces.

Cuando se fueron, fue como si la casa desierta se me echase encima. Me faltaba María. Pensaba mucho en Anna y en todo lo que se exponía a perder. Algo que yo no podía comprender, porque nunca lo había tenido. Pero algo que quizá fuese, a fin de cuentas, más importante incluso que la seguridad.

Nuestra casa nos tuvo ocupados durante todo aquel año. Estaba muy descuidada y necesitaba reparaciones. Como de costumbre, fue Arne el que se encargó de todo ello personalmente. Trabajaba por las noches y también los días de fiesta, y dos amigos suyos, un chapista y un electricista, le echaron una mano, cobrándole poco.

En cuanto se jubiló, Arne se arregló para él solo una habitación en el desván.

Yo me pasaba el día haciendo cortinas para las ventanas recién pintadas, y, por influencia de Anna, que me había convencido, sólo usaba tela blanca, sencilla, para hacerlas.

Pero lo que más recuerdo de ese tiempo son los sueños que tenía por la noche. Sobre todo el primero. En ese sueño veía una puerta al fondo del cuarto nuevo del desván, y la abría y me encontraba ante un largo pasillo, angosto y siniestro. Iba por él, tanteando, porque estaba a obscuras, y cada vez era más estrecho, pero acabé viendo, en el fondo, muy lejos, una línea de luz. Allí encontré otra puerta, esta vez entreabierta. Vacilé mucho rato antes de decidirme a llamar.

Se oyó una voz:

–¡Adelante!

Abrí la puerta del todo y vi a mi padre, hojeando un libro. La habitación entera estaba llena de libros, que casi no cabían en las estanterías y se hacinaban en el suelo, en altos montones. Mi padre tenía detrás de la oreja un lápiz amarillo, y, a su lado, un gran cuaderno de notas. En una esquina del cuarto estaba una niña, que me miraba con grandes, luminosos ojos pardos.

–Me alegro de que vengas, Johanna, porque me tienes que ayudar a buscar.

–¿Y qué buscas, padre?

Me desperté justo entonces, de modo que nunca llegué a saber la respuesta. Cuando me incorporé en la cama, un poco asustada, pero contenta, recordé que la biblioteca no tenía techo. Estaba abierta al cielo. Luego me dije que en aquel sueño no había nada que pudiese llamarse sorprendente, nada que yo no hubiese sabido ya.

Volví a tener este sueño, aunque algo cambiado de forma, pero siempre con el mismo mensaje. Y siempre con la sensación de algo conocido. En una ocasión el pasillo era una escalera empinada y la habitación donde estaba sentado mi padre era un laboratorio. Y me dijo que vivía allí, y que se ocupaba de experimentos de química. Había en el ambiente un olor áspero, vigorizante; y también esa vez me sentí contenta de acudir a donde estaba mi padre para pedirle ayuda.

Los sueños me impulsaron a limpiar bien la casa. Por las mañanas, con las imágenes del sueño fuertemente asidas a mi mente, me pasaba el tiempo sacudiendo las alfombras y limpiando los cristales de las ventanas.

Mi casa nunca fue como a mí me habría gustado que fuese, nunca estuvo lo que se dice terminada. Lo mejor de ella era el mar, que rompía a mis pies. Acabé siendo un espectáculo en el pueblo, con mis largos paseos a lo largo de la orilla, todos los días del año, hiciera el tiempo que hiciese. Estos paseos, año tras año, me enseñaron mucho sobre el mar: su sonido y su olor, tanto cuando hay tormenta como cuando está en calma, o a la luz gris del crepúsculo, o con sol y niebla. Pero no sé nada de sus intenciones, o, por lo menos, si lo sé, nunca supe explicarlo con palabras. A veces me ocurre que pienso que el mar es omniabarcante, como la presencia de Dios.

Fue Sofía Johansson quien me metió estas ideas en la cabeza. Y es que me hice una nueva amiga, tan distinta de

Rakel que no podía serlo más: la mujer de un pescador del pueblo viejo.

Como ya he dicho, la gente del pueblo viejo no alternaba con nosotros, considerándonos como eternos recién llegados. Pero Sofía tenía un bonito jardín y un día que pasé por delante de su valla me fijé en sus anémonas, grandes flores color azul obscuro, con pupilas negras.

–Estaba admirando sus flores –le dije.

Ella, entonces, me dirigió una cálida sonrisa:

–Sí, la verdad, son preciosas, si quiere usted puedo darle algún tubérculo.

Me ruboricé de alegría, y le di las más rendidas gracias por su ofrecimiento.

–No me extraña que le gusten, ¡ya he visto su jardín!

Vino a verme a la mañana siguiente con los tubérculos, que eran pardos y nudosos, y me ayudó a encontrar el mejor sitio para plantarlos. La invité a café. Hacía muy buen tiempo, y estuvimos un rato sentadas junto a la tapia, entre las rosas. Yo tenía rosas blancas, de las antiguas, bajas y casi trepadoras, y a Sofía le gustaban mucho, de modo que quedamos en que le daría un esqueje en el otoño.

–Bueno –añadí–, y será mejor que nos tuteemos.

Ella volvió a sonreírme con la misma amabilidad de antes, y, a partir de entonces, nos veíamos con frecuencia en su jardín o en el mío. Charlábamos como suelen charlar las mujeres, de las cosas más dispares. Sofía tenía dos hijos que eran dueños de una barca pesquera, pero a su marido se lo había llevado el mar hacía ya muchos años.

–Terrible –comenté–, ¿y qué edad tenían entonces tus hijos?

Sus hijos ya pescaban, y la barca que se hundió con su marido era de su propiedad. Cuando el seguro les pagó, se compraron otra.

–Mis hijos –explicó Sofía– no se encuentran a gusto en tierra.

También tenía una hija, que vendía pescado en el bazar.

Eso me interesó. Le dije que también yo había trabajado allí muchos años; hasta el año anterior.

–Bueno, últimamente sólo los sábados.

Sofía lo sabía, su hija me había visto con frecuencia allí, lo que la sorprendió.

–¿Y por qué?

–Pues porque tú eres una persona fina –respondió Sofía.

–No tienes idea –le dije.

Y sin pensar siquiera lo que decía, me puse a hablarle de mi vida en Haga, de mi madre y mis hermanos, y de mi padre, que había muerto siendo yo una niña. A Sofía le gustó mi historia, y me contó la suya: me habló de su niñez en la aldea de pescadores de Bohuslän, donde todos, su padre y sus hermanos, y sus primos y sus vecinos, vivían de trabajar en el mar. Era un mundo masculino, todo dependía de los hombres, de su fuerza y sus conocimientos. Pero me di cuenta de que Sofía nunca se había sentido inferior o amargada por su condición de mujer.

–Luego fui redimida –me confesó, y sus ojos relucieron al decirlo.

Me sentí algo violenta, pero no me atreví a preguntarle nada: Sofía me parecía demasiado inteligente para aceptar la ingenua fe pentecostalista.

Para que luego hablen de prejuicios.

Se me ha olvidado ya qué año fue cuando la tormenta de primavera creció hasta convertirse en huracán y levantó los puentes y las casas e hizo añicos lanchas y barcas y rompió amarras. Menos mal que no teníamos entonces nuestro barco de vela en el mar. Estaba bien seguro, varado entre la casa y el monte. Pero el toldo se desprendió y salió volando, y desapareció tierra adentro, como un gigantesco pájaro negro.

El huracán siguió azotándonos tres días y tres noches, y cuando, por fin, siguió su camino y nos dejó en paz, fui a ver mi jardín y me quedé desolada. Mi viejo manzano estaba roto y caído, y mis rosas empapadas de agua salada que la tormenta había lanzado por encima de la tapia. Una vecina se asomó a la suya y me gritó:

–¿Sabías que ha desaparecido una barca pesquera de las de aquí, con toda su gente?

Sentí un escalofrío recorrerme todo el cuerpo al poner la radio y enterarme de que los desaparecidos eran los hijos de Sofía. Justo lo que me había temido. Entonces arranqué mis mejores rosas y fui a la aldea pesquera y llamé a la puerta de Sofía.

Vi allí muchas mujeres, rezando por las almas de los desaparecidos.

Sofía estaba pálida, blanquísima y frágil. No lloraba. Fui yo quien lloré al tenderle las rosas y murmurar:

–Si hay alguna cosa que pueda hacer por ti, no dejes de decírmelo.

–Ahora están en presencia de Dios –me dijo ella.

Volviendo a casa lloré más todavía: Dios, me dije, era tan cruel como solía decir mi madre. Pero en cierto modo, me sentía al tiempo como llena de solemnidad.

Nunca pude hacer nada para ayudar a Sofía. Pero, de no haber sido porque todavía estaba allí el año en que murió mi madre, pienso que no habría sabido resistir ese trance.

Todos los veranos teníamos Arne y yo a María en nuestra casa, y mi relación con la niña fue justo la que yo había soñado. Teníamos las dos el mismo ritmo lento. Paseábamos juntas y constantemente descubríamos cosas nuevas y maravillosas en los montes y a lo largo de la orilla. ¡Dios mío, cuántas cosas hay que son dignas de pararse a mirarlas y de maravillarse con ellas! Los pedazos de madera que arroja el mar a la orilla, por ejemplo, o piedras de formas curiosas, o flores nuevas que nunca habíamos visto hasta entonces, y que cogíamos para plantarlas en casa. Y gusanos. E insectos. Y renacuajos, que poníamos en una palangana en el sótano. Un día desaparecieron, y yo no dije nada, porque fue el gato el que se los comió.

María quería mucho al gato.

Las Navidades las celebrábamos con frecuencia en Estocolmo. Rickard y Anna estaban ahora más contentos y vivían en mejor acuerdo. Pero yo no me atrevía a hacerles preguntas. Anna estaba esperando otro hijo.

–En mayo tendremos otra hija –decía Rickard.

–¿Y cómo sabéis que no va a ser niño? –preguntaba Arne.

–Anna está completamente segura. Y ya sabes que las mujeres de Dalsland tienen poderes misteriosos.

Arne movía la cabeza, escéptico, pero contaba lo que había dicho Astrid a mediados de los años treinta: que los nazis desfilarían muy pronto por la calle de Karl Johan, en Oslo.

Acordamos que María se vendría a pasar la primavera con nosotros. Yo iría en tren a Estocolmo a buscarla.

Pero no pudo ser, porque en marzo mi madre vino a morir a mi casa.

–No tardaré mucho –me dijo.

Sí que tardó. Quería morir, pero su cuerpo se resistía, y era más fuerte que ella.

Fue duro. La enfermera de distrito venía a verla tres veces a la semana, curaba sus llagas y me ayudaba a meterla en la cama. Me prestaron una silla de ruedas y palanganas. Vino el médico y recetó unos sedantes. La cosa se me hizo más llevadera cuando pude dormir por las noches. Arne estaba a mi lado, como siempre que me veía en situaciones difíciles, y se mostró fuerte y paciente. Pero, la verdad, no podía hacer mucho, porque mi madre se ponía a morir de vergüenza y apuro cada vez que le veía venir conmigo para ayudarme a levantarla de la cama.

Esto era lo peor, lo avergonzada que se sentía, y el miedo que tenía a molestar.

–Estaréis deseando que me muera –decía.

Esto no era verdad, ni siquiera cuando más difícil y terca se ponía. Yo sentía mucha ternura por ella, una ternura que no me era posible expresar y que ella no sabía aceptar. En mi interior había también angustia obscura e irritada cada vez que pensaba en la pobre y solitaria vida de mi madre.

La única persona que pudo dar a mi madre algo de alegría en los últimos días de su vida fue Sofía Johansson, que venía a verla a diario, se sentaba al lado de su cama y le hablaba de su Dios bondadoso. Mi madre siempre había sido creyente, pero su idea de Dios era siniestra.

–Hay que creerla –decía mi madre–. Dios le ha quitado a su marido y a sus hijos. Ella dice que los ha llamado a su seno.

Sofía decía que no iba a ver a mi madre para convertirla. Lo que ella quería, repetía, era convencerme de que saliese a dar un paseo durante el día. Y también que reposase un poco si la noche había sido pesada.

A finales de mayo Anna vino a vernos con la recién nacida. Malin era distinta, no tan simpática como María: más seria, más despierta. Como Anna cuando era pequeñita.

En la primera velada que pasó con nosotros, Anna nos dijo que había solicitado el divorcio. Ya no era posible ocultárselo ni a María ni a Arne. Éste casi se volvió loco cuando Anna le habló de la otra mujer, una periodista que había sido amante de Rickard estando ella embarazada y en el hospital; porque había tenido nefritis, y el parto fue difícil.

Arne quería ir a Estocolmo a dar una buena lección a Rickard.

–Pues si le quieres ver tendrás que ir a Hong Kong. Porque es ahí donde trabaja ahora –le dijo Anna.

A todos nos desgarró el corazón oír a María decir:

–Papá da pena.

Nosotros no podíamos hacer nada en una situación así, ni siquiera lo más elemental, que era cuidar de María.

Cuando Anna volvió a Estocolmo con las niñas para buscarse un apartamento más pequeño y un trabajo fijo, llamé por teléfono a Kristina Lundberg y le pedí que me tuviera informada.

–Ya sabes lo orgullosa que es Anna. Y reservada –le dije.

–Sí, ya lo sé. No te preocupes, te llamaré una vez a la semana sin que ella se entere. Pero estáte tranquila, Anna es muy fuerte.

Arne fue a Estocolmo en junio para ayudar a Anna a mudarse. Había encontrado un apartamento de dos habitaciones y plaza en un jardín de infancia para las niñas.

Él decía lo mismo que Kristina:

–Anna es fuerte. Ya verás lo bien que sale de ésta.

Mi madre murió en octubre. Fue penoso. Tanto dolor sentía que estuvo gritando hasta el último momento.

Dormí días enteros, con sus noches. Arne se encargó de todo lo relacionado con el entierro, y cuando volví a la vida sentí gran alivio. Y no sólo por ella, sino también por mí. La enterraron un viernes. Ragnar pronunció unas palabras ante la tumba.

Ragnar murió el domingo siguiente, por culpa de una bala perdida, en una cacería. Yo entonces caí enferma y pasé día y noche vomitando. Sangré por el intestino y eso me debilitó. No podía tenerme en pie, y tuvimos que llamar al médico para que me viera. Unas semanas después hubo que llevarme al hospital.

Úlcera de estómago y una operación.

A veces pienso que a partir de ese otoño no volví a ser la misma de antes.

Pero exagero.

Lo que quiero decir, en realidad, es que, después de la muerte de mi madre y de la de Ragnar, me volví vieja, definitiva y claramente vieja. Y me daba absolutamente igual.

Este relato no va muy bien, porque no consigo hacerlo verídico. He leído muchos libros de memorias y todos los he encontrado inverosímiles. Lo que yo quería era ver desde el principio cómo seleccionaba el autor sus recuerdos, cuáles de ellos subrayaba más, y por qué. Sólo averiguando esto desde el principio era posible intuir lo que había preferido diluir u omitir.

Y yo, ¿qué hacía yo? Estoy convencida de que no he seleccionado, ni siquiera inconscientemente. Era la memoria misma la que hacía la selección, como si fuese ella el ama de la situación.

Pienso que me he dejado muchos secretos en el tintero. Pero no sé a ciencia cierta cuáles son. A lo mejor es que son tan duros que ni siquiera me atrevo a detectarlos.

Ahora recuerdo el día en que Lisa vino a verme al hospital.

Había pasado más de una semana desde la operación. La fea herida del estómago había empezado ya a cicatrizar. Me hacía menos daño, pero estaba tan cansada que me pasaba día y noche durmiendo.

La visita de Lisa me inquietaba, porque no quería verla triste. Veo que empiezo a recaer en la verdad, y debo añadir que no quería ver a la persona que más derecho tenía a sentir profundo dolor por la muerte de Ragnar.

Lisa estaba pálida y triste, pero serena, como siempre.

Me eché a llorar y le dije:

–¡Qué injusto ha sido, Lisa! ¡Ragnar habría debido ser inmortal!

Lisa rompió a reír. Se estaba riendo de mí. Y me dijo que eso era una niñería. La odié por estas palabras, pero añadió:

–Tú nunca has madurado con respecto a tu hermano mayor. Lo único que has hecho es cerrar los ojos y adorarle.

Al oír esto cerré los ojos, pero de verdad, literalmente, y me dije que Lisa tenía razón. Por lo que a hombres se refería, yo, la verdad sea dicha, nunca había madurado. Primero, mi padre; y luego, Ragnar. Y Arne, Arne me trataba impunemente como a una niña sin sentido común. ¿Y por qué lo toleraba yo? Lo único que hacía era suspirar ante mi humillación como ante un caramelo agridulce.

–Pero Ragnar fue un fuera de serie –acabé por decir.

–Sí, desde luego –respondió Lisa–. Ha dejado un gran vacío, eso es indudable. Pero ahora se va a llenar. Se va a llenar de alivio.

Al ver la cara de espanto que puse al oír esto, Lisa se volvió más locuaz que de costumbre:

–Pero ¿es que no te haces cargo? Ahora ya no voy a tener que pasarme las noches en vela esperándole, ni consumirme viva pensando dónde estará y con quién, ya no voy a tener que esforzarme por adivinar a qué o a quién huele. Ya no tendré que volver a lavarle los calzoncillos sucios.

–Lisa, querida, por favor...

–Sí, sí, de acuerdo –me dijo ella–, lo mejor es que nos serenemos.

Lisa pasó media hora hablándome del futuro. Había comprado un gran piso en la calle de Sprängkull, en una casa de piedra que estaba casi enfrente de su tienda. Se iba a mudar allí y pensaba utilizar una de las habitaciones como taller de costura.

–Tengo que ampliar mi negocio –me dijo–. Los chicos y yo vamos a vender nuestro negocio de alquiler de coches y tenemos pensado comprar la tienda grande que hay en la esquina, donde Nilsson tenía sus vestidos y trajes antiguos. La vamos a redecorar, darle un aire elegante. Anita ya está diseñando modelos nuevos. La semana próxima nos vamos ella y yo a París para echar una ojeada a la última moda.

Yo la escuchaba. Aquella Lisa no era la misma de antes. Era una persona nueva y llena de fuerza la que estaba sentada a mi lado, junto a mi cama. En aquel momento me infundió repulsión. Estaba escupiendo sobre la memoria de mi hermano. Pero lo peor del caso era que ella estaba libre, y yo, en cambio, atada a la cama.

–Recuerdo cuando Anna me telefoneó para hablarme de su divorcio –prosiguió Lisa–. Le di la enhorabuena de todo corazón. Rickard Hård es un verdadero brujo, como Ragnar. ¡Por Dios vivo, Johanna, si de joven yo hubiese tenido arrestos para hacer lo que ha hecho ella...!

Ésta fue la única vez que vi a Lisa deprimida.

Al despedirse de mí, me dijo:

–La policía está investigando el accidente de caza. Lo más

probable es que el compañero de cacería que lo mató sea inocente. Ragnar había salido de su ronda y estaba fuera del bosque, justo detrás del alce. Eso fue un descuido.

En cuanto Lisa se fue del hospital, traté de protegerme con pensamientos aviesos. Pensé, por ejemplo, en Anita, la mujer del hijo de Lisa, que no me caía bien. Era una mujer que se había formado en la Asociación de Artes y Oficios, y era simpática, y tenía buena mano y buena cabeza para la ropa. Y se buscaba la vida por sí y ante sí, insolentemente casi. De sobra sabía yo quién iba a ser ahora el ama en la nueva empresa de Lisa, y abrigaba la esperanza de que todo acabase yéndoles mal.

Me arrepentí de pensar así, y recordé lo que me había dicho Ragnar:

–Anita me recuerda a ti cuando eras joven y trabajabas en la tienda de Nisse Nilsson.

Por la tarde tuve fiebre y me dieron una medicina. Dormí hasta la hora de cenar, y luego toda la noche hasta las cuatro de la madrugada. Cuando desperté me sentía fresca y tenía la cabeza clara, de modo que tuve tiempo de pensar en todo lo que me había dicho Lisa. Pero pensé, sobre todo, en mí misma, en lo que dependo de los hombres. De brujos como Ragnar y Rickard. De Arne, que no tenía nada de brujo, y era, bajo muchos aspectos, bastante más infantil que yo. Y me dije que había convertido a Arne en el hombre fuerte de nuestra casa y le había dado poder sobre mí a pesar de que sabía muy bien cómo era.

Volví a pensar en Ragnar. ¿Se habría suicidado?

Arne llegó a la hora de las visitas. Y me alegré de verle. Había hablado con el médico de mi sección del hospital, que le dijo que la semana siguiente ya podría llevarme a casa.

–La casa está vacía sin ti –me dijo.

Anna le había llamado por teléfono para preguntarle si creía que me sería posible tener en casa a las niñas aquel verano.

–Haré todo lo que esté en mi poder para complacerla –dije.

Y le sonreí, y le dije que sí, que sabía perfectamente que podría apechugar con las niñas. Y que, además, lo íbamos a pasar en grande.

Le hablé de la visita de Lisa, y de los grandiosos planes que tenían ella y los suyos. Y también de lo que me había dicho sobre la investigación policial. Arne estaba enterado de eso, lo había leído en la prensa, y corrían por la ciudad rumores sobre si la empresa de Ragnar estaba en quiebra. Pero luego esos rumores cesaron, porque el negocio de alquiler de coches de Ragnar era fuerte, y la viuda lo vendió a muy buen precio.

–¿Te parece posible que Ragnar... se suicidase?

–No. Si Ragnar hubiese decidido poner fin a su vida no habría escogido un método que ponía en peligro a un amigo suyo. Lo que pienso es que estaba fatigado y lleno de tristeza por la muerte de Hanna.

Esto me produjo hondo alivio, porque inmediatamente comprendí que Arne tenía razón.

Después estuve pensando mucho tiempo en lo fuerte que había sido siempre el vínculo entre la puta y el hijo de puta. Y en que nadie había caído en esto.

Los años fueron pasando, y las niñas yendo y viniendo. Lo peor de envejecer no es la fatiga, ni tampoco los achaques, lo peor es cómo pasa el tiempo, tan rápido, hacia el fin, que es como si no existiera. Hoy es Navidad y mañana ya estamos en Pascua. Hoy es un día claro de invierno, y en un decir amén ya estamos en pleno verano. Y, en el intervalo, nada, puro vacío.

Las chicas crecieron y se desarrollaron. No pareció que el divorcio de sus padres les hubiese hecho daño. Y no tuvieron necesidad de echar de menos a su padre, que vivía en el piso más alto de la misma casa, y no sólo participaba en sus vidas, sino que se responsabilizaba de ellas.

–¿Pero, y mamá?

–Parece contenta. Hay muchos hijos de padres divorciados donde vivimos nosotros, pero nuestros padres son distintos. Nunca hablan mal el uno del otro.

En fin, que Rickard volvió. Volvió a Anna, y volvió a nosotros. Anna y él se volvieron a casar. Sufrí y no comprendí. Pero Anna estaba muy contenta aquella primavera, cuando me telefoneó y me dijo que vendrían a vernos por Pascua: Rickard, desde Italia; y las niñas y ella, desde Estocolmo. Fue estupendo volver a ver a Rickard. Más viejo, pero también más apuesto que nunca. Y más parecido al gato.

Lo peor fue para Arne. Los dos tuvieron una larga conversación en el sótano, y luego Arne me dijo que ahora lo comprendía todo mejor. Jamás llegué a saber qué era lo que comprendía mejor, pero sí recuerdo que pensé que el brujo le había vuelto a tocar con su varita mágica.

Anna tuvo otro hijo, esta vez niño, que murió. Y entonces sí que pude ayudarla.

Alcancé a ver a las chicas ya mayores antes de que la enfermedad se me echase encima a traición.

Quizá penséis que la cosa empezó con fallos de memoria, o sea, que una iba a la cocina a buscar algo y, al llegar allí, ya no recordaba lo que era. Y sí que me ocurrió eso, y cada vez con más frecuencia. Contraataqué imponiéndome normas de conducta fijas para todas mis actividades cotidianas: primero, esto; luego, eso otro; después, lo de más allá... Y así. Mis actividades cotidianas se convirtieron en ritos, y la cosa, en general, funcionó: yo cuidaba de mí misma, y de la casa, y pude tener a raya mis miedos.

Durante unos años.

Pero la enfermedad empezó primero dejándome sin..., sin contacto con el exterior. Por ejemplo, si alguien me hablaba, yo no oía lo que me estaba diciendo, únicamente le veía mover la boca; y cuando me tocaba hablar a mí, ya no me escuchaba nadie.

Estaba sola.

Arne no hacía más que explicar. Anna no hacía más que correr. Mi madre está muerta. Ragnar también; Sofía, en el seno de Dios. Greta en el manicomio. A Lisa no la quería ver.

Las únicas que tenían tiempo y sabían escucharme eran mis nietas. Y la verdad es que nunca he conseguido entender por qué razón las hijas de Anna han tenido que ser más simpáticas que Anna misma.

Pero también mis conversaciones con María y Malin acabaron por llegar a su fin. Y entonces me quedé sola durante tantos años que ya ni siquiera se sabía mi paradero.

Lo último que recuerdo es que de pronto los vi a todos, lo que se dice a todos, apretujados en torno a mí. Y todos con los ojos enormes, negros de angustia. Y yo quería consolarles, pero las palabras que todavía existían para mí ya no me salían de la boca. Y después me vi en una cama de hospital, con altas rejas y un horror espantoso de verme encerrada entre ellas. Yo sacudía con toda mi fuerza aquel cerco, noche tras noche; quería recuperar mi libertad. Al principio Anna pasaba días enteros a mi lado. Y lloraba. Y había dejado de correr. Ahora volvía a ser posible un vínculo entre yo y el exterior, pero lo malo era que ya no me quedaba capacidad de comunicación.

Demasiado tarde.

Anna

Conclusión

Hacía mucho frío aquella noche de marzo al otro lado de los cristales de las ventanas de su apartamento, que era muy alto. En la plaza, a sus pies, la música pop y los jóvenes borrachos armaban mucho estrépito. Los neumáticos de los coches chirriaban contra el asfalto húmedo, delante del quiosco. Ya no se dormía bien de noche ni en los barrios periféricos.

Cuando Anna descorrió las cortinas, estuvo un momento mirando la gran ciudad que se extendía ante sus ojos y relucía contra el horizonte.

«Siniestra», pensó.

En algún lugar de ella, un desconocido había matado a tiros al primer ministro hacía pocas semanas.

Anna prefería no pensar en Olof Palme.

Volvió a coger el manuscrito de Johanna. Lo había leído una y otra vez, sobrecogida y agradecida. Así y todo, se sentía decepcionada, como si hubiese deseado otra cosa.

«Lo que a mí me pasa –se dijo–, es que siempre estoy deseando otra cosa. A mi estúpida manera esquiva y elusiva, lo que yo quería era... ¿Qué era, vamos a ver?»

«Dar con la clave de tu enigma.»

«¡Pero qué ingenuidad! Es imposible elucidar toda una vida. Hace una el mapa lo más cuidadosa y minuciosamente posible ¿Y qué?, pues que se queda una más desasosegada que antes. ¡Tantas son las cosas que se han revuelto y han cambiado! Pero, tú, Johanna, eras un puro enigma, tú estabas llena de secretos, y yo siempre me di cuenta de eso. Y aquí, en tu historia, salta a la vista desde el principio, se ve a través de ella. Un simple atisbo, como un relámpago y, antes incluso de captarlo, ya se ha desvanecido. Como un sueño. Y tú, inmediatamente después, vuelves a adoptar tu papel, el papel de la persona cuidadosa, amiga del buen orden, comprensible.»

«Hay que prescindir de lo sencillo, de lo que creo comprender –se dijo Anna–. Lo que voy a hacer es escribir una carta.» Y encendió el ordenador:

Estocolmo, 1 de marzo de 1986

Querida mamá:

Esta noche te voy a escribir una carta. Y te voy a decir algo que nunca me habría atrevido a decirte si supiese que lo ibas a leer.

He leído toda tu historia y con gran cuidado. En cierto modo, ha sido como si hubieses bajado del cielo para ocupar el sitio que te corresponde en una existencia terrenal corriente.

En tu historia no hay nada que se pueda calificar de sobrenatural.

Es evidente que tú tampoco eras la persona a la que yo quise pisotear cuando era joven y a quien acusaba con ira de ser medio analfabeta y arrogante. En tu historia no dices nada sobre esa época, como si te hubiese pasado de largo sin hacerte daño. A lo mejor es que te diste cuenta de que yo necesitaba esas estúpidas defensas universitarias a las que recurren los jóvenes inseguros de nuestra generación trepadora para vencer a sus padres y repudiar su propio origen.

Un día pensé que te había quitado el poder con mi cultura de pava real. Pero cuando fui madre recuperaste tu puesto. ¿No te acuerdas de cuando María lloraba de hambre en su cunita? Era espantoso, pero yo había aprendido, en un libro, como es natural, que los niños recién nacidos sólo deben comer a horas fijas. Y tú me dijiste:

–Pero Anna, hija, por favor...

Con eso fue suficiente.

Ahora es ya tarde, por la noche, y escribo rodeada de ruido y tumulto, y en un estado de mucha emoción. Estoy sola. ¡Ay, mamá, con lo sana que tú eras, y lo enferma que te pusiste! ¡Tan fuerte y tan acabada!

Recuerdo cuánto me esforcé por aliviarte la vida por el sistema de atraer hacia mí toda la ira de papá. Es lo que suelen hacer los niños. ¿Y tú lo permitiste? ¿O fue que no te dabas cuenta? A mí, papá me decía que era como mi madre, orgullosa y rubia. ¿Piensas que con mi conducta contribuí a que parte del peso pasase de tus hombros a los míos?

Yo le retaba. Me mostraba mucho más airada que tú, o sea, que era más parecida a él. Y cuando tuve más de diez años y empecé a estudiar más en serio, mi ingenio se hizo más ágil, sobre todo para replicar rápido y al grano, y, encima, sabía más palabras que él.

A papá le habían pegado mucho de niño, y, como la mayor parte de los niños de su generación, hablaba de esos malos tratos con cierto orgullo. Tenía curiosas fantasías sádicas. Y como ni él mismo ni nadie se daba cuenta de que esas fantasías eran sexuales, podía darles rienda suelta sin causar escándalo.

¿Me odiaba a mí papá? ¡Por Dios bendito!, ¿me odiaba? ¿Dirigirá ahora contra mí toda su frenética ira? ¿Será ésa la razón de que se me haga tan cuesta arriba llamarle? ¿O ir a casa para estar con él?

Bueno, estoy simplificando las cosas, porque lo cierto es que papá tenía muchas buenas cualidades. Por ejemplo, la de mantenerse sereno en los momentos difíciles. Y nunca fallaba. ¿Le diste tú a papá el derecho a insultarte porque te recordaba a tu propio padre? ¿Y qué es lo que sabes realmente del molinero de Värmland, de sus tinieblas, de sus borracheras? En la medida en que puedo comprenderte, ese hombre era lo único que tenías. En una relación así es natural que los niños se angustien. ¿Fue acaso ese miedo el que tú pasaste a Arne?

¿Y yo? Yo hago lo mismo que tú, someterme, dejar que las cosas transcurran. Rickard está en Londres, haciendo una suplencia de tres meses como corresponsal. Hay allí una mujer con la que se está acostando. Él piensa que es a mí a quien acosa, a mi «intocabilidad». Pero no, nada de eso, es a ella, a la frígida, gélida Signe, la de Johanneberg.

Signe murió hace cinco años. ¿Pero qué significa la muerte para el que no tiene contacto con la tierra? ¿Y cómo podrá conseguir ese contacto si le falla la primera realidad, que es la madre?

Rickard vuela, mamá, eso es, justo, lo que hace, constantemente.

En el transcurso de mi trabajo he pensado que Hanna fue la más fuerte de nosotras tres. Tenía un sentido y una coherencia. Era realista. Cuando pienso en la imagen que tenía de Dios, me sorprende su audacia, su terca y firme actitud mental. Y vivió según sus creencias. Como dice tu padre en algún lugar, Hanna contaba con las injusticias, de modo que por eso no las acumulaba.

Que es lo que nos pasa a ti y a mí.

La irritaba no poder llorar. Tú y yo sí que hemos llorado, como si dispusiésemos de todo un océano de lágrimas que derramar.

Pero de nada sirvió.

No vacilo un segundo en declarar que tú eres mejor persona que yo, más buena. Pero yo soy más fuerte, todavía no he descendido a la dependencia total. Está claro que eso depende del espíritu del tiempo en que le toca a una vivir, de la formación y de la cultura que adquiere, y de que yo soy capaz de mantenerme a mí misma y a mis hijas. Pero también de que yo saqué mi fuerza de una madre, no de un padre.

No sabes lo que me sorprendió descubrir que me envidiabas por mi divorcio, jamás lo hubiera sospechado. Pero eso, como sueles decir, no me dio la victoria, porque me eché atrás, me solté, como una enredadera.

Lo más probable es que la independencia no exista.

Cuando te oigo hablar de sexualidad me entristeces, porque lo sensual es, digas lo que digas, muy placentero. Grandioso y, en cierta medida, omnímodo.

Ésa es la razón de que las infidelidades de Rickard me resulten tan intolerables.

Mañana tengo que escribir una carta a Londres:

«No tengo la menor intención de verte cuando vuelvas.»

¿La escribiré?

Y prosiguió:

Mamá, es por la mañana, he dormido unas horas y todo está más tranquilo. ¿Menos lúcido? Tengo algo sencillo y, al mismo tiempo, importante que decirte. Lo que tú recibiste de tu padre lo he recibido yo de ti. En cierta medida se lo he pasado también a María y a Malin, a veces oso pensar que ellas tienen más aplomo, más aprecio de sí mismas que tú y yo. Es posible que no sean felices, pero, bueno, ¿quién lo es en los tiempos que corren? En fin, ellas tienen sus hijos y su pundonor. Tú no llegaste a conocer a Stefan, el amigo de Malin, y el padre de Lena. Pero era como Rickard. Y como mi tío Ragnar, tu hermano.

Leo una vez más la historia de tu vida. Y lo leo a la sobria luz del crepúsculo. Ya es raro que una niña pequeña pueda saber sin saber. Y es que yo, no sé cómo, de la manera que fuese, sabía que tenía, que había tenido hermanos.

¡Dios mío, y cuánto te dolió! De sobra sé cómo duelen esas cosas; después de todo, recuerda, he perdido a un hijo, y pensé que iba a volverme loca. Así, como lo oyes: loca. Nunca te conté lo cerca que estuve de la locura. Y es que no quería asustarte.

Casi más notable todavía es la cuestión de la guerra. Nunca me he puesto a pensar de veras hasta qué punto la guerra dejó su sello en mi niñez, hasta qué punto ese miedo que me aqueja tiene su origen en ella. Y sin embargo, recuerdo muy bien al piloto alemán que ardió en el aire, sobre nuestras cabezas, y a mi padre, que venía a vernos de uniforme y hablaba del mal. Y nunca olvidaré el periódico extranjero que compré en el quiosco con dinero que me había dado Ragnar.

Hay cosas que no captaste. Tus hermanos, por ejemplo. A ti te parecían unos machistas contentos de sí mismos. Pero lo cierto es que había en ellos una necesidad de venganza que satisfacían forzándote a presenciar sus borracheras, a limpiarles los zapatos, a escuchar sus ridículas jactancias eróticas. Tenían celos de ti, de la hermana que era más guapa y más dotada que ellos. Y que era objeto de toda la atención, de todo el mimo de su padre.

Esto lo sé por tu hermano, el tío August, que una vez me dijo:

–Johanna era la muñequita de papá, que hacía lo que fuese por ella. A nosotros ni siquiera nos miraba.

Pero tú me dirás que su madre sí que se ocupaba de ellos. Bueno, de acuerdo, pero no creo que eso les importase tanto.

En primer lugar, porque su madre se convirtió en un auténtico anacronismo en cuanto os mudasteis a la ciudad, pues era inculta y pueblerina. Y en segundo lugar, porque sus atenciones les asfixiaban.

La verdad es que no sé, avanzo tanteando en medio de una maraña de prejuicios y de cosas de todos sabidas. Esta mañana me desperté en pleno sueño de trenes: yo estaba sola en un vagón que se había quedado quieto en un sitio que no sé cuál sería, en una desviación. Parece ser que lo habían desenganchado por error del resto del tren. Ahí estaba olvidado. Pero no había en esta situación nada de siniestro o inquietante. Al contrario. Yo me encontraba a gusto, porque así tenía tiempo de pensar a solas, en un espacio olvidado de todos.

Y esto me hace pensar que tiene que haber una vía principal que nos ha pasado inadvertida.

El amor.

A lo mejor es que las dos, tú y yo, somos sus prisioneras.

Recuerdo de pronto un incidente que tuvo lugar hace unos años: tú estabas confusa, perpleja, pero no habías dejado de existir del todo. Todavía te quedaban palabras, y te mostrabas contenta cuando yo iba a verte, me reconocías. Papá enfermó, y hubo que operarle. Yo viví sola en la casa, y tenía que ir todos los días a visitarle al hospital de Sahlgren, y luego a la clínica de enfermedades crónicas donde estabas tú.

Todos los días, papá me decía lo mismo:

–No tienes tiempo de estar más aquí, tienes que ir ahora mismo a ver a tu madre.

Y yo le contestaba siempre lo mismo:

–Bueno, de acuerdo, pues adiós.

Y me levantaba para irme, y él me sonreía y se despedía de mí con un ademán.

Al cabo de unas semanas le dieron de alta, y fui a buscarlo y lo llevé directamente a verte, y cuando llegamos te vimos dirigiéndote al comedor en una silla de ruedas. En cuanto le viste te pusiste a agitar los brazos como agitan las alas los pájaros cuando se disponen a levantar el vuelo. Casi le gritaste:

–¡Vaya, ya estás aquí!

Y sin más, te volviste a la enfermera que empujaba tu silla de ruedas y le dijiste:

–Ya verás como ahora me pongo buena enseguida.

Y recuerdo que eso me llenó de celos.

¿Por qué será que los hombres hacen tan difícil que se les quiera?

Otro pensamiento: Digo más arriba que yo tenía más ira que tú. Pero lo curioso es que nunca me pongo iracunda con Rickard. A ti te pasaba justo lo contrario, que concentrabas toda tu agresividad contra Arne. ¿Se debía eso a que no encajabais sexualmente? ¿A que, en vuestro caso, el amor seguía sin manifestarse a fondo?

¿Qué buscaba yo con mi exploración a lo largo de la vida de tres mujeres? ¿No estaría, acaso, buscando mi propia meta?

Pues si es así, no acerté. Y es que no hay ninguna meta. O por lo menos, tengo la impresión de que no es posible volverla a encontrar, desde luego no lo es con mi forma de buscarla. Todo resultaba, en la práctica, mucho más complejo y contradictorio, mucho más grande, más obscuro de lo que había sospechado de niña.

Ni siquiera sé si ahora lo comprendo mejor. Pero, por lo menos, me he enseñado mucho a mí misma, y te aseguro, puedes creerme, que no tengo la menor intención de hacer lo que tú, mamá, o sea, rendirme ante la verdad desmigajada en miles de verdades.

Anna iba a terminar su carta cuando sonó el teléfono. Miró el reloj, sorprendida: «todavía no son ni las siete –pensó–, ¿quién podrá llamarme a estas horas un domingo por la mañana?».

Estaba asustada al alargar el brazo y levantar el auricular. Por eso no le sorprendió oír la voz agitada y tensa del enfermero de su padre, en Göteborg, que gritaba:

–Lo hemos encontrado inconsciente, y acabamos de llevarlo en ambulancia al hospital de Sahlgren.

Anna se vistió a toda prisa, metió en una maleta lo más necesario, telefoneó al hospital. Tardaron algo en ponerla con el departamento de los enfermos graves, y la voz fatigada de un médico le dijo:

–Es un infarto. Será mejor que venga lo antes posible, no le queda mucho tiempo.

Tuvo el tiempo justo de dejar también un recado en el teléfono de María:

«Bueno, ya sabes dónde estoy.»

Anna cogió un taxi, sacó un billete de avión en lista de espera en el aeropuerto de Arlanda, y luego otro taxi en Landvetter.

Todavía no habían dado las diez cuando estaba junto a la cama de su padre. Lo encontró en la sala grande, inconsciente y entubado.

–¿No tienen aquí ninguna habitación individual?

Sí que había, estaban a punto de trasladarle. Y a ella le darían una silla y un catre donde podría echarse.

Inmediatamente después llegó el médico de la voz fatigada y auscultó al enfermo en el corazón y los pulmones.

–Tiene congestión pulmonar.

Había un tono de incertidumbre en la voz. Anna lo captó y dijo:

–¿Podrá restablecerse?

–No. Su corazón está acabado.

–Nada de antibióticos.

El médico asintió y dijo que harían lo posible por evitarle dolores.

De modo que allí siguió Anna, hora tras hora, con la cabeza vacía. También se sentía vacía de sentimientos, extrañamente indiferente. La enfermera de la sección llegó por la tarde y se ofreció a estar una hora pendiente del viejo para darle tiempo a ella a salir a comer algo.

–Hay un autoservicio junto a la entrada –le indicó–. No se mueva de allí, así sabremos dónde encontrarla.

Sólo entonces se dio cuenta Anna del hambre que tenía.

Comió un plato de carne cocida con patatas salteadas, dos huevos y remolachas. Y pudo llamar por teléfono a la clínica donde estaba su madre para advertir que aquel día no podría ir a visitarla. Todo seguía igual cuando volvió junto a su padre y le cogió de nuevo la anciana mano. Hacia las siete de la tarde llegó una enfermera y le dijo que tenía una llamada telefónica de Londres.

Se sintió irracionalmente contenta.

–¿Cómo estás, Anna?

–Pues, mira, por raro que parezca..., muy aburrida –dijo ella, avergonzándose instantáneamente de haberlo dicho.

–Mañana cojo el avión temprano. Estaré contigo a eso de las doce.

–Gracias.

–He hablado con María. Está tratando de llegar también mañana, pero le resulta difícil encontrar canguro. No hemos podido dar con Malin, que está en Dinamarca en algún seminario o algo así.

Al sentarse de nuevo junto al viejo, se echó a llorar. Sentía ceder el vacío; volvió a coger la mano de su padre, le susurró:

–¡Qué buen padre has sido!

«Es verdad –pensó–, siempre estaba a nuestro lado, y siempre pendiente de mí.

»Lo único que se interponía entre nosotros era su irritabilidad. Pero eso era mal humor, no odio.

A las dos y media de la madrugada, el moribundo se movió ligeramente. Anna iba a llamar a la enfermera de noche cuando observó que su padre estaba tratando de decir algo. Los labios resecos se movían, pero las palabras no conseguían llegar a la boca.

Le acarició la mejilla, le susurró:

–Te entiendo, papá, te entiendo.

Los ojos del moribundo la miraron con fijeza. Suspiró largamente y dejó de respirar. Fue instantáneo, imperceptible. Tan leve y tenue como si nada hubiese ocurrido.

Anna apretó el timbre. Cuando llegó la enfermera del turno de noche y adoptó una expresión de gran solemnidad, indicando sin lugar a dudas que su padre acababa de morir, se sintió invadida por un dolor quieto y silencioso, impotente, y se dio cuenta de que aquella pena le duraría el resto de su vida.

Y no podía llorar.

Al cabo de largos minutos de silencio, la enfermera susurró que en la oficina del hospital había café caliente, que fuese allí mientras ellas se ocupaban del muerto. Anna obedeció como una niña, tomó café y comió medio canapé. Luego tuvo que volver a la habitación donde estaba su padre, ahora muy limpio y aseado. Habían encendido luces a ambos lados del cadáver y le habían puesto un ramillete de flores en el pecho.

Anna siguió sentada allí una hora, tratando de comprender lo que acababa de ocurrir. A las cinco de la madrugada telefoneó a María y le dijo que ya no era necesario que acudiese.

–Te vuelvo a llamar –añadió– en cuanto ultime los trámites del entierro.

Sobre la ciudad se cernía una neblina plateada cuando Anna cogió un taxi para ir a la casa junto al mar. Las sirenas de niebla resonaban sobre islotes y escollos.

El servicio social había limpiado por completo las huellas de la terrible noche que estaba pasando el viejo cuando fueron a buscarle para llevárselo al hospital. Anna fue de habitación en habitación, pensando, como tantas otras veces, que aquella casa había perdido su personalidad desde que desapareciera de ella su madre. Ya no había allí tiestos con plantas, ni manteles o almohadones. Lo único que se veía ahora era orden y aseo, y esa especie de escueta, pragmática objetividad que la gente imprime con frecuencia a su ambiente cotidiano.

¡Y qué frío hacía! Anna bajó al sótano y puso al máximo la calefacción. Luego subió a su cuarto y sacó la colcha del armario. Al acostarse tenía la cabeza llena de pensamientos prácticos y se dijo que eso era bueno.

Despertó hacia las once. La caldera de la calefacción atronaba el sótano y el calor era casi insoportable. Así y todo, no lo redujo, lo que hizo fue abrir todas las ventanas, de modo que el aire ventilase la casa entera. Le dolía la espalda y los brazos después de la larga noche en vela, pero siguió, terca, pensando en términos estrictamente prácticos: tenía que llamar al aeropuerto para que Rickard supiese dónde tenía que ir a reunirse con ella, porque, si no, iría derecho al hospital. Un baño caliente. ¿Habría algo de comer en la casa? Iba a tener que salir a la compra.

Tomó su decisión cuando ya estaba en la bañera, hundida en agua caliente, sintiendo la rigidez desprendérsele poco a poco del cuerpo. Se quedaría a vivir allí. Por lo menos la primavera; o, ¿quién sabe?, a lo mejor para siempre. Salió al jardín.

«Mi jardín», pensó por primera vez, avergonzándose instintivamente de lo descuidado que estaba.

El sol perforaba la neblina, y a la luz fría de marzo Anna observó los rosales, demasiado crecidos, deformes casi, después de tantos años sin florecer, y el prado, casi todo él puro musgo, y las malas hierbas, con casi medio metro de altura, invadiendo, desde el año anterior, los macizos.

Oyó de pronto el coche, y un instante después estaban los dos, él y ella, estrechamente abrazados.

–¿Pero estás en bata, aquí fuera, con el frío que hace?, ¡y descalza, y en zuecos! –exclamó Rickard, soltándola.

–Es que dentro hace mucho calor –respondió ella.

–¿Has comido algo?

–No, aquí no hay nada para comer.

–Estás loca, chiquilla –dijo él.

Y luego, sin que Anna se diera cuenta de cómo había ocurrido, ya estaban los dos en la angosta cama del piso alto, y él le besaba los ojos y los pechos, mientras del rostro de ella se borraba la depresión y le decía:

«Éste es mi sitio, aquí está mi casa.»

¿La vía principal?

Rickard encontró enseguida una vieja lata de café. Hizo

café para los dos, y ella pensó que la cosa más sencilla del mundo era lo que Hanna solía llamar el «encamamiento».

Rickard no le hizo preguntas sobre la muerte de su padre, y ella se lo agradeció.

–Tenemos que ir a ver a mamá –le dijo Anna.

Rickard había alquilado un coche en el aeropuerto y esto les vino muy bien. Hicieron la lista de la compra, y Anna le dijo entonces que él podía comprar lo que hacía falta mientras ella estaba en el hospital. Luego podían ir a comer por ahí, antes de empezar los trámites del funeral.

–Te veo muy en plan de organizadora –observó Rickard, con voz llena de cálida ternura–, como siempre que estás asustada.

Y ella, cuando Rickard la dejó a la puerta del hospital de enfermos crónicos, se sintió presa de súbito pánico.

–¿Y qué le digo?

–Pues nada, le dices lo que ha pasado.

–Rickard, ven conmigo.

–Sí, por supuesto –respondió él, aparcando.

La esperó mientras hablaba con la enfermera de la sección, que también pensaba que era ella quien tenía que contárselo todo a su madre.

–Ya veremos si lo entiende.

Johanna estaba ida, como siempre, muy lejos de allí.

Estuvieron un rato sentados junto a su cama, mirándola. Rickard le cogió la mano y Anna se inclinó, con gran solemnidad en la cara y en la voz:

–Mamá, escúchame. Arne murió anoche.

«¿Se estremeció?, ¿habrá entendido? –se preguntó Anna–. No, son imaginaciones mías.»

Pero cuando salían de allí, Rickard dijo que estaba seguro de que la mano de Johanna, cogida en la suya, había reaccionado.

Comieron temprano en el restaurante nuevo de pescado que había enfrente del hospital, hicieron la compra y se dirigieron a la empresa de pompas fúnebres.

¡Santo cielo, y cuántas cosas había que decidir!

Anna dijo que sí, que el ataúd fuese de roble; y que no, que no quería cruz en la nota necrológica; y que sí, que estaba de acuerdo con las cartas de invitación; y que sí, que quería una urna.

Comprendió entonces a los que decían que los trámites del funeral sirven, cuando menos, para mantener controlado el dolor a raya durante la primera semana.

De vuelta a casa hicieron más compras en el viejo supermercado que frecuentaba su madre. Después pasaron por la floristería, donde Anna compró flores para su casa. Y al llegar vieron a Malin sentada en la escalera. Anna rió y Rickard soltó una estruendosa carcajada de alegría. María había acabado por localizar a Malin en Copenhague la noche anterior, y un amigo la llevó en coche a toda prisa a Helsingör, donde tuvo la suerte de encontrar asiento en el transbordador.

–Ya te has vuelto a encerrar en ti misma, mamá, ¿qué pasaría ahora si se te ocurriese llorar?

–Es que no puedo.

Anna estaba echada de espaldas, y tenía la mano de Rickard en la suya: una mano fría, en busca de calor. Se sentía demasiado fatigada para poder dormir.

Él estaba inquieto, y Anna lo notaba.

–¿Quieres un somnífero?

–No.

–¿Un whisky, entonces?

–Vale.

Anna se bebió el whisky como un niño bebe agua, y le sorprendió lo rápidamente que se calmó su desasosiego. Y se dijo:

«A mí me sería fácil alcoholizarme.»

A continuación debió quedarse dormida. La despertó el olor a café que le llegaba del piso de abajo, y oyó a Rickard y a Malin que hablaban en la cocina. Hacía buen tiempo.

«Tengo que decírselo», pensó, bajando la escalera.

Sobre la mesa de la cocina había una gran taza de café. Anna le echó un poco de leche y la apuró.

–He pensado que deberíamos quedarnos aquí... una temporada. Después de todo, alguien tiene que cuidar de mamá.

–Por mí, de acuerdo. La verdad, esto está más cerca de Göteborg viniendo de Londres –dijo Rickard.

–Un poco solitario –objetó Malin–, pero bueno, vendremos todas las veces que podamos.

–He pensado que tengo que telefonear a María para decirle que venga y me traiga el coche. Y también el ordenador, y la máquina de escribir. Y todas mis notas. Bueno, y mi ropa también.

Y añadió, al cabo de un momento:

–Me gusta la idea de escribir aquí.

Sus propias palabras se cernían sobre ella bajo la lámpara de la cocina. Eran las mismas de tantísimas otras veces.

Bajó la cabeza, inclinándola sobre la mesa de la cocina, se rindió de pronto, rompió a llorar.

–Voy a echarme un rato –dijo.

Cogió un rollo de papel de cocina y se fue escaleras arriba. Se volvió de pronto y les dijo a los dos, que la miraban con ojos llenos de inquietud:

–Es que me hace falta estar sola.

Se echó en la cama de su viejo cuarto de niña mientras el llanto iba secándosele poco a poco en los ojos; empezó a temblar de frío.

¡Santo cielo, y cuánto frío hacía!

Volvió a despertar, y esta vez el culpable fue el olor apetitoso: jamón cocido, patatas, cebollas. Los huesos le crujían al dirigirse al cuarto de baño a lavarse la cara con agua fría. Se encontraba vieja y devastada. En cuanto entró en la cocina, Rickard le dijo:

–Da gusto volverte a ver con los ojos como Dios manda.

–Sí, en lugar de dos cuencas vacías –completó Malin la frase, sonriendo a su madre.

Anna respondió con una sonrisa, y pensó que le salía verdaderamente de dentro.

–Ha sido una buena cosa que muriera –comentó.

–Sí, una buena cosa para él, y para nosotros también. Me figuro que pensarás que su vida ha sido larga, e intensa.

No había nada de extraño en esta observación, pero Anna llevaba tanto tiempo sumida en la falta de sentido que sólo ahora volvían las palabras a cobrar peso para ella. Todas y cada una de las palabras.

–¿Cuánto tiempo podréis quedaros aquí?

–Hasta después del funeral –dijeron ambos.

–Oye, Rickard, ¿quieres ver si puedes vender el barco de vela? Sería bueno quitárnoslo de encima. Además, nos vendría muy bien el dinero.

Rickard no tardó nada en componer el anuncio y ponerse en contacto con el *Göteborg-Poste*. Luego desapareció camino del astillero, y volvió con un hombre que estuvo un rato mirando el casco y dándole golpes con el puño, y estudiando cuidadosamente el aparejo. Finalmente, ofreció una cantidad razonable.

–Ah, y a propósito de dinero contante, ¿no te parece que sería buena idea echar una ojeada a sus cuentas y a sus talonarios?

–Pues sí. Ven y te enseñaré su cajón secreto.

Estaba empotrado en la pared, detrás de la ropa interior del muerto, en su armario ropero.

–Ingenioso, ¿eh? –comentó Rickard, con admiración–. ¿Pero por qué tienes esa expresión tan rara?

–Es que estaba pensando una cosa. Malin, ¿dónde están mis flores?

–En el sótano. Las dejaste allí ayer por la tarde.

«¡En el sótano!», pensó Anna.

Malin y Anna limpiaron todas las ventanas de la casa, lavaron y plancharon las cortinas y compraron más pelargonios para los alféizares, que ahora estaban desnudos. Rickard vendió el barco, fue al banco y contactó con una mujer muy cachazuda que era experta en inventarios, examinó la casa y su contenido, habitación tras habitación, y fue anotando los precios de cada cosa, tirando siempre a hacerlos lo más bajos posible.

–Con vistas a los derechos reales –explicó.

María llegó el jueves por la tarde. Traía el coche y las niñas, a quienes Anna casi dejó sin respiración de lo fuerte que las abrazó. Después de la cena, Rickard trajo el ordenador y la máquina de escribir.

–Tenemos que organizarte un buen cuarto de trabajo después del funeral –dijo.

Al funeral acudió mucha gente, mucha más de la que ellos esperaban: amigos del trabajo, gente del partido, compañeros de excursiones por el mar. Y también, naturalmente, los pocos parientes que quedaban de su generación. Tanto la ceremonia religiosa como la reunión que tuvo lugar a continuación se disolvieron en la irrealidad en la mente de Anna.

Estaba sola.

Los días se sucedían uno tras otro.

Todas las mañanas se dedicaba a su libro. Iba despacio, apenas algunas ideas sueltas. Se pasaba largos ratos sentada a la mesa de escribir pensando en la madre de Hanna, que había visto a cuatro de sus hijos morir de hambre. Luego sus pensamientos giraban en torno a Johanna y sus abortos, y en la curiosa coincidencia de que también fuesen cuatro. Ella sólo había perdido un hijo, pero ya era bastante.

¡Dos hijas! Y el aborto. ¿Cómo se había enterado su madre? ¿Y cómo se llamaba a una criatura que no había nacido?, ¿niño o niña?

–¡Vamos, deja de reconcomerte! –se dijo a sí misma en voz alta–. De nada sirve lloriquear ante el teclado.

De modo que se puso a escribir:

«¡Y pensar que nunca supe que había sufrido por el niño!»

Se quedó un momento pensando en la dama de marfil, madre de Arne y abuela paterna suya, a quien Johanna ni siquiera se había esforzado en comprender.

«Lo cual es extraño –se dijo–, porque mamá siempre trataba de comprender y excusar. Tuvo que ser que odiaba a su suegra y le echaba la culpa de todo lo que había en mi padre de difícil y enigmático.»

«"Arne se parece cada vez más a su madre", decía mamá en sus últimos años. Y a mí no me gustaba escuchar esto. "Anna –decía mamá–, siempre está echando a correr".»

«¿Habría algún siniestro secreto en la vida de mi abuela paterna, alguna vergüenza que era preciso mantener oculta bajo todo aquel desenfrenado orgullo?»

Hacia las doce o así tomó leche con copos de maíz y salió en coche en dirección al hospital, porque era hora de dar de comer a su madre. Los viejos de la sección de enfermos crónicos ya no la asustaban. Como todo lo que acaba por hacerse habitual, aquella gente le parecía ahora de lo más natural, y ya conocía a otros visitantes, por ejemplo, a la mujercita fatigada que acudía todos los días a dar de comer a su hermano, o al viejo que recorría la ciudad con sus piernas doloridas y enfermas para visitar a su mujer.

E hijas, muchas de ellas de su misma edad.

Todos se saludaban al verse, y hablaban un momento sobre sus respectivos enfermos, y también sobre el tiempo, y comentaban lo buena que estaba resultando la primavera, y suspiraban pensando en el tiempo que aún les quedaría de vida a sus viejos solitarios del hospital.

Anna hablaba a Johanna del jardín, y le decía que ahora trabajaba en él todas las tardes para despejarlo y volverlo a su esplendor antiguo. Ya no se preocupaba siquiera de si Johanna se enteraba o no de lo que le estaba diciendo.

–Lo peor es la hierba –decía, por ejemplo–. He arrancado todo el musgo y he comprado abono. En cuanto empiece a llover, pienso sembrar.

Y al día siguiente:

–Las grosellas están creciendo. Las he podado mucho. Y he removido bien la tierra, y les he echado abono.

Un día Anna fue a ver a su madre con una buena noticia:

–¿Te das cuenta?, ¡los rosales están brotando!, ¡hice bien en desbrozarlos!, ¿eh?, ¡y en darle un poco de tierra nueva, y un poco de abono!

–Todo volverá a estar como antes, mamá –llegó a decirle–, estoy sembrando flores de verano, porque lo único que quedaba allí era una planta de hoja perenne. Peonías, ya sabes, esas que son rojo obscuro.

Y un día, por fin, le pudo decir:

–Ya casi todo está a punto, mamá, y no sabes lo bonito que ha quedado.

Cuando el jardín quedó terminado, Johanna murió. Fue una noche, mientras dormía. Y Anna se la pasó entera junto a su cama, con una de sus manos entre las suyas.

Cuando volvió a su casa, ya entrada la mañana, y dio una vuelta por el jardín, no sintió pena alguna. Sólo una intensa melancolía.

–Voy a seguir todavía algo más de tiempo aquí –dijo.

–¡Pero Anna!

–¡Pero mamá!

A Rickard, que había terminado su misión londinense y tenía que volver a la redacción del periódico, en Estocolmo, no le gustó esta decisión de Anna, y se lo dijo bien claro.

–¿Cuánto tiempo?

–Pues no sé, hasta que los muertos se hayan enfriado bajo tierra.

Rickard la miró con aire asustado, y Anna se dio cuenta de que había hablado como una loca. Los cuerpos de sus padres habían sido incinerados. Rickard y ella depositaron las urnas de ambos en la tumba de Hanna, que era la única que se había preparado para la muerte comprando una tumba en Göteborg con dinero de la venta del molino.

–¡Vaya forma de contestar! –gruñó Rickard.

–Sí, la verdad –asintió ella.

Pero persistió en su actitud:

–Bueno, absurdo o no, eso es lo que quise decir.

Y trató de explicarse:

–Vamos a ver, tengo una vaga idea de que me hace falta aprender... a no desasosegarme, a vencer mis inquietudes, a acostumbrarme a la idea de que nada de lo que ha pasado tiene remedio.

–Pero ¿a qué te refieres? A ver, dame un ejemplo.

«Pues, por ejemplo, la mujer esa que tienes en Londres; eso, para empezar. A mí me tiene sin cuidado quién sea y si es fea o guapa, y el papel que haga o deje de hacer en tu vida.»

Esto, naturalmente, no lo dijo; lo que hizo, en lugar de decirlo, fue echarse a reír estentóreamente de la alegría que sintió ante la sola idea de que lo habría podido decir.

–Oye, tenemos que ser realistas. Yo he pagado un adelanto por la casa de Roslagen.

Anna asintió, pero quedó sorprendida, porque Rickard no le había hablado nunca de comprar una casa desde su viaje a Inglaterra. A lo mejor iba a resultar, después de todo, que Rickard no tenía ninguna mujer en Londres.

–Tenéis que darme tiempo.

Fue Malin quien zanjó la cuestión:

–A mí eso me parece razonable. Todavía no has terminado con esta casa. Y no creo que vayas a acabar antes de que termines el libro.

Estar sola era un gozo inexpresable.

Cuando terminó de rastrillar todas las hojas del año anterior, juntándolas en un montón y prendiéndoles fuego, estuvo largo rato quieta ante la hoguera, contemplando las llamas. Se sentía poseída de una especie de solemnidad que nada tenía que ver con el tiempo. Se paseaba por la orilla, a veces echaba a correr de pronto, ascendía empinadas laderas de montañas, hacía rodar piedrecitas cuesta abajo hasta que caían al mar.

–Pareces feliz –le dijo Rickard cuando Anna fue a buscarlo al aeropuerto el viernes siguiente por la tarde. Era una pregunta, más que una observación propiamente dicha, y ella estuvo pensándolo un rato antes de contestar.

–No –dijo, finalmente, sin saber a ciencia cierta lo que quería decir con esta palabra.

–No espero nada –añadió.

¿Feliz? Esta cuestión la hizo pensar mucho, cuando Rickard volvió a Estocolmo. Y la irritaba.

«Se acabó la felicidad –pensó–, se acabó esta dulce, frágil, angustiosa felicidad. Tarde o temprano tiene que acabar hecha añicos, y los añicos, además, siempre hacen daño. Sangras, y te pones esparadrapo, y te tomas un analgésico, y piensas que estás curada.

»Pero no, nada de eso. Es lo que dice mamá: todo deja huella.

»Y ya sabemos que las cicatrices viejas duelen siempre antes de una tormenta.

María fue a ver a Anna y luego regresó a su ciudad. Y se acercó mucho a la verdad cuando le dijo:

–Te has vuelto infantil, mamá.

–Sí, y lo sé.

Malin también fue a verla:

–¿Estás ya libre, por fin, mamá?

Era acertada la pregunta.

–Sí, quizás, en cierto modo –respondió Anna, con una risita–. En este momento habito en un país que se llama Ningún Sitio. Y en él se puede hablar sin palabras. Y lo mejor es que allí no existen los adjetivos. Llevo muchos años sin ver, ni árboles, ni mar, ni siquiera a vosotras dos y a vuestros niños. Y es por los condenados adjetivos, que me tapan la vista.

Poco a poco iría descubriendo lo que había en Ningún Sitio. O eso esperaba ella, por lo menos. Pero no tenía prisa, prefería ser cauta. Ni tampoco curiosa. Se tomaría su tiempo antes de empezar siquiera a hacer preguntas. Por el momento lo pasaba bien examinando detalles interesantes.

Rostros. El suyo, por ejemplo, en el espejo. El de la empleada de correos, el del cartero, los de los niños de la casa vecina. Y el de Birger, el único de por allí que venía a visitarla. Su clara, levitante sonrisa la inquietaba. La extraña obscuridad de sus ojos ya había dejado de asustarla. Y sus ideas. Anna prestaba atención a sus ocurrencias. Por otra parte, no eran muchas, y cambiaban con frecuencia. Pero la sorprendían y la alegraban, como los brotes de sus viejos rosales.

Cuando los manzanos del jardín florecieron y las abejas zumbaban en torno a ellos, Anna hizo un nuevo descubrimiento. Podía dejar de pensar, el eterno charloteo de su cerebro guardaba, por fin, silencio. De pronto se encontraba en la meta que llevaba años esforzándose por alcanzar con sus meditaciones.

Las cosas la fascinaban. Los maderos que el mar dejaba en la orilla, por ejemplo. O las piedras. Siempre se alegraba como si fuese la primera vez cuando en sus paseos topaba con una piedra. Un día encontró una muy pulida, con extrañas venillas, suavemente moldeada, como un feto. Y estuvo sentada largo rato ante ella, quieta y en silencio, y se echó a llorar. Luego se arrepintió, y la cogió y la tiró al mar.

«Nunca es posible comprender nada –pensó–. Pero para lo pequeño nos queda la intuición.»

Cuando llegó a casa se encontró ante la cancela a un hombre y una mujer. Le traían flores, un pesado jarro lleno de rosas secas. La mujer no le pareció totalmente desconocida, con su rostro ancho y el franco mirar azul de sus ojos.

–Hace mucho que no nos vemos –le dijo la recién llegada–. Pero te recordaré que soy Ingeborg, la hija de Sofía. Hemos venido a darte el pésame y a devolverte estas rosas que mi madre recibió de la tuya cuando mis hermanos desaparecieron en la tormenta. Y éste es mi marido, Rune –añadió.

Anna alargó la mano, la dejó sobre una recia y dura mano masculina.

Cuando iba a dar las gracias, se echó de pronto a llorar.

–¡Pero qué amables sois! –dijo, al tiempo que buscaba un pañuelo por los bolsillos; lo encontró, y añadió–: Perdonad, pero es que me estoy volviendo muy llorona. Pero qué simpáticos. Vamos, venid, vamos a tomarnos una taza de café.

Los dos se sentaron en la cocina, mientras Anna preparaba el café, descongelaba las bolitas de canela, y decía:

–Pues mira, Ingeborg, ¿sabes lo que te digo?, que si hay alguien en el mundo que sepa lo que es la pena, esa persona eres tú.

–Sí, en eso tienes razón. Lo peor fue cuando desapareció mi padre. Yo era entonces muy pequeña, y no comprendí lo que había pasado.

–Tu madre era un ángel. No sé si sabrás que venía aquí todos los días cuando mi abuela se estaba muriendo.

–Sí, se alegraba mucho de poder ser útil.

–Cuando mi madre envejeció, no hacía más que hablar de sus muertos: que si Fulano estaba muerto, y Zutano también. Que si Sofía estaba en compañía de Dios –añadió Anna.

Entonces le tocó a Ingeborg sacar el pañuelo, y Rune empezó a ponerse violento. Se agitó en el sofá de la cocina, carraspeó y dijo:

–Bueno, la verdad es que no sólo hemos venido a darte el pésame, también queríamos hablarte de una cosa.

–¡Rune, por favor!

Ingeborg le hizo callar, y, mientras tomaban el café, las dos mujeres se dijeron que nunca habían llegado a conocerse.

–Bueno, es que había diez años de diferencia entre nosotras, y eso es mucho cuando se es pequeña.

–Yo a ti te encontraba corpulenta y muy elegante, y además, trabajabas en el bazar. Como mi madre.

–Y tú, con tantos estudios, también me impresionabas.

Las dos se echaron a reír. Luego salieron al jardín y plantaron rosas en el mismo sitio del que habían sido arrancadas: un trozo de tierra encajado en la ladera sur de la montaña.

–Qué bien has puesto esto.

–Bueno, fíjate, conseguí terminar de arreglar el jardín poco antes de que mamá muriera.

–¿Sabía ella que tu padre... murió primero?

–Creo que sí.

Vieron la casa por dentro, y Rune la declaró estupenda, y añadió que era mejor ir al grano.

–Pues es que habíamos pensado comprártela.

La cabeza de Anna se llenó de pensamientos que le daban vueltas y más vueltas.

–Y un día fue la realidad y llamó a tu puerta –susurró.

Sonrió, como liberada, y añadió en voz alta:

–Pues la verdad, no se me ocurre mejor solución que ésta: que la hija... y el yerno de Sofía se ocupen de la casa y el jardín de mi madre.

Rune se puso a hablar del precio del mercado, y añadió que tenían el dinero. Anna dijo, moviendo negativamente la cabeza, que lo importante para ella era que no le llenase la casa de horteradas de plástico y ocurrencias de nuevo rico, y Rune respondió que él era ebanista y se le daban muy bien las casas viejas. Anna sonrió y contestó:

–Me recuerdas a mi padre, y pienso que vais a vivir muy contentos aquí.

Ingeborg intervino para decir que había soñado con vivir allí desde que era niña, y que aquella casa era para ella como un símbolo de felicidad, con los padres tan jóvenes y la hija tan mona.

«¿De modo que se nos notaba?», se preguntó Anna, sorprendida.

Añadió que tenía que hablar con su marido y sus hijas, y Rune, al oír esto, pareció inquieto.

Anna le tranquilizó:

–A Rickard le encantará la idea, y a las niñas también. Quieren –añadió– que vaya a vivir con ellos. Rickard vendrá este fin de semana. Y entonces nos reuniremos y nos pondremos de acuerdo sobre los detalles. Me preocupan los muebles.

–¿Esos muebles tan bonitos, de caoba?

–Sí, los hizo mi padre. No quiero tirarlos.

–Pero ¿qué dices de tirarlos? –protestó Rune–, ¡qué tonterías se te ocurren!

–¿Queréis quedaros también con lo que no nos quepa en casa a nosotros?

–Todo –replicó Rune–, nos quedamos con todo.

Anna se echó a reír:

–Son parte de la casa –dijo–, eso desde luego.

Había un pequeño obstáculo: antes de irse de allí tenía que terminar su libro.

–Tres semanas –prometió–. En tres semanas lo termino.

Cuando los visitantes se hubieron ido, Anna se quedó mirando su ordenador, y se dijo que desde la muerte de su madre no había escrito una sola línea.

–Bueno, ya es hora –se dijo a sí misma en voz alta–. No puedo perder lo que acabo de encontrar.

Telefoneó a Rickard. Había pensado que la noticia le alegraría, pero no que se pusiese a dar tales berridos de júbilo.

–¡Dios mío, no sabes lo que te echo de menos!

–Nos veremos el sábado. Tendrás que entendértelas con Rune. Es ebanista.

–Voy a llamar a un agente de la propiedad de Göteborg, para que me ponga al corriente de los precios. Y dime –añadió–, ¿qué tal vas con tu libro?

–Ahora irá mejor.

Colgó y se quedó un rato junto al teléfono. Y entonces, de pronto, vio las cosas con claridad: no había otra mujer en Londres.

«La verdad –pensó–, si no llega a ser por estas semanas que he pasado a solas conmigo, habría acabado paranoica.»

A las siete de la madrugada, Anna estaba ya ante el ordenador, y se dijo, sorprendida:

«Todo esto va a tener un *happy end* a pesar de los pesares. Y, si no, al tiempo.»

La decisión de vender la casa la obligó a hacer lo que llevaba tanto tiempo aplazando: revisarla de arriba abajo, del suelo al tejado, poniéndolo todo en orden y clasificándolo todo. Se dedicaba a ello por las tardes, y comenzó por el desván.

Al cabo de un tiempo pensó que la casa tenía algo más que desvelar que lo que del relato de Johanna se desprendía. Por ejemplo, todos los libros que había en la parte norte del desván. Estaban amontonados de cualquier manera en un gran baúl de marinero, y todos en pésimo estado. Hechos trizas, de tan leídos. ¿Los guardaría allí su madre porque no tenía el valor de tirar libros como si fuesen basura? ¿Tendría pensado arreglarlos, mandarlos encuadernar? Algunos tenían papel celo en el lomo.

Johanna se había pasado la vida devorando libros. Tanta lectura hubiera debido dejar alguna huella en ella. Y, sin embargo, en el relato que hizo de su vida, apenas hablaba de esto. Algo decía, al principio, de Selma Lagerlöf, y también, en algún sitio, pero como de paso, de que todas las semanas se llevaba un montón de libros prestados de la Biblioteca Municipal.

Entre los libros del desván estaba Strindberg, todas sus obras, bueno, todas las que Anna recordaba de él, en ediciones baratas, en rústica. Una de ellas, *Giftas*, se había desencuadernado de tanta relectura, y le faltaban bastantes hojas. Había frases y pasajes subrayados por todas partes, y, en algunos sitios, indignados signos de admiración. Lo que más impresionó a Anna fue el ejemplar de la novela de Dostoyevski, *El idiota*, con muchas notas escritas al margen. Le costó algo entender lo que decía su madre en ellas, tuvo que llevar el libro a la ventana abierta, y allí vio que Johanna había escrito con letras mayúsculas al margen de cada frase subrayada: «¡Pero qué verdad es esto!».

También había obras como la famosa novela de Hjalmar Bergman, *Farmor och Vår Herre*, o el *Kallocain*, de Karin Boyes, o los *Poemas* de Harald Forss, y Moa Martinson, y otros, todos en rústica y hechos una pena.

¡Muy curioso, la verdad!

Los conocidos poetas y escritores de izquierdas Lo-Hohansson, Harry Martison y Vilhelm Moberg estaban también en la estantería del cuarto de estar, en bonitas ediciones encuadernadas en cartoné.

¿Por qué no hablaría nunca Johanna de los libros que leía?, saltaba a la vista que eran uno de los grandes afanes de su vida.

¿Sería que no se atrevía?

No, eso no podía ser.

«¿O que yo no la escuchaba?»

Sí, eso sí que podía ser.

«Tú no me interesabas como persona, sólo como madre –se dijo Anna–. Sólo cuando caíste enferma desapareció esa actitud mía, y entonces fue cuando empezaron a surgir las preguntas.»

Al día siguiente por la tarde, Anna pasó revista a todo el vestuario de su madre: era ropa cómoda y bonita, bien cortada y de buena calidad. Como Johanna misma. Descubrió un joyero, en el que sólo había bisutería barata. A Johanna no le gustaba adornarse, lucirse, chocar.

«A pesar –se dijo Anna–, de lo guapa que era mamá.»

Encontró un cajón del que no tenía noticia, lleno de viejas fotos.

«Ésta debe de ser Astrid, en el muelle, en Oslo.»

Anna sintió que se le aceleraba el corazón al bajar aquellas fotos al cuarto de estar y sentarse en el sofá para mirarlas con toda calma.

Había una foto de Astrid y Johanna, juntas. Debió de ser Arne el que la tomó. ¡Qué parecidas eran!

¡Y qué distintas de Hanna, las dos! Ahí era donde estaba el secreto: en la línea divisoria que se distinguía entre lo pesado, lo atado a la tierra, y lo flotante, lo que es leve como una mariposa.

Lo... sobrenatural.

Estuvo largo rato contemplando, vacilante, aquella foto.

No había allí ninguna que fuese mejor.

«Algo –se dijo–, que las dos, vosotras dos, sabíais.»

Tocando casi el techo vio un bulto enorme, gigantesco, bien envuelto en una tela vieja. Anna tiró de él, con grandes esfuerzos, porque pesaba muchísimo, pero acabó moviéndolo y desanudando las cuerdas.

¡Allí estaba, ante sus ojos!

¡El sofá de Värmland de Hanna!

El viernes siguiente, cuando llegó Rickard, parecía diez años más joven. Hizo una visita relámpago a toda la casa.

–¡Pero cuánto has trabajado! –dijo.

Apenas durmieron aquella noche, y Anna, por primera vez, se dijo:

«Esto es lo que necesito, el campo, y sin preocupaciones.»

Luego se impusieron un plan: implacablemente práctico. Clasificando, eligiendo, tirando cuanto no les hacía falta al vertedero, que era una instalación impresionante, moderna, diseñada para devorarlo casi todo. Pero por orden. Guardarropas, para la ropa, como decía su nombre; grandes cajones, para los libros; aquí el papel, allá los metales. Y así sucesivamente.

Hacia el mediodía llegaron Ingeborg y Rune, como habían quedado. Ahora se mostraban más tímidos, como si Rickard los asustase. También éste parecía inseguro.

–Mirad –les dijo–, yo no soy hombre de negocios, pero he hablado por teléfono con un agente de la propiedad de la ciudad y me ha dicho un precio que a mí, que queréis que os diga, me parece una pura estafa: cosa de un millón.

–Pues sí, eso es –dijo Rune.

–¡No, no! –gritó Anna–, ¡es una vergüenza, Rickard!

–Vamos, calla, que eso es lo que acabo de decir yo mismo.

–No –observó Rune–, es lo justo, más o menos. Bastante terreno, y vistas al mar.

–Ochocientas mil coronas como mucho –intervino Anna.

Al oír esto, Rune perdió de pronto toda su timidez:

–Tenéis suerte de que no piense aprovecharme de un par de idiotas en cuestiones económicas, como está visto que sois vosotros –dijo, y los otros, al oírle, rompieron a reír.

Ingeborg dijo después:

–Tenemos un capital, Anna. Ten en cuenta que hemos ahorrado todo el dinero del seguro por el barco de pesca que se nos hundió.

Esto, para Ingeborg y Rune, era la cosa más natural del mundo; Anna y Rickard, sin embargo, quedaron algo confusos.

–Bueno, pues celebremos la venta con un copazo –dijo Rickard, que no podía aguantar más la situación–. Lo demás lo podemos ultimar el lunes en el banco.

–De acuerdo –respondió Rune.

Y cuando Rickard volvió con el whisky, añadió:

–Pues no ha estado mal la cosa, bien mirado.

–Pero Rickard –dijo Anna, una vez que Ingeborg y Rune se hubieron ido–, ¿por qué no me dijiste nada ayer sobre el precio de la casa?, ¿o anoche? Pudiste habérmelo dicho anoche. O incluso hoy mismo, antes de comer.

–Estábamos pasándolo tan bien, Anna –se justificó Rickard–, que no quise echar a perder el ambiente con noticias intempestivas.

–¡No me vas a decir que me tienes miedo!

–Sí que te lo tengo, cuando te pones seria.

Anna volvió a sentir lágrimas, ¡las estúpidas lágrimas!, empapándole los ojos. Y Rickard de pronto se enfadó y gritó:

–¡Pero bueno, vamos a ver!, ¿por qué narices no vamos a ser nosotros también por una vez en nuestra puñetera vida como todo el mundo?, ¿por qué no nos ponemos a gritar de contento al vernos ricos de pronto?, ¿por qué no nos dejamos de tonterías y nos ponemos a hacer planes sobre las casas de Risjön?

Anna se echó a reír y dijo que sí, que tenía toda la razón. Era estupendo tener dinero.

–Y además –añadió–, no habrá que pagar impuestos, porque la casa hace muchos años que es mía. Pero tenemos una deuda de unas cien mil coronas por ella.

–Bueno, en vista de que, por fin, estás dispuesta a discutir en serio las realidades de la vida, te diré que me han dado noventa mil coronas por el barco de vela. Y que en la libreta de ahorros de tu padre hay más de cincuenta mil.

Anna se quedó de una pieza.

–¡Y él, que no hacía más que quejarse de que no le llegaba el dinero!, ¡habráse visto!, ¿y por qué no me dijiste nada?

–¡Anna, hija mía, pues lo mismo te digo yo a ti!, ¿por qué no me preguntaste nada?

«Tiene toda la razón –pensó ella–. Una persona normal habría mostrado más interés; está visto que no tengo más remedio que despertar a las realidades de la vida.»

–Ahora me espera otro jardín –acabó por decir.

–Bien, Anna, bien.

Pasaron la velada entera sentados a la mesa de la cocina, haciendo planos y planes. Anna se dio cuenta enseguida de que Rickard lo tenía todo muy pensado.

–Mira –dijo–, podemos poner aquí una cocina muy grande, en la parte de la esquina del norte. Es una casa nueva, ¿comprendes?, donde también hay sitio para cuartos de baño y lavadero. Y cuarto de vestir, y otro cuarto de trastos.

–Ten en cuenta también el agua, y el desagüe.

–Ya he hablado con un contratista de obras de allí. Ahora hay soluciones técnicas para todo. Y luego, el corredor acristalado entre las dos casas; he pensado ampliarlo, y así tenemos como un jardín de invierno, no sé si me entiendes.

Anna le entendía, vaya si le entendía; asintió, encantada.

–Y allí –dijo– pongo el sofá de Värmland de la abuela.

Tan inmersos estaban en esto que ni dormir podían, y menos mal, porque hacia media noche sonó el teléfono.

Anna se quedó rígida de espanto.

–No –murmuró–, no.

Rickard saltó de la cama y bajó corriendo a coger el auricular:

–¡Eh!, ¿es que no tienes vergüenza?, ¿no sabes la hora que es?

«¿Quién podrá ser?», se preguntaba Anna.

Ya estaba más tranquila. Rickard, a juzgar por la voz, parecía contento.

–Sí, sí, muy bien. Pero espera un momento, tengo que hablar con mi mujer.

La llamó a gritos desde abajo:

–¡Es Sofie Rieslyn, sale ahora de Londres, y quiere venir a enseñarnos sus fotos!

–¡Pues, por mí, encantada! –gritó a su vez Anna desde arriba, sorprendida a más no poder.

–Ah, se me ha olvidado preguntarte por tu libro –añadió, cuando Rickard volvió a la alcoba–. La verdad, me he portado de una forma rarísima, casi me asusto de pensarlo.

–Todo eso se acabó, Anna. Pero mira, me va a hacer falta que me eches una mano con la estructuración, y también..., con el estilo. No quiero hacer un simple reportaje. Pero de eso podemos hablar mañana.

«Menos mal que ya he terminado el manuscrito», se dijo Anna, mientras Rickard se quedaba dormido. «¡Pero mira que olvidárseme que Rickard había aceptado la suplencia porque quería escribir un libro sobre Londres!»

A medias con Sofie Rieslyn.

Al borde ya del sueño, Anna se dio cuenta de pronto de que la mujer de quien tanto miedo había tenido era nada menos que Sofie Rieslyn, la famosa fotógrafa.

«Pura paranoia –se dijo–. Ahora vas a tener que andarte con muchísimo cuidado, Anna.»

–Parece una corneja –dijo Rickard, mientras desayunaban.

Anna, como siempre que se sentía nerviosa, ya estaba empezando a organizarlo todo:

–Bueno, vamos a ver. Yo me ocupo de arreglar el cuarto de papá. Y hago la cama para ella. Y recojo todos mis papeles. Así podéis usar la mesa de trabajo y el comedor para lo de vuestro libro. Y tú vas en coche a Fiskekyrka y miras a ver si encuentras un rodaballo que esté bien fresco.

–Así se hará.

Sofie Rieslyn no parecía una corneja, ni mucho menos, sino más bien un cuervo. Era pequeña, con ojos de mirada muy intensa, muy observadores. Y en el rostro, arrugas bien definidas, y mechas blancas en el pelo negro.

–No te pareces nada a las fotos que tiene Rickard de ti –fue lo primero que le dijo a Anna–, yo te voy a sacar otras mejores.

–Tú verás –la advirtió Rickard–, Sofie necesita como mínimo cuatro horas para hacer un retrato.

–No, encantada, sí, házmelas –se apresuró a decir Anna– así podré enterarme de una vez cómo soy.

–No, de quién eres –la corrigió la fotógrafa–. Eso es lo importante, cuando se pone interés.

La comida fue larga e indolente, y luego Sofie dijo que quería echar la siesta.

–Me hago cargo –comentó Rickard–, anoche trasnochaste.

Anna de ordinario no entendía bien la jerga de los periodistas, su humor cortante y afilado. Pero esta vez lo entendió todo y rió mucho participando en las bromas.

Por la tarde, Sofie sacó sus fotos. Rickard lanzó un agudo silbido de entusiasmo. Y gimió:

–¿Pero cómo voy a poder escribir textos dignos de tales fotos?

Anna rodeó la mesa para verlas mejor, y los otros tardaron en darse cuenta de que se había quedado blanca y como cerrada en sí misma.

«Vaya –pensó Anna–. Aquí hay alguien que sabe. Que se detiene siempre en los detalles, en lo mínimo, que es lo que lo dice todo.»

–¿Qué te parece, Anna?

Anna no respondió. Se volvió a Sofie y le susurró:

–¿Lo supiste siempre?

–Sí, pienso que sí.

–Pues yo acabo de aprender ahora. En estas tres semanas que he pasado aquí, junto al mar.

–Estupendo. Ya verás como ya no lo olvidas. ¿Sabes eso de que lo que se ve una vez...?

–Sí, entiendo.

Al cabo de mucho rato, Rickard, intrigado, intervino para decir que se daba perfecta cuenta de que un pobre periodista no debe hacer preguntas.

–Exacto –dijo Sofie–, tú lo has dicho.

Y Anna se echó a reír también.

–¡Bah, mujeres! –dijo Rickard.

Anna le dijo, consoladora, como era su costumbre:

–No te preocupes, Rickard, que ya te lo explicaré.

–¡Eh, tú, chitón! –intervino Sofie, y entonces Anna se sonrojó.

Sofie se fue aquella misma noche a su estudio de Estocolmo, que, dijo, tenía muy abandonado.

–Nos veremos –fue su despedida y Anna sabía perfectamente que era verdad, que las dos se volverían a ver.

El lunes se vieron con Ingeborg y Rune en el banco, como habían quedado.

El martes llegaron las chicas de Estocolmo. Entre todos pasaron revista a la casa por última vez, despejándola y arreglándola. Malin quería un escritorio y dos butacas; María, que no podía resistir la tentación de tener libros y más libros, amontonó en el coche todos los que había en la casa. Las dos querían la porcelana de los abuelos, y Rickard se quedó con muchas de las herramientas que tenía Arne en su taller del sótano.

–¿Y tú, mamá?, ¿no quieres nada?

–Sí, bueno, yo me quedo con el sofá de Värmland.

–¡Dios santo!

–¿Es un recuerdo?

–Bueno, sí, en cierto modo.

El miércoles ya habían terminado. El jueves por la mañana temprano llegaban Ingeborg y Rune para que les diesen las llaves. Luego, los coches, cargados hasta los topes, saldrían por la carretera nacional 40 este; después, se desviarían hacia el norte, por la E-4.

«El largo camino de regreso a casa», pensaba Anna.

La cena, jamón y salmón, fue larga. Al final, Anna dijo:

–Bueno, y ahora todos vais a tener que escucharme, porque os voy a contar un cuento.

Los ojos de las chicas relucieron, les encantaban los cuentos de su madre. Pero Malin se inquietó:

–Mira, mamá, me cargas cuando te pones sentimental.

–Pues te cargue o no, me vas a hacer el favor de estarte quietecita y escuchar –insistió Anna.

Y se puso a hablarles de la vieja aldea, en la frontera noruega, y de la cascada, y del molino, y del molinero llegado de Värmland que pidió a Hanna en matrimonio.

–La madre de vuestra abuela –aclaró a las chicas.

Siguió hablándoles de la preciosa finca que el antepasado de Hanna había recibido del mismísimo rey. Y luego les habló de los años de miseria, de los niños que morían de hambre, y de la hermosa finca, que se iba repartiendo en lotes cada vez más pequeños.

–Cuando murió el último de esos campesinos ricos, nuestra finca valía todavía mucho –prosiguió Anna–, y fue su hija quien distribuyó la herencia. Hanna recibió la escritura de propiedad del molino y las bestias de la finca, y sus hermanos los edificios periféricos.

»Pero todavía quedaba una hermana, una chica que era una sílfide y se había casado en Noruega. A ésta le tocaron todas las alhajas de la familia. Y, en total, tenían el mismo valor que las demás partes de la herencia, o tal se dijo entonces.

Anna les enseñó la foto de Astrid, y la menor de las chicas dijo:

–Pues se parece a la abuela Johanna.

–Gracias por decirlo –replicó Anna.

Según la tradición familiar, las alhajas debían pasar de hija a hija, siguió diciéndoles Anna, y no le pasó inadvertida la emoción que causaban en Malin y María estas palabras.

–Pero lo malo –explicó– es que Astrid no tuvo hijas, de modo que esas alhajas le tocaron a mi madre. Noruega estaba en guerra cuando murió Astrid, pero en el verano de 1945 vino un abogado de allí a vernos.

»Nunca he conseguido recordar la fecha de esa visita.

»Y ahora, Rickard, tienes que coger unas herramientas apropiadas, porque vamos a sacar el tesoro ese de su escondite.

Las chicas estaban frenéticas de emoción. Los ojos de María parecían enormes, y relucían con negros destellos, mientras Malin tenía que hacer grandes esfuerzos para conservar su expresión de escepticismo.

Bajaron al sótano.

–Ahora tenéis que prestar mucha atención –advirtió Anna–, son dieciséis piedras, a contar desde la esquina de la pared del norte.

–Aquí –dijo Malin.

–Muy bien, quedaos aquí. A ver, tú, Lena, calcula cuatro piedras a partir de la esquina de la pared occidental.

–Aquí es, hay un cajón de botellas de cerveza –dijo Malin.

–Pues nada, tenemos que apartarlo.

El suelo de azulejos relucía como nuevo bajo el cajón, pero Anna prosiguió:

–A ver, tú, Rickard, mete un escoplo por las junturas, ahí donde está Lena.

–Es mortero.

–No, qué va, es arcilla de modelar.

–Pues sí, diablos, es verdad.

Rickard levantó la primera piedra, luego la segunda, y una tercera.

–¡Una caja fuerte! –gritó.

–¿Dónde está la llave? –chilló Malin.

–La tengo yo. Vamos a llevar el estuche a la cocina.

Se sentaron en torno a la mesa, contemplando el tesoro que relucía ante sus ojos. Malin dijo que parecía mentira, y preguntó cuánto podría valer todo aquello. Anna contestó que nunca se había valorado, pero que las grandes piedras rojas del collar debían de ser rubíes, y lo que relucía en los broches, brillantes.

–Las alhajas más caras no forman parte propiamente de la herencia familiar. Ésas las compró Astrid en Oslo, o se las regaló su marido, que, con el tiempo, acabó siendo un hombre rico.

Anna cogió los dos pesados anillos de oro y los sopesó. Luego contó la historia del rey guerrero que perdió una moneda de oro; un campesino la encontró y la mandó fundir para hacer con el metal unos anillos que dio a sus hijas.

Se echó a reír y dijo que el cuento había terminado.

–Ahora –añadió– no queda más que una cosa. He mandado hacer una llave extra para la caja fuerte, de modo que aquí las tenéis: una para cada una de mis hijas.

Las dos cogieron cada una su llave, pero la emoción no les dejaba dar las gracias.

–Cualquiera diría que habéis perdido el uso de la palabra –les dijo Anna, sin dejar de reír.

Rickard comentó que a él no le extrañaba nada todo aquello, porque sabía muy bien desde el principio que la familia de su mujer estaba llena de secretos.

Al alba del día siguiente salieron todos de la casa, y se alejaron de ella en coche. Ingeborg les despidió diciendo que serían bien recibidos siempre que quisieran aparecer por allí de visita, y Anna le dio las más efusivas gracias, pero pensó lo mismo que había pensado Hanna cuando se despidió de la casa del molino:

«Nunca más volveré por aquí.»

Índice

Título de la edición original: *Anna, Hanna och Johanna*
Traducción del sueco: Jesús Pardo de Santayana Díez,
cedida por Emecé Editores, S.A.
Diseño: Eva Mutter
Foto de la sobrecubierta: Barbara Pfeiffer

Círculo de Lectores, S.A. (Sociedad Unipersonal)
Travessera de Gràcia, 47-49, 08021 Barcelona
www.circulolectores.com
3 5 7 9 9 9 0 4 8 6 4 2

Licencia editorial para Círculo de Lectores
por cortesía de Emecé Editores, S.A.

Depósito legal: B. 6495-1999
Fotocomposición: A.P.G., Barcelona
Impresión y encuadernación: Printer industria gráfica, s.a.
N. II, Cuatro caminos s/n, 08620 Sant Vicenç dels Horts
Barcelona, 1999. Impreso en España
ISBN 84-226-7637-0
N.º 28407